江戸川乱歩新世紀

越境する探偵小説

石川巧・落合教幸・金子明雄・川崎賢子［編］

ひつじ書房

まえがき

江戸川乱歩は、欧米における最先端のミステリーをいちはやく吸収するとともに、犯罪学、法医学、性科学、心理学を始めとする隣接諸科学の知見を取り入れることに積極的な作家だった。一九二〇～三〇年代における都市の近代化、大衆文化の勃興、メディアの発達といった社会状況の変化を敏感に察知し、探偵小説の語り、描写、人物造型、プロット構成などにさまざまな新風を吹き込んだ。戦後は数々の探偵小説雑誌の編集に携わり、探偵小説界の隆盛と後継作家の育成に尽力した。

さらに、乱歩は探偵小説作家であると同時に、その生涯における様々なエピソードが伝説化される偶像であり、現在も新しいファンを獲得し続けている。ドラマや映画、漫画の原作になることも多く、その作品世界は日々新たに解釈し直されているといってよい。

こうした作家的特質を踏まえた研究を行うとき、特に注目しなければならないのは、創作の舞台裏にある膨大な文献史資料の存在である。乱歩は、夥しい史資料を駆使して小説の新しい着想や斬新なトリックを生みだす翻案家であった。自作の構想や執筆の過程を事細かに記録保存するマニアでもあった。つまり、乱歩の文学的営為の全貌を明らかにするためには、彼が遺した旧蔵資料の整理・分析が不可欠なのである。

立教大学は二〇〇二年三月に旧邸の土地と建物（母屋、洋館、土蔵）を購入するとともに立教大学江戸川乱歩記念大衆文化研究センター（以下、大衆文化研究センターと表記）を設立し、和書一三〇〇〇冊、洋書二六〇〇冊、雑誌五五〇〇冊を所蔵することになった。同センターには乱歩関連の膨大な資料が寄託され、原稿・草稿、書簡、切抜資料、手帳・ノート・メモ類、戦時資料、読書ノート・評論執筆用資料、探偵小説・江戸文献に関するカード、雑誌編集や探偵作家クラブの運営に関する資料、書籍の書き込みに関する調査、脚本資料、映像資料、音声資料などが分類保存されている。

また、近年、乱歩研究は海外においても注目されつつある。ＡＡＳ（アメリカアジア学会）のプレ・セッションとして企画された「乱歩コンファレンス」以来、日本とアメリカの研究活動はすでに二〇年近い歴史を重ねているし、二〇一六年一〇月にはパリ日本文化会館とパリ・ディドロ大学において国際シンポジウム「Edogawa Ranpo ou les labyrinths de la moder-nité japonaise（江戸川乱歩あるいは近代日本の迷宮）」が開催されている。シンポジウム企画者のひとりであるジェラルド・プルーが、「一九七〇年代に入ってから、大衆文化の再評価、文学理論の中の読者論、視覚論、ジェンダー論、ポストコロニアル理論、カルチュラル・スタディーズなどの諸理論により、乱歩の重要性とモダニティが再発見・再評価されるようになったのは、先ずは、アメリカと日本であった。今回のシンポジウムは、以上の変遷をもとに、また、没後五一年目に、日・米・欧の三つの視点を交差しながら、江戸川乱歩という人物、その作品、その背景とディスクールの再評価の契機となった」（「江戸川乱歩、巴里にやって来た。」、『大衆文化』第16号、二〇一七年三月）と評価するように、乱歩の存在は欧米においても大衆文化やモダニズムとの関連において再評価されつつある。

そうしたなか、大衆文化研究センター長である金子明雄、同運営委員の川崎賢子、石川巧の三名は、「江戸川乱歩所蔵資料の活用による探偵小説研究」というテーマで立教大学学術推進特別重点資金（立教ＳＦＲ共同プロジェクト研究・二〇一七―二〇一八年）に採択され、（一）乱歩関連資料の活用による「芸術的な文学」の領域と「探偵小説」との関係性に関する研究。（二）大正後期以降の探偵小説ジャンルの成立を支えた読者層の文化的特質と、大衆的文学メディアを通した探偵小説との具体的なコンタクトの様相の研究。（三）大正期以降の文学的モチーフの背景となっている一九世紀末から二〇世紀にかけての進化論、天才論、精神医学言説、および、その展開の具体的媒介となった海外文学と大正期以降に特徴的な文学的モチーフとの関連性についての研究。（四）大正期以降の文学に特徴的なモチーフやその物語展開と、乱歩作品のモチーフや物語の形式との関連性の具体的な研究。（五）現在の有力な探偵小説研究者との意見交換を通して、探偵小説研究を文学史的記述に接続する意義やその可能性についての研究。――以上の五点を柱として研究を進めてきた。大衆文化研究センター発足当初から草稿の翻刻作業や資料整理にあたり、江戸川乱歩資料に関して誰よりも詳細な知見をもっている前学術調査員の落合教幸にも加わってもらい、その活用方法を検討してきた。

二〇一八年五月二六日に早稲田大学を会場として開催された日本近代文学会春季大会では、金子、川崎、落合、石川が「江戸川乱歩所蔵資料の活用による探偵小説研究」のテーマでパネル発表を行った。二〇一八年一一月二五日には、国際シンポジウム「江戸川乱歩のモダニティ」（パネリスト・韓程善、セス・ヤコボウヴィッツ、大森恭子、浜田雄介、司会・川崎賢子、於・立教大学）を開催し、世界文学としての視点から江戸川乱歩の魅力を再検討した。

本書は、そうした蓄積を踏まえ、この二年間に亙る研究活動の成果としてまとめたものである。論文執筆者は、共同研究を行った四名と国際シンポジウムのパネリスト四名に加え、中国での江戸川乱歩受容に詳しい銭暁波、江戸川乱歩の専門家として多くの著作を有する小松史生子、大衆文化研究センターの助教である丹羽みさと、そして、新しい世代の探偵小説研究者である栗田卓、柿原和宏、井川理の一四名である（以上、敬称略）。また、演劇研究者の神山彰氏、ロンドン大学東洋アフリカ研究所教授のスティーブン・ドッド氏からは、それぞれのご関心に基づいて貴重なコラムを頂戴した。

次に本書の構成である。本書は全四部からなり、第一部「海外における江戸川乱歩研究」、第二部「江戸川乱歩所蔵資料を用いた研究」、第三部「江戸川乱歩のテクストを読み直す」とした。江戸川乱歩研究には多様なアプローチの仕方が考えられるが、本書では、江戸川乱歩旧蔵資料をどのように活用するか、世界中の読者たちがその資料に接するためにはどのような整理・保存・公開が必要か、そして、そうした資料を用いて江戸川乱歩のテクストを読み直すことでどのような問題が見えてくるかという点に重きを置き、新しい研究の萌芽を促すことをめざした。また、第四部には、前述した国際シンポジウムの後半に行ったディスカッションの内容を収録した。パネリスト同士の遣り取りに加えてフロアからの質問・意見への応答も含めたことで、より臨場感のある報告になったと考えている。

江戸川乱歩旧蔵資料のなかには、書簡、自作の切り抜き資料、ノート・メモ類、戦時資料、読書ノート、評論執筆用資料、探偵小説や江戸文献に自作カード、探偵小説雑誌の編集や探偵作家クラブの運営に関する資料、脚本資料、映像・音声資料などが膨大にあり、その整理・保存・公開が喫緊の課題となっている。原稿と掲載誌、単行本との異同調査、書籍の書き込みに関する調査などもいまだ手つかずの状態である。本書がひとつの契機となって江戸川乱歩をはじめとする日本の探偵小説に関する実証的な研究が進展し、より多くの人たちが創作の舞台裏を明らかにしてくれる資料を気軽に閲覧できるような環境が整備されることを願うものである。

最後に、本書の出版に際しては、前述した立教大学学術推進特別重点資金（立教ＳＦＲ共同プロジェクト研究、代表・石川巧、二〇一七―二〇一八年）の助成をいただいている。ここに感謝申し上げる。

研究代表・石川　巧

目次

I 海外における江戸川乱歩研究

Ⅱ　江戸川乱歩所蔵資料を用いた研究

Ⅲ　江戸川乱歩のテクストを読み直す

Ⅳ

I

海外における江戸川乱歩研究

江戸川乱歩における閉所嗜好症と視線

セス・ヤコボウヴィッツ

彼は押入れの真暗な棚の上に布団を敷いて、そこに横たわって、終日声をひそめていた。ちょうど独逸語を稽古していた時で、押入れの壁に「アインザムカイト」などと落書きをしたのをハッキリ覚えている。孤独を悲しむ心もあったに違いない。しかし、彼は同時にその孤独を享楽していたのであった。暗い押入れの中でだけ、彼は夢の国に君臨して、幻影の城主であることができた。

——江戸川乱歩「幻影の城主」、一九三六年[注1]

一、はじめに

一九二三年『新青年』に掲載された「二銭銅貨」のデビュー以来、江戸川乱歩は近代都市に溢れる刺激の過剰を痛切に表現する大衆文学作家の第一人者となった。従来の説によると、「変格」と称される探偵小説が人気を集めた理由は「エロ・グロ・ナンセンス」や「猟奇」の不自然な趣味を追いかけたからである。また、心理学、性科学、犯罪科学など、社会学のあらゆる分野の知識が『新青年』とその手の新聞・雑誌に載せられ、普及した。大衆文化の始まりである、大正・昭和初期の社会を迎えると、大衆文化の位置づけも変化せざるを得なくなった。それに応じ、一般読者が反社会的なスリルを渇望したのみならず、変わりつつある社会構造さえ理解しようとした。そして、自らの内面的な変容を読み解く過程も遂行中だったといってもいいだろう。

江戸川乱歩の初期は明確なパターンで理性の勝利を優先する謎解きや犯罪の解決を仕立てるのではなく、通俗にいわれる「変態」的な傾向を見せる作品を次々と押し出した。夢、幻想と妄想という精神状態を不安定にするトリックの他に、人形愛、変装、SMプレイなど、フェティシズムを取り扱う場合も多い。さらに、「レンズ嗜好症」および「映画の恐怖」の如くメディアに関する強迫観念が見逃せない特徴である。おそらくその裏側に無意識の動き、つまり、衝動と欲望の操作を暴露しようとする目的があったに違いない。当然、近代都市の発展と形成とは無関係でない。よく知られているように社会学の先駆者であるゲオルク・ジンメルは「大都会と精神生活」に近代の緊張感をこう説明した。

現代の生活の最も奥深い問題は、圧倒的な社会の力、歴史的な遺産、外的な文化、生活技術などに直面している個人が、自分の存在の自律性と個性をなんとか保存しようという要求から来ています。原始人は自分の肉体的な存在のために自然と闘いましたが、現代ではこの闘いは新しい変貌を遂げました[注2]。

むろん、無意識が社会制度のルールに対応する際、この「主権」との交渉は、必然的に、違反的行動を起こす可能性があるわけで、大抵そこに変格探偵小説のレーゾンデートルが見つかるだろう。まさに乱歩の探偵小説はこのような不撓不屈な支配制に対応し、大正から昭和にかけて大衆文化の百面相を捜索する架空のケーススタディーとなった。

本論文は、江戸川乱歩初期の「お勢登場」（一九二七年）、「火星の運河」（一九二七年）と「屋根裏の散歩者」（一九二六年）をラカン精神分析学と現代思想に通して考量したい。乱歩はその「奇怪」的かつ「変態」的な想像力によって「倒錯」の文学的構成を明らかにし、日本探偵小説を根本的に再構築した。この出発点として、横尾忠則が挑発的に名付けた「閉所嗜好症」を採用しながら、これらのテキストにおいてどのような物理的な空間にどのような精神的な要素が重ね合わせられるかと問いただしてみる。その閉所は、子宮や棺などそれぞれに偶発的な関連性を持つ。そして、無意識の欲望と性的な主体性の問題を四次元で考える本論文は、その閉所についてイヴ・コソフスキーの『クローゼットの認識論』と対話してみたいと思う。いうまでもなく近代英文学における同性愛者の隠されたハビトゥスを読み解くコソフスキーの方法論を直ちにあてはめるわけではない。乱歩における閉所は単なる「抑制」のメカニズムだけではなく、主体を解放する意義も持っている。閉所の中でいくらかの人生を犠牲にして、その主体が一瞬の性的喜び（仏：jouissance）に満ちあふれる可能性を経験する。

恍惚的な解放やその致命的な結果がどうであるかにかかわらず、ここで最も懸念すべきことは、これらの交渉の過程と根拠である。ラカン精神分析学は、精神の構成を三部に分類して定義する。「異なる構造は異なる操作によって区別される：抑圧の操作による神経症、拒絶の操作による倒錯、差し押さえの行為による精神病などがある。」[注3]という。通常には性倒錯、あるいはいわゆる「変態」行為には精神病的秩序の外への解放の可能性があると主張する。これに対し、キルステン・ヒルドガードは以下のように指摘する。

倒錯の実行行為は異性愛主義の覇権に対して法律、風俗や道徳などを損ない転覆する以上は、倒錯の主体は何らかの前衛的なものであると、一般的に考えられている。以下では、倒錯とは何よりも精神分析が他者の欠如と呼んでいることを拒絶することによって保守的要因を保つということを主張したいと思う[注4]。

さしあたり、倒錯、あるいは「変態」を定義するには、一見して矛盾に見えるかもしれないが、衝動と欲望が無意識であるからこそ、自然な目的を持っているとはいえない。それらの目的は当然、社会的に定めらなければならない。ただ、「欲望とは、他者の欲望である。」というラカン精神分析学の根拠は、倒錯には当てはまらない。

というよりは、精神病が他人の欲望を対象とする過程によって構成される場合、倒錯には適用されない。その倒錯者が望んでいることは、まず他人が道具、または性的な対象・物体になることである。それにもかかわらず、彼女は、「倒錯者は社会の柱であり、組織の階層構造によく適応することができる。彼等の社会的および道徳的法律の違反は、改革の願望やこれらの法律の革命によって引き起こされるものではない。倒錯者の快楽は、法律に挑戦することにあるが、それを変えるつもりは一切ない。倒錯者は革命家ではない。」[注5]と述べる。

これらの区別は、乱歩の同時代の批判的な受容や人気度とかけ離れてはいない。あくまでも乱歩の文学的な想像力は、形而上学的または超自然的な意味でははかりしれず、経験的にも完全には検証できない崇高なものの美学を提示する。

それは架空の次元にしか存在しないと、乱歩は「幻影の城主」(一九三六年)に発表した。この随筆の中で、未解決の犯罪事件についてたずねられるなら、探偵小説への愛と現実の出来事との間には絶対線を引くと述べている。たとえ大蘇芳年の無残絵を愛しても、犯罪現場の写真を直視することは出来ず、自らの創作は純粋な想像界に属すると主張する。

乱歩は、日常生活の苦難を避けるために、幻想に耽る空間を作ったと語る。彼は文字通り、日常的な存在を逃れるために会社の寮の押入れに潜り込んだ。

ある会社の独身社員合宿所では、彼はあてがわれた六畳の部屋を空っぽにして、その部屋の一間の押入れの棚の上にとじこもった。…　彼は押入れの真暗な棚の上に布団を敷いて、そこに横たわって、終日声をひそめていた。ちょうど独逸語を稽古していた時で、押入れの壁に「アインザムカイト」などと落書きをしたのをハッキリ覚えている。孤独を悲しむ心もあったに違いない。しかし、彼は同時にその孤独を享楽していたのであった。暗い押入れの中でだけ、彼は夢の国に君臨して、幻影の城主であることができた[注6]。

押入れの中の主体は、自分自身との秘密のコミュニケーションとして外的表現を見出す。さらに、主権を主張しながら実現することを拒絶するという。

多くの小説家は人類のために闘う戦士であるかもしれない。また別の多くの小説家は読む人をただ楽しませ面白がらせ、そしてお金儲けをする芸人であるかもしれない。しかし、私はそういう現実に即した功利的な考え方は、つけ焼刃の理窟みたいに思われて仕方がない。…私は幻影の城主として、現実の犯罪事件などに関心が持てないのを、恥じることはないと思っている[注7]。

「幻影の城主」を始点として、以降の作品を読み解くと驚くべき一貫性を見ることができる。押入れ（クローゼット）に安全に隠されていた近代主体の想像力は現実世界への対応から自由であり、恥を感じる必要がない。ジンメルが述べる「社会の主権」に対して断絶され、倒錯的な欲望を孵化させるための空間となる。

この出発点に基づき、現代アーティストおよびグラフィックデザイナーである横尾忠則の短いエッセイ「閉所恐怖症と閉所愛好症と」が重要な意義を持つと考えられる。横尾は江戸川乱歩作品をポスター、イラストレーション、表紙などにつくりかえた最も有名な画家である[注8]。戦前日本の「エロ・グロ・ナンセンス」の美学を帝国への郷愁ではなく、一九六〇年代のサイケデリクスへ神秘主義と超常現象を独特な前衛感性へと更新した。それゆえ、サド侯爵を援用するジョルジュ・バタイユのようなフランスのシュールレアリスムに横尾は類似しており、合理性や道徳を超えた乱歩の文学的想像力に魅了されたのである。横尾は乱歩の作品についての次の教義を三つ掲げている。

一、乱歩の作品にはしばしば閉所に閉じ込められたり自ら好んで求める情景が描かれる。
二、子供はどうして閉所を求め、大人は閉所を恐れるのだろう。閉所を求める心理とそれを恐れる心理の根は同じかもしれない。母親の胎内の安堵感と、死者が葬られる柩の中の永遠の休息、または産道を通過する苦しみ、埋葬の恐怖、こんな様々な魂の経験がわれわれにこの閉所を至福のユートピアに変えたり、無間地獄に変えたりするのである。
三、この世界が閉所であるのは、自らがそれを願い求めているからだ。肉体の中に閉じ込められている魂のことを考えると、どんなに苦痛かもしれない。魂は一日も早くこの小さな肉体から解放されて自由になりたがっているかもしれない[注9]。

横尾は、神秘主義を喚起する際に、乱歩のテキストの全てに潜在的な反自然主義的傾向を思い起こす。そのようにして、理性と狂気の間にあるものとしての定義、あるいは夢と現世界の間にある神秘の定義に到着する。それに応じ、私は夢や言語を通して表現された無意識の再帰的または再分類的な性質を解読し解釈する。ラカンが主張するように、それは「書いている形式の構造をしている」。乱歩において閉所恐怖症かつ閉所嗜好症の構造は、精神的にも物理的にもあり、そのずれが衝動の発露の基本的性質を明らかにするのである。

乱歩のテキストは夢、妄想と狂気を通して客観的な現実性を挑発する。「屋根裏の散歩者」冒頭の「多分それは一種の精神病ででもあったのでしょう」という台詞のとおりに、不安、恐怖、さらには歓声で冒頭の経験主義が不可能であることを一貫して強調する[注10]。乱歩のテキストをよく完成する「トリック」は、浮動している記号により認識論を不安定にさせる「お勢登場」の他、「火星の運河」と「屋根裏の散歩者」においてはジェンダーの流動性であり社会的にかつ生物学的に境界を横断する。

乱歩が「日本探偵小説の系譜」というエッセイに指摘したように、西洋の探偵小説に影響を受けたとしても、明治後期の日本文学における反自然主義に作成方法の手がかりを得ている。

ポー、ドイルなどの西洋探偵小説の影響だけからでも、私は探偵小説を書く気になったかも知れないが、実際はそのほかにもう一つの別の大きな刺激があった。それは明治末から大正期にかけて、自然主義に反抗して起こった新文学、谷崎潤一郎、芥川龍之介、菊池寛、久米正雄、佐藤春夫などの作品であった[注11]。

乱歩は彼らの作成方法を直ちに再現しなかったかもしれないが、文明開化への不満を表した作家たちに同情的であったであろう。さらに自然主義と理想主義との間のギャップについては、他の衝動の経路がなりたつなら、それを越えることは不可能ではなかった。その意味では倒錯と反自然主義が統合する「閉所嗜好症」が、その一つの経路であった。

二、「閉所」と「クローゼット」

イヴ・コソフスキーは『**クローゼット**の認識論』においてクローゼットが抑圧と隠蔽の場所として特定する。一九世紀末から二〇世紀にかけての英文学を分析しながら、「**クローゼット**」は同性愛者の主体性およびセクシュアリティへの一方的な懲罰的な制限に過ぎないと述べる。しかし、クローゼットは、当然ながら完全に閉じられたままにすることはできないと定義されるであろう。それにいくら懲罰的であっても、その閉所が、永久に欲望と衝動を否定することはできないわけである。いうまでもなく、九〇年代のゲイ・スタディーズの最先端として『**クローゼット**の認識論』は文学研究を始め、人文科学に大きな役割を果した。その重大な貢献を軽視するつもりはない。ただし、ここでその概念の狭い意味範囲を指摘しておきたいと思う。コソフスキーが考慮する「クローゼット」は具体性のない比喩的空間である。「抑制」というメカニズムを考える以外に、コソフスキーは精神分析に全く触れないため、『クローゼットの認識論』においては、これは精神的な空間と言えないかもしれない。しかし、この「抑制」のメカニズムはどのような歴史的かつ文化的な根拠に基づいているだろうか。同性愛であるにせよ異性愛であるにせよ、欲望はどこから来るのか、それを規制するものとは何か、という疑問が残る。

本論文において「クローゼット」は「閉所」であると同様に、文字通りに閉じる場所だ（英語でclosetはcloseという動詞に発生する）。両方とも、物理的かつ心理学的な構造として考えるべきだろう。コソフスキーと異なり、本論文は江戸川乱歩のテキストにおいては一貫して両方の幻想を生成し、孵化させる場所であるとして理解する。欲望はより明確な形をとり、主体的な変化を起こすメカニズムであるという意義をも持つのである。

実際、こういう考え方が『クローゼットの認識論』の中にも見える。原書の前書きと第一章の間に『オクスフォード英語辞典』（以降『ＯＥＤ』）から「クローゼット」の定義が引用されている。「クローゼット」の実体化は次の如く、「プライバシーや隠遁のための部屋」、「私的な献身の場所」や「孤独な勉強のための場所、または、身を引き、熟考する場所」（1b、1c、6a、10など）のようにクローゼットの例文を列挙している。『ＯＥＤ』の意味範囲に欠けているのは、まさに性的な抑制などの意味である。そして、興味深いことに、コソフスキーは決してこのページに直接触れない。いわば、沈黙の記録としてその存在を推測しなければならない。

近代英文学において、コソフスキーと乱歩に馴染み深い例にオスカー・ワイルドの『ドリアン・グレイの肖像』がある。その主人公は自らの家の小さな部屋（閉所或いはクローゼットともいえる）に犯罪的な秘密の生活を蓄積する魔法の肖像画（＝反自然主義文学装置）を隠す。それはビクトリア時代の文学に属する鏡の二重性。**彼は鍵のかけられた部屋の中にこの絵を隠しておき、屋根裏部屋のような遊び場を家の他の部分から切りはなし、無邪気に子供のように遊びつつ、定期的に現在の真実の自己を見つめている。ポーの「ウィリアム・ウィルソン」に類似した小説のクライマックスで、彼はこの二重の人生を支えた呪文を破ることによって、肖像画にナイフを刺し自分自身を殺す。**

乱歩はもちろん、同性愛とは無関係ではない。岩田準一、南方熊楠と一緒に、一九二七—一九三二年に「男色研究会」を創設し、乱歩は岩田と協力して、江戸時代の男色ものの作品を集めたりした。文学のテキストで最も有名なものは小説『孤島の鬼』（一九三二年）などがあり、自伝的な記述である「乱歩打明け話」（一九二七）もある。しかし、このエッセイの主旨は、乱歩自身の臨床構造（神経症／倒錯）または性的指向（異性／同性愛）の真理を探すのではなく、彼の文学的な想像力による閉所の構造を理解しようとするのだ。

三、お勢の登場、格太郎の失踪

「お勢登場」では、押入れに二重包囲体と呼ばれるものがある。一方で、その閉所は、不倫妻のお勢と結核に苦しむ夫の格太郎との間にジェンダーの激しい逆転が起こる身体的な場所を意味する。それはまた、ファンタジーと現実の間の明確な区別が決定的に再び描画される場所でもある。ある日、お勢が恋人との密会のために家を出ると、格太郎は息子とその近所の子供たちと一緒に隠れん坊に夢中になる。子供達とちょっとした遊びをするために、彼は書斎の押入れに隠れ、更にその中の長持に身を隠す。彼は飛び出して子供達を驚ろかそうとした際に、長持の掛け金がかけられたことに気づく。子供たちはすぐに興味を失い、格太郎を探すのを止め、外へ遊びに出かける。格太郎の衰弱した状態では、自分の力で脱出することは出来ず、外部に聞こえるよう大声で叫ぶ。お勢が帰ってくると、彼女は微妙な叫び声を聞き、格太郎を長持の中に見つけると、一時的に蓋を持ち上るが直ぐに閉じ、掛け金をひっくり返して運命を封じる。格太郎は、最後の息を費やして、蓋の内側にお勢の名前を刻みつけ、それによって犯された完璧な犯罪の唯一の状況証拠を残す。これは、「幻影の城主」の押入れの壁の落書きをした乱歩自身を別の形で表現している。格太郎の閉所嗜好症は他者に拒絶される。

「格太郎」、「隠れん坊」、「結核」のホモフォニックな連合は反自然主義的傾向の表現でもある。マトリョーシカのような二重包囲体の中で、格太郎は幼児期を思い出す。

まっ暗な、樟脳臭い長持の中は、妙に居心地がよかった。格太郎は少年時代の懐かしい思出に、ふと涙ぐましくなっていた。この古い長持は、死んだ母親の嫁入り道具の一つだった。彼はそれを船になぞらえて、よく中へ入って遊んだことを覚えていた。そうしていると、やさしかった母親の顔が、闇の中へ幻の様に浮んで来る気さえした［注12］。

その意味では、一時的にエディプス・コンプレックスの欲望と喜びを感じる格太郎は、あらゆる問題から解放される。

格太郎が長持ちの蓋にオ・セ・イという三つの文字を刻む時、それは彼女への憎しみだった。しかし、彼の血で書かれたこの別の次元で意義する「オ・セ・イ」の登場は、彼のお勢に対する愛情を表現したものとも取られかねない。お勢がその長持ちを家具店に売り、そのすべてを片付けた後、長持ちは改めて無意識のブラックボックスになってしまう。それは、暴力の恐ろしい行為の象徴であるか、それとも「世界の醜さに傷つけられていない無実の乙女に」献身されたものなのか。これは、短編小説の謎めいたタイトルの真の意味である可能性が高い…お勢登場―「オ・セ・イ」―女性の主体的解放（ウィメンズ・リブ）ではなく、暴力的な侵入の記号を示唆するであろう。その間、格太郎は閉所嗜好症の闇に迷い込んでいる。

四、火星の運河と惑星のクローズアップ

一九二六年四月号の『新青年』に掲載された「火星の運河」は、乱歩の最も前衛的な作品であり、閉所と視線との親和性をモチーフにしたものである。シュールレアリスムのように、暗い森の中で失われた男が、外界を完全に遮断して、時間、空間、さらには自分のアイデンティティさえ感じさせない不安の状態にさまようようにしている。男は直感的に森に何度も入り込んだことを知っているが、毎回、根本的に異なる体験であるため、彼を

導く記憶はない。その果てに、恐ろしい森を放浪し、永遠にそこをさまよう恐怖を感じる。すると、「ふと気がつくと、私の周囲には異様な薄明かりが漂い初めていた。それは例えば、幕に映った幻燈の光の様に、この世の外の明るさではあったけれど、でも、歩くに随って闇はしりえに退いて行った」[注13]。これは無声映画や幻燈を思い出せる場面だが、反自然主義的な要素を見過ごすことは出来ない。

音もなく、匂いもなく、肌触りさえない世界の故か。そして、それらの聴覚、嗅覚、触覚が、たった一つの視覚に集められている為か、それもそうだ。併しもっと外にある。空も森も水も、何者かを待ち望んで、ハチ切れそうに見えるではないか。彼等の貪婪極りなき慾情が、いぶきとなってふき出しているのではないか。併しそれが、何故なればかくも私の心をそそるのか」[注14]。

ここでの光は啓蒙を表すのではなく、幻燈というメディアを通して、非現実的な世界へ導き入れるものである。なぜなら、人は窒息している森の囲いの中から道を見つけることができないからだ。

スクリーン上の物体との魅力の方向に彼を導き、ローラ・マルヴィが名付けた女性の身体への「男性の視点」という理論モデルに関連づける。森林の真中の黒い池沼は、映画スクリーンの象徴であろう、主人公のアイデンティティを投影して明らかにすることができる鏡である。無声映画の視覚空間に生息しているように、人間の感覚は視覚的な記録に集中する。

視界においては、彼が自分自身を見つけ出す神秘的な景観を見直す独占的な手段になる。彼は反射する水面に辿り着く時、不可解なことに女性の恋人の体にトランスジェンダーしていることを発見し、彼女の壮大な美しさに喜びを感じる。圧倒的な雰囲気の中で何かが、この絵画のような場面を完成させるよう彼に呼びかける。彼は反射する水面の中心にある岩まで泳いで、鋭い爪で彼女の身体を掻き毟る。変身した男を他の世界的、映画的な風景との親交に導く自己破壊の狂乱の中で、性的喜びが達成され、そのシーンは黒くなる。男は目が覚めて、恋人が静かに彼に呼びかけ、布団の上で汗を流しているのを見つける。彼は恋人の顔が映画上のクローズアップのように大きく拡大しているのを目の当たりにする。

彼女の頰は、入日時（いりひどき）の山脈の様に、くっきりと陰と日向に別れて、その分れ目を、白髪の様な長いむく毛が、銀色に緑取っていた。小鼻の脇に、綺麗な脂の玉が光って、それを吹き出した毛穴共が、まるで洞穴の様に、いとも艶かしく息づいていた。そして、その彼女の頰は、何か巨大な天体ででもある様に、徐々に徐々に、私の眼界を覆いつくして行くのだった[注15]。

この最後の場面は、彼が夢の中で変身した体に残した火星の外的景観のＳＦのような記号化を想起させる。女性の顔はクローズアップされ、男性の視線は惑星の重力を想わせる。

五、押入れと屋根裏

既に見たように、乱歩における閉所嗜好症の閉所とは、幻想、夢、と主体的な変身の空間であり、抑圧された欲望を自由に考える安全な場所である。

『新青年』の一九二五年八月号に掲載された「屋根裏の散歩者」は「お勢登場」の長持ちと押入れと同様に、押入れと屋根裏という二重性を表現する。しかし、本作の趣旨は、異性への性欲というより、男同士の間の潜在的なホモエロティシズムである。それに、主人公の郷田三郎がその犯罪的な行為を「おもちゃ箱をぶちまけて、その上から色々のあくどい絵具をたらしかけた様な浅草の遊園地」で開始するとはいえ、最終的な段階では東栄館という宿所の奥に帰着する旨に注目すべきだ。

三郎は、落ち着きのない流浪者であり、様々な職業や娯楽を試していたが、失望させられ続けていた。三郎は家族の仕送りによって生きる夢想家で、ジンメルが定義づけた都市生活の刺激を追いかける。ただし、

この世には「女」と「酒」という、どんな人間だって一生涯飽きることのない、すばらしい快楽があるではないか。諸君はきっとそう仰有るでしょうね。ところが、我が郷田三郎は、不思議とその二つのものに対しても興味を感じないのでした。

その退屈な日常の中、偶然に明智小五郎に出会い、犯罪実話と探偵小説の趣味を抱きしめるようになる。明智は三郎の病理的傾向を認識し、彼をある種の科学実験の対象として取り扱うことになる。

浅草に飽きた三郎は結局東栄館の部屋に戻り、そこで乱歩の「幻影の城主」における行為を思い出すように押入れにとじこもり想像力を解放する。

襖をピッシャリ締め切って、その隙間から洩れて来る糸の様な電気の光を見ていますと、何だかこう自分が探偵小説の中の人物にでもなった様な気がして、愉快ですし、又それを細目に開けて、そこから、自分自身の部屋を、泥棒が他人の部屋をでも覗く様な気持で、色々の激情的な場面を想像しながら、眺めるのも、興味がありました。時によると、彼は昼間から押入に這入り込んで、一間と三尺の長方形の箱の様な中で、大好物の煙草をプカリプカリとふかしながら、取りとめもない妄想に耽ることもありました。…ところが、この奇行を二三日続ける間に、彼は又しても、妙なことに気がついたのです。飽きっぽい彼は、三日目あたりになると、もう押入れの寝台（ベッド）には興味がなくなって、所在なさに、そこの壁や、寝ながら手の届

く天井板に、落書きなどしていました[注16]。

この場面でも押入れは、主体が自らの欲望を書く場となる。三郎はその直後天井裏の入口を見つけ、「屋根裏」のワンダーランドを発見することになる。

三郎は屋根裏の散歩をする度に女装で身をつつむ。「火星の運河」でみたように、自分が銀幕の女優になる如く、

彼は又、この「屋根裏の散歩」を、いやが上にも興深くするために、先ず、身支度からして、さも本物の犯罪人らしく装うことを忘れませんでした。ピッタリ身についた、濃い茶色の毛織のシャツ、同じズボン下――なろうことなら、昔活動写真で見た、女賊プロテアの様に、真黒なシャツを着たかったのですけれど、生憎そんなものは持合せていないので、まあ我慢することにして――足袋を履き、手袋をはめ――天井裏は、皆荒削りの木材ばかりで、指紋の残る心配などは殆どないのですが――そして手にはピストルが……欲しくても、それもないので、懐中電燈を持つことにしました[注17]。

三郎がその隠れが東栄館の隣人たちを覗いたりすることも、ある意味では明智の心理実験の反復である。

その遊びは歯科の助手である遠藤の寝所がちょうど節穴の下にあることを発見した時に殺意となる。遠藤が大口をあけ眠る顔を目にした三郎の、最初の衝動は口の中に唾を吐くことだった。しかし、遠藤が押入に隠したモルヒネの小さな瓶を盗み、遠藤の開いている口に直接垂らしたら、完璧な犯罪を遂行することができるという計画を思いつく。有毒な液滴を彼の口に滴一滴と落とし込むことが性的暗示であることは、いうまでもない。三郎は遠藤が死に至る様を、最高の喜びを感じながら観察する。警察の調査では自殺だとされ、安心する三郎はただ明智との再開で心配を感じるのである。

三郎はある夜、押入の中で遠藤の頭が逆さまにぶら下がっている幻を見かける。明智はそういう奇怪なトリックで三郎を最後に弄び、「一寸君の真似をしてみたのだよ」と揶揄う[注18]。三郎の押入れに侵入する明智は三郎と遠藤との憎しみと同性愛的なやり取りの示唆を再び繰り返す。

明智は三郎に恥をかかせるために殺人事件の大きなミスを指摘する。目覚まし時計がセットされていたこと、屋根裏に落ちていたボタン（明智が意図的に落としたもの）、そしてモルヒネがタバコの袋に落ちた様子を無意識的に見た為、「精神的に彼を煙草嫌いにさせて了ったの」である。

閉所嗜好症の空間である押入れは三郎と明智の最後の衝突の舞台となる。また、明智の三つの手がかりは、決して本格探偵小説的な物ではない。明智にマリオネットのように弄ばれた三郎は、無意識的な行動に導かれ、破滅に追い込まれた。押入れと屋根裏という閉所の中でのみ、三郎は「幻影の城主」だった。

参考文献

Angles, Jeffrey. "Seeking the Strange: Ryōki and the Navigation of Normality in Interwar Japan." *Monumenta Nipponica* 63:1（Spring 2008）: 101–141.

Driscoll, Mark. *Absolute Erotic, Absolute Grotesque: The Living, Dead, and Undead in Japan's Imperialism, 1895–1945*. Durham, NC: Duke University Press, 2010.

Igarashi, Yoshikuni. "Edogawa Rampo and the Excess of Vision: An Ocular Critique of Modernity in 1920s Japan," *positions* 13:2（Fall 2005）: 304.

Jacobowitz, Seth, ed. and trans. *Edogawa Rampo Reader*. Fukuoka: Kurodahan Press, 2008.

———. "Pathologizing Modernity: The Grotesque in Poe and Rampo," Barbara Cantalupu, ed., *Poe's Pernicious Influence*. Bethlehem: Lehigh University Press, 2012.

Simmel, Georg. "The Metropolis and Mental Life" in Gary Bridge and Sophie Watson, eds. *The Blackwell City Reader*. Oxford and Malden, MA: Wiley-Blackwell, 2002.

イブ・コソフスキー・セジウイック『クローゼットの認識論―セクシュアリティの２０世紀』外岡尚美訳　青土社、一九九六年。

紀田順一郎編『江戸川乱歩随筆選』筑摩書房、一九九四年。

谷口基『変格探偵小説入門――奇想の遺産』岩波書店、二〇一三年。

松本康編『近代アーバニズム』日本評論社、二〇一一年。

松山巌『乱歩と東京』筑摩書房、一九九四年。

横尾忠則「閉所恐怖症と閉所嗜好症と」太陽編集部（編）『江戸川乱歩』コロナ・ブックス、一九九八年。

ジャック・ラカン『エクリ』宮本忠雄、竹内迪也、高橋徹、佐々木孝次共訳　弘文堂、一九七二年。

【注1】『江戸川乱歩全集』第一七巻、三二一。

【注2】松本康編『近代アーバニズム』、一。

【注3】ディラン・エバンス、『ラカンの精神分析の入門辞典』、一九四項。ここと他の場所で、特に明記しない限り、私の翻訳である。

【注4】キルステン・ヒルドガード、「倒錯の適合性」。www.lacan.com/conformper.htm

【注5】同上。

【注6】『江戸川乱歩全集』第一七巻、三二一。

【注7】同上、三二一。（初出『日々新聞』昭和一〇年一二月）

【注8】主に『江戸川乱歩全集』の全一五巻、出版：講談社、一九六九年四月―一九七〇年六月刊行、編集委員：松本清張・三島由紀夫・中島河太郎、挿絵：横尾忠則・古沢岩美・永田力。

【注9】横尾忠則、『江戸川乱歩』コロナ・ブックス、七五。

【注10】『江戸川乱歩全集』（一九六九）、第一巻、二四九。

【注11】江戸川乱歩、「日本探偵小説の系譜」、『中央公論』六五巻一一号（一九五〇）一七六頁。

【注12】『江戸川乱歩全集』

【注13】『江戸川乱歩全集』

【注14】同上。

【注15】同上。
【注16】同上、二五三。
【注17】同上、二五五―五六。
【注18】『江戸川乱歩全集』。

乱歩・声・モダニティの音風景

これを要するに声という奴は、度々云う通り、それ丈け切り離すと、一寸凄みのあるものである。

（江戸川乱歩「声の恐怖」より）

大森恭子

はじめに

江戸川乱歩（一八九四〜一九六五）が視覚的なトリックに強い興味を抱いていたことは広く知られている通りであり、これまで国内外の先行研究によって、そのさまざまな側面が明らかにされて来た。乱歩作品では、視覚に影響を及ぼす人工の装置（鏡、レンズ、望遠鏡、顕微鏡、凹面鏡、双眼鏡、パノラマ、迷路、のぞきからくりなど）の他、蜃気楼のような自然現象も使って、窃視症《せっし》、レンズ嗜好症《マニア》など、目の錯覚や意識の転換などへの偏愛が、変奏曲のように奏でられる。また、乱歩がホーム・ムービーを撮っていたことが、乱歩と視覚という話題で引き合いに出されることもある。これら家庭用のカメラは、乱歩が熱心に撮影していた当時、録音装置を搭載していなかった。したがって近年、撮影対象である乱歩の家族や乱歩本人が無音状態で動く映像を見ることによって、作家江戸川乱歩の「視覚」への執着が、なおさら強く私たちの心に印象づけられてきたということもあるだろう。

しかし本章では、視覚以外の感覚として、聴覚に注意を向けたい。乱歩はその日常生活において、そして作品執筆の際に、聴覚についても興味を持ったのだろうか。聴覚のトリックを使った作品は生み出さなかっただろうか。これまで頻繁に取り上げられた視覚よりも、聴覚の方が重要だと主張することが議論の目的ではない。乱歩と視覚については優れた研究がされてきた一方、聴覚は乱歩の作品にどのように現れているのだろうという素朴な疑問から始めようと思う。

乱歩を論じる前に、まず、聴覚に関係する名詞である「音」とは何かという、基本的な問いからお付き合いいただきたい。電子版『スーパー大辞林 三・〇』(二〇〇八)によると、「音」の定義は次のように始まる。「空気・水などの振動によって聴覚に引き起こされた感覚の内容。また、その原因となる空気などの振動。音波。人間は振動数二〇～二〇〇〇〇ヘルツくらいの音波を音として感じる。音の性質は強さ・高低・音色の三要素で表すことができる。」つまり、「音」の第一の定義は物理的なもので、科学的に振動として計測できるものである。当然ながら、音の内容や質には、歴史的な移り変わりや地域による相違もある。技術の発達で新しく創りだされた音もあれば、今まで人間の耳では聞こえなかったものが、装置の進化で聞こえるようになったこともある。また、近代的な音が巷に溢れるようになった結果として、聞こえにくくなった音、失われてしまった音もある。自然音であろうと人工音であろうと、例えば海辺の町では波の音が日常生活の一部となっていたり、車社会では通りを走る車のエンジンの音が途切れることはなかったりと、地域によって存在する音が異なることもある。

「音」の二番目の定義は、「(「音に聞く」「音に聞こえた」などの形で)うわさ。評判。」である。これは、「音」が比喩的に、社会的・文化的な情報の伝達という意味があることを示している。つまり、受け手が社会において、政治、階級、人種、性、精神状態など様々なカテゴリーでどのような立ち位置にいるかによって、情報へのアクセスが拡張されたり制限されたりするということである。現代の辞書が示すこれら二つの定義からも分かる通り、「音」は、科学的に説明・計測可能なものであると同時に、社会・文化・政治・精神などの深層に深く関わるものでもあるということを、ここで心に留めておきたい。一例だが、ラジオの発明は、技術的発明のおかげで音が電波に乗って遠方へ届けられ、それが受信されるという、物理的仕組みに終わるのではない。ラジオの発明に伴って、人々がラジオ受信機のある家に集まって番組を聴くという社会的生活習慣ができ、次にはラジオの「正しい」聴き方がお役所によって指導されるようになるなど、音は日常の形成に深く関わってきた。

同様に「声」の定義を見ると、第一義は「人間や動物が発声器官を使って出す音。虫の場合は羽などを使って出す音」、第二義は「(生き物に見立てていう)物の立てる音」(例:風の声)、第三義は「言葉にして表した考えや気持ち」(例:読者の声)というように、これも物理的なものから比喩的なものへと定義が並ぶ。本章では「音」の一つとして「声」についても論じるため、これらの定義も前もってここに紹介しておく。

カナダの作曲家、R・マリー・シェーファー(R. Murray Schafer)は一九六〇年代に、「ランドスケープ《landscape》」(風景)ならぬ「サウンドスケープ《soundscape》」(音風景)という言葉をつくりだした。コンサート・ホールで奏でられる音のみを、美しくて耳を傾ける価値のある対象とするのではなく、日常の音、しかもさまざまな音が混在する環境に目を向けて、各地で異なる音風景が存在することに気づき、耳を傾けることを提唱したのである。これは当時、広く環境問題への意識の高まりを背景に始まった改革で、音における一種のエコロジー的試みの意味合いが強かった。しかしここでは、当初のエコロジー的な意味合いではなく、もっと広義なものとしての「音風景」という言葉を使うことにする。乱歩が作家として活躍した一九二〇年代~六〇年代に存在した装置から発生する音や、それらの装置を使うようになった人間の社会習慣や考え方の変化が、乱歩の作品にどのように反映されているのだろうか。これは、「ソニック・テクスチャー」(直訳すると音の質感や手触り)という言葉を使って良いかもしれない。まるで音の織物のように、文学テキストにその時代の音、そして音に触発された習慣や考え方が織り込まれているとすると、「音」に注意を払いながら文学作品を分析することで、埋もれていた意味が見えてくることもあるだろう。また、文学的手法の面でも、変化する環境に対応しようとする現代人を表現する新たな方法を、乱歩が試みているかもしれない。知識欲旺盛な乱歩のこと、音に意識的に向き合った手がかりがエッセイやメモに見つかる可能性もある。ここでは、そのような「乱歩の音風景」を考察するために、大まかに言って三つの方法を組み合わせながら考察してゆきたい。第一は、乱歩の作品中に主題や題材として登場する、音に関する装置や出来事を探し出すこと。第二は、乱歩の文学的手法が生み出す音や声を分析すること（比喩的な意味を含む）。そして第三は、乱歩自身のエッセイや、乱歩邸母屋・土蔵で見つかった蔵書その他の資料を使い、慎重に作品分析を行うことである。

ところで、乱歩が生き、また作家として活躍した時代の音に対する彼の感覚がどのように作品に反映しているかを見るためには、身体的経験の歴史化（この場合は聴覚という知覚の歴史化）を行う必要がある。先ほどは現代の辞書の「音」の定義から話を始めたが、現在の私たちが自然ととらえる感覚をそのままアプリオリとして分析するのではなく、乱歩作品で言及される音が当時、どのような意味を持って受け止められていたのかを注意深く分析していくべきであろう。特に、乱歩が執筆活動を行なった一九二〇年代からから六〇年代のテクノロジーの進歩を背景に、作品中の音や声を、変化する社会との関わりで考えることが不可欠になる。乱歩の時代の音についてはのちの作品分析にも関係があるため、ここで簡単な歴史を確認しておきたい。

近代技術は様々な形で五感を刺激し、大衆生活全般に感覚の拡張とも言える現象を引き起こした。その中で聴覚に関係するものをここに挙げる。一八五〇年代にフォノートグラフという記音器が初めて音声を記録した後、蓄音機とレコードの発明が一八七〇年代、ラジオ放送は一九〇〇年代、映画の場合は無声映画が一八九〇年代に発明されたあと、フィルムにレコードを組み合わせる方法等が試され、最終的には映画のフィルム自体に音を一緒に記録して再生する形の発声映画（トーキー）が、一九二〇年代後半に本格的に製作されるようになった。技術の進歩に合わせて、各媒体を使った芸術的表現も変化していった。例えば、映画の芸術表現が発声映画の発明によって変わっていった。それまでは目に見える形で表現していたものを、音と映像の組み合わせを考え、それに伴ってカット割りの方法などが変化していった。また、二〇世紀初頭のモダニズム的芸術活動を見ると、芸術的な表現を行うために使用する媒体自体への関心が高まった。

ただし、日本の場合は、サイレントからトーキーへの移行がもう少し複雑である。それは、「無声映画」時代にも実は「声」がついていたためだ。音楽の生伴奏もよく映画に合わせて行われたが、これは欧米その他の映画館でも見られた形式である。だが、日本の場合、ある程度の施設が整った映画館には活動写真弁士（略して弁士、または活弁）が楽士と共に専属で雇われており、映画上映時に弁士がスクリーンの横に立って「説明」をつけていた。弁士最盛期の一九二六年には、全国で男女合わせて七六〇〇人近い弁士が登録されていたほどだ。したがって、同じ映画でも各映画館の弁士によって説明の内容や調子が違い、また、一度上映したものを後年に再上演する際には、たとえ同じ弁士の説明でもその時の社会世相を反映して変わっていった。私たちがこんにち無声映画と呼ぶものは、フィルム自体に音（サウンドトラック）がついていなかったという意味に過ぎず、実際の映画鑑賞の際には音声が重要な役割を果たしていたのだ。

さらに、その「声」が、登場人物（を演じる役者）ではなく、弁士という物語世界の外の他者から発せられていたということに重要な意味があるように思われる。弁士の「説明」は伝統芸能とは異なり、映画とともに生まれてあっという間に全国に広がったため、そのスタイルに統一性があった訳ではない（統一化を図る動きはあったが）。だが、大まかにいうと、「ナレーション、登場人物のセリフ、映画の内容などについてのコメンタリー」の三つの役割を担当する、生の声の芸能である。ここで、弁士は二つの意味での「声」を駆使する。一つ目は物理的な「声」。声帯が振動することで創り出される様々な抑揚や音質、音色を持つ「声」を通して、人間の感情を表現し、観客の情緒に訴える。そして、二つ目は抽象的な意味の「声」。目の前で上映中の映画について、弁士が自らの解釈や意見を語ることによって、その映画作品に対する観客の理解に大きな影響を与えた。そんな訳で、トーキーの技術が発達する前から、日本における映画は、これら二重の意味での声、すなわち、映画の物語世界内の身体からは離脱したものがスクリーンの光の中でほのかに認められる弁士の身体から出る声として受容されていたのだ。私は、この「メタ」的、トランス・メディア的な弁士の語りの芸能が、浅草などの映画館や声色屋・八人芸（腹話術）に通った乱歩にも影響を与えたのではないかと思っている。これらは、後ほど説明するが、乱歩のエッセイからもある程度、推測できる。また、そこから発展して、各感覚を別個のものとして捉えるよりも、例えば視覚と聴覚の組み合わせによって乱歩作品でどんな効果があげられているのかというように、多感覚《multisensory》にわたる議論、そしてその結果として媒体《transmedia》を横断する議論が重要ではないかと考える。

さて、映画は一九三〇年代にトーキーへと移行したが、それでも長い間、音と映像は別々に記録され、ポストプロダクションで合わせる形が多かった。家庭用のカメラも当然ながら、長い間、録音機能を持たなかったので、乱歩が撮影したホーム・ムービーも無音だった。家庭用カメラのフィルムにサウンド・トラックがついたのは、乱歩没後、技術とコストの兼ね合いがついてサウンドカメラをコダック社が発売した一九七〇年代半ばになってからだった。また、音のみを記録するテープ・レコーダーについても、ラジオ局が通りに出て録音するようになってはいたが（戦後の一九四五年九月二九日に第一回が放送されたＮＨＫラジオ放送の「街頭にて」などがよく知られる例）、しかしこれも録音自動車と呼ばれる車に録音機器を搭載した形だった。人が簡単に持ち運びのできる大きさのものはなかったのだ。しかし、東京通信工業（現在のソニー）が一九五〇年代に発売した携帯型テープ・レコーダーが状況を変えた。そして、一九七〇年代に至っては、アマチュアが外に飛び出していろんな音を録音する「生録《なまろく》」ブームが到来した。しかし乱歩邸からは、これまでのところ、テープ・レコーダーなどの録音機器や、乱歩自身が録音した磁気テープなどは見つかっていないようだ（所有していたものが、何らかの事情で処分された可能性はあるが）。なお、磁気テープなどの音源は何本かあるが、確認されているものは、スタジオで録音したレコードや、出演したラジオ番組の録音を、おそらく乱歩自身が局にコピーを依頼して家に保存していたもののみである。乱歩の没年が一九六五年であることから、彼がいくら進取の気性があったとしても、持ち運びができて自然の音や人の声などを手軽に録音できる、そんな装置を手に入れる機会はなかったのかもしれない。九・五ミリ、一六ミリ、八ミリカメラを構えて六〇巻もの無音のホーム・ムービーを残した乱歩だが、音だけの記録はそれほど興味がなかったとも考えられる。

乱歩と音・声

しかし乱歩は、弁士や腹話術の声の芸、また、日常生活に浸透していったラジオやテープ・レコーダーなどの音の装置が鍵となる作品を残している。他にも電話などの機器が登場する作品もあるが、ここでは、弁士や腹話術（人が機械を介さずに声を出すが、自分と登場人物、あるいは人形という複数の視点を表す）、ラジオ、テープ・レコーダー（人の声やその他の音が、機械を介して遠くに送られたり、時間を隔てて届けられる）に絞り、エッセイ「声の恐怖」を紹介した後、「人でなしの恋」（一九二六年）と「化人幻戯」（一九五四～五五年）の二作品を分析したい[注1]。

（一）エッセイ「声の恐怖」初出　一九二六年八月　『婦人公論』

このエッセイからは、「声」に関する乱歩の次のような考えが浮かび上がってくる。第一に、声が「それを発する源」である身体を失い、抽象的になると恐ろしいという（例えば、小さい頃に母親から聞いた木霊《こだま》の話を恐ろしく感じたと記す）。第二に、視覚上の幻視は得てして幽霊と呼ばれるが、「幻聴の幽霊」（「声丈けのお化け」）も往々にしてあるのだという。ここで乱歩はエドガー・アラン・ポーの「影」という作品に言及し、姿がなく「影」と「声」のみからできている幽霊を、「この世の二つの恐怖である影と声を組合わせた所は、流石にポオだと思う」とし、ポーが描写する「その影の声の調子は、ただ一人のそれでもなく、又群衆のそれでもなく、一こと毎に調子が変り、たくさんの亡くなった友人達の、聞き覚えある音調となって、私達の耳に物凄く落ちてきたのである」という部分を、「実にすばらしい」と感心している。ただし、乱歩は、ここで幻聴の幽霊を原因不明のオカルトには終わらせない。貝殻を耳に当てると波の音が聞こえる気がするのも、心理学的な説明ができると断じる。「軽微な神経衰弱」にかかっていると、ただの風の音が「早く、早く、早く」というような言葉に聞こえ始めたりする自身の経験を例に出し、そのような精神状態がさらに進むと、「声の幽霊」になるのだろうとする。言い換えると、不可思議なものには何らかの合理的な説明が可能であり、声の幽霊の場合は、聴き手の心理的・精神的な状態がそのような錯覚を作り出すと考えているのだ。このように、人が自分で作り出してしまう幻聴（耳の錯覚）の怪しげな魅力は、乱歩作品に頻出する錯視（目の錯覚）の重要性とも相通ずるところがある[注2]。

次に乱歩は、錯覚を外部から誘発する方法についても記す。まず、芸の世界には腹語法（今で言う腹話術）というものがあると述べる。これは、人間が装置の助けを借りずに自らの体の機能を使って、聴覚の錯覚を引き起こす芸である。続く最終部分では、文明の利器と声の恐怖を結びつける。乱歩は一九二五年に「映画の恐怖」というエッセイも書いており、近代技術が可能とした視覚の恐怖について興味深い考察をしている。同様に、この「声の恐怖」でも蓄音器、電話、ラジオ等をあげて、「人間から切り離された声の恐怖」を、「変な凄みを伴うもの」であると繰り返している。つまり、乱歩の中では、身体から切り離された声は、それが機械を通して発生するものであろうと、腹話術のように人が芸として身につけるものであろうと、または受け手の心理状態が作り出す幻であろうと、聞き手の錯覚を誘《いざな》う、妖しい魅力を持つのだ。

（二）「人でなしの恋」初出　一九二六年『サンデー毎日』一〇月一日秋季特別〈小説と講談〉号

それでは、身体を離脱した声が、彼の文学作品ではどのように活用されているのだろうか。ここでは、本作品の語りの重層性を、弁士説明を手掛かりとして探ってみたい。ただし、乱歩の語りが弁士説明に直接、影響を受けたという議論をするつもりはない。乱歩の初期作品の時代はいわゆるモダニズムの時代であり、作家であろうと弁士であろうと、語る際の「媒体」に注意を払い、語りのスタイルで実験を試みるという意味で、共通点があるのではないかと考える。

この作品では「声」の不思議な力が、先に述べた「物理的」な声と「比喩的」な声という、二重の意味で重要な要素として使われている。まず一つ目の物理的な「声」は、一人二役の腹話術的な「声」である。本作品は門野という、ある町の旧家の御曹司、しかも「凄いような美男子」の悲劇の恋物語だ。門野は相当な変人で、若い頃から自宅に引きこもりがちであった。やっと縁談がまとまり、門野は一九歳の娘、京子を妻にめとる。しばらくの間、夫婦仲はうまくいっているかのように見えるが、結婚して半年経ったころ、夫は祖先伝来の書物がある土蔵の二階に夜な夜な閉じこもるようになってしまう。京子は、夫が女と逢引きをしているのではないかと嫉妬に狂い、夜更けに土蔵へゆく夫のあとをつけ、蔵の一階から上階の様子を立ち聞きする。すると、夫が聞き覚えのない女の声とかわす睦言が聞こえてくる。夫が立ち去ったあとで土蔵の中を調べるが、女はどこにもいない。だがついに、土蔵にある立派な長持の中に件《くだん》の女が隠れているのではないかと思い至った京子は、長持の鍵を手に入れ、その中に「一〇歳ばかりの小児の大きさ」の浮世人形が入っていることを発見する。つまり、夫は「情欲的な顔」をしたこの人形に恋をしており、毎夜、自分と他人（しかも命のない人形）の声を交互に出して艶かしい会話をしていたのだ。

夫が声を変えて人形と会話しているかのように話すところは、まるで腹話術であるが、乱歩は腹話術について、先ほど紹介したエッセイ「声の恐怖」の中で、恐怖の一例として次のように語っている。「腹語法というものがある。日本では八人芸と云っている。口をとじて、鼻の穴から物を云う、一種の芸で、奇術師にこの法を修得したものがある。やり方によっては、術者から遠く隔たったところで声がする様な感じを与えることが出来る。劇場の天井裏から、変な言葉が響いてきたりすると、一寸凄いものだ」。この腹語法、あるいは八人芸というのは、日本では一七世紀半ばに始まっているので、近代的な技術を刺激として生まれた二〇世紀の声ではない。しかし、八人芸が、時には目と耳の錯覚の組み合わせを使い、障子に映した影が声を出しているかのように思わせるところは、映画の発達とともに登場した弁士の芸、特に「声色弁士」に引き継がれているかと思われる。

ところで、腕の良い八人芸や弁士は、人形やスクリーンに映った人物などが、あたかも生身の人間のようにそこで話しているのかと客が錯覚するような、臨場感をもたらす芸ができるものだが、門野の場合、錯覚に陥らせる相手は他ならぬ自分自身である。そのような倒錯の境地に自らを導くために、彼は女の声を出すことが習慣になっている。つまり、全く社交性もなく生身の女性にも興味のない彼が、唯一愛欲に溺れることができるのは、自分が自他のどちらも演じる時だけなのである。そう言う意味では、門野の行為は人形浄瑠璃とは違う。なぜなら、浄瑠璃では人形遣いと太夫は別々の人間が行うからである。なお、厳密には、門野が八人芸、腹話術師のように鼻から声を出して、声が別の場所から聞こえる発声法を使っていたかどうかまでは、テキストから読みとることができない。しかし、人形が一人格であるかのように対面して会話をするという点では、共通するところがある。土蔵に保存されていた祖先伝来の浮世人形は、いくら名人の作った人形とはいえ、声を出すからくりは内蔵されていない。しかし、その人形を見つめ、おそらく腹話術師のように人形の手を取りながら女の声を出し、その声が人形の口から発されていると自らすすんで思い込んでしまうというような自己完結の愛欲の世界に、門野は生きているのである。そのような精神状態において、人間と人形の区別は消滅し、自他の差異もなくなってしまうために結末の悲劇が起こる。

乱歩にとっては、八人芸と同様、初期に見られた無声映画の弁士のスタイルの一種である「声色弁士」も身近な存在であったと思われる。特にサイレント初期は、映画（例えば尾上松之助主演の時代劇）は演劇の延長（つまり、演劇が撮影されてスクリーンに映されている）という受け止め方が強かったこともあり、舞台であたかも演劇を再現するかのように、俳優たちの声を真似る声色弁士たちが通常は複数名、スクリーンの裏で声を担当した。一八九四年生まれの乱歩は、まさに映画誕生の頃に生を受け、サイレント映画とともに育った。日本のサイレント時代、弁士はその声の芸術・話芸によって、無声映画を見る観客をスクリーンに映る二次元の空想の世界に誘い入れ、しかも映画についての観客の解釈を誘導する力を持った。弁士最盛期の人気弁士である徳川夢声は、自らがはじめて弁士説明を試みた時の体験について、次のように書き記している。「画面の進行は、説明の言葉と没交渉である」のは、客の立場の時も分かっているつもりだった。しかし、弁士をやってみて気づいたのは、「自分が観客である場合は、いい弁士なら弁士の声につれて画面が動くという気がするものであるが（巧い説明ほどそうだ）、これは大錯覚であった」。つまり、腕の立つ弁士の説明になると、声が先に存在し、その声に導かれてスクリーン上の人物が動くように人々を錯覚させるのである。

「人でなしの恋」の夫の場合は、腹話術師や弁士として客の錯覚を誘うためではなく、自分自身を空想の恋愛世界に導くために声色を変えて会話を行なっていた。しかしここで、夫自身も意図しなかった、隠れた「客」がいた。それが、夫の不貞を疑い、盗み聞きをする妻である。彼女は、夫を尾行して土蔵の一階に隠れ、生身の人間二人が蔵の二階で逢っているのだと勘違いしてしまった。新婚で幸せの絶頂にいた京子だが、夫が自分を愛そうとしても愛せないことに気づくところも、夫の声に言及して次のように描写されている。夫の「夜ごとのねやのエクスタシイは形の上にすぎなくて、心では、何か遥かなものを追っている、妙に冷たい空虚を感じ」、「あの人の声音すら、なんとやらうつろで、器械仕掛けのようにも思われる」ようになっていく。つまり、現実の世界で生身の人間である門野がもう一人の生身の人間であり最も親密であるはずの妻にかける声は、内面の感情や心理を伴わない、機械仕掛けの人形のように虚ろなものとしか響かない一方、彼が逢引きの相手にかける言葉は、愛情に溢れたものだという、声の皮肉な対比によって愛情を表現している。したがって、声はこの物語の中で、心の深層を垣間見せる窓としての大切な役割を果たしているのだ。心理分析を持ち出すまでもなく、声は最も個人的・私的なものに近く、自己表現をし、人と人を結びつけるための有効な手段として扱われている。

この作品でさらに大切なのは、勘違いがとけて女の正体がわかったところから悲劇が始まることで、そこには聴覚が大きな役割を果たしている。夫が本人と人形の二人分の声を出して会話をしていたと気づいた時点で、京子は、「ああ、ただの人形だった」と安心はしない。京子本人が後日譚で漏らす通り、その頃の京子は、毎夜の盗み聞きのせいで、「ほんとうに恋ほど恐ろしいものは」ないほど「嫉妬の火が燃えて」いる状態になっていた。そのような異常心理状態では、本来なら聞こえはしない、そして見えもしないものまで自らが進んで補って物語世界を作り上げてしまう。これはまるで、映画の観客が、弁士の声や言葉から映画世界の人物たちについて、さらに想像を膨らませるのと同様である。京子は次のように語る。「細々とした女の声は、それがあまりに低いために、ほとんど聞きとれぬほどでありましたが、聞こえぬところは想像で補って、やっと意味を取ることができたのでございます。声の調子で察しますと、女は私よりは三つ四つ年かさで、しかし私のように太っちょうではなく、ほっそりとした、ちょうど泉鏡花さんの小説に出てくるような、夢のように美しい方に違いないのでございます。」

つまり、ただの浮世人形を完璧な恋人に仕立てたのは門野だけではなく、土蔵の二階から切れ切れに聞こえる会話の内容を空想の力で膨らませた京子でもある。まるで、乱歩がエッセイ「声の恐怖」で書いた神経衰弱状態が引き起こす幻聴のように、京子が聞いたと思い込んだ内容は彼女の中では現実となり、相手が人形だと判明しても京子の嫉妬心はさらに強まり、それが最後の悲しい結末へとつながっていく。ある朝、京子は夫の目を盗んで人形を「めちゃめちゃに引っちぎり、眼も鼻も口もわからぬように叩きつぶして」しまう。京子は、「人間の轢死人の様に、人形の首、胴、手足とばらばらになって、昨日に変る醜いむくろをさらしているのを」見て、これで夫は自分のもとに戻ってくると安心する。しかしその夜、土蔵を訪れて異変に気づいた夫は絶望し、まるで文楽の心中もののように人形の上に折り重なって、蔵の中にあった家宝の名刀で自害してしまうのだ。

この作品にはもう一つの大切な「声」、比喩的な意味での声が存在する。それは作品の語りの声である。作品全体が、十年前に起こった悲劇を回想して、聞き手に語りかける京子の一人称の語りになっている。作品の冒頭の数行をここに紹介する。「門野、御存知でいらっしゃいましょう。十年以前になくなった先《せん》の夫なのでございます。こんなに月日がたちますと、門野と口に出していって見ましても、一向他人様《いっこうひとさま》の様《よう》で、あの出来事にしましても、何だかこう、夢ではなかったかしら、なんて思われるほどでございます」。テキストが「門野、御存知でいらっしゃいましょう。」と始まることによって、物語世界が京子という一個の主観によって構築されているということが明らかとなる。

ところで、自分の身に起こった恐ろしい悲劇について物語る京子の語りは、十年という年月を経てからなされているものであり、そこには時間的な隔たりがある。つまり、年月の経過が、語り手京子が当時の自身の精神状態について距離を置くことを可能にしているのである。三十路にさしかかろうという女性が、当時一九歳の娘であった自分を振り返り、当時は恋にのぼせてしまっていたのであんな行動をしてしまったのであろうというように、一種、突き放して別の人格のように分析しているかと思えば、ある時はその当時の精神状態に戻ったかのように、自分自身への深い共感の念とともに語る。これも、映画館での弁士説明と共通点のある語りの手法といえるかもしれない。もちろん、乱歩の一人称の語りは影響が一つではなく、幼い頃に母が読み聞かせてくれた新聞の連載ものや、宇野浩二や谷崎潤一郎の語りの手法など、様々なところにその刺激の源泉を見つけることができるし、弁士の説明も日本の昔からの様々な話芸に影響を受けて生まれたものである。また、『サンデー毎日』が定期的に出していた「小説と講談」特別号に掲載されたことからも分かるように、この作品は講談とまでは言わずとも、大衆文芸的な語りの典型的なスタイルをもっている（ただし、『サンデー毎日』の「小説と講談」特別号は、年を重ねるにつれて講談掲載の割合は少なくなっており、この乱歩作品が、必ずしもそのジャンルに収まるということではない）。

なお、ここで弁士を引き合いに出すのは、ただ単に、乱歩の前半生がサイレント映画時代とぴったり重なるからだけではない。乱歩が活動写真弁士に興味があったことは、少なくとも二つの資料から明らかである。一つ目は、乱歩のエッセイ、「活弁志願」（なお、「映画横好き」というエッセイにも同様のエピソードが出てくる）。乱歩が転職を繰り返したことは周知の通りで、彼の弁士願望も一過性のものだったかもしれない。しかし、乱歩がエッセイ

「私の探偵趣味」で、若い時に日本の最初期の探偵である岩井三郎の元で働こうとしたエピソードや、「映画横好き」で映画監督を志したことを明かしていると同様に、「活弁志願」でも、なりたかったのになれなかったものとして、活動写真弁士志願をした事情を書いている。それによると、乱歩は二十四歳の頃、「会社員をしくじって、逃避の旅にのぼり、無一物に近くなった時、東京に流れ着き、本所区の大工さんの家の二階に間借りをし、乏しい財布で、衣類などを売りながら、一日五、六十銭の費用で、あてのない日を送って」浅草に入り浸っていた。いよいよパン代もなくなるという土壇場で、乱歩は「活弁になって収入の道を得ようと決心」する。本人によると、「弁舌に自信があったわけではないが舞台に立てば何とか喋れそうにも思えた」。彼は浅草の映画館に出ていた（江田不識《えたふしき》という）弁士の住所を映画会社に聞き、自宅を訪ねるが、そこは「浅草区内の場末めいた町の小さな煎餅屋であった」。乱歩は「活弁というものを尊敬していたので、煎餅屋が内職、あるいは本職とわかってガッカリし」、さらには、一人前になるまでは「二、三年、無給の手弁当だよ」と、その弁士に言われて「すごすごと引き下がった」のである。

さて、乱歩が作家になった後も弁士（あるいは弁士的な語りの芸）に注目していた例をもう一つあげたい。一九二九年の『新青年』五月号に掲載された「ポオ『アッシヤ家の末裔』合評」で、乱歩は「（フランスの映画監督ジャン・エプスタインの映画『アッシャー家の末裔』を）ポオの原作と対照させて、間隔を置いて読む、なんてことをやったら或いは感じが出るかもしれない」と発言している。合評会をするために、乱歩は他の六人の探偵小説家たちとともに、この映画を見た。内輪の試写会であったため、その上映には音楽も弁士もついていなかったようだ。映画鑑賞後、他の作家たちは、この映画を公開するのなら、ポーを読んでいない客に分かるように説明する、あるいは数少ないタイトルが出てくる所だけ説明する、と意見を出す一方で、乱歩は、映画の外側から弁士のようなメタレベルの語りでこんなことを言わせたら面白いと考え、そのような発言をしているのである。つまり、乱歩はカメラと映写機という視覚的装置によって可能になる映画世界の凄さに魅かれているのだが、一歩進んで、それにどんな言葉を重ねるとさらに凄みが増すだろうか、ということも考えていたといえる。

多少繰り返しになるが、ここで簡単に要点をまとめたい。乱歩は先に紹介したエッセイ「声の恐怖」で、声が「変な凄みを伴う」のは、例えば山あいで「おーい」と叫んだ時に何度も繰り返して返ってくるこだまのように、声が身体から切り離される時だと表現した。「人でなしの恋」は、本来の「身体」とは別のところから発される「声」を、さまざまな形で変奏する。門野と浮世人形の会話は、腹話術、声色弁士、または後述のように『探偵小説の「謎」』という著作で乱歩が言及するような「声色屋」（役者など有名人の声色を真似る芸人）による声帯模写に相当する。そこでは人形にすぎない女が生身の体を持たない「声」として存在し、生身の人間である門野は、「凄いような美男子」と形容されている通り、ある種、人間というよりは人形界に属したほうが良い完璧な美貌の存在、感情のない人形のような「身体」として描かれ、さらに、その二人の逢瀬では、門野が腹話術師か声色屋のように人形の視点と自分の視点のどちらからも語ったりと、声と身体が遊離したり、別の形で合体したりする「変な凄み」によって異常心理が描かれる[注3]。さらに、門野と人形の睦言の聴き手であった京子が、今度は語り手となり、もう一人の聴き手に一〇年前の悲劇を物語る。「私が人殺しの罪を犯した」こと、すなわち夫を「死に導いた下手人」にほかならないことを懺悔する過程で、一〇年前の自分について大いに共感したかと思うと、まるで別個の人間であるかのように客観性を持って語るという流動的な語りを行なっている。つまり、京子の語りの声はまるで弁士のように、客観的なナレーション、登場人物の感情たっぷりのセリフ、そして弁士自身の反応を語るコメンテーター的な客観性の三つを切れ目なくつないでゆき、複数の意識間を行ったり来たりするのである。こうして、私たち読者は、門野と京子、そして浮世人形の驚くような三角関係によって、京子の語りに身を委ねるよう誘われるのだ。

（三）「化人幻戯《けにんげんぎ》」一九五四～五五年連載『別冊宝石』一一月、『宝石』翌年一月～一〇月

「化人幻戯」は上記の「人でなしの恋」からほぼ三〇年後、第二次世界大戦と占領期を間にはさんで戦後に出版された長篇作品である。乱歩は戦後、作家活動よりは探偵小説の推進者、リーダーとしての役割に情熱を注いでいたが、本作品を執筆するにあたり、次のような意気込みを述べている。「還暦を祝うことは隠居になることでは絶対にない。すくなくとも僕には新生を意味する。その証拠に、十何年振りで本格的な長篇を執筆し始めた。諸氏が催してくれる祝宴には、この自信作を持たなければ出席しない」（『宝石』一九五四年十一月号）。先ほどの「人でなしの恋」では、当時まだ新しい技術であった映画とともに発達した弁士説明の声の芸を「音風景」の一例として捉え、分析をした。一八九四年生まれの乱歩が今や六〇歳を迎えるなか、「化人幻戯」では、さらに変化して行くテクノロジーによって日常生活の一部となった戦後の音や声が、どのように重要な役割を果たしているかを考察したい。

「化人幻戯」の場合は、由美子というヒロインが、殺人のアリバイ作りのために、ラジオから流れるヴァイオリンの生演奏、そしてテープ・レコーダーで録音・再生された音を利用する。「人でなしの恋」の一人称の語りとは違い、「化人幻戯」の語り手は三人称全知だが、庄司武彦という青年の意識に一番寄り添った視点で語られている。あらすじは次のとおりである。青年、庄司武彦は探偵小説好きで、明智小五郎とも知り合いであった。話は、武彦が住み込みの秘書として雇われたところから始まる。雇い主はやはり探偵小説愛好家で、探偵小説家の江戸川乱歩を知人とする五〇代の元公爵、大河原義明。自宅の本棚には、乱歩をはじめとする探偵小説関係の創作や理論書が並んでいる。大河原の妻、由美子は二〇代で、年の離れた夫婦である。由美子は良家の娘だが、戦後すぐに両親を病気で亡くしていたため、大河原は保護者のような存在だ。大河原は事業で成功しており、多数の来訪者がある。その中でも特に頻繁に訪れるのが、姫田と村越という二人の青年である。武彦は、この二人

の間には何らかの軋轢があると感じていた。ある時、大河原夫妻は熱海の別荘に行くことにし、武彦も同伴する。大河原夫妻は二人揃って「レンズ嗜好症」で、望遠鏡や双眼鏡を使って遠くをみるのが好きなのだが、ある日二人が双眼鏡を使って魚見崎を眺めていたところ、なんと姫田がその崖の上から転落するところを目撃する。武彦も大河原夫妻と一緒にいたため、肉眼で、黒い豆粒のようなものが断崖を海面へと転落して行くのを見る。突き落とした人間は見えなかったが、姫田には自殺の動機がなく、殺されたのではないかと警察が捜査に乗り出す展開となる。担当になった箕浦警部補は地道な捜査の末、姫田が生前、謎の女と都内の宿で何度か逢引きをしていたことを突き止める。そして、姫田と村越が由美子を巡る三角関係にあったのではないかと推測し、村越を怪しいと睨んで尾行する。その頃、武彦は由美子の思わせぶりな態度に翻弄され、ついに主人の留守中に彼女と関係を持ってしまう。そうこうするうちに二番目の殺人が起こる。ラジオ番組を聞いていた村越が、自分のアパートで何者かに射殺されるのだ。現場の状況からは本来、自殺と断定すべきところだろうが、密室殺人ではないかという疑いから捜査が始まる。また、村越と共犯で姫田を殺したと疑われていた洋画家も死体で発見される。

由美子と関係を続けていた武彦は、この段階で由美子の日記を盗み見て、三つの殺人はいずれも夫が犯したと彼女が推理していることを知る。ここで由美子の日記が何ページにも渡って引用されているため、この部分だけ、語りの声は由美子の一人称に切り替わり、日記の引用が終わると、元の三人称に戻る。日記に書かれた由美子の推理は、細かいところまで具体的な証拠をあげてスキのないものである。武彦は彼女の観察力と推論に感服し、また殺人事件を解決する糸口がここにあると思い、明智小五郎にこっそりと日記を見せに行く。

さて、その数日後、これまでは主人の留守中に武彦を寝室に誘い入れていた由美子が、外で会いたいといいだす。タクシーに乗って、戦後も空襲以来の空き地が目立つお屋敷街の一角で車を降り、コンクリートで天井を固めた相当広い防空壕へ連れて行かれる。他の乱歩作品でも、一九五五年の「防空壕」など、防空壕は真っ暗で子宮のような場所であり、恐ろしく、同時に不思議でエロチックな邂逅が起こり得る場所として使われているが、ここでも懐中電灯を消した暗闇で、武彦は「想像を絶した愛欲の神秘を経験」するのである。しかし、ことの済んだところで、由美子はその正体をあらわし、武彦を可愛く思うからこそ自分のものにしておきたい、そのためには生かしておきたくないといいだす。武彦が絞め殺される危機一髪のところで、明智が彼を助ける。明智は、三つの殺人事件の真犯人は由美子であり、彼女は何重にもトリックを張り巡らせ、「幻戯」を編み出した幻術師なのだという。殺人のトリックをすべて的確に推理してみせた明智だが、ただし殺人の動機だけは思いつかないという。それに答え、由美子は以前にも四人の男（の子）を殺したと話し始める。話を聞き終わった明智は、あなたは一種の異常性癖の持ち主で、まるでカマキリのメスのように愛するものを殺してきたのだ、あなたの犯したのはラスト・マーダー（lust murder：快楽殺人）なのだと静かに結論づける。

乱歩は本作品で、密室殺人のトリックなど、それまで国内外の探偵小説を調べて集成したもののいくつかを使っている。その中では視覚に関連するもの（双眼鏡など）が目を引きがちかもしれないが、実は、音や声と関係のある重要なトリックが使われている。第一は、村越がアパートの自室で射殺される場面である。彼が殺された夜は、午後八時四〇分から、「音楽好きの待ちかねているラジオ放送」があった。それは一二月一三日のことで、パリで天才と謳われ、帰国したばかりの架空の日本人ヴァイオリニスト、坂口十三郎がラジオで演奏すると告知されていたのである。マスコミの加熱した報道によって、「坂口はこの年度の芸能界最大の人気者」となっていた。彼の帰国後第一回の演奏会は日比谷公会堂で行われたが、切符が手に入らないほどの盛況だった。ラジオで初演奏をおこなうと発表されるやいなや、「音楽好きの人々は他の用事はあとまわしにして、ラジオの前に頑張って」おり、しかも音楽好きだけではなく、村越のアパートの隣の部屋に住む高橋夫妻も、「やかましい世評につられて、これだけは聴きもらすまいと、その放送を待ちかねていた」と描写されている。

「八時四〇分、アナウンスメント、幽かにはじまるヴァイオリンの音色」。

ここで、二〇分間の放送の様子が詳しく表現される。村越の住む「アパート全体がまるで演奏会場のように静まり返って、ヴァイオリンの音だけが鳴り渡っていた。どの部屋でも、ラジオにスイッチを入れているらしい《ママ》、少しも雑音が感じられないのは、みんなが他の放送ではなくて、坂口十三郎だけを聴いている証拠である」。高橋夫妻が「ウットリとしているうちに二〇分が経過した。最後の旋律が糸のように消えて行く。アナウンスメント、九時の時報。その時報とかさなるように、どこかで烈しい音がした。ラジオからではない。ドアを乱暴にしめた音のようでもあった。表通りで自動車がパンクした音のようでもあった。しかし、どうもそうではないらしく思われた。何かしら無気味な感じを伴っていた」。

ここで高橋夫妻は、烈しい音がしたのは隣の村越の部屋ではないかと気づく。しかし、隣との壁が厚く、一二月ということでドアも窓も閉まっているため、確証はない。隣に行き、ノックをしたが返事はない。しかし明かりが漏れているので在宅のようだ。ノブを回そうとしたが鍵がかかっている。先ほどは「ラジオが鳴っていた」ことが「隣の部屋からも感じられた」が「今は何の物音もしない」。ここは、高級ではないが近代的アパートで、ラジオの振動ぐらいしか隣に伝わってこない密室である。少し離れた部屋にいた管理人は「へんな音」には気づいていなかったが、高橋夫妻に促されて窓から村越の部屋を覗き、部屋の主がピストルで胸を撃たれ、仰向けに倒れているのを発見する。

一方、大河原夫妻は同じラジオ放送を一緒に自宅で聞いており、武彦も同席していたため、アリバイがある。八時四〇分の番組に合わせて、主人が大河原家の客間の飾り棚に置いてあったラジオをつけ、三人はヴァイオリン演奏が終わるまで身動きもしなかった。「坂口のヴァイオリンが終ると、九時の時報。そこでラジオを切った」。

ところで、ラジオ受信音の音質だが、一九五〇年代はまだAMラジオの時代で、受信レベルはのちのFMと比較すると質の悪いものだった。しかし当然ながら、雑音の中に声がやっと聞こえたという初期のラジオ放送（戦前）とは違い、戦後は、多数の聴取者が同じラジオ番組を聴いているときは、はっきりと美しいヴァイオリンの音が「雑音もなく」聞こえたというところが、「化人幻戯」の推理上、鍵のひとつとなっている。そこで、当時のラジオ放送事情を説明したい。

終戦直後のラジオ局は日本放送協会（ＮＨＫ）の第一放送と第二放送の二つがあったが、民間放送はまだ許可されていなかった。しかし、占領末期の一九五〇年の放送法によって民間放送局の設立が許可され、翌一九五一年には民間放送局がいくつか開局した。こうして、一般聴取者は、ラジオを聴くときにいくつかの選択肢を得ることになる。民間放送前の一九五一年八月、ＮＨＫは、家庭のラジオのダイヤルを普段どこに合わせてあるかを調査している。それによると、第一・第二放送のうち、一般的な内容を放送する第一放送にダイヤルを合わせている受信家庭が九五％と圧倒的に多く、教育番組や高度な教養番組など特定対象の番組が多い第二放送にダイヤルを固定している家庭は一％に過ぎなかった。つまり、一九五一年に各家庭から通りや隣家に漏れ聞こえるラジオの音は、ほぼＮＨＫ第一に統一されていたと考えてよい。

ところが、民放が許可されて半年後の一九五二年三月に日本放送協会が行った「聴取慣習調査」では変化が見られる。この調査について、『放送五十年史』は次のように説明している。「よくダイヤルを回す」ものと、「ときどき回す」ものが各三〇％で、計六〇％がダイヤルを回すと答えている。ダイヤルを回す率を地域別にみると、六大都市七三％、その他の都市六〇％、町村五七％で、六大都市でのダイヤルを回す率がきわめて高い。民放が複数、開局した六大都市を中心に、人びとの生活の中に番組選択の習慣が生まれてきたのである（調査時点で開局していた民放は九局）。民放の発足によって、ＮＨＫ←→民放というダイヤル回転の習慣が生まれたわけだ。これも『放送五十年史』に言及されていることであるが、一九五二年一月に『東京新聞』が行った調査で、ＮＨＫと民放（ラジオ東京：現ＴＢＳ）のどちらを多く聴くかという質問に対して、回答者は六五％がＮＨＫ、二一％がラジオ東京と答えており、開局直後のラジオ東京がＮＨＫ相手に善戦していたことがわかる。ＮＨＫと民放の大きな違いは、民放がコマーシャルを流したことにあるが、日本初のコマーシャルソング（三木鶏郎作詞作曲）なども好評で、コマーシャルがあるから民放を避けるということも特になかったようである。その後、財団法人日本文化放送協会（現文化放送）も同じ一九五二年にラジオ放送事業に参入し、特に東京の聴取者は、選択できるラジオ番組が増えていくことになる。

こうした状況から、「化人幻戯」の舞台となる一九五〇年代半ばの東京の音風景を考えてみたい。「雑音」や「騒音」（一九二八〜九年発行の『言泉：日本大辞典』では噪音《さうおん》と表記）という言葉の意味は、受け取り手の主観が大きく作用するため、何を雑音や騒音と呼ぶかは流動的である。しかしどちらも、何らかの理由で意図された音とは違う、好ましくない音だ。例えば、家の外から聞こえる自動車や列車といった交通機関の音は、好ましくない音だという認識は戦前から既にあった。引越魔だった乱歩も、一九三四年に芝車町の家から池袋の家に引っ越した理由として、「車町ノ家ヲ僅カ一年デ移ツタノハ、京浜国道ト東海道鉄道線ニ近ク、殊ニ二階ノ私ノ部屋ハ終日終夜轟々ト鳴リ響イテキテ安眠出来ズ神経衰弱トナツタカラデアル。」と『貼雑年譜』に書いている。このように、特に都市部では、日常生活をかき乱す轟音が絶えず聞こえるようになる（なお、引っ越した先の池袋の家は静かな環境にあり、乱歩の終の住処となった）。また、ラジオやテレビなど公共電波が運んでくる音も、騒音公害と認識されるようになる。乱歩邸には『音』という本があった（一九三五年に第一版第一刷発行、乱歩邸にあったものは一九四一年の第七刷）。これは岩波全書の一巻で、小幡重一という東京帝大の物理学者が、音全般について平易な言葉で説明した一般書だ。全部で一三章からなっているが、その第一二章は「騒音及び其測定」である。所蔵書には書き込みは全くなかったが、音に関する知識をなんらかの参考にしたいと思ったのかもしれない。ただし、これは平井家所蔵書ということであって、乱歩ではなく、ご子息である隆太郎氏、あるいは他の家族の持ち物であったかもしれない。本によっては、乱歩と隆太郎氏で共有して使ったものもあるが、エッセイに言及されていたり、書き込みの筆跡が乱歩のものと確定されたりということがないと、乱歩が使用したかどうかは憶測の域を出ない。この本の内容からすると、メディア研究者であった隆太郎氏が購入したと考えた方が、辻褄は合うかもしれない。したがって、ここでは、情報の提供というレベルでこの本の存在に触れておく。

津金澤聰廣氏によると、ラジオは戦前からその「音のまきちらしかた」が批判の対象となり、「単に番組内容に対してではなく、それ以前に、ラジオの音そのものをまさに生活環境をかきみだす新しい騒音」として拒絶する知識人層も多かったという。これは当時の電波の質の問題でもある。テレビの方は一九五三年に日本でも放送を開始したが、「化人幻戯」の舞台である五〇年代半ばは、まだ一般家庭テレビの受信台が普及していなかったため、隣近所から、異なるテレビ番組の音が聞こえてくるという音風景はまだ先のことであった。この頃、ラジオ放送の電波の質は戦前と比較して向上していたが、近所で聞く番組が異なるために複数の音が混ざって雑音となる可能性はあった。そのような背景を考慮しながら、一二月一三日の夜八時四〇分からの二〇分間についての描写を読むと、後述の通り、ラジオの音は犯人のアリバイ作りのために重要な役割を果たしていることがわかる。人気ヴァイオリニストの特別演奏とあって、ほとんどのラジオ受信家庭が同じ音（一つのラジオ局）を聴いていたために、通りに漏れ出る他の局の音と混ざった雑音はほとんどなかったと思われる。そのような状況で、人々は澄んだヴァイオリンの音色だけに注意を集中して、耳をすませていた情景が浮かぶ。だからこそ、演奏が終わってアナウンサーが終了を告げて九時の時報が鳴った時に、高橋夫妻が他のアパートの密室内の銃声を「変な音」として気に留め、村越が殺された時間が午後九時と断定されるのは納得のいくことなのである。蛇足だが、本作品が出版される三年前の一九五一年に、実際にラジオでヴァイオリン演奏が行われ、多くの聴取者が聴き入った記録がある。アメリカのヴァイオリン奏者ユーディ・メニューインが親善大使として訪日し、一〇月二二日に大阪の民放である新日本放送が、東京で行われたメニューインの演奏を長距離同時中継したのだ。乱歩が、ここからヴァイオリンのラジオ放送を作品に使うヒントを得た可能性もあるかと思われる。また、ヴァイオリンの神童と呼ばれた渡辺茂夫が登場したのも、この頃であった。

いずれにせよ、一九三五年にアメリカの心理学者カントレルとオールポートの共著『ラジオの心理学』（The Psychology of Radio）が指摘したように、ラジオという媒体は人々に新たな精神世界をもたらしただけでなく、「生活の背景に存在する音」のなかでも主要なもののひとつとなった。さらには、戦時の全体主義において集団的主観性の形成にも大きな役割を果たした。「化人幻戯」の舞台は占領期終了直後の日本社会だが、占領軍の政策によって「民主化された」一般市民が自らの選択で聞けるラジオ局は複数あったにもかかわらず、マスメディアに煽られて聞いていたラジオ番組がみんな同じだったため、後述するようなアリバイづくりに利用されたというところがちょっと面白い。

しかし、もう一つ重要なことがある。「雑音」は「騒音」よりさらに物理学的に特定の意味がある。『スーパー大辞林三・〇』では、「雑音」の第二義が、「電話・ラジオ・テレビなどで、視聴しようとする画像・音声や送りたいデータ以外の、音や信号。ノイズ」と定義されている。また、乱歩執筆当時に近い辞書を見ると、一九五六年出版の『例解国語辞典』では「電信、ラジオなどで聴取の妨げになる音」とある。つまり、ラジオ受信が何らかの事情で劣悪な音質になった場合、そこには「雑音」という問題が派生するのである。この「雑音」に関連する資料として、乱歩邸母屋に所蔵されていた本をもう一冊、簡単に紹介したい。タイトルは『雑音』（一九五四年十月）で、著者は東京工業大学電気工学科を卒業した工学博士の関英男（一九〇五～二〇〇一）である。

この本は「化人幻戯」の連載が始まる一ヶ月前に、第一版が岩波全書の第一九五巻として出版されている。岩波全書の一冊ということもあり、同書では電気工学の理論を一般の教養でも理解できる説明にし、読者の知的好奇心を満たす内容にする意図があったようだ。例えば、第一章は「雑音の概念」（定義、種類など）から始まり、「雑音とは何か」と言う基本的な定義をわかりやすく伝えている。また、日本において情報理論を推進した人物で、通信の情報を定量的に計ろうとした研究者である関は、雑音の中でも内部雑音の一種として「磁気的雑音」、外来雑音の一つとして「人工雑音」について説明するとともに、ＡＭやＦＭ受信機の雑音、多重通信系の雑音などにも言及し、執筆に際して乱歩がトリックのアイデアを得てもおかしくない内容を並べている。

ただし、実際にこの乱歩邸所蔵本『雑音』を確認したところ、現在所有されているのは一九五四年一〇月の第一刷ではなく、一九五八年七月発行の第四刷であることが判明した。もし平井家に一九五四年の第一刷がなかったとすると、たとえこれが、乱歩自身が購入したものだとしても、「化人幻戯」執筆段階で関の著書を直接参考にしたわけではないことになる。また、数カ所に書き込みがあるが、手書きの数字の特徴と、ご子息隆太郎氏の専門を考えると、例えば隆太郎氏が『放送研究入門』の担当章執筆（共著：一九六四年）に際して参考にしたという推測の方がずっと妥当であり、孫の憲太郎氏にも同様のご意見を頂戴した。乱歩と隆太郎氏は共有して使った本もあるようだが、どれが共有されたかということまでは断定が難しいと立教大学前学術調査員の落合教幸氏にもご指摘いただいている。書き込みの数字を乱歩、隆太郎氏の筆跡と比較できれば書き込みの主は判明するであろう。

さて、「化人幻戯」では、機械装置を介して発生する音がもう一種類、アリバイ作りに使われている。それはテープ・レコーダーの再生音である。まず、姫田を殺すために由美子が別荘を忍び出るとき、彼女は前もってテープ・レコーダーで自分のピアノの練習の音を録音しておく。そして自分の部屋に鍵をかけて録音したピアノ音を再生したまま、こっそり窓から出る。当時、別荘内にいた武彦は、ピアノの音が漏れ聞こえてくるので、彼女が長時間自室にこもってピアノの練習をしていると思い込むのである。こんにちの私たちからすると、ピアノの音が聞こえてきても人工の音かどうか疑うのが当たり前ではないかという気はする。しかし、先に述べたように、テープ・レコーダーを所有している一般家庭は当時少なく、大河原家のような裕福な家庭でもない限りは、「これは再生音だろうか」とはすぐに思い至らなかっただろう。明智は、「大型のテープを使えば、一時間近くピアノを聴かせるのはわけもないことです。」と推理の際に断定している。由美子は、姫田を魚見崎の断崖から突き落とした後、急いで別荘に戻り、テープを止めてまたピアノを弾きだす。そのあと、夫と武彦と共に魚見崎の方角を双眼鏡で眺め、その瞬間に姫田に似せたマネキンを村越に命じて崖から落とさせて、アリバイづくりをしたのだ。

テープ・レコーダーは、再度アリバイづくりに利用される。大河原家の都内の本邸にも、アメリカ製の小型のポータブル・テープ・レコーダーがあった。由美子はそれを持って村越のアパートに行き、「二人で坂口十三郎のヴァイオリンの演奏をラジオで聞こう」と誘い、抱えてきたテープ・レコーダーを村越の部屋のラジオのそばに置き、録音装置をして、受音部の線を、マイクロフォンにではなく、ラジオのスピーカーに直結したのだ。作品には「こういう風に線をつないでおけば、わたしたちの話し声や、そのほかの音は、どんな烈しい音響でもテープには少しもはいらない。ただラジオの音だけが録音されるのだ」という記述もある。

由美子の日記は、大河原家がテープ・レコーダーを購入した時期について、次のように述べている。「わたしたちは、テープレコーダーが流行しはじめたころ、アメリカ製の小型のポータブルを買って、一しきり打ち興じたが、じきに飽きてしまって、主人の書斎の戸棚に入れたまま、二年近くも出したことがなかった」。光文社文庫版の平山雄一氏の解題に、この作品は概ね一九五五年のカレンダーに沿っているという指摘があるため、乱歩が執筆した年と物語内の時間が呼応しているとすると、大河原家がレコーダーを買ったのは占領期終了直後ということになる。度々述べてきたように、この頃、音を記録し、それを再生することは、一般家庭や個人の間では広まっていなかった。したがって、ラジオに線を直接つないでラジオ放送の音だけを録音した原理について、このように具体的な説明がなければ、なぜ録音したヴァイオリンが周囲の雑音を拾わなかったのかというトリックの詳細が読者に伝わらない恐れがあったのであろう。

さて、由美子は、ラジオ放送が終わり、時報が鳴った直後に村越を射殺し、窓から部屋を忍び出て密室殺人のトリックを施した。自宅の方では前もって全ての時計を遅らせておいたため、帰宅するとまだヴァイオリン放送の時間になっていなかった。これは馬鹿げたトリックに聞こえるかもしれないが、当時の時計はネジを巻く必要があったことを考えると、時計の時間が合っていないことは恒常的で、充分現実味があると思われる。しばらくしてから夫と武彦を、あたかも午後八時四〇分になったかのように錯覚させて、先に村越のアパートでテープに録音しておいたラジオ放送を流し、三人で一緒に聴いたわけである。実際には、ラジオの後ろに隠しておいたテープレコーダーの再生音だったが、作品内では、いかにもラジオの電源が入っていてそこから音が出ているように見せかけるために、「ダイヤルを、どの局の波長からもはずれたところに廻しておいて、スイッチを入れ」ると、「セットの目盛りのところが、ボーッと明るくなるし、マジック・アイも光る。もっともマジック・アイの瞳は完全には絞られないけれども(中略)、マジック・アイはどうであろうと、ヴァイオリンの音が大きく聴こえていれば、誰も疑わないであろう。それに、ヴァイオリンのソロなどを聴くときには、多くの人はアームチェアにグッタリともたれこんで、眼をつむっているものだ。ラジオ・セットを見つめてなぞいないものだ。」という説明までなされている。

ちなみに、マジック・アイとは同調指示管(真空管)で、ラジオ電波の受信状態などを表示するために受信機の前面に装着されていた。マジック・アイの瞳が完全に絞られたように見えるところが一番受信状態がいいという目安となる。日本では一九五〇年代発売の機種に見られるようになった、当時最新の機能である。緑色に光る一つ目のお化けのようなもので、一九六〇年代に真空管ラジオがトランジスタラジオに取って代わられるまで使われた。大河原家の薄暗く大きな応接間で、大河原、由美子、武彦の三人がラジオに聴き入り、緑の光がギラギラと、マジック・アイの瞳から放射されている場面を想像していただきたい。視覚と聴覚では、人は視覚を優先するというような議論もこれまでになされたが、ことはそれほど単純ではない。実際のメカニズムは非常に複雑な要素が絡み合っている。この応接間の場面は、ラジオのヴァイオリンの放送(だと思い込んでいるが、実は録音された音)が聞こえていて、しかも、ボーッと光る目盛りと不気味な緑のマジック・アイの光がなんとなく見えている。このような状況下でラジオ番組として午後八時四〇分から始まるということが頭にあれば、人は簡単に時間の操作に騙されてしまうだろう。外の物売りの声なども聴こえず、サイレンもなく、屋外からの音によって時間を知る可能性のない状態で、こうして三人は「ラジオの」ヴァイオリンの音に耳を傾ける。ここでは視覚と聴覚とラジオのスケジュールを組み合わせた「錯覚」が鍵となっている。

繰り返しになるが、姫田、村越のどちらの殺人にも、テープレコーダーの再生音がアリバイ作りに利用されたということは、二〇世紀後半にさしかかった頃の音風景の中で、当時の機械が媒介する音が新たな形の錯覚を作り出す要素として効果的に使われていることを示す。ピアノの音もヴァイオリンの音も、機械を使って録音・再生されることによって、犯人が殺人を犯した時と場所を隠蔽するのだ。

サウンドスタディーズなどの研究では、初期のラジオの聴取者は番組に耳を傾けて情報を受け取るだけの受動態であったという表現がされることもある。しかし、戦後の魔性の女《ファム・ファタール》・由美子は、ラジオとレコーダーの物理的・社会的機能を利用して殺人を遂行したうえにアリバイまで確保してしまうという、ラジオを聴くという行為にかかわる社会的、文化的習慣を逆手に利用し尽くす能動的な存在である。戦後のラジオ聴取の習慣については、ラジオ史初期のようにご近所全体、あるいは家族全員で聴いた頃とは変化していたにしろ、一家に一台所有して一緒に聴くという習慣はまだあった。由美子の日記によると、裕福な大河原家には、「日本座敷の茶の間」と「洋館の客間」の二ヶ所にラジオがあったが、うちの者はあまりラジオを聴かず、茶の間の方は女中たちが時々かけるぐらいであったという。由美子は茶の間のラジオの「真空管か接続」に前もって細工をして音が出ないようにしておき、客間の方はヴァイオリンの特別放送を利用して夫と武彦と彼女が三人でラジオを聴く機会を設け、再生音をラジオからの音であるかのように見せかけるトリックで完全犯罪を目論んだのであった[注4]。

最後にもう一つ、さきほどの「人でなしの恋」では語り手についても簡単な分析をしたが、「化人幻戯」の語りの声にはどのような工夫が凝らされているだろうか。すでに、「化人幻戯」は武彦寄りの三人称の視点から語られていると説明したが、実はもう少し複雑な構造が見られる。それは、探偵小説家「江戸川乱歩」が、物語中の人物たちの会話に出てくる点と、乱歩らしい語りの声がチラリと現れる点だ。ただし、実際に乱歩という人物が登場して行動したり、ほかの人物たちと対話したりするところは一切ない。乱歩の話が出てくる場面の数例を次にあげる。

武彦が初めて大河原家を訪れた時、大河原と武彦は乱歩の噂話をする。大河原が「江戸川乱歩君とは、何かの会で二、三度会ったことがある。いや、乱歩君はこのうちへも一度やってきたことがある。どちらかといえば平凡な男だね。」などと話題にのぼらせると、武彦は返答として、乱歩とは会ったことがないが、明智とは親しいと言い、「江戸川乱歩はむやみに明智探偵の手柄話を書きましたが、半分は作り話だそうです。」と答える。また他の場面でも大河原が、乱歩の『トリック集成』や随筆評論集六冊を読んでいると話すくだりがある。大河原氏が素人探偵ばりに村越殺人の密室トリックを推理するのだが、その際には、「江戸川乱歩君のトリック表に、一つ例がありますね。」などと述べ、探偵小説に深い知識があることを披瀝しようとする。さらに、姫田と村越が殺されて明智が事件解決に乗り出した時には、明智に頼まれた乱歩が大河原に電話をし、明智と会ってやってくれるように約束を取り付けてきたというエピソードも明かされている。

ここでの乱歩は、登場人物によって言及されるだけの存在である。しかし、ここで重要なのは、乱歩が立体的な人物像として描かれるのではなく、一つの記号として登場することそれ自体である。乱歩という人物の存在理由は、探偵小説の大家であると同時に、明智小五郎ものを書き続け、戦前から戦後にかけての日本社会・大衆文化において担ってきた役割、機能にほかならないからである。

実際、「化人幻戯」連載当時の乱歩は探偵小説界の大御所であり、特に子供向けに書いた少年探偵団と明智小五郎の物語といえば乱歩、乱歩といえば明智小五郎という認識は広く共有されていた。したがって、読者には一種の「期待の地平」、すなわち、いま読んでいるテキストは江戸川乱歩という実在の有名探偵小説家が書いたものだという意識が頭の隅にある。物語中の大河原や武彦が会話中でその事実を反復することで、この小説の物語世界は戦後の現実世界につながる。もちろん厳密にいうと、この小説に展開されるリアリティーは、ずらされた現実だ。明智小五郎が、読者の生きていた一九五〇年代半ばの日本に実際に存在する天才探偵だという証拠はなく、これは創作だということは周知の事実だからである。また、富豪である大河原の生活水準は到底一般大衆の現実の苦しさと合致するものではなく、戦後の恵まれた一握りの人たちの夢世界に過ぎないといえる。

　こうして記号としてのみ現れる乱歩だが、この作品における三人称全知の語りのなかで、乱歩らしい語り手の「声」がチラリと登場する箇所がいくつかある。それは、物語世界の外側にいる客観的視点から語られているはずの物語に、語り手が書き手として現実世界の情報を編集、取捨選択して読者に提供していることを明らかにしてしまう言い回しである。つまり、客観的事実が現前しているという幻想を取り払い、作家が自分の視点から物語世界を編集・構築している過程を明かすのだ。例えば、武彦が由美子の日記をこっそりと読んで、彼女の推理に感服する場面は、次のように語られる。

　ああ、由美子夫人は、なんという不思議な女性であろう。昼間のお姫さまは、夜は狂乱の美しき野獣となった。それだけでも、武彦にとっては、この世が一変して見えるほどの驚きであったが、今また三転して、彼女は稀代の名探偵となったのだ。その推理の見事さは驚嘆以上のものであった。／次に由美子夫人の錠前つき日記帳の中から、この物語に直接関係のある部分を抜萃《ばっすい》する。

　引用部の四行のうち、最初の三行は武彦の心情の内側に入り込んで表現している三人称全知の語りだが、最後の文にある「抜粋する」行為、つまり情報を取捨選択して編集する行為は誰のものだろう。武彦が抜粋したと見るには不自然である。さきに引用したように、すでに明智探偵の手柄話を乱歩が執筆してきたという現実世界が述べられているし、武彦の語りとするなら、由美子の日記を除く作品全体が彼の視点からの一人称で語られるべきであろう。また、次に述べるように、この語りの声が武彦を三人称の「彼」と言及するところもある。

　乱歩らしき「声」は非常に短いメモに近いのだが、この作品の二割近くを占める由美子の日記部分に何度か見られる。例をあげれば、由美子の実際の日記は本来もっと長いのだが、「前略」「後略」などという言葉を括弧付きで入れて、事件に直接関係のないところは省略をする決断をしたことを知らせる箇所がいくつもある。そして、きわめつけは、由美子の日記が自分と武彦の情事について記している次の註だ。

「註、それから十三日の村越変死の日までに、彼らは主人の目を盗んで邸内で三度も逢っているが、その記事は単なる欲情描写にすぎないから、ここには省くことにする。」

つまり、「化人幻戯」という物語世界の中に登場人物として存在する乱歩が、「明智小五郎」シリーズであるこの話の隠れた語り手として物語世界自体を構築している構造なのだが、その語り手は完全に隠れておらず、時折、自分が物語世界の出来事を編集して語っていることを読者に見せるのだ。本論文の紙幅の都合もあり、この程度の説明にとどめるが、この問題は今後さらに慎重な分析が必要だろう。

発表当時の「化人幻戯」は、戦後の本格的な推理ものをという乱歩本人の意気込みとは裏腹に、あまり高い評価を受けなかった。実は先ほど筆者が使った「探偵小説の大家」という名称も曲者で、戦後の探偵小説界は、戦前の「探偵小説」を超えたもの、後年の名称でいうと「推理小説」に発展しようとしていた。したがって、『宝石』一九五五年一一月号の「探偵小説月評」において石羽文彦（これは中島河太郎のペンネームだったと後年明かされる）が次のように批判したことは、当時の探偵小説界に置かれた乱歩の位置を如実に示している。

「たしかに本格の技法を心得た作者が、場面場面の効果を計算して設定したもので、勿論第一級作品と称していいものだ。だが乱歩唯一の本格長篇、しかも戦後十年目の所産を前にして、月評子は心の底に何かわだかまりを覚えた。結局はこれは従来の探偵小説の総決算であって、乱歩更生の第一作ではなかったということだ。（中略）あれほど欧米の作品を味読している乱歩だから、十年間の雌伏は海外にも類のないものを生み出すかと期待していたが、乱歩は生粋の探偵作家であって、そのホームグランドから踏み出そうとはしなかった」（乱歩自身も『探偵小説四十年』でこの批評を妥当だと評価している）。乱歩は「化人幻戯」の作者として、記号「江戸川乱歩」（探偵小説のトリックを集成し、分類するオーソリティー）を作品中に登場させたが、同時に、その物語世界の中の「現実」を編集する作家であるという事実を、「その記事は単なる欲情描写にすぎないから、ここには省くことにする。」などの文句を挿入することで晒しているわけだ。この時期の乱歩は、創作で新しい方向を切り開いてゆくというよりは、「探偵小説」というジャンルを牽引していくためにデータを集成し、探偵小説世界を俯瞰する（もちろん、その世界には乱歩自身も存在する）ことに心を砕いており、それが図らずも、この意欲作にも現れてしまったということだろうか。

探偵小説の音風景

本論文では、「人でなしの恋」と「化人幻戯」の二作品をテキストとして、乱歩が作品執筆をした頃の社会の音風景がどのように乱歩作品に反映されているかを分析した。だが、乱歩作品から読みとることができるのは、当時の歴史社会的、文化的な音風景のみではない。乱歩が国内外の探偵小説を研究して様々なリスト・データを作り、それらを「類別トリック集成」や『探偵小説の「謎」』などの出版物にまとめたことは周知のとおりである。したがって、乱歩は音や声を使ったトリックのヒントを、二〇世紀の日本在住作家として自らの生活環境から得ただけではなく、他の探偵小説作品や理論的な文献を読んで分類し、それらを自分の作品にも活用したのである。つまり、乱歩の音風景は、国内、海外の枠を超えた探偵小説世界の音風景でもある。

例えば、『探偵小説の「謎」』出版に際して一九五六年に書き下ろされた章「五　密室トリック」には、「実際より後に犯行があったと見せかける」ための「偽音トリック」が紹介されている。「あらかじめ蓄音器のレコードに、被害者の話し声を吹き込んでおき、殺人ののち、密室内にそのレコードを仕掛け、適当な時間に廻りだすような装置をしておくのである」。この項目には他にも、消音ピストルと花火を活用して音によるアリバイを作る方法や腹話術を使った方法があると手短に言及している。また、同書の「一〇　異様な犯罪動機」では、「純粋に逃避（エスケープ）のための犯罪」について書いた探偵小説の例として、アメリカのルーズベルト大統領が探偵小説の案を出して複数の作家たちに連作をさせた、いわゆる「大統領探偵小説」のなかのトリックのひとつとして腹話術をあげる。現在の生活に飽き飽きした主人公は、逃避するための第一手段として、「変名で腹話術師に弟子入りし、誰にも気づかれぬ場所で、半年のあいだ声を変える練習をする。そして誰の声でもまねられるようにする」。それを読んだ乱歩は、日本社会での応用に思いをめぐらせ、「これは声帯模写だから、日本ならば腹話術師よりも声色屋に弟子入りすることになる。」と記述するのである。

乱歩と音の研究――これから

今回は使用しなかったが、調査を進める中で興味深い事実が何点か見つかった。現在、まだ分析途上であるが、ここでは簡単なメモ書き程度にご紹介したい。

今回、立教大学江戸川乱歩記念大衆文化研究センターの皆様の惜しみないご協力をいただき、乱歩邸母屋や土蔵で見つかったもののうち、音に関係のありそうなものを調査させていただいた。まず、音楽に関連するものについての簡単な報告は次のとおりである。乱歩のお孫さんである平井憲太郎氏にお答えいただいたところによると、「戦前にレコード鑑賞会を行った、と本人が記録していますが、私の記憶している祖父は、音楽にはほとんど興味を持たず、レコードを鑑賞している姿はまったく記憶にありません。」とのこと。

戦前のレコード鑑賞会とは、乱歩が一九二〇年八月から九月にかけて、友人と共に「レコード音楽鑑賞会」なるものを催したことを指す【図1-1】。このころ新婚一年目だった乱歩は生活に窮していた。その直前の一年ほどの間、乱歩は、兄弟三人で「三人書房」の共同経営をしたかと思えば、漫画風刺雑誌『東京パック』の編集長、流しの支那そば屋、東京市社会局勤務、探偵雑誌『グロテスク』主宰など、次々に職を変えている。「レコード音楽鑑賞会」は、乱歩が音楽に興味を持っていたというよりは、収入源として何か企画しようとした時に、親友の井上勝喜の知人がビクターのクラシック音楽のレコードを多数所有していたことが大きな開催理由であるということを、乱歩自身、『貼雑年譜』などに書いている。このレコード音楽会の準備のために、乱歩が作曲家や曲の概要を記録したメモ（電報用紙の裏を活用したりしている）が多数残っており、几帳面な乱歩らしく、きちんと整理されて詳細まで記録されている。ここからわかることは、乱歩が行なった鑑賞会の準備は、彼が探偵小説について知識を整理し、まとめた手法と似通っているということである。作曲家の生没年から重要事項まで【図1-2・3】、実に丁寧に、メモ用紙に書かれている。写真撮影をさせていただいたものは他にも多数あるが、『貼雑年譜』にもスクラップされているものが多いので、復刻版をご覧いただいても内容が分かる。

ところで、音楽会のプログラムにはオペラの楽曲も入っているが、乱歩の好きなオペラとは、浅草に足繁く通った頃に親しんだ浅草オペラで聞いたもののようである。ちなみに浅草通いの頃は、特に浅草オペラの花形、田谷力三のファンで、三人書房経営当時は書店を拠点として「日本歌劇研究会」なるものを発足させ、田谷力三後援会（一九一九年五月七日に浅草公園金龍館にて会合を開催）などを企画したことが、この企画に関連する入場券やチラシ、プ

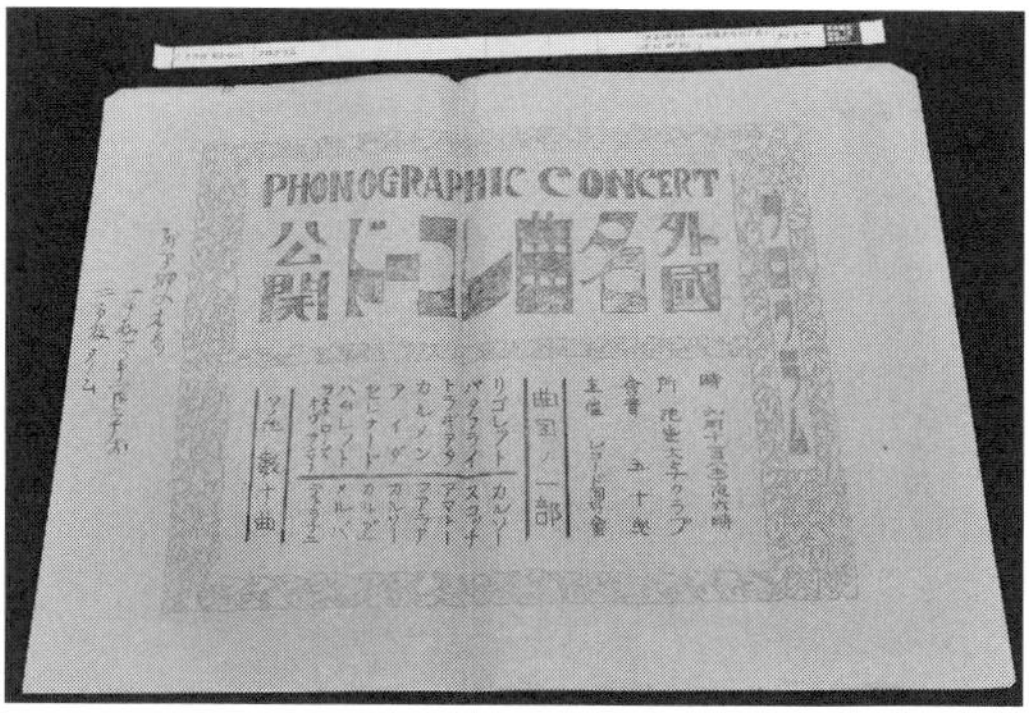

1　「外国名曲レコード公開」チラシ

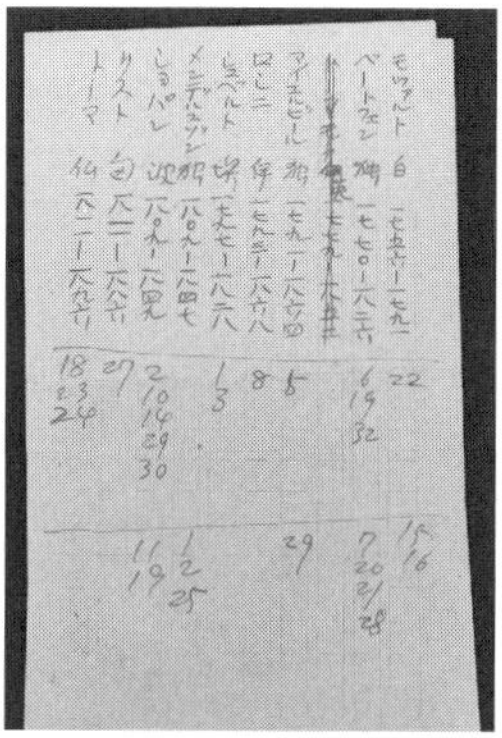
2　作曲家の生没年のメモ

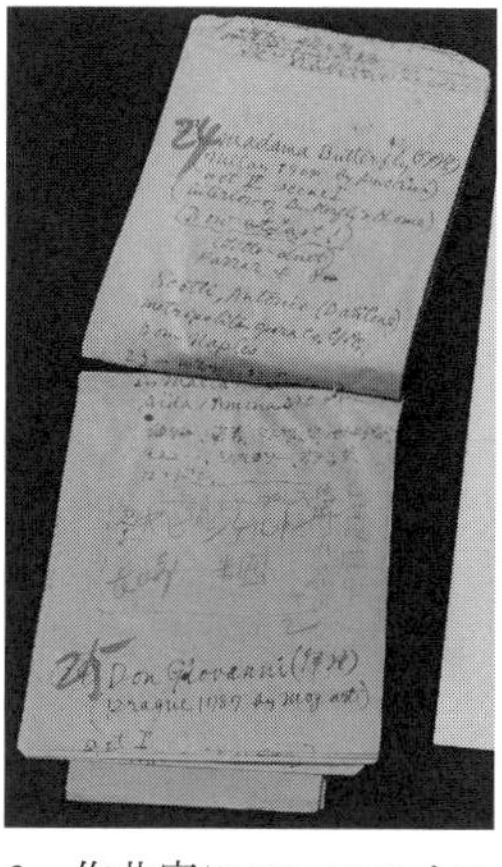
3　作曲家についてのメモ

図版 1

ログラムなどを見るとわかる。

他に「乱歩と音楽」といえば、コロムビア・レコードに録音された乱歩の歌がある。これは戦前の流行歌、「城ヶ島の雨」（作詞：北原白秋、作曲：梁田貞）を一九五七年頃になって、角田孝のギター伴奏付きで歌ったものだ。レコードは乱歩邸のものを見せていただいたが、同じ音源は『北村薫のミステリびっくり箱』（二〇〇七）の付録CDでも聴くことができる。戸川安宣氏によると、「確か田村隆一さんの仲人を乱歩さんがしたときに、披露宴で歌うことになって、結婚式の前にコロムビアに行って、ギターの伴奏で録音してきたSPレコード」らしい（『北村薫の探偵びっくり箱』七六頁）。なお、乱歩邸にはこのレコードが何枚か保管されていた可能性があるが、大衆文化センターで見せていただいたもののレーベルは曲名、作詞作曲、乱歩の名前、ギター伴奏者の名前など基本情報しか印刷されていないタイプのものである。筆者は、このレコードが以前オークションに出たとき、「田村隆一結婚記念」とレーベルの真ん中に印刷されていたのを見かけているが、このレーベルには同じ印刷がないので、結婚記念以外の機会にも配ったことがあるのだろうか。それとも、これは自家用だから「結婚記念」の表示は不要だったのだろうか。

ところで、その裏面（どちらがA面・B面かは表示なし）が森繁久弥の「船頭小唄」というのも面白い。先述したように、一九七〇年代に入ると一般庶民の間で、自分の歌や演奏、公共放送の音、屋外のさまざまな音を録音する欲求が高まってくるが、ラジオ・テレビ番組出演、作品の映画化など、メディアを横断する大衆文化で人気作家として活躍してきた乱歩は、プロの歌手でないにもかかわらず、いち早く自分の歌を録音してしまったわけである。

他にも、NHKのラジオ番組などに出演した乱歩の音源がいくつか残っている。例えば、文士劇「びっくり箱殺人事件」。これは一九五九年一二月に放送された二二分ほどのラジオ劇で、横溝正史原作、武田武彦脚色。江戸川乱歩をはじめとする探偵小説作家たちを揃えたもので、ラジオ番組「二十の扉」などのレギュラーで人気が出た女優、柴田早苗以外の一四名（叫び声しか出番がない楠田匡介も数えて）は全員探偵小説作家で、声の演技の方は素人だった（なお、『日本探偵作家クラブ会報』一二月号の予告には総勢一九名出演予定と記され、「では、会員の皆様、お忘れなく、その日その時刻には、ラヂオのスイッチをお入れください。」とされている。また、台本は『宝石』の一九五〇年四月号に、濱野政雄の似顔イラスト付きで掲載されている）。あらすじだが、乱歩演じる探偵作家、深山幽谷率いる「深山幽谷先生一党の怪物団」が梟座のレヴユウ「パンドーラの匣」に出演することになり、そこで起こった殺人事件の犯人を幽谷先生が見抜くという設定。横溝の長篇を大幅に端折っており、謎解きというよりは作家たちの声の演技が聴けるのが楽しい資料だ。この文士劇の音源も、文藝春秋社の池島信平氏が乱歩のインタビューをした回の「文壇よもやま話」（一九五九年：録音テープはインタビューの三分の二のみ現存）も、北村氏の本の付録ＣＤに収録されているのはありがたい。また同著の「対談を終えて：第六回　声」という章では、北村氏は他にも音源が残されていることに言及している。

乱歩邸には他に、乱歩と夫人が晩年になってから習った三味線やバチ、三味線の譜も残っている。乱歩自身は、かつて河東節を習った時に三味線の音が好きだったので六〇の手習いで始めたと『わが夢と真実』所収の「六十の手習」に記している。これらの資料（テキスト、音源、楽器や楽譜、メモ類など）を、どのような形で乱歩研究に利用すべきかを現在思案中であるが、とりあえず乱歩の日常の音風景のスケッチとして、ここにあげておくにとどめる。

最後になったが、この章の執筆のために資料を多数見せてくださった立教大学江戸川乱歩記念大衆文研究センターには大変お世話になった。実際に乱歩邸の所蔵物を手に取ることで見えてきたことも多く、有意義な経験だった。また、その後追加情報が必要となった際にも、お手数をおかけした。ここに謹んで皆様にお礼を申し上げる。ありがとうございました。

引用文献

江戸川乱歩
「人でなしの恋」『江戸川乱歩全集　第三巻　陰獣』光文社文庫、光文社、二〇〇五。

「化人幻戯」『江戸川乱歩全集　第一七巻　化人幻戯』光文社文庫、光文社、二〇〇五。

「『化人幻戯』のこと」『江戸川乱歩全集　第二九巻　探偵小説四十年（下）』光文社文庫　光文社、二〇〇五。

「探偵小説の『謎』」『江戸川乱歩全集　第二三巻　怪人と少年探偵』光文社文庫、光文社、二〇〇五。

「映画の恐怖」『江戸川乱歩全集　第二四巻　悪人志願』光文社文庫、光文社、二〇〇五。

「声の恐怖」『江戸川乱歩全集　第二四巻　悪人志願』光文社文庫、光文社、二〇〇五。

「映画横好き」『江戸川乱歩全集　第二四巻　悪人志願』光文社文庫、光文社、二〇〇五。

「怪談入門」『江戸川乱歩全集　第二六巻』光文社文庫、光文社、二〇〇三。

「類別トリック集成」『江戸川乱歩全集　第二七巻　続・幻影城』光文社文庫、光文社、二〇〇五。

「活弁志願」『江戸川乱歩全集　第三〇巻　わが夢と真実』光文社文庫、光文社、二〇〇五。

『貼雑年譜　完全復刻版　上下巻』東京創元社、二〇〇一。

北村薫『北村薫のミステリびっくり箱』角川書店、二〇〇七。

落合教幸「江戸川乱歩の創作ノート（昭和三〇年）」『大衆文化第一五号』立教大学江戸川乱歩記念大衆文化研究センター、二〇一六。

津金澤聰廣『現代日本メディア史の研究』ミネルヴァ書房、一九九八。

徳川夢声「弁士見習となる」『夢声自伝　上』講談社、一九七八。

日本放送協会編『放送五十年史』一九七七。

宮本和歌子「江戸川乱歩『人でなしの恋』論」『歴史文化社会論講座紀要』第三号。二〇〇六年三月。

「ポオ『アッシヤ家の末裔』合評」『新青年』一九二九年五月号、博文館。

出席者：森下雨村　江戸川乱歩　甲賀三郎　横溝正史　大下宇陀児　水谷準　延原謙

【注1】　なお、人形を使った腹話術が、日本でいつ始められたかは定かではないが、ヨーロッパでは一八世紀半ばに記録がある。「腹話術」と言う名の芸として本格的に国内で広めたのは古川ロッパらで、一九四〇年前後のことである。

【注2】　このエッセイでは論理的な面が強調されているように思われるが、後年、例えば『幻影城』の「怪談入門」（一九四八～九年初出）では、乱歩は超自然現象に新たな理解を示している。以前は、「探偵小説と怪談とはミステリーを取扱う意味で相通ずる所があるけれども、前者は合理主義、後者は非合理主義、趣味として全く相反する両極にあるものだと強く思い込んでいた」のであるが、戦後になって考えると、この二者は不可分な関係にあり、「我々が広義の探偵小説と云っているのは実は探偵小説と怪談を包含する名称なのであって、所謂変格探偵小説の大部分は怪談であると云っても差支えないことを」、いまになって気がついたと書いている。

【注3】　作品中の人形の意味については、宮本和歌子氏の論文「江戸川乱歩『人でなしの恋』論」が丁寧な考察を行なっているので参照されたい。

【注4】　乱歩は、「化人幻戯」執筆に際して創作ノートを残している。詳細は落合教幸氏の解題とともに資料紹介として『大衆文化』第一五号に載せられている〈資料紹介〉「江戸川乱歩の創作ノート（昭和三〇年）」）。これを見ると、ラジオとテープレコーダー、時計のトリックは、時間の辻褄が合うように何度も表にして考えていることが分かる。

乱歩と出版広告

――一九三一年、平凡社『江戸川乱歩全集』の新聞広告と「大乱歩」の誕生

韓程善

一、はじめに

江戸川乱歩の一九二〇年代の創作活動が、日本探偵小説の可能性を探る道程であったとすれば、一九三〇年代に発表したおよそ二〇編の「通俗長編小説」は、探偵小説が当時の大衆読者にどのように受容され、読者の欲望に応じてどのように再生産されたかを見せてくれるという点で、重要な研究対象となる。

小説を読むということは、個別的な主体である読者がテクストに対面して、その世界を解釈し専有する孤独な読書過程だけを意味するわけではない。読者はその時代の構成員として、特定の階級・階層意識を持って本を選択し、購入または貸出という社会的行為を通してはじめて作品の世界と出会う。読者が本を選択する行為は、純粋に主観的判断によるものではなく、そこには様々な社会的な力が介入してくる。そして、テクストの解読にも何らかの社会的な無意識とイデオロギーが働いている。本稿では、一九三〇年前後を研究対象とし、乱歩テクストの肯定的な価値を、テクストの内部よりは、むしろテクストをめぐるメディアと大衆読者という外部的な環境に置いて、乱歩小説の受容のあり様とその社会的・文化的脈絡を、新聞広告を中心に探ってみたい。

一九三〇年前後を研究対象とする理由は、まず乱歩が作品の傾向を意識的に転換した時期であり、それと同時に大衆文学が本格的に読者を確保していく時期、つまり乱歩が「大乱歩」に向けて大衆文壇の最先頭に立つことになった時期を、より綿密に考察するためである。一九三〇年前後は、いわゆる「円本ブーム」を通過することで、それこそ「大衆的な規模」の読者が獲得され、大量生産・大量消費による出版資本主義が確立された。この時期の読書環境は、それ以前に共有された大衆的な文化を継承しながらも、資本主義的な生産――流通――消費の確固たる秩序のもとに、量と質の面から確然として再編されたものであったといえよう。

このような状況のなかで、新聞広告は読者の選択において重大な媒介者の役割を果たした。なぜなら、当時、新聞は最も有力な文化的媒介であったからである。さらに、新聞広告は読書傾向に対する力動的な実像を推論するのに有効である。広告においては広告主体が把握した同時代の最も敏感な消費性向および消費心理の分析によって、多様な広告技法が使われる。したがって、広告は同時代の言語感覚を含めて受容の心理的構造を見せてくれる良い資料になる。本稿では円本時代の全集の広告文案と技法、そして頻度などを参考にしながら、乱歩全集の新聞広告を読み直す。

広告を通して作られた乱歩イメージに関する先行研究には、簗山尚美の「広告・ゴシップの乱歩像」(『江戸川乱歩と大衆の二十世紀』至文堂、二〇〇四年、一四一～一四八頁)がある。簗山は「国産探偵小説家乱歩」「エログロ猟奇の変態性作家乱歩」「少年探偵団の乱歩おじいさん」という三つの乱歩のイメージのなかで、「国産探偵小説家乱歩」から「エログロ猟奇の変態性作家乱歩」へと変換される点に注目して広告を概観した。本稿では、簗山と問題意識を共有する一方で、円本ブームという特殊な出版環境に目をつけて、円本全集と新聞広告という同時代的な文脈から、乱歩の出版広告を取り上げてみたい。

したがって、まずは、円本時代に登場した平凡社の『現代大衆文学全集』(一九二七年)および四つの出版社から同時に企画された「探偵小説全集」群(一九二九年)の新聞広告を検討する。その上で、一九三一年の平凡社『江戸川乱歩全集』の広告を主な研究対象として、新聞広告と消費文化を含めたメディアのダイナミックな関係網のなかで、乱歩が大衆を相手にどのように説得的なコミュニケーションを取りながら「大乱歩」へと変貌していったのか、その状況を究明したい。

二、一九二七年、『現代大衆文学全集』の広告言説と探偵小説

広告は、商品のイメージを形成し、消費者に向けて商品に対する好意あるいは共感を生み出し、購買意欲を喚起するためのものである。このような広告の目的は近代広告の草創期から変わりないが、広告の形態および技法は時代とともに変化してきた。これから取り上げる昭和初期は、広告の心理学的、経済的または商業的な効果に関する論議が本格化され始めた時期であった。その状況は、広告を専門にする図書と雑誌、大学での広告研究会の拡散などが物語ってくれる。一九二〇年代半ばから『広告心理学』（井關十二郎、一九二三年）、『広告学概論』（松宮三郎、一九二四年）、『広告と宣伝』（中川静、一九二四年）、『新聞と広告』（島田昇平、一九二五年）、『新聞広告の研究』（新田宇一郎、一九二八年）、『新聞広告十七講』（萬年社編、一九二八年）、『広告論：広告戦の理論とその応用』（中川静、一九三〇年）のような広告関連図書が数多く刊行された。また、誠文堂の広告専門雑誌『広告界』（一九二五年）や萬年社の『広告論叢』（一九二六年）などの広告雑誌も登場した。さらに、世界各国のポスター集、ショーウインドー、看板集、新聞雑誌広告作例集、最新傾向広告集など、広告を網羅的に集めた『現代商業美術全集』（一九二八〜一九三〇年、全二四巻・別巻、アルス）が刊行されたのもこの時期であった。

このように広告論への関心が高まるなか、とくに、書籍広告に限っていえば、円本ブームという渦巻の中、広告の技法および表現も飛躍的に成長するようになったといえよう。周知の通り、円本ブームは改造社の『現代日本文学全集』（全六三巻）をふり出しに、新潮社の『世界文学全集』（全三八巻）、春陽堂の『明治大正文学全集』（全五〇巻）と『明治戯曲全集』（全五〇巻）、平凡社の『現代大衆文学全集』（全六〇巻）と続いた。当時、三大広告と

いわれた、薬品、化粧品、図書の広告のなかで、書籍の広告は、視覚的なイメージと感性に訴える他の商品広告に比べて、レイアウトが非常に単調であった。その限界を乗り越えた改造社『現代日本文学全集』の広告戦略は、新聞紙面一頁の大型広告であった。『現代日本文学全集』の予約募集の広告が集中した一〇月下旬から一一月の間、『東京朝日新聞』だけでも一頁全面広告を六回も掲載し、『読売新聞』にも同時期に四回の一面広告が載せられた。改造社の後を追って円本に飛び込んだ新潮社は、いっそう総力を傾けた。一九二九年一月二九日『東京朝日新聞』朝刊六面から七面にかけて『世界文学全集』の二面広告を出したのである。新潮社が試みた二面の超大型広告は、その直後、平凡社の『現代大衆文学全集』、一九二七年の改造社『現代日本文学全集』の二回目の予約募集の際にも使用されるなど、広告の超大型化が競争的に行われた。一九二七年の場合、二月には新潮社の『世界文学全集』の広告が、三月には平凡社の『現代大衆文学全集』の広告が、五月には改造社の『現代日本文学全集』(二回目の予約募集)と春陽堂の『明治大正文学全集』の大型広告が、有力新聞の紙面を相次いで競い合った。このような現象は、近代広告の展開が日本より早かったアメリカが辿った過程でもあった。アメリカで新聞雑誌広告の拡大は、一八六〇年代から徐々に始まって、一八七〇〜八〇年代に急激に進行した。日本では、円本出版とともに新聞広告の大型化が、短い間に集中的に行われたのである。

当時、このような多く大きく出す円本広告に対しては、広告専門家の批判的な意見もあった。例えば佐々木十九は「新聞及び雑誌広告の心理学的研究」(『現代商業美術全集第一三巻　新聞雑誌広告作例集』アルス、一九二九年)において、多く大きく出すことに焦点を当てている日本の現象に異議を立て、広告の本質は「いかなる広告がいかなる形式の下で、より広告読者にアピールするか」にあると指摘している。

では、一面あるいは二面に拡大したスペースはどのような内容で埋められていたのか。ここで一例として、一九二七年の平凡社『現代大衆文学全集』広告の中身を見てみよう。『現代大衆文学全集』は日本大衆文学の成立過程を推察するのに役立つ証拠を提供してくれるという点でも興味深い。一九二五年前後に初めて登場した「大

【資料1】『東京朝日新聞』1927年2月25日、朝刊6～7面

衆文芸」が円本ブームの波に乗って「大衆文学」として大衆の中へ流れ始めた、まさにその出発点で企画されたからである。【資料１】は、一九二七年二月二五日『東京朝日新聞』に掲載された二面広告（朝刊六面～七面）である。書籍の広告で一般的にみられる形式、つまり黒地白抜の書名、「日本精神が生んだ世相知と人情美の大殿堂‼」という標題、分厚い本の絵の上に「壱千頁一円」という文言、そして全集に収められた作家・作品の目録、さらに「百萬普及の大計画成る！」というスローガンが目を引く。

本文より遥かに大きな活字を用いて組む標題「日本精神が生んだ世相知と人情美の大殿堂‼」は、読者の注意を喚起し、本文中の説明を読ませるために用いられたものであろう。この紙面の本文では、非常に珍しいことに、総理大臣若槻礼次郎の推薦文を載せている。推薦文は大衆文学を国民性に結び付け、消費大衆を国民化する内容である。あたかもこの全集を購買する行為は日本国民に帰属することの確認であり、全集を読む行為は日本国民になることを実践することであるかのように、日本精神と国民精神を強調している。なお、『現代大衆文学全集』では、内容見本でも「国民文学の大殿堂」、「我が国生え抜きの新興芸術」、

「大衆常識教科書」として大衆文学に意味を付与している。『現代大衆文学全集』の広告の中身は、言ってみれば大衆文学とは何か、そしてその効用はどこにあるのかについて大衆を教化するものであったのである。

ところで、『現代大衆文学全集』の広告でもっとも注目したいのは、当初三六巻で構成された全集の目録に、時代小説作家のみならず、江戸川乱歩をはじめ、小酒井不木、岡本綺堂、甲賀三郎、松本泰などの多数の探偵小説作家が含まれたことである。広告を通して教化したのは、ただ大衆文学の効用だけではなかった。大衆文学という万人に慰安と悦楽を与える新興芸術のなかに、確固たる存在として探偵小説を位置付けたのだ。探偵小説というジャンルは、日本全国で流通する有力な新聞紙面に「多く大きく」出された『現代大衆文学全集』の広告を通して、やや特殊な趣味を持った少数者の専有物ではなく、「万人大衆に親み深き」「国民文学」さらには「大衆常識教科書」として消費される大衆文学の一部として再編されたのである。

三、一九二九年、競合する探偵小説全集と新聞広告の様相

円本ブームの時代には、複数の出版社で同一の企画が競合することが多く見られる。力のある出版社からありとあらゆる円本全集が刊行されたため、文学全集では同じ作家の同じ作品が複数の全集に収められることも珍しくなかった。一九二九年には、四社——改造社、平凡社、博文館、春陽堂——が同時に「探偵小説全集」を企画した。「探偵小説全集」が出版社の競合の対象になったのは、同一の企画が多かった当時の雰囲気もあっただろう。だが、それよりも根本的な原因は、その前に刊行された平凡社の『現代大衆文学全集』や改造社の『世界大衆文学全集』などを通して、大衆文学に対する新たな認識の拡散にあったはずだ。大衆文学への注目は、読者層の分化をもたらしてきた。小説の生産と流通の過程には、そのような分化の様相が反映される。生産者は受容者の関心と趣向に合わせて、もっと多様で差別化された商品を生産していく。その差別化戦略は、出版の形態のみならず、広告の方向にも現れる。ここでは、四社の探偵小説全集の広告を対象にして、その様相を見てみたい。まず、

四社の書名、出版社、巻数、値段、予約出版の申込締め切りをまとめると、次の通りである。

全集名	出版社	巻数	一冊の値段	予約出版の申し込み〆切
『日本探偵小説全集』	改造社	二〇巻	五〇銭	一九二九年六月二五日
『世界探偵小説全集』	平凡社	二〇巻	五〇銭	一九二九年七月五日
『世界探偵小説全集』	博文館	二四巻	五〇銭	一九二九年六月三〇日
『探偵小説全集』	春陽堂	二四巻	五〇銭	一九二九年七月五日

改造社の『日本探偵小説全集』(全二〇巻)は、二七人の日本作家の作品で構成された。四社の中で唯一「日本」の探偵小説集であった改造社全集は、広告でもその点を強調した。改造社がスローガンにした文案は「日本探偵小説界の偉業‼ 大衆的最高読物の集成‼」であって、本文中でも「我国の撰まれたる探偵小説は海外探偵小説の塁を摩しつつある。見よ、我全権威の傑作の一大集成を。我国の名作丈け我等にピツタリする」と、国産探偵小説であることを繰り返して強調した。改造社は、六〇巻にわたる平凡社の『現代大衆文学全集』には含まれていなかった夢野久作、長谷川伸、国枝史郎、渡辺温に加え、谷崎潤一郎と佐藤春夫、芥川龍之介【資料2】の作品をも配置した。

平凡社の『世界探偵小説全集』(全二〇巻)は、改造社の企画とは明確な差異を見せている。平凡社は「世界=欧米」の探偵小説の翻訳だけで二〇巻を構成した。日本作家の作品は一つも収録されていなかったが、江戸川乱歩や横溝正史、小酒井不木の名前は翻訳者として挙げられている。新聞広告には、探偵を連想させる男性の横顔を入れて、「探偵興味時代来る!」という文案を前面に出している。そして「探偵小説は科学的知識と芸術的価値とスポーツ的興味を併せ有する現代唯一の読物だ。本全集は一流作家の世界的代表作を悉く網羅する探偵小説

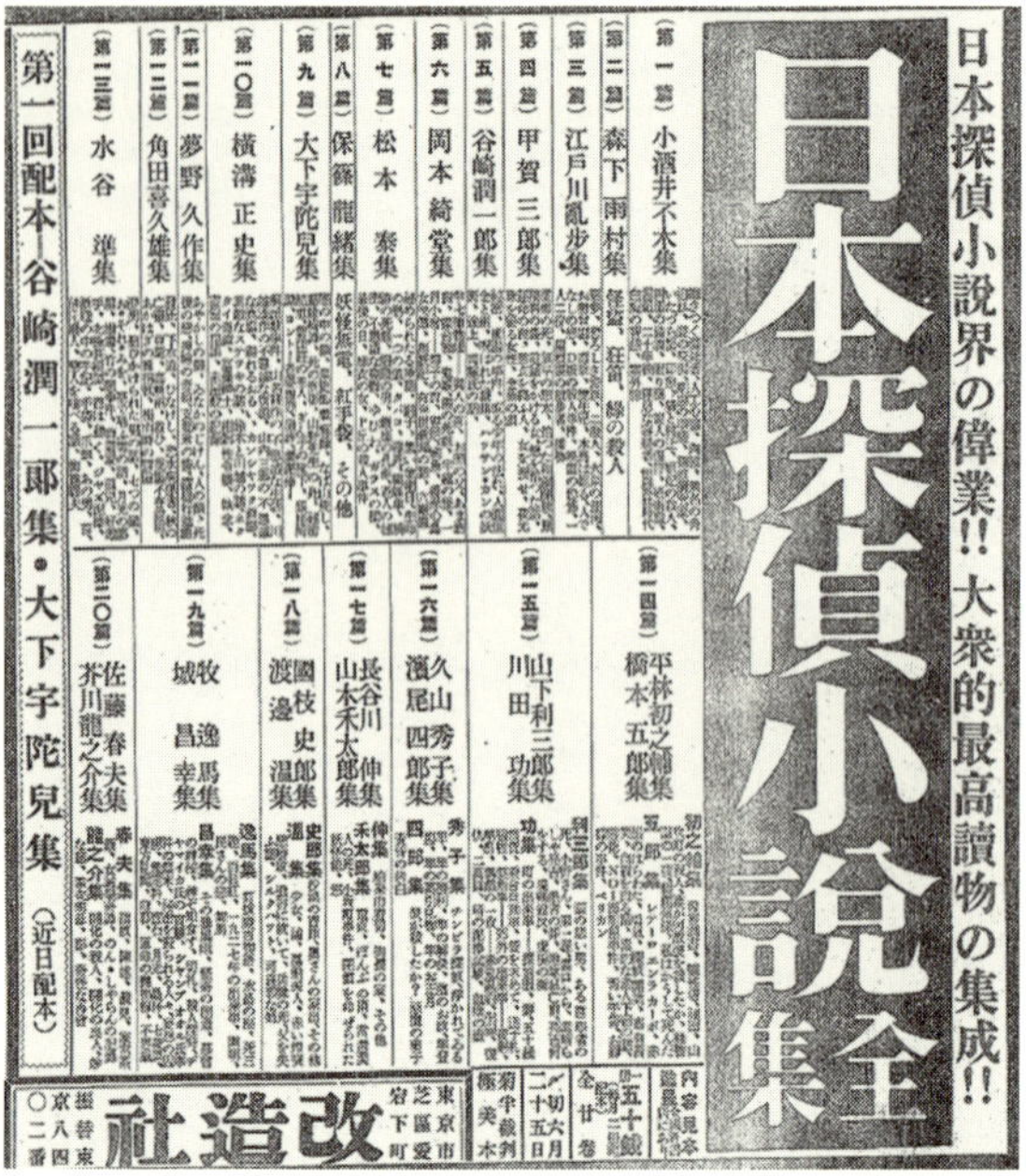

【資料2】『東京朝日新聞』1929年5月23日、朝刊1面

の一大集成だ。翻訳探偵もの〻定本だ」と本文に加えた。【資料3】

博文館の『世界探偵小説全集』（全二四巻）は、探偵小説専門雑誌『新青年』を発行し続けてきた出版社であることを積極的にアピールした。「探偵文学の濫觴より年代と傾向を逐ふて完璧を期せる世界探偵小説の定本！ 作家と作品の選擇に又訳者の選定に先づ本全集の絶対的価値を見よ!!」と広告した。博文館の全集は、平凡社と同様『世界探偵小説全集』という名を付したが、たった一人の日本作家、江戸川乱歩を入れていた。このことは、乱歩が欧米の探偵作家にならぶ日本を代表する探偵作家であるという認識を与えるに十分であっただろう。【資料4】

春陽堂の『探偵小説全集』（全二四巻）は第一巻から七巻までを日本作家にし、八巻から二四巻までを欧米の作品で構成した。第一巻は江戸川乱歩であった。ここで

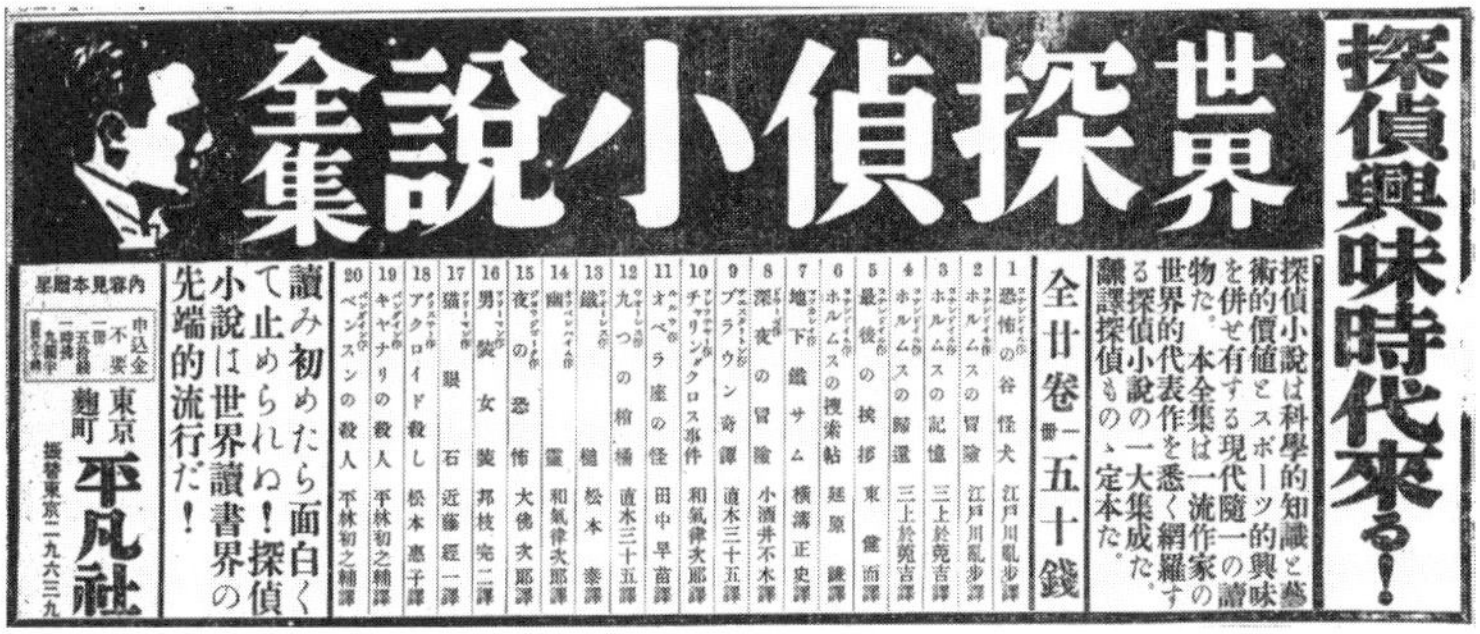

【資料3】『読売新聞』1929年6月1日、朝刊1面

【資料4】『東京日日新聞』1929年6月1日、朝刊3面

の顔ぶれは、黒岩涙香、岡本綺堂、江戸川乱歩、小酒井不木、大下宇陀児、甲賀三郎、横溝正史など、日本探偵小説の時代的推移を考慮したものであった。新聞広告は、「何だ!? 何だ!? 探偵か!? 探偵だ!! 何処だ!? 春陽堂だよ!! 探偵物は春陽堂に限るね!!」を標題にした。この広告で最も目につくのは、「探偵小説時代来る!! 文明人の恐怖、都会の冒険、人工的な神秘、計画的な犯罪、超人的な推理、それが探偵小説だ?」という文案である。文明人、近代人、大都市、科学的というモダンを象徴する修飾語が総動員された広告文句は、「探偵小説＝モダン」という認識を植えつける力を持ったであろう。【資料5】

　四社の広告文案を並べてみると、まず見えてくるのは、各出版社はライバル社を十分意識し、他社とは異なる特徴を強調していること、そして、探偵小説というジャンルそのものを絶えず広告していることであ

【資料5】『東京日日新聞』1929年6月24日、朝刊10面

る。一九二九年は探偵小説全集出版の年となり、探偵小説は一九二九年を代表する趣味（＝テイスト）であった。もちろん、それ以前にも『新青年』などを通して探偵小説は読者を増やしていたが、一九二九年の競争的な全集刊行によって、より多くの読者層を確保したと思われる。

　新聞紙面の「世界読書界の最新流行」「文明人」「近代人」「科学的」「大都市」など近代的なイメージの広告文句が「探偵小説こそモダンなもの」という認識を強めた。要するに、五〇銭の安価で探偵小説全集を購入するだけで、世界的で近代的、大都市的な流行品を享受できると、出版社の広告文は消費者へ訴えたのである。このように一九二七年に大衆文学の一系統に編入された探偵小説は、一九二九年に至っては新しい時代に最も適した、時代の気分をリードする読み物として包装された。これは大衆文学の中から探偵小説へと読者層が分化した現象と説明することができる。

　最後に、一九二九年の四社の探偵小説全集に全部関与した人は、江戸川乱歩が唯一であったことも付け加えておきたい。

四、一九三一年、平凡社『江戸川乱歩全集』の説得的な広告

平凡社は、『現代大衆文学全集』以降三〇種を超える円本を出しつづけたが、『江戸川乱歩全集』が出はじめた頃は、その勢いも衰えた。一九二七年には『現代大衆文学全集』『世界美術全集』、一九二八年に『新興文学全集』『社会思想全集』、一九二九年になると一気に種類が増えて『菊池寛全集』『伊藤痴遊全集』『怪奇探偵ルパン全集』『新進傑作小説全集』『釈宗演全集』『明治大正実話全集』『世界探偵小説全集』『映画スター全集』『少年冒険小説全集』『令女文学全集』、一九三〇年には『久米正雄全集』『書道全集』『世界プロレタリア傑作選集』『高僧名著全集』『世界家庭文学全集』『実際経済問題講座』『世界興亡史論』『渋沢栄一全集』『囲碁大衆講座』『川柳漫画全集』『俳人真蹟全集』『世界猟奇全集』を出した。

さて、一九三〇年あたりから出版業界はそれまで以上に深刻な危機を迎えた。中小出版社の倒産があいつぎ、雑誌の付録競争が激化する状況に至る。ところが、平凡社は一九三一年にも『白井喬二全集』『江戸川乱歩全集』『世界裸体美術全集』『吉川英治全集』を刊行している。当時の平凡社の内部事情に関しては『平凡社六〇年史』が参考になる。出版業界の不況にも拘わらず、一九三一年に平凡社から出された『吉川英治全集』と『江戸川乱歩全集』は、幸運にも他社の個人全集に比べて群を抜いたという。平凡社の記録によると、『吉川英治全集』が五、六万部、『江戸川乱歩全集』が一〇万近く売られるほど盛況だったことがわかる。

もちろん乱歩全集が抜群の成績をあげた理由が、必ずしも広告にあるとは限らない。しかしながら、乱歩が、単なる平凡な広告をもっては大衆に購買欲をそそらせ得ないと考えていたのは確かである。

四―一、新聞広告の本質と立案上の要素

では、ここで乱歩全集の新聞広告を取り上げてみよう。

【資料6—①~⑦】は、乱歩全集の予約募集があった一九三一年五月の広告である。乱歩は『探偵小説四〇年』で、平凡社の全集広告に積極的に関与したと回顧しながら、「七種」の広告を新聞に出したと述べている。【資料6—①~⑦】は、『東京朝日新聞』『読売新聞』『東京日日新聞』『大阪毎日新聞』を調査対象として、当時の新聞広告を調べたものである。(乱歩の記録によると、『名古屋新聞』など地方紙にも広告を載せたという。)

風変わりなイラストと紙面構成が目立つ七種の広告を並べてみると、乱歩がいかに広告に力を注いでいたかが直ちに読み取れる。乱歩は広告がもたらす特定の感情と反応の構造、そしてそれらの相互作用による読者の情緒的反応を考慮に入れた上で、自分のイメージを作り上げたのである。

乱歩は「新聞広告」という広告媒体の本質を見抜いていた。新聞広告は、例えば雑誌広告に比べると、読者の階級性が偏らなく、圧倒的な影響力を持っている反面、広告としての生命が短いという限界を持つ。しかし、このことは、逆に言えば、発行回数が多いだけに、後からすぐに補足的情報を提供できることをも意味する。一ヶ月にも満たない期間に七回の広告を用意していたことからわかるように、乱歩は補足や変更が容易である新聞広告の属性を把握していた。また、新聞広告は全面広告を除けば多くの場合、周囲に他の広告が入ることを意識しなければならない。乱歩は新聞広告において「注意をひく」ことがいかに大事であるかを心得ていたはずだ。書籍広告ではあまり見られない大胆なイラストがそれを物語っている。新聞紙面のどの位置に入れられても目立つ広告でないと、読者の注目率が低くなるのは当然である。ゆえに、やや誇張的であっても読者の視線をひく工夫が必要とされる。後述するが、特に【資料6—①、②、⑥、⑦】のような絵画による広告意匠は、菊池寛全集、久米正雄全集、吉川英治全集などの他の個人全集と比しても、また探偵小説全集と比べても確かに目立つものになっている。

次に、乱歩全集の広告は、商品の強調点と訴求点を非常に明確にしているという点において、他の書籍広告よりも優位に立っていると思われる。周知の通り、強調点は、特定の商品が同じ範疇の商品と区別されるよう差別

【資料6—①】『東京日日新聞』1931年5月8日、朝刊1面
『大阪毎日新聞』1931年5月9日、朝刊3面

【資料6—②】『東京朝日新聞』1931年5月9日、朝刊1面

【資料6—③】『東京日日新聞』1931年5月13日、朝刊1面
『大阪毎日新聞』1931年5月14日、朝刊2面

【資料6—④】『読売新聞』1931年5月18日、朝刊1面
『大阪毎日新聞』1931年5月25日、朝刊3面

【資料6—⑤】『大阪毎日新聞』1931年5月19日、朝刊2面
『東京朝日新聞』1931年5月21日、朝刊1面
『東京日日新聞』1931年5月21日、朝刊3面

【資料6—⑥】『東京日日新聞』1931年5月25日、朝刊1面
『東京朝日新聞』1931年5月26日、朝刊1面

【資料6—⑦】『東京朝日新聞』1931年5月31日、朝刊1面
『読売新聞』1931年5月31日、朝刊1面
『大阪毎日新聞』1931年5月31日、朝刊2面

化を図ることである。それは特定のイメージを、商品に付与することによって成り立っている。強調点は、商品が持っている性質のなかで、広告を通して何よりも強調すべき商品の特異点である。全集広告の中で、時期的に一番早かった【資料6—①】と【資料6—②】の傍題で用いられた「出た！　怪異！　驚倒！　戦慄すべき猟奇芸術の最高峰！」は、乱歩全集の強調点であった。例えば、乱歩全集の強調点を、世界的な探偵小説だとか、偉大な大衆小説にしては、もはやその役割を果たさない。探偵小説のジャンルでいえば、一九二九年に刊行された四社の探偵小説全集があり、一方で大衆文学のジャンルから見ても『現代大衆文学全集』が存在するからである。また『菊池寛全集』『久米正雄全集』『白井喬二全集』などの他の個人全集とは異なる強力な戦略が必要であったこともいうまでもない。そのような必要性に対して、「猟奇芸術の最高峰」という明確な強調点を示し、時

代のニーズを摑んだ戦略を立てていたのである。

強調点の次には、訴求点を見出さなければならない。強調点は商品そのものが持っている性質と言えるが、訴求点は読者が広告に求めるものを指す。広告は読者の心理に働きかけていかなければならない。広告には、読者の欲望、情緒、衝動、本能を刺激する何かが必要なわけである。七種の広告を見ると、「見よ！ 全巻悉く大評判の傑作揃ひ！」（【資料6―①、②】）、「全十二巻悉く一粒選の傑作揃ひ！」（【資料6―④】）というスローガンがある。実のところ「傑作揃ひ」というスローガンは、ただの空虚な宣伝文句ではなかった。普通の個人全集は、執筆順に並べるか、あるいは長篇を先にしてあとに短篇や随筆をまとめるのが一般的だが、乱歩全集の場合は、話題になった長篇を軸にして、それぞれの巻に短篇、随筆、作品評等を加えるやりかたを採用し、最大限読者の興味が偏らないように注意が払われている。広告が出た当時には第一二巻は「長篇小説か短篇未定」となっているので、一二巻を除けば、一巻から一一巻まで、多くの読者を確保していた雑誌と新聞に掲載された作品を優先していたことがわかる。

読者の消費心理を刺激する装置はまだ続いた。【資料6―④、⑤、⑥、⑦】の紙面の右側にある標題と傍題だけを抜粋してみると次のようになる。

イ．大評判！ 全日本湧きかへる！（五月一八日、二五日）
ロ．不況を蹴って全国書店猛然として本全集の為に立つ！
　物凄い売行き追加追送の飛電刻々殺到！（五月一九日、二一日）
ハ．何ぜ売れる？
　グット時代を摑んで居るからだ！（五月二五日、二六日）
ニ．底知れぬ売れ行き！

突破！　十萬部已に突破して更に追電続々殺到！（五月三一日）

標題の次にくる傍題は、標題の助句として使用されていた。直ぐに情報の補足ができる新聞広告の特性上、日増しに標題も変化した。締切に近づくにつれて読者の反応が熱くなっていることをまめに更新しながら広告している。これ自体が、読者の消費心理を刺激する力強い説得になったはずだ。さらにいえば、「何ぜ売れる？　グツト時代を摑んで居るからだ！」という傍題は、これもまた読者の目を引くに十分である。標題と傍題の使命は、読者の目をとらえ、注意を引き、興味を喚起することにあるから、「グツト時代を摑んでいる」という簡潔で、余韻のある文句は、非常に効果的な傍題といえよう。

加えて、この七つの広告は、流行的消費を促す文案もまた巧みに駆使している。流行の属性、つまり、斉一化と差異化の心理をともに刺激している。流行は、一方ではそれに従うべき社会的風潮として感じられるものであり、消費者はそれを模倣し、同調することによって社会への依存欲求を満たす。しかし、それと同時に流行は最先端の消費動向であるから、それを取り入れることは取り入れていない人との差をつけることであり、差異化や変化の欲求を満たすことができる。「怪異！　驚倒！　戦慄すべき猟奇芸術の最高峰！」を強調点に広告した乱歩全集は、広告で見る限り最先端のエロ・グロへ直接的につながるものであった。つまり従うべき、あるいは従いたい流行として読者の欲望を刺激しているのである。

実際に【資料6—⑥】の本文中の説明は、「怪奇！　怪奇！　悉くが刺戟の蠢動だ！　エロといへばエロ、グロと言へばグロ、幻惑と悩乱が読者の魂を狂舞せしめねばおかぬ！　正視を虐殺する凄惨と狂喜の世界！　覗き見よ！　乱歩全集の扉の奥に、何を見る！」（傍線は引用者による）となっている。ちなみに、一九二九年の博文館『世界探偵小説全集　第二三巻　江戸川乱歩集』の刊行の際には「変態性慾文学」として広告された乱歩の作品が、その二年後である一九三一年には「エロ・グロ」へと変貌した。それは、ちょうど一九三〇年にエロとグロという新語が登場したことと深く関係すると思われる。

四―二、文案と意匠

一つの新聞広告を構成する材料は、文字による文案と絵画による意匠の二つに分けることができる。一般に広告の文案は、読者の感性に訴求するものと理性に訴求するものがある。理性に訴える文案は、序論、本論、結論の順を追って、読者が納得するものとなっている。他方、感性に訴える文案は、序論はなく、結論だけがある形式となる。例えば化粧品の広告などでよく見られるタイプの文案である。次に示したのは、【資料6―①、②】の本文である。

江戸川乱歩氏の探偵小説は阿片の妖気だ! 印度の魔術師が持つ水晶の玉だ! 其処に映る恐ろしき夢と奇怪なる幻の数々は、読者の魂を根こそぎ奪つて行かずには措かぬ。血と泥で塗りつぶされた地獄絵巻だ! 其処に盛られた奇怪な犯罪と異常なる変態的性慾は、読者を夢幻の境に誘ひ込まずには措かない。強烈な刺戟と恐怖の喜びに生きんとするものは先づ本全集に来れ!

乱歩作品を紹介する文案は、「阿片の妖気」、「印度の魔術師が持つ水晶の玉」、「恐ろしき夢」、「奇怪なる幻」、「地獄絵巻」など、いかにも読者の感性に訴える表現に満ちている。これらは絵画による意匠との間で気分の統一がなされ、調和がとられている。

ここで【資料6―①、②】の意匠を見てみよう。異国的な情趣の濃い男の横顔と、魔法の壺から立ち上がった煙が、全体を圧倒している。どこから来たのか、どの時代の人間なのか見当がつかない男と、いつ消えるか分からない煙が「魔術師」という文字とともに、神秘的なイメージを倍増させる。風に吹かれる髪の毛の律動感、陰影で表現される煙の動きを生かした絵は、左側から右に広がる髪の毛と煙の上に「江戸川乱歩全集」という文字を載せ、まるで全集が魔法の壷から出たような錯覚さえ与えている。【資料6―⑥】は、芋虫を再現した図案の上に文字を入れているが、動いているような芋虫の形象は視覚だけでなく触覚さえ刺激する。

このように、乱歩全集の広告は、意匠をいかに配置するかというレイアウトの問題をも含めて、文案と意匠を最大限に活用することによって、乱歩のイメージを構築し、潜在的読者でもある大衆に強烈な印象を与えたと言えよう。

最後に【資料6―④】の推薦文を確認してみよう。

江戸川乱歩全集を推奨す

前警視総監　丸山鶴吉

探偵科学、犯罪科学そして探偵小説の流行、現代は確かに探偵興味時代である。文明が進めば進む程強烈な刺戟に生きやうとする。驚異の要求と科学の発達、これが相結んで事実で行く変態的犯罪の流行となり、空想で行く探偵小説の流行となる。

江戸川君は現代日本が有つ最大の探偵小説作家である。その構想の緻密なる、その文章の味はひ深き、その本格的な探偵文学の大きな力は、あらゆる読者の怪奇的猟奇的興味を満足させると同時に処世上の智慧と炯眼を眼ざまして行く。近代的犯罪の事実的頻発は我等賛成出来ないが、現代生活の意欲の流れはそこに存在する以上、それの満足を文学に求むるは当代の傾向と言はねばならず、刑事犯罪学の立場から言つても本全集の普及は寧ろ現代的猟奇意欲を芸術的に転化するよき安全弁ともなるであらう。

この推薦文でも、乱歩の作品は「あらゆる読者の怪奇的、猟奇的興味を満足させる」ものという点を強調している。また変態的犯罪と猟奇的欲望は、現代生活の意欲と規定される。しかし、この推薦文が興味深いのは、この文を書いた人が「前警視総監　丸山鶴吉」という事実である。「猟奇」「怪奇」を武器にした乱歩全集に、前職警視総監が推薦文を寄せることはにわかには納得がいかない。おそらく、この推薦文を掲載した意図は「警視総監さえも認めた」「現代人なら読んでみる価値のある」必読書であるというイメージを与えるためであろう。

このように七種の新聞広告を貫いているのは「怪奇」「奇怪」「猟奇」「変態」「不可思議」「エロ・グロ」という感覚だ。それらは非常に現代的な、時代のムードであることが強調される。さらに「怪奇」と「エロ・グロ」で象徴される乱歩全集が、「不況にも関わらず」売れている「流行品」であることを繰り返し広告しているのである。

繰り返しになるが、広告とは消費者に情報を伝え、商品に対する共感を得るものである。出版広告も消費者としての読者に向かって、以前の商品とは違う「新しい何か」をセールスポイントにする。『江戸川乱歩全集』は、一九二九年の四社の探偵小説全集などと差異化する広告戦略を立てた。それが「猟奇」「怪奇」であり、それらのモダン語である「エロ・グロ」だったのだ。感覚を刺激する読み物は、視覚的なイメージを伴った広告を通じて、さらに華やかに包装される。さらにいえば、「猟奇」、「怪奇」という読者個人の平凡な欲望は、広告というフィルターを通過することによって、次第に時代的な熱望となっていったのである。

五、おわりに

本稿では、一九二七年の平凡社『現代大衆文学全集』、一九二九年の探偵小説全集群、一九三一年の平凡社『江戸川乱歩全集』の新聞広告の様相を検討して、一九三〇年前後の、大衆小説読者層の形成と分化・拡大という流れから「大乱歩」誕生の経緯を探った。新聞広告を通してみた探偵小説は、まず、世相知と人情美の教科書と説明される大衆文学から、近代的かつ科学的、そしてモダンな読物へと変貌した。それから、一九三一年の乱歩全集には、怪奇、猟奇、エロ・グロという、より現代的な要素が加えられることになる。

江戸川乱歩は、広告を通していかに消費者としての読者の注意をひくか、またそのためにいかなる訴求をおこなったらよいか、いかにすれば記憶されやすいか、という広告が備えるべき重要な要素をよく知っている人であった。一九三一年八月四日『読売新聞』(朝刊四面)に直木三十五が書いた記事には、その年、日比谷、東駒形、日本橋、深川、上野、下谷、氷川、四谷、駿河台、外神田、浅草、小石川などの図書館で、「最も読まれた書物」を調べたら、それは「江戸川乱歩、佐々木邦であり、賀川豊彦の「一粒の麦」であった」とある。この記事からもわかるように、一九三〇年前後、乱歩はまさに「大乱歩」へと変貌する。本稿ではメディアと大衆文学という観点から、一九三〇年前後の乱歩の転向を追求した。結局、それは彼が当時の社会的現実をどのように体現したのか、そしてメディアといかなる緊張関係の中で創作活動を展開したかを探る作業であった。

一九三〇年、乱歩は「蜘蛛男」「魔術師」「黄金仮面」「吸血鬼」を同時に連載した。当時は乱歩が作家として最大の活動力を発揮した時期であると同時に、連載した作品が多かった分だけ、日本全国に乱歩の名前が轟いた時期であった。ちょうどその時に出た平凡社全集とその広告は、乱歩のイメージを再構築することにおいて重要な役割を果たしたと思われる。

乱歩と広告の問題には、新聞雑誌広告のみならず、ラジオ、テレビ、漫画、映画なども含めて、今後綿密に考察されるべき部分が多く残されている。本論文においては、そのような議論の出発点ともいえる初全集の新聞広告の分析を通して、その一端を示すことを試みた。

参考文献

石川弘義・尾崎秀樹『出版広告の歴史』(出版ニュース、一九八九年)

『現代商業美術全集』（全二四巻・別巻）（アリス、一九二八～一九三〇年）
塩澤実信『定本ベストセラー昭和史』（展望社、二〇〇二年）
庄司達也他編『改造社のメディア戦略』（双文社出版、二〇一三年）
竹内幸絵『近代広告の誕生――ポスターがニューメディアだった頃』（青土社、二〇一一年）
永嶺重敏『モダン都市の読書空間』（日本エディタースクール出版部、二〇〇一年）
藤井淑禎編『江戸川乱歩と大衆の二十世紀』（至文堂、二〇〇四年）
『平凡社六十年史』（平凡社、一九七四年）
間々田孝夫『二一世紀の消費』（ミネルヴァ書房、二〇一六年）
毛利眞人『ニッポンエロ・グロ・ナンセンス』（講談社選書メチエ、二〇一六年）

中国における戦前推理小説の研究・翻訳事情
——江戸川乱歩を中心に

銭暁波

一、日本社会派推理小説の隆盛

一九八〇年代から九〇年代にかけて、松本清張や、森村誠一などを代表とする社会派推理小説は中国で空前のブームとなった。そのきっかけはおそらく『砂の器』（一九七四）や『人間の証明』（一九七七）などの映画が中国で上映されたことと大きく関係している。

ときは文化大革命が終結し、改革開放を迎える時代であった。長らく閉ざされた国の門戸が徐々に開かれるようになり、文芸も以前と比べられないほど活気をみせている。最も早く中国に輸入された日本映画は西村寿行原作の『君よ憤怒の河を渉れ』（一九七六）である。この映画によって中国において高倉健の人気は不動のものとなったが、その時代に輸入されているすべての日本映画、またはテレビドラマやアニメーションなどは中国でヒット作となり、これまでなかった勢いで日本のエンターテインメントのブームにまで発展したのである。

社会派推理小説の隆盛もこうしたブームのなかでおこったものである。一九七九年、江蘇人民出版社より森村誠一の名作である『人間の証明』（翻訳タイトル「人性的证明」）が出版され、同年、サスペンスものをメインとして出版する群衆出版社より松本清張の長編『点と線』が出版された。これを皮切りに両者の推理小説が一気に中国に翻訳紹介されるようになった。推理小説の分野において、八〇年代の中国は松本清張と森村誠一の時代といえるぐらいで、両作家の翻訳作品は圧倒的に多かった。

当時まだ中学生だった筆者は、両作家の作品を買い集め、貪るように読みあさった。筆者のように、当時の若者は両作家が描く推理の世界に没頭するものが多く、純文学以上の面白さを感じたのであった。さらに重要なことは、単なる面白さだけではなく、メディアがそれほど発達していなかったその時代において、両作家の作品が、中国の若者にとって日本社会におけるさまざまな情報を読みとる大切な教科書にもなり、日本を知る窓口のようなものであったということである。これは文学における社会派推理小説が果たした役割の一つであり、今日においても松本清張や森村誠一の社会派推理小説は中国の若者に影響をもたらしつつある。

社会派推理小説の流行の影響、および前出の『君よ憤怒の河を渉れ』や『犬笛』といった映画やテレビドラマの放映によって、八〇年代後半から九〇年代初頭にかけて、西村寿行や大藪春彦のいわゆるハードボイルド小説が、推理小説を追う形で中国に大量に翻訳紹介されはじめた。しかし、激しいアクションが付きものであるハードボイルド小説の内容には暴力や性的表現が多く、また当時、急激な発展により中国の出版業界の管理が行き届いていなかったため、著作権無視など違法出版をする悪徳出版業者が多く存在していた。こうした事情原因で出版業界の整理整頓が行われると同時に、一時期に盛んであった推理小説およびハードボイルド小説のブームがついに下火になり、徐々に終焉を迎えた。

上述のように、文化大革命の終結や、改革開放期となる七〇年代末期から九〇年代初頭にかけて、中国において勃興した日本の推理小説ブームの影響は多大なるものであった。その時代においては江戸川乱歩を代表とする戦前の探偵小説はまだ翻訳紹介の範疇には入っていなかったものの、いわゆる日本の純文学作品と並行して推理小説の流行が一つの機運をつくりあげたことはあきらかである。

二、江戸川乱歩および戦前探偵小説の翻訳事情

面白いことに、中国では江戸川乱歩より江戸川コナンの方が知名度が断然高いのである。これはアニメーション『名探偵コナン』の影響であることはいうまでもないが、アニメーションをはじめとするサブカルチャーの影響力が小説など伝統的な文芸作品をはるかに越えている今の時代では、むしろ納得せざるを得ない事実である。『名探偵コナン』のマンガは一九九四年より連載が始まり、一九九六年からテレビアニメが放送を開始、翌年からは劇場版アニメが上映された。テレビアニメの放送は二〇年以上続いており、現在もなお絶大な人気を誇る長寿テレビアニメの一つである。毎年の四月にかならず公開される劇場版アニメの興行収入は毎年更新され、いまも人気上昇の傾向にあるようである。

九〇年代はアニメーションなどを代表とするジャパニーズ・サブカルチャーの最盛期と呼ばれた時代である。世界に向けて発信しつづけた日本のサブカルチャーの旋風は、同じように中国の大地にも吹き荒れた。そうしたなか、『名探偵コナン』は一九九八年に中国でも放送が始まり、のちに劇場版も上映され、たちまち中国の若者を虜にした。いまでは、放送されているすべての『名探偵コナン』に吹き替え版がついており、インターネット上に配信されるほどの人気ぶりである。

このようなサブカルチャーブームの中、アニメーションなどの流行の勢いに乗じ、探偵推理ブームの再燃は著しいものとなった。とりわけ二一世紀に入ってから、島田荘司や、東野圭吾、綾辻行人、京極夏彦など、八〇、九〇年代以降に江戸川乱歩賞や日本推理作家協会賞を受賞した作家たちによる推理小説は中国で静かなブームとなり、流行の兆しをみせた。そのなかでも、とりわけ東野圭吾の人気ぶりは一段と抜きんでているようである。彼は作品の訳本が出版されるたびにベストセラーとなっている。なかでも、二〇一六年に映画化された『容疑者Xの献身』は中国でリメイクされるほどの人気ぶりをみせている。中国において、東野圭吾は村上春樹とならん

で、それぞれ日本の純文学と大衆文学の代表作家になっているといっても過言ではない。

上述のように、九〇年代以降、中国における推理小説ブームはサブカルチャーやエンターテインメントの発達、および、現代メディアの情報伝達の利便性に乗じて、ほぼ時間差なくおきているものである。

前述した七〇年代の社会派推理小説ブームに次いで、九〇年代以降勃興した探偵推理小説ブームは、前回に比べ、若者を中心に、文学における個人化ないし趣味的な要素がより目立つようになっているがゆえに、作品における時代や、ジャンル、内容など、興味の幅もより広くなっている。そのような気運のなか、現代の推理、ミステリー小説のみならず、江戸川乱歩を中心に戦前の探偵小説も少なからず脚光を浴びはじめたのである。

江戸川乱歩の作品は八〇年代初頭からすでに中国で翻訳されていた。一九八一年一〇月、遼寧人民出版社より出版された『日本短編推理小説選』の巻頭を飾ったのは、江戸川乱歩の『黒手組』(翻訳タイトル「黑手帮」)である。しかし、二五作ある短編推理小説のなかで乱歩の作品は一作のみである。ほかには松本清張、森村誠一、水上勉、佐野洋、石沢英太郎、西村京太郎、鮎川哲也が二作ずつ、保篠龍緒、横溝正史、仁木悦子、結城昌治、笹沢左保、戸板康二、多岐川恭、生島治郎、小林久三、山村美紗が一作ずつ選ばれている。

江戸川乱歩、保篠龍緒、横溝正史を除いて、ほとんどが戦後において活躍している作家である。なかでも仁木悦子、多岐川恭、笹沢左保、西村京太郎、石沢英太郎、森村誠一、山村美紗、小林久三などは五〇年代から七〇年代にかけて江戸川乱歩賞を受賞したり候補となったりした作家であり、戦後推理小説の代表作家が勢揃いである。

『日本短編推理小説選』の目録をみてもわかるように、この時代の中国では、戦前の探偵小説より戦後の作品が人気を呼んでいたことが明らかである。

一九八五年一月、黒龍江人民出版社より江戸川乱歩の『魔術師』(翻訳タイトル「飘忽不定的魔影」)と『宇宙怪人』の二作からなる小説集が出版された。小説集の最後のページに訳者による「翻訳後記」が付け加えられ、この二つの作品を選んだ理由について簡単にまとめられている。『魔術師』は「資本主義の金銭至上の社会における人間関係」を主としていること、『宇宙怪人』は「ある程度、原作者の反戦の思想を表している」ことが、それぞれ記されている。

上記のほかに、一九八九年三月には、四川少年児童出版社の『怪人二十面相』(翻訳タイトル「二〇张脸谱的怪盗」)が、同年三月には、ハルビン出版社の『透明怪人』が、そして、一九九〇年一一月には、湖南少年児童出版社の『青銅の魔人』が、それぞれ訳本として出版されている。特筆すべきなのは、一九九〇年六月、安徽文芸出版社より東洋の名探偵明智小五郎シリーズとして『女妖』『呪いの指紋』(翻訳タイトル「怪指纹」)『地獄の道化師』(翻訳タイトル「地狱的滑稽大师」)『黄金仮面』(翻訳タイトル「黄金假面人」)『吸血鬼』(翻訳タイトル「附身恶魔」)の五冊からなる訳本が出版されたことである。これは明智小五郎が登場する作品を集め、中国で出版されたはじめての江戸川乱歩シリーズ小説集ではないかと思う。

九〇年代の末期から二一世紀にかけて、江戸川乱歩の訳本が急激に増えた。これはおそらく同時代に勃興した探偵推理ブームの影響であろう。以前の翻訳出版物と比べ、単行本がほとんどなくなり、かわりにシリーズ作品が出版のメインとなった。

一九九八年に前出の群衆出版社より出版された「日本推理小説文庫」は、依然として西村京太郎や、夏樹静子、山村美紗、阿刀田高、内田康夫など戦後の推理小説作家の作品をメインとしているが、そのなかには、江戸川乱歩の『陰獣・化人幻戯』『黄金仮面』『蜘蛛男』の三冊も選ばれている。

一九九九年、珠海出版社より乱歩サスペンス探偵小説集として『白髪鬼』『黄金仮面』『女妖・呪いの指紋』の三冊が出版されている。同年には、少年児童出版社より一八冊からなる少年大探偵シリーズも出版されている。また、二〇〇〇年には、珠海出版社より乱歩サスペンス探偵小説集として『盲獣』『人間豹』『妖怪博士』『暗室』の四冊が、二〇〇一年には、時事出版社より小五郎探偵サスペンスシリーズとして六冊の小説が出版された。

二〇〇二年、珠海出版社より一九冊からなる乱歩探偵小説集が出版された。このシリーズはこれまで中国で出版されている乱歩の翻訳作品のなかで、作品の数が最も多いものである。出版社によると、一から九冊目は明智小五郎が登場するもので、一〇から一七冊目は中長編探偵小説、一八、一九冊目は短編である。

このことからわかるように、九〇年代末期から二一世紀にかけて、乱歩の翻訳は以前にもまして、量と質ともに向上している。その勢いは衰えることなく、二〇一〇年以降、乱歩の翻訳はさらなる本格化ぶりをみせている。

二〇一一年七月、探偵推理ものやミステリー、SF、ゲームなどサブカルチャー出版物をメインとする新星出版社から「深夜文庫・巨匠シリーズ」（中国語タイトルは「午夜文库・大师系列」）として江戸川乱歩の作品が集中的に紹介された。「まえがき」を読むと、全部で一三冊からなるこのシリーズには江戸川乱歩の計五八の作品が収録されており、さらに作品の解題、評論なども付いている。また装幀や、表紙のデザインにも力を入れ、とりわけ乱歩の家族により提供された貴重な写真もついていて、これまで出版されている乱歩の作品集よりかなり本格的なものとなり、ほぼ全集に近い形で出版された。一二冊までは各時期にわたる乱歩の短編、中編または長編の作品であるが、一三冊目は『幻影城主』をタイトルとし、乱歩自身による自伝一六作のほかに、評論文一一作、研究文一二作計三九作の著述が入っている。これまでは作品しか翻訳されていなかったが、乱歩を深く理解したいファンにとって、この一三冊目は乱歩に関するあらゆる出版物のなかで最も有意義なものであるといえよう。

二〇一七年五月、華東理工大学出版社より筆者訳の『日中対訳・江戸川乱歩短編小説集』が上梓された。同出版社の日中対訳シリーズの第二作目（第一作目は堀辰雄の『風立ちぬ』である。立て続けに太宰治の『人間失格』や、夏目漱石の『吾輩は猫である』『心』、宮沢賢治の童話集などが出版されている）であるこの小説集には、乱歩のデビュー作である『二銭銅貨』（翻訳タイトル「二钱铜币」）や、最高傑作と呼ばれている『押絵と旅する男』（翻訳タイトル「与贴画一同旅行的男子」）のほかに、『白昼夢』（翻訳タイトル「白日梦」）『指輪』（翻訳タイトル「戒指」）の計四作が収録されている。日中対訳であるため、日本語の原文もついており、語学や翻訳の学習目的もはたすことができる。各作品には翻訳者による「訳者解読」がついており、作品への理解や研究への一助にもなっている。さらに、同シリーズがこれまでの出版物よりグレードアップしているのは、プロの声優による日本語と中国語の朗読が収録されていることである。それゆえに、電子書籍を代表とする新媒体などの衝撃を受け、衰えつつある伝統的な書物のマーケットにおいて、同シリーズはかなりの人気を呼び、江戸川乱歩関連の訳本販売ランキングにおいて売上のトップに輝いている。

一九八〇年代から、日本の社会派推理小説が中国で一世を風靡する勢いに乗じ、江戸川乱歩の作品が翻訳紹介されはじめてから四〇年近くの歳月が経ったいま、連作や合作の作品、または極少数の短編もの以外、日本推理小説の草分けである乱歩の作品はほとんど翻訳紹介されている。

中国において日本推理小説の翻訳紹介がほぼ戦後の作品一色となっているなか、戦前の探偵小説としては、江戸川乱歩以外、横溝正史の作品が注目される程度で、夢野久作、小栗虫太郎、甲賀三郎、大下宇陀児、浜尾四郎、木々高太郎などの戦前探偵小説作家の作品の翻訳はほぼ空白の状態であったが、近年において上記の小説家の作品も徐々に紹介されはじめている。

二〇〇九年六月、吉林出版グループ有限会社より九巻からなる『日本推理名作選』が出版された。九巻とは夢野久作（三巻）、浜尾四郎（二巻）、甲賀三郎（二巻）、小栗虫太郎（一巻）、黒岩涙香と小酒井不木（一巻）の組合せである。二〇一二年四月、前出の新星出版社より『日本推理四大奇書』が出版され、よく知られている小栗虫太郎著『黒死館殺人事件』、夢野久作著『ドグラ・マグラ』（翻訳タイトル「脑髄地狱」）、塔晶夫（中井英夫）著『虚無への供物』（翻訳タイトル「献给虚无的供物」）と竹本健治著『匣の中の失楽（翻訳タイトル「匣中失乐」）』の四冊がセットで出版されている。ほかに久生十蘭や、海野十三、山本禾太郎、牧逸馬など戦前の小説家の作品も翻訳紹介が始まっている。

二〇一八年七月、前出の華東理工大学出版社より筆者訳『日中対訳・日本短編推理小説選』があらたに上梓された。江戸川乱歩の『心理試験』（翻訳タイトル『心理测试』）や、甲賀三郎の『琥珀のパイプ』（翻訳タイトル『琥珀烟斗』）、谷崎潤一郎の『途上』（翻訳タイトル『途中』）と浜尾四郎の『夢の殺人』（翻訳タイトル『梦魇魔杀』）の四作からなるこの本も、同出版社の日中対訳シリーズの一巻である。同シリーズのほかの出版物と同様に、日本語原文や、日本語と中国語のそれぞれの朗読、訳者解読付きの出版である。筆者としては、戦前探偵小説、とりわけ本格派ものの理解に少しでも役立てればと思っている。

三、江戸川乱歩の研究

次に、中国における江戸川乱歩および推理小説に関する研究の状況であるが、こちらは依然として手薄の状態にとどまっているといわざるを得ない。

前節で述べた中国における江戸川乱歩の翻訳事情をみると、八〇年代から今日に至るまで、乱歩はほぼ全訳されているにもかかわらず、研究においてはほとんど空白の状態だといっても過言ではない。乱歩のみならず、戦前の探偵小説、また中国では絶大な人気を誇る戦後推理小説の分野においてもほぼ同じ状態である。

では、なぜ乱歩文学の翻訳は盛んに行われていてもその研究がきわめて手薄なのか。その理由を探ると、二つの要因にたどりつくのではないかと筆者は考えている。一つは中国における文学研究の分野では従来の「学問至上」の意識が非常につよく、推理小説の類を大衆文学と位置づけているため、研究の場合は軽視されがちだということである。もう一つは、理論先行で文学思想の探索や解析をメインとする従来の研究方法に従い、推理小説を如何に研究していくかについて、その研究方法が十分に把握されていないことがあげられる。

この問題を検討するために、ここでは日本近代文学における純文学と大衆文学の系譜を整理しておきたい。

評論家の山路愛山はかつて「文章即ち事業なり。（略）人生に相ひ渉らずんば是も亦空の空なるのみ。文章は事業なるが故に崇むべし」（『国民の友』一八九三年）と述べ、「文学実用主義」を鼓吹した。この論調に対し、北村透谷は「人生に相渉るとは何の謂ぞ」（『文学界』一八九三年二月）で異議を唱えるが、ここで透谷は「（愛山）は「史論」と名くる鉄槌を以て撃砕すべき目的を拡めて、頻りに純文学の領地を襲はんとす」と反駁している。

山路愛山が唱える文学は、社会的または政治的に役立つものでなければならないという狭隘な価値観に基づく実学的な文学である。それに対して、北村透谷が批判を込めて提唱する「純文学」とは広い意味での美意識の形成に重きをおき、芸術の心を養うためのものである。これ以降、日本文学における純文学は芸術性を重視し、個人の感興や趣味を謳歌する文学の意味としてほぼ定着したのである。

一方、江戸時代の戯作の流れで世間に広く親しまれている時代物や、人情物、近代のマスメディアの発達によって生まれた大衆小説、新聞連載小説など、日本の近代文学には大衆文学と呼ばれたジャンルが自然に形成されてきた。

大衆文学は芸術性に重きをおく純文学と比べ、娯楽性に富んでおり、読者層も広い。だが、その境界性は時代によって微妙に変化しており、常に曖昧なものであった。たとえば耽美派の永井荷風や谷崎潤一郎は純文学出身だが、大衆文芸的な作品もよくつくり、そのストーリーテリングのスキルにおいて後世の大衆文学に大きな影響を与えた。

日本の探偵小説の形成や隆盛においても、谷崎潤一郎の貢献はとりわけ重要である。たとえば、彼は『途上』の創作について「春寒」というエッセーのなかで「自然主義風の長篇にでもなりそうな題材を、探偵小説の衣を被せて側面から簡潔に書いてみたのである」（『新青年』一九三〇年四月）と語っている。彼は意図的に探偵小説を書いたというよりも、あえて伝統的な道を踏襲せず、新たな創作の試みを敢行する過程で探偵小説に辿り着いたというのである。この創作におけるイノベーションの発想は、江戸川乱歩や横溝正史に多大なる影響をあたえるとともに、今日に至るまでの百花繚乱たる日本文学を導く象徴的な思索となっている。

では、中国においてその状況はどのようなものなのか。中国と日本における純文学や大衆文学の概念は、実は似て非なるものであるといえよう。

中国では、日本のように純文学と大衆文学を概念上ではっきりさせることもなければ、芥川賞と直木賞に代表されるような文学賞をもって双方を区別するような考え方もない。それゆえ、中国における純文学はきわめて漠然としており、観念上のものにすぎないが、強いていえば、「純」とは利益性を目的とするものを一切排除し、純粋に文学や芸術を楽しむことである。これは一見して北村透谷が主張するものと同じように思われがちだが、実際のところ、山路愛山の文学志向論とむしろ合致するところが多いのではないかと考えられる。なぜなら、古代中国において次のような概念があったからである。

「文を以て道を載せる」（宋・周敦頤『通書・文辞』）という中国古代の名言が語っているように、文章は「道」、いわば道徳や思想、観念、規範、さらにイデオロギーをくわえ、その解釈や、普及、教化を最前の目的とすべく、虚飾を排除し、社会の救済や発展に常に役立つものでなければならない。中国のこの名言の根底にあらわれている「学問至上」を帯びた文学に対する意識はいくつかの時代の変化を経て、今日に至ってだいぶ緩和されていはいるが、その基本的かつ中心的な考えはいまもなお中国の文芸に多大なる影響をもたらし、その行方を掌っているといっても過言ではない。

前述の山路愛山と北村透谷の間で行われた論争にも、そうした問題が影響を与えている。さらに四〇年近く隔たって、谷崎潤一郎は「大衆文学の流行について」（『文藝春秋オール読物号』一九三〇年七月）でも次のように述べている。

史伝、評論、感想文などは勿論、今日では文学の領域へ入れられない政治や経済や哲学の論文などでも、それを漢文口調の美文に綴つて発表すれば立派に「硬文学」として通用したのみならず、むしろ或る場合にはその方が高級な文学であると考えられ、小説戯曲等の軟文学はやや軽く扱はれていた。今日から見れば軟文学の方がより芸術的であることは、明らかだけれども、何分にも芸術全体が賤しめられていた封建の遺風が、まだその時分まで一般に残っていた。

谷崎は、文芸を「硬文学」や「軟文学」、または「高級物」と「通俗物」を以て区別させるような考え方を「封建時代の遺風」と称して排するのである。

しかし今日の中国において、その「封建時代の遺風」はいまだ完全に取り除かれておらず、いまもなおその威力を発揮しつつある。それゆえ、上記の文芸に対する意識や考えは文芸そのものに影響をあたえるばかりでなく、当然の如く、文学研究の分野にも少なからず影を落としている。

振り返ってみれば、日本の探偵小説も最初から市民権を得られたわけではない。江戸川乱歩をはじめ、推理小説作家および作品が研究対象としてとりあげられたのもかなり時代を経てからのことである。そうした状況を前提に考えると、文学研究の風土が日本といくぶん異なる中国において、乱歩や推理小説の研究がいまだ手薄だといわざるを得ない理由についても容易に理解できるのではないかと思う。

推理小説の研究方法が十分に把握されていない問題に関しても、上述の文芸に対する意識と関連付けて考えれば事情は理解できるだろう。推理小説の類は大衆文学として軽く扱われる傾向がつよいため、深く掘り下げて研究する興味関心が薄くなる。また、中国における文学研究の第一義は道徳や思想にほかならないため、そうしたイデオロギー的な要素が稀薄な探偵小説では研究が疎かにされがちになるのも避けられないのであろう。

江戸川乱歩は「探偵小説は大衆文芸か」（『大衆文藝』一九二六年二月）という随筆のなかでは、次のように述べている。

先ずこの人生を見よ。それは如何に探偵的であるか。学問の研究がとりも直さず一種の探偵である。推理、演繹、帰納、それらは凡て探偵小説の言葉だ。外交ひいては政治が随分探偵的である。外交にスパイはつき物だ。その他実業にしろ、社交にしろ、恋さえもが、見方によっては探偵である、凡そ人間が二人よれば必ず探偵がある。会話は一方から見れば探偵だ。人は相手の言葉を決して直訳しない。その裏にひそむ真意を探偵する。その探偵の巧みな者が云い換えれば利口者だ。こう考えて来ると、探偵小説はなかなか大衆的である。その上、見方によっては世の中の為になる文学だという屁理屈も、なり立ち相な気がし出す。

ここで乱歩がいう「大衆文芸」とは、純文学との対照によるジャンル分けというよりも、むしろ、自身の嗜好性を表明したものである。しかし、乱歩の語り口に文学としての探偵小説の奥義が滲んでいることは容易に読み取れる。つまり、乱歩にとっての探偵小説は人生そのものであり、彼は、人間のありとあらゆる社会活動に「探偵」という要素が含まれていると考えているのである。「世の中の為になる文学」という表現はやや冗談めいた言い方かもしれないが、そこにはひとつの真意が込められている。文学における最も大切かつ永遠なるテーマのひとつは「人間性」の探求であるが、生死や、明暗、善悪、虚実などの矛盾を含み込む「人間性」のありように迫り、その深層にひそむ欲望、幻想、滅亡を暴きだすところに存在意義があると考えているのである。その点からいえば、「大衆文芸」のひとつである探偵小説は、美の形成を希求する純文学のテーマに少しも劣らない芸術だということになる。

周知のように、本格派作品がトリック重視であるのに対して、戦前の変格派ものは登場人物の人間性や深層心理に焦点を当てる傾向がある。また、すでに述べたように、戦前の探偵小説家は探偵小説以外の小説家とのつながりも深い。さらに、江戸川乱歩は、「白状すると、私は潤一郎、春夫、浩二という順序で傾倒して来たものである」（「宇野浩二式」『探偵趣味』一九二六年二月）とも告白しており、佐藤春夫や宇野浩二からも多くを学んでいる。たとえば、「探偵小説小論」（『新青年』一九二四年八月）において、佐藤春夫は次のように述べている。

要するに探偵小説なるものは、やはり豊富なロマンチシズムという樹の一枝で、猟奇耽異の果実で、多面な詩という宝石の一断面の怪しい光芒で、それは人間に共通な悪に対する妙な讃美、怖いもの見たさの奇異な心理の上に根ざして、一面また明快を愛するという健全な精神にも相結びついて成り立っていると言えば大過はないだろう。そして或る作者と読者とは悪の讃美に感興を置き、或る作者と読者とは明快への愛情にその興味をつなぐ。人々の随意である。

乱歩は、佐藤春夫の詩的表現やロマンチシズムが満ちあふれている神秘たる世界に惑溺し、それを自らの探偵小説の指針としたのである。

四、上海で開かれた江戸川乱歩シンポジウム

二〇一七年一一月十八日、上海の東華大学にて「乱歩ワールドへの誘い　江戸川乱歩」という国際シンポジウムが開かれた。このシンポジウムは、筆者が知っている限り、中国で行われたはじめて企画された江戸川乱歩に関する研究会である。

シンポジウムでは、午前と午後それぞれに研究発表が行われ、中国と日本から計八名の発表者が登壇した。発表テーマは下記のとおりである。

一、綺堂から乱歩へ　（千葉俊二　早稲田大学）
二、覗きの快楽――『屋根裏の散歩者』論　（郭勇　上海師範大学）
三、江戸川乱歩と三島由紀夫――『黒蜥蜴』を読む　（山本幸正　杉達大学）
四、幻視と錯視による眩惑――『押絵と旅する男』の分析の試み　（銭暁波　東華大学）
五、『屋根裏の散歩者』にみる屋根裏と探偵の関係性　（酒井浩介　上海外国語大学）

六、翻案の翻案という行為——江戸川乱歩『幽霊塔』と『妖塔奇譚』（鄒波　復旦大学）

七、江戸川乱歩における探偵小説ジャンルの形成——一九三〇年前後の実話ジャンルとの比較を通して（柿原和宏　早稲田大学大学院博士後期課程）

八、江戸川乱歩とロバート・ファン・ヒューリック（高羅佩）について（林茜茜　早稲田大学大学院博士後期課程）

すべての発表が終了したあと、「如何に推理小説を研究するか」をテーマとするディスカッションも組まれ、探偵、推理小説研究の方法論などについて参加者全員が盛んに意見を交わした。

発表のタイトルからもわかるように、江戸川乱歩をテーマとする今回のシンポジウムは中国においてはじめて行われたものであるにもかかわらず、研究内容は感覚論から心理的な分析そして実証的研究などに亘り、示唆に富むものが多かった。

谷崎潤一郎の研究者として著名な早稲田大学の千葉俊二氏は、岡本綺堂と江戸川乱歩の関連付けに注目し、乱歩自身の回想より岡本綺堂の捕物帳などの古典ものが如何に後世の探偵小説に影響を与えたかを論述した。

上海師範大学の郭勇氏は「屋根裏の散歩者」を題材に、フロイトやベンヤミンの文学理論を駆使しながら、天井からの視点が「パノプティコン」（全展望監視システム）として機能していることを指摘し、管理、統制された社会環境を意味していると論じた。

シンポジウムが行われた当時は杉達大学に所属し、現在は復旦大学で教鞭を執っている山本幸正氏は、松本清張をテーマに博士論文を完成したばかりの探偵推理小説の専門家である。研究の裾野が広い山本氏は、豊富な資料を駆使しながら江戸川乱歩の『黒蜥蜴』を読み解いた。

発表当時は東華大学に所属し、いまは上海対外経貿大学に勤務する筆者は、シンポジウム当時、ちょうど華東理工大学出版社から『江戸川乱歩短編小説選』の日中対訳本を出版したばかりであった。収録された四つの物語から乱歩の最高の傑作といわれる「押絵と旅する男」を取り上げ、視覚論や都市論などの観点から同作を論じた。

上海外国語大学の酒井浩介氏は、上記の郭勇氏と同様『屋根裏の散歩者』の視覚について論をまとめた。監視という行為が普遍化している現代社会の先駆けとして「屋根裏の散歩者」を読む試みは大変興味深いものであった。

復旦大学の鄒波氏は、黒岩涙香の翻案小説『幽霊塔』が江戸川乱歩によって再翻案され、さらに中国においても『妖塔奇譚』という翻案小説になっている事実を明らかにした。緻密な調査や資料の裏付けによって近代文学における翻案の歴史の一端を示し、世界文学という観点から捉え直そうとする研究であった。

早稲田大学大学院博士後期課程に在学中の柿原和宏氏は、今回のシンポジウムにおいて唯一、江戸川乱歩の専門家というべき存在で、目下、乱歩研究をテーマにした博士論文をまとめているところである。氏は探偵推理もの研究における基本的かつ重要な課題の一つである探偵小説ジャンルの形成をメインに発表した。

シンポジウムの当時、早稲田大学大学院博士後期課程を修了して博士号を取得したばかりだった林茜茜氏は、のちに同済大学で教鞭を執ることになった研究者である。同氏は、オランダの外交官で、推理小説家でもあるロバート・ファン・ヒューリック（中国名は高羅佩）と江戸川乱歩との交流について発表した。

上述のように、シンポジウムの規模はこじんまりとしたものであったにもかかわらず、作家論や作品論、作家同士の影響と受容関係、実証研究など示唆に富み、多彩であると同時に、今後の研究に期待できるものが多かった。

シンポジウムは一般にも公開されていたため、乱歩研究に関心のある上海各大学の研究者、大学院生、大学生など多くの聴衆の来場を得て、会場となる東華大学延安西路キャンパスの教室には予想以上の人が集まった。シンポジウム後半のディスカッションも熱気に溢れ、探偵小説はもとより、日本文学をめぐるさまざまな話題が議論された。

上記の八本の口頭発表は、のちに発表者がそれぞれ原稿化し（酒井浩介氏の論文は「偏在化する視線と狂気―『屋根裏散歩者』と探偵小説の欲望」と改題された。柿原和宏氏は発表内容をふまえて「上海帰りの明智小五郎が見た浅草―江戸川乱歩『一寸法師』における推理と都市表象の交錯について」に稿をあらためた)、さらに巣鴨中学校・高等学校の津久井隆氏の「かたりとあかり――江戸川乱歩『人でなしの恋』を読む」、駒澤大学の内藤寿子氏の「徳川夢声と江戸川乱歩、その結びつきの一側面」の原稿が加えられ、前出山本幸正氏が編集長をつとめる『アジア・文化・歴史』第八号(二〇一八年四月、アジア・文化・歴史研究会)に「江戸川乱歩特集」として掲載された。

五、結び

そもそも、文学は人間のありとあらゆる感興を芸術的な手法を用いて作りあげるものである。なかでも、近代文学は、社会の近代化や経済成長の産物であるため、その発展は都市の変遷や産業構造のありように応じて様々な表現が試みられることになる。時代とともに、文学に対する考え方も受容の仕方も絶えず変化する。機械文明がもたらした衝撃が文学の感覚を幾度となく変えてしまったように、近代文学は外的な環境のありようによって様々なジャンルを生みだす。もちろん、そのなかには犯罪小説、探偵、推理小説、ＳＦ小説などの誕生も含まれる。

経済成長がもたらした社会内部の矛盾や貧富の差、または農村と都市における経済的かつ文化的格差が目立たなくなれば、文学は一種のエンターテインメントに回収されやすくなるだろう。本稿で述べてきたように、純文学と大衆文学をめぐる境界線もますます曖昧になっていくだろう。

その意味からいえば、中国における文学研究は、まさに転換期に立っているといえるかもしれない。上海で開かれた江戸川乱歩シンポジウムがそうであったように、私たちはひとつひとつの小さな試みを積み重ねていくしかない。従来の意識の枠を果敢に打ち破り、より幅の広い文芸の世界を望みたいと願っている。

コラム

「黒蜥蜴」における倒錯の系譜
――江戸川乱歩から三島由紀夫へ

スティーブン・ドッド（訳 川崎賢子）

江戸川乱歩の「黒蜥蜴」（一九三四）は、貴重な宝石を盗んだ盗賊の女首領である黒蜥蜴と、名探偵・明智小五郎との間にくりひろげられる闘争を描く活劇である。ただし黒蜥蜴は日常的にありふれた宝石泥棒ではない。彼女はいまひとつの、より倒錯的な側面を持っている。彼女は美青年と美少女をも収集し、これを殺し、化学的処理を施して、様々なポーズをとらせたまま、地下のおぞましき恐怖の美術館に陳列している。物語のなかで、彼女は、最も高価なダイアモンド、エジプトの星をひきわたさせるために、宝石商岩瀬の娘・早苗を誘拐する。しかし、黒蜥蜴は早苗があまりに魅力的だったため、この少女を自分の美術館の展示物のひとつにしてしまおうと決意する。やっとのことで明智は彼女の邪悪な計画を阻止しおおせた。

最後の場面は、明智が変装して忍び込んだその美術館である。美術館にひそかに侵入した武装警官たちの助けを得て、探偵は賊を倒し、すんでのところで陳列屍体に変えられそうになっていたカップルを救い出す。黒蜥蜴には二様のエロティックな関心がある。彼女は雨宮という若い凶悪犯と、彼が愛人を殺害し警察の手を逃れるのを助けた後、サド・マゾ的関係を享受している。けれども彼女のロマンティックな関心の中心は、彼女の犯罪精神の「美」を高く評価してくれる、クールで知的な明智探偵なのである。結末において、黒蜥蜴は毒を仰ぎ、探偵の腕の中で息をひきとる。

小論において、私は江戸川乱歩の物語のある特徴が、それが書かれた時代の社会と文化の環境を実に効果的に浮きあがらせていることを示唆しようと思う。また「黒蜥蜴」のオリジナルと、一九六一年に三島由紀夫によって書かれた戯曲版との比較も行いたい。一九六九年には映画化もされている。なにゆえ三島は原作にかくも感銘を受けて演劇作品にしたいとまで思ったのか？ なにより、三島はなぜ物語のいくつかの焦点を変更したのか、そしてそれらの書き換えは、三島自身の物書きとしての関心について、わたしたちになにを教えてくれるのか？

物語は日本の探偵小説の伝統に連なるものだが、これは江戸川乱歩と三島由紀夫がそのナラティヴを社会の善人と悪人との単純な闘争に還元したことを意味するのではない。それどころか彼らは人間の心理に関連する深刻な問題や、人々と社会環境との相互作用を扱うためにジャンルを利用したのである。

河名サリは、日本の一九二〇年代三〇年代の探偵小説の広範な意義について書いている。彼女は、とりわけ大都会の名もない通りの群衆の中のある人物を尾行するという行為に関心を示している。河名は、この行動と個人の秘め事とのあいだに密接な関連があることをあきらかにする。どんな探偵小説でも、尾行が成功すれば、追及された人物の個人的な秘密が暴露される。その一方で、追跡者は都市の群衆のうちに潜み、その秘密が知れわたることのないままである。江戸川乱歩の物語でいえば、明智は黒蜥蜴を日本中追い回して、ついに彼女の暗い倒錯（地下の美術室という恐ろしい秘密）を、日常的合法的な世界（美術館に侵入して犯罪者たちを逮捕する警官たちによってこれが表象される）の執拗なまなざしにさらけだしてしまう。対照的に、明智の私生活の背景はほとんど語られることなく、読者にとって謎のままである。

しかしながら、仮に江戸川乱歩の探偵小説を、個人の自己同一性の本性をあらわにする試みと考えるなら、自己同一性というものはついに究明することができないという恐るべき観念がそこに示唆されていることになる。乱歩は「黒蜥蜴」を、日本文学にドッペルゲンガーのテーマが頻出する時代に書いており、この物語も例外ではない。たとえば美術館の少女「早苗」はじつは彼女によく似た娘といれかわっており、実物の早苗の方はすでに無事に家族の元に戻っている。実際この探偵小説は、アイデンティティの秘密と変装についての問題系をほぼ包摂している。誰もが見ての通りの人物であると信じることは、ほとんどできない。

三島もアイデンティティの変容の可能性に魅せられていた。彼は最初の主要な小説である「仮面の告白」において、構築された自然としてのアイデンティティなるものに、たしかに触れている。本書において、同性愛の性向をもつからこそ、俗世間で生き残るために自己同一性（仮面）をつくることを強いられる若者を、彼は描いている。三島にとって、自己同一性なるものが人工的なものであり構築されたものであるという認識は、否定的なものとして理解されるべきではなかった。むしろその認識は強さの源泉になるのだ。それゆえ彼が乱歩の物語におけるアイデンティティの変容の過剰さに惹かれたのも驚くべきことではない。

三島は小説家としてだけではなく、近代の歌舞伎作者としても知られている。実際、彼の「黒蜥蜴」は華麗な歌舞伎のように見えるかもしれない。とくに幕開きのナイトクラブの場面は立ち回りが多い。歌舞伎ということで、彼の芝居はリアルな設定を遵守せよという要求による制限を受けない。このため率直にいって信じ難い設定（アイデンティティや変装の複数の変化や、結末の美術館での警官の予想外の登場など）が、この芝居の審美的水準の強度を弱めることはない。事実、超越的な演劇性こそが、退屈な現実を、何か、より力強いものに変えることを三島に許しているのである。たとえば、舞台上で、黒蜥蜴が隠れ家から登場すると同時に、明智が彼のオフィスに登場するという場面がある。三島は、彼らの関係がロマンティックなものに接する可能性について語らっているかのように、彼らのセリフを織りなしている。この対話は、両者が同時に「そして最後に勝つのは、こっちさ。」というところで終わる。まったく非現実的だけれども、この場面は、どれほどリアリスティックな演劇の場面よりもはるかに効果的に彼らが互いに魅惑されかつ競い合っていることを示すのである。

映画版にはいまひとつの歌舞伎的な地層があらわれる。異性装の歌手であり役者である丸山明宏（現・美輪明宏）を黒蜥蜴役に選んだことは、キャンプ（現代の同性愛的表象）と伝統的な女形との魅力的な混淆を呈している。

三島が乱歩を引用した他の理由は、それぞれの作家が仕事をした時代の或る類似性である。ふたつのテクストには三十年余りのへだたりがあり、多くの文化的政治的社会的変化がその間にあり、ふたりの作者が同じ物語に興味を抱くことなど、当初は、想像しがたいかもしれない。しかしながら乱歩の物語は、華麗で混沌とした大正期、社会的慣習、政治とセクシュアリティが動揺させられた時代から浮上したのである。乱歩の物語は大都市圏の人々の錯綜した生活を掘り下げた。それは礼儀正しい社会の期待をくつがえし、破壊的な暴力、極端な行動、性的倒錯の及ぶところを探索した。

三島のテクストは一九六〇年代はじめに書かれた。社会的不安とブルジョワの理念に対する挑戦が開花しようとした時期である。三島は戦後の市民階級の薄っぺらい体面を突き破ろうとし、時代の興奮や、より生々しい「正真正銘の」リアリティをつかみ取ろうとした。乱歩の小説では、たとえば、時代の興奮は宝石商の岩瀬が黒蜥蜴に会い、彼の宝であるエジプトの星を、誘拐された娘、早苗の解放の代わりに引き渡すことに同意するところにある。彼らの会見は、大阪の繁華街の中心にある通天閣の展望台で行われる。三〇年後、三島はこの場所を東京タワーに変えた。通天閣と同様に印象深い建築物だが、東京タワーはこの戯曲が書かれた時には建てられたばかりだった。いずれの塔もエッフェル塔と比較される、彼らの生きた時代のアイコン的な事物であり、大衆的な人気があり、都市大衆がその街路を我が物顔にした時代の可視的な記号でもあった。

お行儀のいい社会が切り裂かれ、人間存在のより真の姿があらわになろうとするところで、ふたりの作家は、黒蜥蜴の倒錯した欲望に光をあてる。いうまでもなく既存の観点からすれば乱歩の小説の中心にいるこの女性はまったくのところ不道徳な人物、殺人者であり盗賊である。しかしながら彼女が自身の利己主義と冷酷さと戯れているという事実は、彼女の颯爽とした自由な精神をしるしづけているのだ。対照的に彼女の子分である雨宮は、痛々しい人物として描かれている。物語の冒頭で彼は不実な恋人を殺してしまい、絶好の悪役として約束されていることがわかる。だが彼には黒蜥蜴の極端な行動を咀嚼することができないのである。その結果、黒蜥蜴は、彼の市民的な俗悪さを奴隷扱いする他なくなる。三島は彼らのサドマゾ的関係をある程度重視している。いずれにせよ黒蜥蜴は、雨宮の臆病な追従と性的な従属を、すっかり軽蔑している。これは三島が賞賛した生で純粋な感情を表象している。けれども三島の演劇は乱歩の原作と異なり、それ以上に黒蜥蜴と明智の間のロマンティックな関係をより焦点化した。彼らの関係ははるかに対等で互いに敬意を抱いていることがわかる。彼女はこの著名な探偵が彼女の純粋な犯罪性を「美」と認識していることを知っている。明智の方は、黒蜥蜴がその残酷なりわいにすべてを捧げていることに感銘を受けている。たしかに彼らは犯罪的な倒錯への嗜好をわかちもっていて、それは、この芝居を通じて官能的に操られる盗賊と探偵の両者を結びつける共通の糸をもたらしている。三島はこのふたりのキャラクター双方に、彼らが衒いのない、市民社会のアウトサイダーでもあり選ばれた者でもあるがゆえに、深く惹きつけられている。対照的に、宝石商岩瀬と娘の早苗の描写はおざなりでたえがたく退屈な人物たちである。

　最後に、三島が乱歩の小説から採って彼独自のヴァージョンをつくりあげたもうひとつの方法について言及させてほしい。先に私は、探偵小説ジャンルにおける「尾行」のうちにアイデンティティの秘密を暴露する欲望と関連する可能性があると指摘した。ところで三島の多くの著作もまた、現実の核心にいたり、その中心に存在するものを見出すために、秘密を暴露する必要に駆られている。「午後の曳航」（一九六三）を思い出してみよう。そこでは子供たちが猫を殺して解剖する。生き物を手にし、生物をしるしづけるものを見つけるためにそれを切り刻むのである。当然のことながら彼らの行動は、生命を抹殺してしまう。三島は「黒蜥蜴」戯曲版を用いて、事物の根本的な性質についての同様の探索をやってのけたのであろう。具体的にいえば、明智は、恐怖の美術館によって表象されるような黒蜥蜴の倒錯した情熱の核心を追い求めた。そこに彼女は美しい宝石を蓄えているだけではなく、より興味深いことに、彼女が永遠に芸術的な展示品として「生かして」おきたいと望んでいる屍体も保存されている。だが三島は自身の深いところでなにものも永続しないと知っている。時が経てば、それらの美しい屍体も、いや宝石でさえも、塵に帰すだろう。三島の他のおびただしい作品同様、彼の戯曲「黒蜥蜴」はそれを示唆している。あらゆるものの芯には無意味、それしかない。いかにもそれにふさわしく、彼はみずからの生に終止符を打つよりわずか十年足らず前に映画版「黒蜥蜴」にちょい役で登場した。彼は恐怖の美術館に彼自身のひ弱な肉体を置いたのである、彼のかりそめの生の、おそろしい思い出のように。

Ⅱ

江戸川乱歩所蔵資料を用いた研究

IIの領分

川崎賢子

調べる人、集める人、読む人としての江戸川乱歩の側面については、これまでも彼のエッセイを通じて知られてはいた。

浜田雄介氏はつとに指摘している。

文献渉猟が古代ギリシャに関するものと元禄期のものであったことが興味深いのは、それぞれ、同性愛が肯定されていた時代であり社会であったという点で、つまり乱歩はそこに、自らの通俗長編の大パノラマと対峙するユートピアの夢を追っていたのだ、と推測されるからである。通俗物に、煽情の要素としての同性愛は描かれない。むしろ煽情とは対立する側に、小林少年は位置している。

（浜田雄介「「収集家」としての江戸川乱歩――作品との連関を軸に」『國文学　解釈と教材の研究』第三六巻第三号、一九九一年三月）

乱歩の文献渉猟の時代は、彼の創作の軌跡に照らすなら通俗長編の時代と重なっている。乱歩の文献渉猟の対象は古代ギリシャと元禄期を中心として、網羅的かつ体系的であり、残されたノート、メモ、書きこみから窺われる彼の読みは深く、通り一遍の好事家のそれにとどまるものではなかった。

江戸川乱歩は、自筆稿本「家蔵同性愛関係書」目録という読書ノート、「Π」と記した袋にまとめられた文献リスト、ノート、切り抜き、メモ、あるいはそれら家蔵の洋書に朱字で「Π」と書き込んだ資料を残している。「Π」とはギリシャ語「Παιδεραστια＝パイデラスティア（英文表記Paiderastiaないし Pederasty の意）」の頭文字である。一般には「同性愛資料」と称されているものの、その関心の範囲は古代ギリシャの少年愛や元禄期の男色に限定されるものではなく、友愛の領域をも覆い、また性愛の実践の有無にかかわらない表象、夢想や無意識領域にも及んでいる。

いかにも、調べる人、集める人、読む人のユートピアの夢がくりひろげられているのだが、その豊かな夢みる知の側面が、創作家として彼の書くテクストに反映されたかといえば、必ずしもそうとはいえない。同時代の日本における探偵小説ジャンルが、むしろ、知を記号化し、あるいは文学的装置として、テクストに散りばめるペダントリーを歓迎していたことをおもえば、たとえば乱歩と同様に雑誌『新青年』から出発し羽ばたいた久生十蘭（一九〇二―一九五七）や小栗虫太郎（一九〇一―一九四六）や夢野久作（一八八九―一九三六）らのスタイルと比較するなら、この領域の知見に関する乱歩の取り扱い様は、独特のものであり、非常に慎重なものであったということができる。（浜田氏が提起したいまひとつの問題は、「煽情」という欲望の表象についてであるが、これはあとまわしにしよう）

膨大な収集と調査、読書体験を通じて、乱歩が残したのは、たとえば次のようなエッセイである。

「J・A・シモンヅのひそかなる情熱」（『精神分析』一九三三年第一～六号）、「槐多「二少年図」」（『文体』一九三四年六月号）、「ホイットマンの話」（『新青年』一九三五年一月号）、「シモンヅ、カーペンター、ジイド」（『世界文芸大辞典』付録冊子「世界文芸」一九三六年二月）、「衆道もくづ塚」（『文藝春秋』一九三六年九月号）、「二人の師匠」（『アサヒグラフ』一九四九年九月七日号）、「同性愛文学史――岩田準一君の思い出」（『人間探求』一九五二年五月別冊）。

最初はカーペンターの同性愛弁護論から入った。そして、最初にそのカーペンターの本を貸してくれたのは故浜尾四郎君であった。（「二人の師匠」）

シェーデルからカーシュ博士それからカーペンタアと地球を半週して、日本人の僕がやっと藻屑物語の本文を読んだという逆様ごとであったが、外国人でさえこれ程興味を持っている事実談に、関心を示した日本人はないのかしらと、僕は今更らのように江戸地誌、随筆の類を探し求めたのであった。（中略）カーペンター、カーシュ・ハーク、戸田茂睡、蜀山人、馬琴、種彦と遍歴して大槻如電に至り、そして僕は、新刻のものではあり、その形はささやかであったし、その現状は無残でもあったけれど、とうとう「もくづ塚」そのものの前に立ったのである。（「もくづ塚」）

エドワード・カーペンター（Edward Carpenter, 一八四四―一九二九）は、社会主義思想家として、また自由社会における恋愛のありようを説いた哲学者として、さらに詩人としても一九一〇年代から日本の読書界に翻訳紹介されていた[注1]。アナキズム系およびボルシェヴィキ系の社会思想家から、「新しき村」、さらには草創期のフェミニストにまで、同時代のカーペンターの受容は広がりをみせた。

その意味で浜尾四郎（一八九六―一九三五）からカーペンターの書籍を手渡されたという、そのはじまりは特段めずらしい事例とはいえない。「同性愛文学史」に回想するところによれば、調べる人、集める人、読む人としての同性愛文献への関心は一九二七年から二九年ごろにはじまったとされる。これも特別に早い出発とはいえない。

乱歩は、ほどなく岩田準一という、その道の友にしてライヴァルと出会う。一九三一年一月からは精神分析研究会の月例会に参加し、その機関誌に「J・A・シモンヅのひそかなる情熱」を連載する。彼の関心は、彼の身体を運んで共同性を組織し、メディアを開拓したわけである。と同時に、精神分析という、とりわけ初期の乱歩作品がしばしば用いた知について、いまひとつの側面から接近し、これをいわば賦活化する契機ともなった。

月川和雄はこの過程を次のように推測している。

乱歩がはじめてシモンズの名を知ったのは、カーペンターの「原始民族における中性者」によってではないかと思われる。乱歩自身も記しているように（「シモンズ、カーペンター、ジード」）、カーペンターの著作にはシモンズからのおびただしい引用が認められるのである。カーペンターの著作によってシモンズに関心を抱き、シモンズに関する知識を得ようとしているうちに、まず行き当たったのが、ホレイショー・F・ブラウン（Horatio F.Brown 一八五四―一九二六）の『シモンズ伝（J.A.Symonds, A Bibliography）』だったのだろう。

（月川和雄「江戸川乱歩の男色論をめぐって」『イマーゴ』第六巻第三号、一九九五年）

月川の仮説を裏付けるように、乱歩は当該の『シモンズ伝』を所蔵しており、江戸川乱歩自筆稿本の家蔵同性愛関係書の洋書目録【J・A・シモンズ著作集】の項目に、「「J・A・シモンヅ書簡集」 H・Rブラウン編、「J・A・シモンヅ伝」 自伝と書簡による。 同人編」がならんでいる。月川論文が、Horatio Robert Forbes Brownを「ホレイショー・F・ブラウン」と表記しているところを、乱歩は「H・R・ブラウン」と表記した。

家蔵同性愛関係書の稿本に、乱歩は簡単な読書メモを記している。これが、乱歩の同性愛関係書読書ノートと語り伝えられてきたものだ。

たとえば、カーペンター（Edward Carpenter, 一八四四―一九二九）については、【一般同性愛】の項目に

○「中性論」（異本二種） エドワード・カーペンター 英

ジイドの同性愛論「コリドン」の先駆をなす余剰性慾説。同性愛論がこゝに始めて芸術と結びついた。
○「原始民俗における中性者」　カーペンター　英
日本の同性愛を説ける一章がある。巌小波山人の独逸同性愛研究誌に寄稿した文献などが引用されてゐる。大体はヒルシユフエルトルによつてゐる。
○「友愛名句集」　カーペンター　英
友愛と称するるも同性愛である。西洋古代より現代に至る帝王、文人、学者、画家等著名の人々の友愛に関する文献を網羅す。

【エドワード・カーペンター著作集】の項目に、

○「中性論」　異本二種
○「原始民族における中性者」
○「友愛名句集」
以上三著は一般同性愛論の部（引用者注・自身の分類【一般同性愛】の項目を指す）に詳し。

「詩人シエリの心理」

シエリは同性愛傾向あり。

「我が日我が夢」

同性愛出版の困難、迫害について記すところあり。

「来るべき恋愛」

中性論の前駆を為せるもの。

「ヲルト・ホヰツトマンとの日々」

訪問記。当然同性愛に触れたり。

「天使の翼」

「産業自由主義の方へ」

「愛と死の戯曲」

「文明の淵源とその救済」

「カーペンター伝」　ギルバート・ベイス
「カーペンター、人と使命」　トム・スワン

等が列挙されている。各行冒頭の○印は、稀覯本・貴重書のしるしである。【一般同性愛】の項目には他に、カーシュ・ハークの書籍に関する箇所にもカーペンターについての言及がある。

○稀　「日本、支那、朝鮮の同性愛生活」　カーシュ・ハーク　独
カーペンターはヒルシユフエルトに拠り、ヒルシユフエルトはこのハークの書に拠つて日本同性愛を書いた。西洋同性愛書の日本に関する研究の原点となつてゐる書。その詳しき事驚くべし。ドイツ古書肆より買入。

この書はカーシユ・ハークの厖大なる同性愛全書の一部、文明社会の部のうち、東洋の部に属する。
○「原始民族における同性愛生活」　カーシュ・ハーク　独
右の同性愛全書の一部

このように、乱歩は、系譜学的な関心を大いに刺激され、書物から書物へと、その引用・典拠・影響関係をたどりながら、探求と読書の時を送ったもののようである。和書の購入については丹羽みさとが「江戸川乱歩の半生と近世資料」（『立教大学日本文学』九五号、二〇〇五年十二月）など一連の研究を通じて、戦後、経済的に逼塞した読書人が放出した古書を精力的に買い集めたのではないかと、推測している。洋書については、取次の業者とも密に連絡を取り合っていた。戦後は、占領軍のＣＩＥ（Civil Information and Educational Section 民間情報局）図書館などを積極的に利用して新しい情報を得ることもあった。ＣＩＥ図書館はＣＩＥインフォメーションセンターとも呼ばれ、東京では日比谷、新宿に置かれた。

江戸川乱歩家蔵同性愛関係書目録の原資料は、自筆稿本（五冊）であり、乱歩旧蔵の同性愛関係資料が列挙されている。原本は「江戸川亂歩」の署名入り原稿用紙に記されている。これについては丹羽みさと「江戸川乱歩旧蔵同性愛関係書目録」（『江戸川乱歩と大衆の二〇世紀に関する総合的研究』（平成一六年度～平成一八年度科学研究費補助金（基盤研究（Ｂ）（二）研究成果報告書）平成一九年五月　研究代表者藤井淑禎）が活字化している。その後、立教大学江戸川乱歩記念大衆文化センター刊行『大衆文化』一七号（二〇一八年一月）に「江戸川乱歩自筆稿本『家蔵同性愛関係書』目録（一）日本之部」、一八号（二〇一八年三月）に「江戸川乱歩自筆稿本『家蔵同性愛関係』目録（二）和本目録、洋書目録、西洋に関するもの、東洋に関するもの」が分載されている。

先にカーペンター関係の一部を紹介したが、この目録は、分類する人としての乱歩の仕事ぶりを今に伝えるものとなっている。全五冊の目録に立てられた項目のみではあるがここに転載する。

家蔵同性愛関係書（其一）日本之部

【辞書　書目】

【一般論　一般史的研究】

●本町男色考（「犯罪科学」切抜）岩田準一
日本男色史そして最も詳しきものなり。
【男色地誌】
【男色禁令】
【男色小説】（明治以後の部）
【演劇・舞踏・歌謡】
【男色能幸若舞】
本朝男色考　岩田準一
男色能の曲目を列挙せり
【男色劇】
【男色の意味にての役者評判記】
【男色笑話】
【男色和歌、狂歌、川柳】
●本朝男色考　岩田準一
男色和歌を多く引用せり
【男色歌謡】
【男色戯文】
【男色猥褻物】
【男色に関係ある絵画】
【江戸時代男色自筆】

【現代男色随筆（書籍）】　それぞれの項に記入せざりしもの
【特殊人物研究資料】
【雑資料】
【雑誌切取】
【同性愛に関するノート】　一まとめにして袋（□で囲み）にあり
【昭和十六年七月岩田君ニ送レルカードノ控」（コノ外ニモ少々）

家蔵同性愛関係（其二）和本目録
和本の部
【小説類】
【小咄、狂歌其他】
【絵本】
【役者評判記　其他】
【随筆　其他】
【別紙】

家蔵同性愛関係（其三）　洋書目録
同性愛関係洋書（家蔵）
【一般同性愛論】
【精神分析より見たる同性愛】

【古代ギリシヤとルネツサンス】
【人種学、民族学】
【雑】
【J・A・シモンヅ著作集】
【エドワード・カーペンター著作集】
【ウォーター・ペーター著作集】
【同性愛文献　書目人名】

家蔵同性愛関係書（其四）　西洋に関するもの　邦人の著及訳本
【一般的なるもの】
【ギリシヤ及ルネツサンス】
【近代作家】
【雑】【書目】
【雑誌切抜】

家蔵同性愛関係書（其五）　支那の部　印度の部
【東洋に関するもの】

ここで気づかせられるのは、とくに和書の部において、岩田準一（一九〇〇―一九四五）に負うところを記していることである。

これまでに、家蔵同性愛関係書の和書の部を用いた分析、論考に、渡辺憲司「江戸川乱歩と男色物の世界」(『国文学解釈と鑑賞別冊・江戸川乱歩と大衆の二〇世紀』平成一六(二〇〇四)年八月)、丹羽みさと「江戸川乱歩の古書蒐集とその時代」(同前)、渡辺憲司「江戸のサブカルチャーから見る乱歩」に関する報告(前出『江戸川乱歩と大衆の二〇世紀に関する総合的研究』)、渡辺憲司「慶養寺散策記——江戸川乱歩「もくづ塚」の周辺」(『センター通信』第四号、二〇一〇年三月)、安原眞琴「乱歩と和書のかかわり——『若衆物語』を例に」(『センター通信』第六号、二〇一二年三月)などがある。

渡辺憲司「江戸川乱歩と男色者の世界」は次のように述べる。

江戸時代の大衆が求めた若衆への思いであるが、乱歩の生きている時代の大衆とは異なった意識である。乱歩は、男色を大衆小説に盛り込むことの無意味を知ったのであろう。

ここに二様の指摘がある。ひとつは、江戸徳川期の若衆への想いとしての「男色」が、二〇世紀の「同性愛」概念と大きく隔たっていること。今ひとつは乱歩が「男色」を小説の素材とすることを断念した(かに見える)こと。欲望が歴史的文化的に概念化されていることはいうまでもない。が、さらにいえば、西洋近代の「同性愛」についての知が、「男色」を再発見し、両者の間の際の再定義、差異の確定を促したことも忘れてはなるまい。

カーペンター[注2]とフリートレンダー[注3]はこのように(引用者注・カーペンターの場合、真の民主主義の実現のためには英雄的な行為に頼らざるをえないという主張がある。それに対して、フリートレンダーをはじめとする特殊者の協会の立場は、伝統的なドイツ精神の復活のためには、啓蒙主義に由来する政治的な運動を根絶しなければならないとする)本質的には立場を異にするものだったが、日露戦争と同性愛の関連に注目したこと以外にも、共通する点を持っている。それは日本の武士道と結びつく伝統的な男色と、古代ギリシャの男色とを対比させたことである。

（月川和雄「江戸川乱歩の男色論をめぐって」）

月川論文が指摘した「日露戦争と同性愛の関連」、「日本の武士道と結びつく伝統的な男色と、古代ギリシャの男色とを対比」という、西洋近代における「男色」の（再）発見、（再）定義について、乱歩は「シェーデルからカーシュ博士それからカーペンタアと地球を半週して、日本人の僕がやっと藻屑物語の本文を読んだという逆様ごと」として追体験したはずである。「男色」「衆道」の概念は越境し、還流して、乱歩の読書圏に戻ってくる。越境と交流、変容につきせぬ魅力があり、むしろその「逆様ごと」の読書が成り立つ可能性のうちに、その欲望の普遍性が見出される。

一方、二〇世紀の大衆小説作家としての乱歩における、調べる人、集める人、読む人としての営為の行方はどうだろう。一九一〇年代以降、アーリーモダニズムにおける脱異性愛的な多元的な欲望および生殖に結びつくことのない多様な欲望の諸相は「変態」概念の流行のもとで再発見され、表象された。この流行は一九三〇年代になっても衰えず、エロ・グロそしてナンセンスと形を変えて、消費されていた。男色を支えた基盤は解体されていたし、その実践にかかわる儀礼も技術も忘れられていた。にもかかわらずの流行は、欲望のメディア化と、他者の欲望を消費することの快楽とによったのかもしれない。とすれば、この時期の雑誌メディアで健筆をふるう人気作家と傍目にはみえたであろう江戸川乱歩の、調べる人、集める人、読む人としての情熱が、理解されることの困難もそこにあった。その道における乱歩の同行者であったはずの岩田準一が、民俗学の泰斗・南方熊楠（一八六七―一九四一）と交わした書簡の中で、熊楠から『犯罪科学』のような雑誌媒体への寄稿を難じられたことも、他者の欲望を消費し尽くす大衆社会に対する熊楠の警戒心ゆえだろう。岩田準一と南方熊楠の往復書簡において、熊楠は乱歩を黙殺している。

南方熊楠が、あるいは、岩田準一が、戦火をくぐり抜けた時期の江戸川乱歩の次のような言説に触れることがかなわなかったことは惜しまれてならない。

性慾は元より繁殖を目的とする衝動ではあるが、一面、理想を求める人間性の現れの一つとして、「完全なる人間像」を慕つて働く（略）世界に共通の同性愛、即ち生殖に関はらざる性愛の根本観念は、理想美追及の本性の現れであり、ギリシャ哲学のイデアの世界の投影の一つとして「プラトニク・ラヴ」の名で知られてゐる、肉体的交渉を離れた絶対的親愛も之に相通ずるのである。アブノーマルでもなんでもない、本然の美的生活として、改めて見直さるべきものを持つてゐる。（略）一口に蛮風と呼ばれ、或ひは異性愛の経験に入る前提に過ぎぬかのごとく考へられているのは、自分等にとつては何としても心残りに思はれるのである。（二三、八、二八）（江戸川乱歩「男色美と柳化の経路」『川柳祭』第三巻第七号、一九四八年一一月号）

「美的生活」[注4]という、かつて高山樗牛（一八七一―一九〇二）が異性間の性的欲望を本能として全的に肯定し、恋愛の快楽によって「生」を「活かす」ことを「美」とうたって明治の読書人の胸を熱くした概念を、この文脈で改めて見直そうと乱歩は書いたのである。

それればかりではない。月川論文によれば、調べる人、集める人、読む人としての乱歩は、ときには熊楠にとって垂涎の書であったものを先んじて手にしていたのである。

ドイツの法律家で、同性愛解放運動に一身を捧げたカール・ハインリッヒ・ウルリヒス（Ulrichs, Karl Heinrich 1825–95）の著作などは、熊楠もぜひ閲読したいものの一つだったと思われるが、当時は大英博物館にも所蔵されていなかった（略）熊楠がウルリヒスを直接読んだとは考えられない。

（月川和雄「黎明期の「性科学」と相渉る熊楠――「ロンドン抜書」のなかの男色文献から――」『文学』季刊第八巻第一号、一九九七年）

当該の文献について、乱歩家蔵同性愛関係書の洋書の部には、稀覯本である印に続いて、以下のように言及されている。

「ウルリツクス同性愛論全集」十二巻を四冊に合本　ウルリツクス　独

ウルリツクスはドイツの法律家。終生を同性愛弁護の運動に費やす。ヌマ・ヌマンテイウスその他の匿名にて長期に亘り同性愛論を著す。その全作集である。同性愛弁護の纏まりたる論集最初のものとして、あらゆる同性愛書に引用せるられてゐる。ドイツ本国、古書肆より買入。

乱歩が英語以外の外国語文献をどの程度読めたのかはわからないが、ドイツ語、フランス語、そしてギリシャ語の文献なども集められ、ところどころに朱字の書きこみが残されている。調べる人、集める人、読む人としての乱歩の「美的生活」は、越境的なものだった。異性愛を逸脱する欲望、生殖に結びつくことのない欲望は、それらの文献を介しての、共同性を組織する可能性をはらんでいたのである。閉塞的な、そして鎖国的な、戦時下日本の文学状況においてはたしかにユートピアの夢の領域だった。

「男色美と柳化の経路」にたちかえるなら、「美的生活」として「男色美」を再検証しようという提唱、こうした「男色美」の再定義・再発見は、一度目は悲劇としてあったことがらを二度目には文学的に「柳化の経路」をたどるように再演し、つくりかえずにいられないのかもしれない。もとより、焼け跡文化、闇市文化、カストリ文化と呼ばれた戦後占領期における性表象の氾濫は、一九三〇年代エロ・グロそしてナンセンス表象の解体と再生、つくりかえという側面が大きい。GHQ占領期に収集されたメリーランド大学所蔵プランゲ文庫の資料を「二〇世紀メディア情報データベース」によって検索してみると、この時期の乱歩は、やや伝説化されている稲垣足穂との対談「同性愛のその道を語る」(『くぃーん』一九四七年十二月)のほか、「夜の男の生態」(『旬刊ニュース』一九四九年二月)で男娼たちと語り合い、あるいは帝銀事件、下山事件など占領期の謀略事件の謎を説くなど座談の席にしばしば顔を出している。上野公園に出没する男娼たちとは、新聞記者やカメラマンを引き連れ、上野公園の狩り込みの視察に現れた当時の田中栄一警視総監を殴って帽子を奪ったことで、伝説になった彼らである。

一九三〇年代から四〇年代にいたる江戸川乱歩の、調べる人、集める人、読む人としての軌跡は、異性愛ならざる欲望ないし生殖に結びつくことのない性愛を求めて、従来いわれているよりも開かれたところにたどりついたかにみえる。

従来の論点とは、概括すれば、異性愛ならざる欲望ないし生殖に結びつくことのない性愛の表象をめぐる、調べる人、集める人、読む人としての乱歩と、書く人としての乱歩との疎隔ということになろうか。これは、たとえば「孤島の鬼」の評価に関わる。「孤島の鬼」以降、通俗長編において乱歩は男性同性愛を主要なモチーフとする小説を書いていない(ようにみえる)。「孤島の鬼」における同性愛の表象の困難に懲りたのか?「孤島の鬼」で同性愛を書くことに挑戦したことは失敗におわったのか、同性愛モチーフを持ちこんだがゆえに失敗したのか?なんらかの検閲機構がはたらいているのか、あるいは内なる検閲か?前掲の浜田論文は、これについて「煽情の要素としての同性愛は描かれない」と限定した。渡辺論文は、「乱歩は、男色を大衆小説に盛り込むことの無意味を知ったのであろう」と、思いやった。

本稿で見てきたように、小説にはそのモチーフを直截に書いてはいないものの、あえて沈黙したわけではなく、「美的生活」を自ら検閲したのでもない。それは必ずしも禁じられた欲望であったり、書かれざる欲望ではなかったが、表象困難な欲望ではあった。

黒岩裕市は、「孤島の鬼」の男たちの関係性が、変態性欲概念にある程度もとづいて表象されてはいるものの、それに還元されつくすことがなく、むしろ表象の困難につきあたっていることを指摘する。『孤島の鬼』以後の探偵小説では男性同性愛が取り上げられることはほとんどなくなった。だからと言って、乱歩が男性間のエロティシズムの表象を放棄したというわけではない。あたかも男性同性愛とは無関係であるかのような素振りで、しかし暗示的に「男色」概念を持ち出しながら、探偵と犯人との間、あるいは師弟関係といった男同士の絆に潜むホモエロティシズムが追求されるようになったのである。そしてその中心には乱歩が創造した偉大なキャラクターである明智小五郎が君臨していた」（『一橋論叢』第一三四巻第三号、二〇〇五年九月、三八七―三八八ページ）と喝破する。とすれば「男同士の絆に潜むホモエロティシズム」を解読するためには、あからさまには「同性愛」「男色」関係とされていないところの関係表象の読み替え、分析が必要となるだろう。

ふりかえれば須永朝彦は次のように指摘してもいる。

もとより乱歩の小説の殊色と申すものは同性愛的雰囲気にのみ在るのではなく、人形嗜好・畸形嗜好・覗機関（のぞきからくり）ないしパノラマ愛好に根ざすユートピア願望など多岐に亘っているのだが、それらのいづれもが何らかの形で「同性愛への関心」と結びついてゐるに違ひなく、それをこそ検証すべきであらう。

（須永朝彦「乱歩のひそかなる情熱」『ユリイカ』第一九巻第五号、一九八七年）

「人形嗜好・畸形嗜好・覗機関（のぞきからくり）ないしパノラマ愛好に根ざすユートピア願望」がただちに「同性愛への関心」と結びつく表象であると断じられるとのみこみにくいかもしれないが、つまりは、その「嗜好」「愛好」「願望」が、異性愛ならざる欲望、生殖と直結することのない欲望であり、その表象なのであるということである。

わたしたちは、クィア・セオリーという概念と方法を知る以前から、乱歩のテクストを読む醍醐味とは、乱歩における書き換えられた欲望、変容されられた感覚について、奇妙な文学的装置について、じっくりと付き合いこれを読み抜くことだとおもいなしていたはずである。

江戸川乱歩家蔵同性愛関係目録の読書メモ、および、乱歩が調べ、集め、読んだ書籍に書き込んだ「Ⅱ」の領分で、乱歩がしていたことが、まさに、あからさまには「同性愛」「男色」関係とされていないところの関係表象の読み替えであり、「同性愛」「男色」体験とはみなしがたいあえかな記憶、夢想、しるしに潜むホモエロティシズムの掘り起こしであった。乱歩が「Ⅱ」と朱書きした箇所は、そのテクストの書き手が秘した情熱を掘りあてた箇所であったり、ときには書き手の意図したところを越えあるいはその無意識を暴露する箇所でもあった。孤独な営みではあったが、読者としての乱歩は、その蔵書の書き手の世界から孤立させられてはいなかった。

赤鉛筆を手に、蔵書に「Ⅱ」の字を記しつつ読む、読書家としての乱歩は、それと知らずに、クィアな読みの先駆的な実践家だったのである。「Ⅱ」の領域には、その領域における自足もあり自律もある。

ひとまずわたしたちは、乱歩の脱異性愛的な欲望、生殖と結びつくことのないエロスの領域を、禁じられた領域であるとか抑圧された領域であるとみなす先入観から離れる必要があるだろう。

そしていましばらく、乱歩旧蔵資料における「Ⅱ」の領域が、乱歩のテクストに反映されているはずであるとか、影響を見出さなければならないとする読みにしばられずにいたい。乱歩が「Ⅱ」の領域を作品化することに成功したか挫折したかを即断することを宙吊りにしておきたい。「Ⅱ」の領域の検証は、まだ端緒についたばかりなのである。

【注1】 堺利彦訳『自由社会の男女関係』東雲堂書店、一九一五年、石川三四郎訳『カアペンタア及其の哲学』三徳社書店、一九二一年、山川菊栄訳『恋愛論』大鎧閣、一九二一年など参照

【注2】 Intermediate types among primitive folk : a study in social evolution / by Edward Carpenter（1844-1929）, London : George Allen & Unwin 1919

【注3】 Die Renaissance des Eros Uranios : Die physiologische Freundschaft : ein normaler Grundtrieb des Menschen und eine Frage der männlichen Gesellungsfreiheit : In naturwissenschaftlicher, naturrechtlicher, culturgeschichtlicher und sittenkritischer Beleuchtung von Benedict Friedländer（1866-1908）, Berlin : Bernhard Zack 1908

【注4】 高山樗牛「美的生活を論ず」『太陽』一九〇一年八月

江戸川乱歩所蔵本・海軍外郭団体雑誌『くろがね』を読む

石川巧

一、雑誌『くろがね』とくろがね会

雑誌『くろがね』は、海軍外郭団体・くろがね会が一九四一年一〇月に創刊した会報雑誌である。当初は『くろがね会報』として一九四二年二月まで三冊発行されたが、翌月から誌名を『くろがね』と改題し、巻号を第一巻第一号から付け直したうえで一九四三年一二月まで発行された。改題第一巻に関しては所蔵を確認できていない号があるため、一九四二年三月に発行された第一号と同年一二月の第九号をもとに九冊が発行されたと推定すると、『くろがね』は、『くろがね会報』三冊、『くろがね』第一巻九冊、第二巻一二冊、合計二四冊が世に出ていたことになる。

『くろがね会報』の第一巻第二号から第二巻第一号は長谷川時雨が組織した雑誌『輝ク』（「輝く会」機関誌）と合流した形式になっており、表紙に「くろがね会報」と「輝ク」のタイトルが併記されている。現在、まとまった冊数の『くろがね』が保存されているのは、神奈川近代文学館と江戸川乱歩所蔵本[注1]のみである。ともに個人寄贈であることを考えると、同誌は会員のみを対象として極めて閉鎖的な読者領域のなかで流通したものと推測される。

『くろがね』を発行したくろがね会に関しては、日本海事振興会日本海事新聞発行事務局編『海事団体要覧』（亜細亜書房、一九四四年一一月）がその性格と沿革を詳細に報じている。一九四一年八月四日に文芸作家を中心に発足したくろがね会は、一九四一年一二月八日の対米宣戦布告以降、「戦時的機能」に重点を置いた「文化運動実践組織」となる。「輝ク会」編入後には、女流作家、美術家、芸能家、厚生運動家ら四百人以上の婦人文化人が加わる。一九四三年九月に発行された『くろがね』（第一巻第九号）には、「既に千七八百名の会員を有し来年早々には新しい部門が組織されその方面の会員の参加をも見れば優に二千四五百名とならうことは必定」とあり、わずか二年弱の間に会員数が四倍以上になっていることがわかる。

同会の活動は、（一）海防、海事に関する学術研究、評論、文芸、美術、音楽、映画、演劇その他の芸能、放送素材等の提供および奨励、（二）海洋国家の要求する著作物の刊行および権威ある機関誌の発行、（三）海防、海洋に関する写真の蒐集頒布ならびに展覧会、巡回展覧会等各種企画による写真を通じての海軍精神の昂揚、海事思想普及事業の実施、（四）新聞、雑誌の誘導、講演会、講習会等の開催竝に講師の派遣其他の方法による海軍精神の昂揚、海事思想の実践運動、（五）海防、海事に関する各種調査竝に研究機関の設置及研究員の現地派遣、（六）其他前条の目的を達成する為本会の事業として必要と認めたる事項（以上、一九四四年六月時点での規約第三条より）に区分けされており、雑誌『くろがね』の発行および前線慰問図書『くろがね叢書』の発行はそうした活動の一環だった。運営は執行機関である理事会と議決機関としての評議員が中心となり、その下に会社員会が置かれていた。事務所は東京都神田区神保町一ノ三の冨山房ビルに置かれ、〔顧問〕上田良武（海防義会理事長、海軍中将）、〔海軍振興会専務理事〕戸田貞次郎、大橋進一、菊池寛、〔理事長〕木村毅、〔常務理事〕大下宇陀兒、木村荘十、戸川貞雄、水谷準、〔理事〕竹田敏彦、角田喜久雄、海野十三、木々高太郎、北村小松、〔監事〕大佛次郎、三島章道、〔事務長〕山手樹一郎、〔企画部長〕山添幸治郎が理事会に名を連ねていた。

ところが、作家の組織化が行われると同時に、くろがね会は当初の「海洋思想」の普及に加えて、前線にいる海軍兵士たちを文章で慰問する役割を与えられるようになる。銃後を護る国民の戦意高揚だけでなく、いままさに戦闘状態にある兵士のモチベーションを高めるための読物を量産することを使命とするようになる。海軍は『海軍報道班員前線記録』や『くろがね叢書』[注2]といった叢書類を発行し、読物の力で陣中の兵士を励まそうと考えるのである。大本営海軍報道部くろがね会編『海軍報道班作家前線記録 第一輯 進撃』（博文館、一九四二年一二月）の「序」を書いた大本営海軍報道部課長・平田英夫は、

作家が名誉ある戦闘報道勤務をなしたることは、今回を以て嚆矢とする。本書は班員作家が戦線より大本営海軍報道部に送達したる報道文の一部を収録したものであるが、他の報道文とは異り、作家には作家特有の情熱と味と筆力の存する点に付驚歎を新にすると共に、之がかの強き信頼を以て支持せらるるところの当該愛読者層に強く滲透して忍苦敢闘の精神を作興せしめつゝあるの功績に対し茲に一文を草して些かその労を犒ふ次第である。／昭和十七年十月九日

と記しているが、こうした発想の背後には海軍特有の事情があったものと思われる。前線にあって日々の生活の殆どが行軍に費やされる陸軍に対して、海軍の場合は出撃待機から戦闘に至るまで生活の多くを艦内で過ごさなければならない。狭い空間での共同生活には様々な精神的負荷がかかる。海軍は恐らくそうした兵士たちのストレスを軽減するための方策として慰問袋のなかに読物を入れることを考えたのであろう。

くろがね会に参加した作家たちも、それに応えるべく様々な取り組みをする。新しい作品を書き下ろすだけでなく既発表の書籍を集めて前線に送る活動まで始める。一九四三年五月以降の『くろがね』を読むと毎号のように「図書を前線へ‼」という呼びかけが掲載されており、同会が発刊した別冊書籍にも「くろがね会では、豫て海軍将兵諸士へ図書献納運動を行つて来ましたが、前線に於ける図書要望の熾烈なる現状に鑑み、此際更に

その運動を推進したいと思ひます」（『海軍報道班作家前線記録第一輯 進撃』前出）といった文面が踊っている。『くろがね』に「赤道直下の艦内生活」というエッセイを書いた海野十三も、「慰問袋の内容如何は問題ではないのだ。銃後国民の真心が届けられゝば、士官も水兵さんもどんなにか悦ぶのである。「銃後通信」といつた慰問文が、何よりも一等効果があると思ふ。その次に効果があるのは、内地または慰問袋の写真、雑誌だの本だのゝ読物類、あまりハイカラすぎないゲームもの類、もしあれば多少の缶入食べ物、まづこんなところがよいと思はれる」と記し、艦内生活を熟知した人間として海軍兵士の状況を伝えている。

以上、雑誌『くろがね』の創刊経緯とくろがね会の活動内容について概説したが、ここで確認しておきたいのは、探偵小説作家を始めとする大衆文学の担い手たちが何故くろがね会に結集したのかという点である。そこで、あらためて戦時下における言論統制のありようを確認し、当時、特に厳しい検閲にさらされた作家のひとりであり、くろがね会の活動にも積極的に参加していた江戸川乱歩に即して、彼がくろがね会に求めたものは何だったのか、なぜ雑誌『くろがね』を終生大切に保存し続けたのかを明らかにする。

二、総力戦体制下の言論統制と江戸川乱歩

一九三八年に国家総動員法が制定されて以降、日本の言論界は刻々と弾圧が強まっていく。一九四〇年に中央政府機関として内閣情報局が置かれてからは、新聞紙等掲載制限令（一九四一年一月一六日）、国防保安法（一九四一年五月一〇日）、言論・出版・集会・結社等臨時取締法（一九四一年一二月二一日）が施行され、戦争協力の立場を取らなければ文章を発表することが難しい時代に突入する。治安維持法に関しても更なる改正がなされ、「国体ノ変革」をもくろむ「組織ヲ準備スルコト」それ自体が処罰の対象となる。「罪ヲ犯スノ虞アルコト顕著」なる者に対しては予防拘禁も可能になる。作家たちは政治的・思想的な話題を回避し、当局に睨まれないように怯えながら文筆活動を継続するしかなくなる。なかには国策に対して積極的に協力し戦争のプロパガンダとなっていく

書き手もいるし、固く沈黙を貫く書き手もいたが、多くは自主規制というかたちで話題を慎重に選び、当局の顔色を窺いながら細々と原稿執筆の機会を求めた。

一九四〇年一二月に内閣情報局の統制下で社団法人日本出版文化協会が設立され、翌一九四一年六月には出版用紙配給割当規程が実施される。一九四二年四月からはすべての出版企画を対象に発行承認制が実施されるようになり、発行書籍の奥付には「出文協承認番号」の記載が義務づけられる。こうして、戦争末期の日本では同協会の査定に合格しなければ紙の配給が受けられない状況になる。印刷用紙の欠乏によって出版物の量は著しく減少し、新刊書は発売当日に売切れるありさまとなる。

時局の変化に関して、乱歩は『探偵小説四十年』(前出)のなかで執拗に記述している。たとえば、検閲と休筆宣言の経緯についても、

――当時は事前検閲の制度があって、内務省だったか警視庁だったかに、原稿又はゲラ刷りを提出すると、風紀上面白くない個所に赤線を引いて返される。出版者はそれを作者に届けて、その個所の書き替えを頼むという慣わしであった。／ところが、私の場合〔新潮社版選集の刊行に際しての検閲を指す　※筆者注〕は一行や二行ではない。一頁二頁にわたって、全文書き替えを命じられる。その検閲は既に組版を終ったゲラ刷りで受けていたものだから、赤線の個所を削除すると、そのあとを全部組み替えなければならないので、赤線の行数に合わせて、別の文章を書かなければならない。それで、一応は元の意味と似た穏やかな文章を書いて渡すのだが、二三日すると、又戻って来る。同じ意味では困る、全く別の意味のさしさわりのない文章にしてくれ。「今日はお天気がいい」というような無意味な文章にしてくれというのである。それでは前後が続かないので、そんな無茶なことを注文されるのなら、選集の続刊をよしてしまおうと、私も怒ったが、新潮社が「まあまあ」というので、仕方なく、まるで前後のつづかない文章を書いて、やっと検閲を通過し

たことが、殆んど毎巻であった。

と回顧している。一九四〇年一月七日の日記（引用は『探偵小説四十年』前出より）では、自身が内務省から危険人物と看做されていたことに言及し、「検閲者の気持はよくわかっているので、その検閲方針に従って、自作を見渡して見ると、厳密にいえば一作として無難なものはなく、検閲者の気持をくむとすれば、旧作全部を絶版にすべきであるが、それも余り際立つこと故、さし当り最も反時局的と考えられる左の文庫本を、自から進んで絶版に附した」と述べている。実際、一九三九年三月に「芋虫」が反戦的と判断され、警視庁検閲課によって作品集からの全面削除（のち発禁処分）を命じられて以来、乱歩の作品は一九四一年度までにほぼすべてが発禁となっている。すでに出版されていた書籍も全作絶版とされ印税収入は皆無となっていた。困窮した乱歩は、止むなく「筆名を変えて、健全な教育的な読みものを書いて見ませんか」という講談社編集担当の奨めに応じ、『少年倶楽部』に少年物を書く決意をする。それまでの作家生活において一度も編集者から書き直しをさせられたことがなかった乱歩は、甘んじてそれに従うのである。

正確な時期は不明だが、この頃、乱歩は内閣情報局に顔が利いた海野十三の仲介で他の探偵小説作家とともに同局に出向き、若い官吏と話し合いをする機会をもっている。『探偵小説四十年』（前出）には、当時の興味深い遣り取りが記録されている。「情報局はなぜ探偵小説を目のかたきにするのか、その真意を聞いて見ようじゃないか」と意気込んで内閣情報局に乗り込んだものの、自分が書くエロ・グロ小説のせいで探偵小説作家全体に災いが及んでいるのではないかと思っていた乱歩は、威勢のよい発言をすることができないまま様子を見守る。すると、ひとり気炎を吐くように、海野十三が「書いてよいことと、悪いことの境界線は、どこに引いたらいいのか」と問いかける。また、それに乗じて他の作家も「ドストエフスキーの「罪と罰」のような作品が、今書かれたとすれば、あなた方はこれを発行禁止にしますか」という質問を浴びせる。すると、若い官吏は困ったような顔をしながら、「ドストエフスキーほどの文学なれば、発表してもさしつかえない。通俗娯楽小説の犯罪ものは困るのだ」と答える。彼はこの面談について、「相当長時間にわたって議論をしたのだが、具体的には何も覚えていない」と回顧する一方、「なんの収穫もなかったとしても、多勢の情報官と多勢の探偵作家が相対して、感想を述べ合ったということは、両者が一種の対立関係にあっただけに、私には戦争中の一つの出来事として、深く印象に残っている」と記している。

乱歩はこの体験を通して、国家による言論統制が何らかの明確な基準でなされているわけではないこと、個々の官吏の印象や嗜好によってその判断が分かれること、そして、そのような曖昧さを残しているがゆえに出版社や作家は内閣情報局の顔色を窺い、自主検閲を強化していくようになることを知った。敵は明確な壁として存在しているのではなく、目に見えない同調圧力を与えることでより効果的な言論統制を行っていると知った。戦時下の乱歩が筆を擱く覚悟をする背景には、そうした洞察が影を投げかけているのである。

一九四二年七月、そんな乱歩の生活に一途の光が射す。それは少壮実業家が集う清話会の理事・山川雅美からの依頼によって同会での講演を受諾したことに始まる。当時の実業家たちは戦局の行方を正しく見極め、新聞等に報道されない軍内部の情報を知りたがっていた。清話会はそこに着目して軍部の将校と少壮実業家が親しく懇談できる機会をつくるとともに、交流の場に様々な有識者を呼んで講演をさせた。必ずしも軍部にとって都合のよい人物とはいえない乱歩に声がかかったのはそうした事情による。彼はその講演会について、「アメリカ伝来のエドガワランポで、情報局から睨まれ、小説の注文途絶で小さくなっていた私のところへ、そういう戦時中心人物たちとならんで講演をしろと申込まれたのだから、甚だ意外でもあり、少々光栄に感じないでもなかった」と記している。

当日の講演に「スパイ防諜奇聞」という演題を用意した乱歩は、「スパイの話など、いっこうに好きではないのだが、戦時とあれば、これにも順応しなければなるまい」という気持ちで臨む。手許にあった『ブラック・チェンバー』をもとに暗号通信および暗号解読法の進歩について語っているうち、事実を語るだけに止まらず、つい「日本軍の暗号通信は大丈夫か」ということまで問いかけてしまう。

こうした機会を通じて、乱歩は海軍報道部が企画する講演会や会合に顔を出すようになる。くろがね会では、すでに木村毅が幹事として働いていたし、作家仲間である大下宇陀兒、海野十三、角田喜久雄も入会していたため、そこに誘われるのも自然の成り行きだったと思われる。乱歩はその頃の自分がよく「くろがね会」に出席していたと語ったうえで、次のような興味深い証言をしている。

——私は矢萩大佐と探偵小説の話をしたことがある。「内閣情報局は探偵小説を禁圧しているが、あなたはどう思う?」と、聞いて見たことがある。すると矢萩大佐は「僕はそう思わない。探偵小説は将棋と同じように理智を養うものだから、決して有害無益とはいえない」というような答えであった。

(『探偵小説四十年』前出)

また、このエッセイでは江田島海軍兵学校校長・井上成美中将が口癖のように、「お前たちは暇があったら、将棋と探偵小説を愛せよ。この二つの遊戯は理智を養い、作戦の参考にもなるものだ」と語っていたという逸話が紹介されている。ここに至って、乱歩は自分たちを弾圧する官吏よりも優れた知性をもった人材が軍の中枢におり、探偵小説にも理解が深いという確信をもつのである。乱歩はこの文章の末尾に「内閣情報局の、東大を出て間もない若い官吏達が、リアリズム一本槍で、神経質に読物禁圧をやっていたのに比べて、軍人はさすがに気宇が大きいと思った」という一節を加えているが、それは内閣情報局の言論弾圧に辟易していた彼が、軍部の中枢につながるくろがね会に接近していく経緯を考えるうえで非常に興味深い言説である。

こうして乱歩はくろがね会のメンバーとして活動を開始するわけだが、他の作家が陸海軍の報道班員になったり日本文学報国会からの派遣で戦場に赴いたりしたのに対して、彼自身の動きは必ずしも表立ったものではなかった。多くの作家が集う講演会や会合には足繁く参加していたようだが、主な関心は雑誌『くろがね』やくろがね叢書といった出版物にあったらしい。

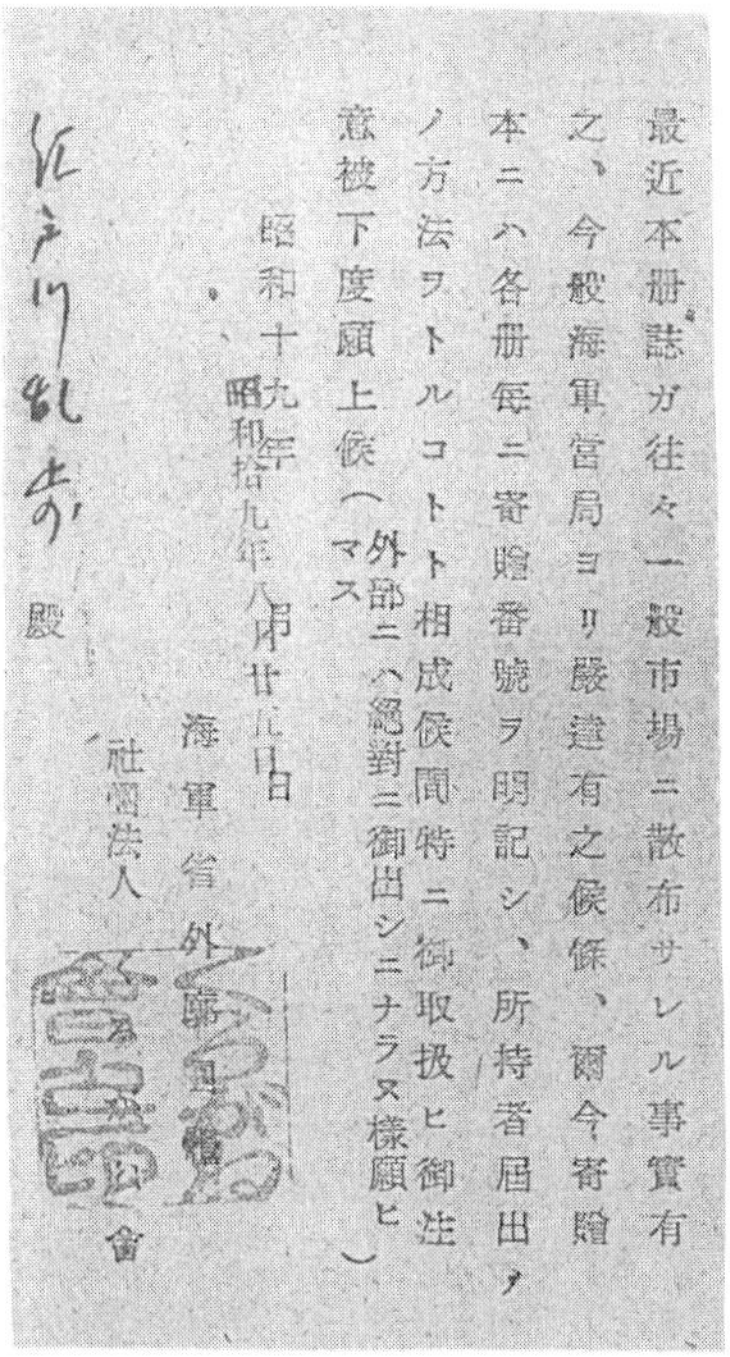
最近本冊誌ガ往々一般市場ニ散布サレル事實有之、今般海軍當局ヨリ嚴達有之候條、爾今寄贈本ニハ各冊毎ニ寄贈番號ヲ明記シ、所持者屆出ノ方法ヲトルコトト相成候間特ニ御取扱ヒ御注意被下度願上候（外部ニハ絶對ニ御出シニナラヌ様願ヒマス）

昭和十九年 昭和拾九年八月廿九日

海軍省外廓団体 社團法人 くろがね會

江戸川乱歩殿

【図版1】

江戸川乱歩旧蔵資料所蔵の『くろがね』とくろがね叢書には、このことに関連して極めて興味深い資料が挟み込まれている。それは、「海軍省外郭団体 社団法人 くろがね会」（一九四四年八月二五日）の名で江戸川乱歩に宛てられた通知【図版1】である。同通知は、「最近本冊子ガ往々一般市場ニ散布サレル事実之有」という一節から始まり、くろがね叢書が「一般市場」に流れることへの強い懸念が示されている。また、それに続く文面では「海軍当局」からの「厳達」として、「爾今寄贈本ニハ各冊子毎ニ寄贈番号ヲ明記」すること、「所持者届出ノ方法ヲトルコト」が指示されている。最後にカッコ付で「外部ニハ絶対ニ御出シニナラヌ様願ヒマス」と念押ししていることからも、有無を言わせぬ圧迫感が伝わってくる。

また、乱歩所蔵の『くろがね 会報』第一巻第二号、四～五頁には墨塗箇所があるが、それを神奈川近代文学館所蔵資料と比較すると、それぞれの墨塗に微妙な違いがみられる【図版2】。つまり、同誌は担当官が手作業で一冊一冊の墨塗をしていたのである。

もともと、『くろがね』は会員に無料配布されていた会報であり、一般販売はされていなかった。第二巻第四号以降、会員頒価二五銭となるが、会報としての性格を失うことはなかった。つまり、『くろがね』は創刊時か

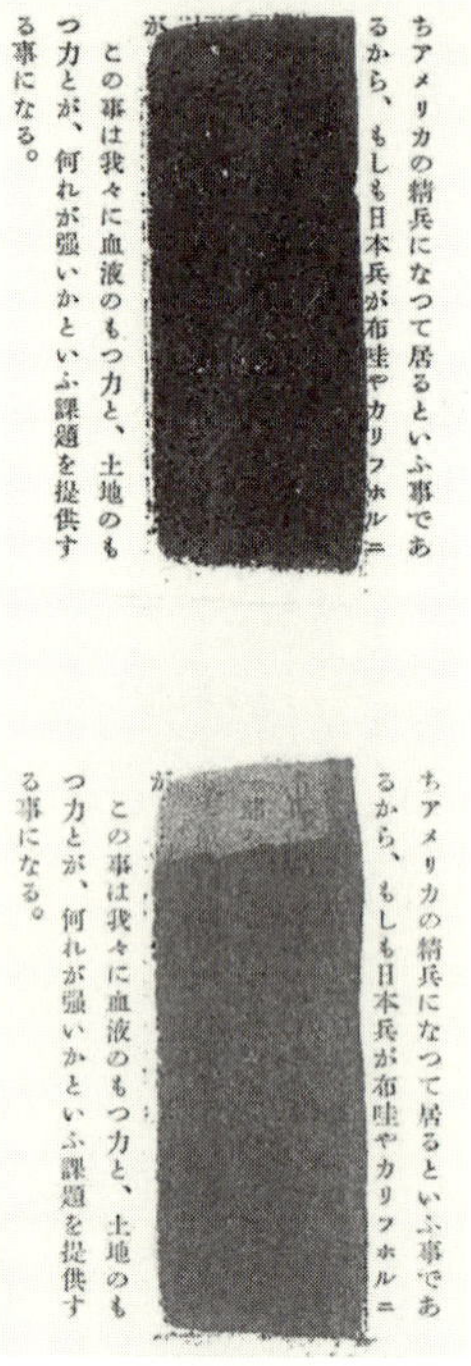
ちアメリカの精兵になつて居るといふ事であ
るから、もしも日本兵が布哇やカリフォルニ
[redacted]
この事は我々に血液のもつ力と、土地のも
つ力とが、何れが强いかといふ課題を提供す
る事になる。

ちアメリカの精兵になつて居るといふ事であ
るから、もしも日本兵が布哇やカリフォルニ
[redacted]
この事は我々に血液のもつ力と、土地のも
つ力とが、何れが强いかといふ課題を提供す
る事になる。

【図版2】

らずっと市販を想定しておらず、限られた会員のみを対象とした編集・出版がなされているばかりか、むしろ、その内容が会員外に漏れることを警戒し、雑誌の受取人を厳しく管理するとともに、墨塗りを手作業で行うようなことまでしていたのである。

ここまで、戦時下の言論統制の槍玉となっていた乱歩を事例として、なぜ探偵小説作家たちがくろがね会に集ったのかという問題に迫ったが、乱歩が残した証言と旧蔵資料に関する二つの事実をもとに類推すると、以下のようにまとめることができる。（一）海軍の一部エリート将校のなかには軍事戦略に探偵小説作家の知識・知見を活かすことができるのではないかと考えている人々がいた。（二）ひとたび航海に出てしまえば長期間にわたって閉鎖的な空間のなかで単調な生活を送らなければならない海軍兵士たちにとって、「慰問袋」や娯楽によるストレスの解消は極めて重要な課題であり、探偵小説作家には娯楽に供する文章を書いてくれることが期待されていた。（三）雑誌『くろがね』及びくろがね叢書は限られた会員にのみ頒布されていたため、内閣情報局による検閲の枠外で処理されていた。（四）厳しい言論統制と不当な偏見が災いし、一般の商業誌等に作品発表の機会を得ることができなくなっていた探偵小説作家たちは、海軍外郭団体・くろがね会に集結し、同会の会報『くろがね』に随筆等を発表することで戦時下にも「活字」と携わりながら過ごすことができた。毎月のように開催される講演会や意見交流の会合に参加することで情報を交換することもできた。

戦後すぐに探偵作家協会が発足した経緯などを考えると、この時代に探偵小説作家たちが孤立することなく作家グループを形成し続けたことには大きな意味があったといえる。

三、『くろがね』の内容と作家たちの言説

ここまで、雑誌の周辺情報と大衆文学系の作家たちがその雑誌に集った理由を考察してきたが、次は雑誌『くろがね』の世界にわけ入り、その内容を紹介しつつ特徴的な作品に言及したい。

創刊号はわずか一六頁の小冊子であるが、前述した「くろがね会結成経過」や「くろがね会定款」とともに「「くろがね会」賞第一回授賞式」の模様が報告されている。受賞作は現役の海軍大佐であった津村敏行の「南海封鎖」。幹事長として挨拶をした木村毅は、火野葦平「麦と兵隊」に比肩するかたちで同作を褒め称えるとともに、同作に関しては、あらかじめ菊池寛から「非常に優れた作品だ」という太鼓判をもらっていたと伝えている。

その他、連載コーナーとしては新刊本、演劇・映画・放送を紹介する「消息欄」、同人が執筆した「海洋文献」の紹介、人事などがある。「事務室記」を担当した山手樹一郎は、「海洋脚本」（賞金壹千円、枚数五〇枚、時代物、現代物を問わず）、「海の国民歌」、「海洋小説」の募集企画を紹介するとともに、「船へ乗つて見たい、南方を見学させてくれ」といった会員の希望を実現して行く旨を語っている。

作家によるエッセイとしては、航海の軌跡をペンや鉛筆で書き込んだあと消しゴムやナイフで削っても表面がケバ立たず、何度も使用できる頑丈な海図用紙の優れた品質のことを記した角田喜久雄「紙と海軍」、『万葉集』以降の海洋文学の系譜を辿った菊池寛「万葉人の海洋文学」（講演記録）などがあるが、エッセイのなかで特に興味深いのが大下宇陀児「海底への夢想」である。ここで「東京湾から木更津までの海底旅行」ができる時代が来ることを予言した大下は、「エムデンが測深したやうな深いところでは、そこへ人間が自由に降りて行けるやうになつたらば、人間は何か今まで全く知らなかつたものを発見することが出来るのではないか」と語り、人類の可能性を開く資源としての海底世界に着目している。まるで現代社会を予見するような文章である。

第一巻第二号になると分量が三二頁に倍増し、目次も付くようになる。巻頭近くには岡谷八千代、旧「耀ク部

隊」理事の鮎澤福子、井上つる子、黒田米子、「くろがね会」理事長・木村毅連名による「くろがね会と輝ク部隊合流の言葉」が掲載されている。「昭和十六年度海洋作品会員執筆録」は一〇一名もの作家の著作を紹介しているほか、「会員通信」のコーナーにも七六名の作家が短信を寄せており、それぞれ同時代資料としての価値が高い。また、同号からは「大東亜海戦日誌」なるコーナーが誕生し、以後、海軍の戦況報告がなされるようになる。

個別の記事では、大下宇陀児、戸川貞雄、竹田敏彦、福永恭助が東北地方を巡回して行った「時局海洋講演会」の報告記が特徴的である。各地での出逢い、旅のエピソード、苦労話などを淡々と記すそのスタイルは、弥次喜多道中記のような面白さがある。柳田泉が行った講演「明治大正の海洋文学」（一九四一年一〇月三〇日、水交社、一一月二〇日、レインボー・グリル）を受けての座談会「「海洋講座」後書」（木村毅、米窪太刀雄、上田良武中将、板垣直子、戸田貞次郎、綿貫六助、柳田泉）も、海軍中将を交えて作家たちが自由闊達な議論を展開している点で異例である。

改題第一巻第一号には「この日この時の感激」というアンケートがあり、「一、十二月八日大東亜戦争開戦の日の感激、二、今後職域奉公の覚悟」についての回答が並んでいる。回答者のなかには加藤武雄、邦枝完二、山岡荘八、長谷川春子、江口渙、藤森成吉、眞杉静枝、椋鳩十、葉山嘉樹、保高徳蔵、山名文夫といった著名人の名前が並んでいる。また、個別のエッセイに海野十三「〝熱帯圏だより〟」、米窪満亮「日本人の南方活躍」のような南方だよりが増えている印象が強い。

改題第一巻第二号には、前号に引き続き「この日この時の感激」が紹介され、秋山謙蔵、北園克衛、棟方志功、三好達治、生澤朗らが回答を寄せている。講演記録としては、ワシントン会議、ロンドン会議の当事者であった故加藤寛治海軍大将が一九二六年に行った「太平洋の軍備論」が抄録掲載されている。また、「特別特攻隊の全貌発表さる」という記事があり、真珠湾攻撃の武勲が紹介されているほか、荻原井泉水「川屋」、森律子「早く咲いた今年の桜」といったエッセイがある。

改題第一巻第三号には「長期戦を如何に戦ふべきか」という特集企画があり、上村英生「文筆業者の責任」、江口渙「十分信頼」、赤沼三郎「卑近なる例」、長谷川春子「ねばりと忍耐」、黒田米子「無言の人格力」、網野菊「信念をもつて」、森律子「明るい簡易生活」、鷹野つぎ「円満な発展をめざして」が並んでいる。また、かねてから企画されていた「海の南洋唱歌」の当選発表があり、山崎運平「大南洋唱歌」が選ばれている。同賞の審査には、くろがね会から北原白秋（代理・藪田義雄）、佐藤惣之助、大下宇陀兒、佐伯孝夫、勝承夫が加わっている。講演記録としては船舶試験所長・山縣昌夫「戦争と造船」があり、日清・日露戦争以降の軍事造船業を歴史的に考察している。

同号で特に興味深いのは、くろがね会が開催した「慰問品持より会」（一九四二年一月七日、日比谷公会堂）を受けて「慰問袋礼状」が紹介されていることである。「毎日波に明け波の音に暮れる艦上生活は、何日しか殺伐たる気風に染るのですが、この私共にとつて慰問の御頼り、慰問袋こそ何よりの慰めとなり、戴く喜びは又格別です。唯々童心にかへり、嬉々として奪ひあい、懐しの故国の銃後の皆様の御情けに熱い思ひを湧して居ります」といった文面には艦内生活の苦労を思いやる気持ちが滲み出ている。

さらに、同号には水谷準「感想三つ」というエッセイがあり、大阪圭吉『海底諜報局』について、「スパイ小説といふものが小説の範疇内ではどうにもならぬマンネリズムに陥つてゐて、読者にとつてはホテルの定食みたいに思はれてゐることである」、「嘘八百でも結構。作者が次の時代を約束せられてゐる人だけに私は敢てさういふ注文をつけたいのである」と批評している。当時、多くの探偵小説作家がスパイ小説を推奨されていた事実に即していえば、この批評は両義的な意味をもっているといえる。水谷は、作者を「次の時代を約束せられてゐる人」として持ち上げる一方で、軍部の歓心を買うスパイ小説や防諜物が「袋小路」に陥っていることを指摘し、作者の限界をも示しているからである。彼が考える「新鮮な湖の香」とはどのような作品を指しているのか？「嘘八百でも結構」とはどういうことなのか？ 文面の背後には読者を様々な憶測に駆り立てる気配が漂っている。

改題第一巻第四号でも、専門家による講演記録として元東京高等商船学校長・須川邦彦「戦時に於ける商船の自衛」が掲載されており、連載企画としての体裁となっている。エッセイには、一九四二年五月二七日にくろがね会が行った「鎮遠之錨」建碑式に出席できなかった無念を語る宇野浩二「葉書にて」、各国の軍艦の特徴を比較検証する摂津茂和「軍艦と国民性」、獅子文六が『朝日新聞』に書いた「海軍の姿勢」というエッセイに触発され、外見を美しく保つことの大切さを説く生澤朗「海軍と身嗜み」などがある。

時局を肯定的に捉える記事が多いなか、鹿島孝二「僕の覚悟」は特異なエッセイとなっている。英国の娯楽雑誌で難船や漂流の漫画が多いことに言及した鹿島は、「僕は敵性英国を讃美する意志は毛頭ないが、難船に対する彼等のユーモアだけは好ましいものに思つてゐる」と言明したうえで、

——現在は戦争中だから、漂流中に敵船に来られたら万事休すだ。敵が木造船なら落語の巌流島ではないが、潜つて行つて底に穴をくりぬいてやる位のことはしてやるが、軍艦では仕方がない。国民儀礼をして、ピストルをこめかみに当てよう。これから太洋を渡る機会も多からうし、僕は今からさう空想し覚悟を定めてゐる。

と語っている。さきに紹介した水谷準の「感想三つ」と同様、この文章もまたある種の両義性を秘めている。それは「ピストルをこめかみに当て」る覚悟をもって戦うという宣言のようにも読めるし、日本がすでに「国民儀礼」をして「ピストルをこめかみに当て」るところまで追いつめられている状況を認識すべきだ、という意味にも取れるからである。

現在確認できている『くろがね』は、一九四二年六月に発行された改題第一巻第四号のあとが不明となっており、次は一九四二年一二月発行の第一巻第九号に飛んでいる。したがって、さきにも述べた通り、同誌は改題第一巻第五号〜第八号までの四冊が未見ということになる。第一巻第九号は「大東亜戦争一周年記念号」と銘打ち

九〇頁の大部となっている。巻頭には美術部会員作品として堂本印象、川島理一、堅山南風、高畠達四郎、西沢笛畝、小寺健吉、穴山勝堂、清水多嘉示の画が紹介されている。くろがね会会長・上田良武（海軍中将）「大東亜戦争一周年に際して」、大本営海軍報道部課長・平出英夫（海軍大佐）「開戦一周年を迎へて」が祝辞を寄せている他、「大東亜戦争一周年を迎へて」というテーマに対して、大下宇陀兒、久生十蘭、浅原六朗、石黒敬七、高畠華宵、中村星湖、網野菊、白鳥省吾、米川正夫、棟田勝、高須芳次郎、森律子、國枝史郎、張赫宙、有島生馬、徳永直、長谷川伸、土師清二、海野十三などが葉書回答を寄せている。また、大東亜戦争一周年を記念して開催された「大海戦展」（一九四二年一二月一日～一三日、日本橋三越）の展示内容が写真付きで紹介されている。この記事によれば、一日の平均入場者数は六万人という未曾有の数字であったという。

個々のエッセイでまず目に留まるのは海野十三「帰還感あり」である。戦時体制にあって雑誌や単行本からルビが消えてしまったことを憂えた海野は、「ふりがななどはその儘にして置いて、国民大衆が好んで新聞雑誌単行本を手にとるやうに持つて行き、そして一億一心化に貢献した方が、どの位戦闘力が増大するか知れないのだ。国民大衆が向ふへ行つてしまつたり、又きよとんとしてゐたのでは、一億一心化は行はれない」と訴えている。

そして、同号に「江田島記」というエッセイを書いているのが江戸川乱歩である。一九四二年一一月一一日から一五日にかけて、乱歩は海軍兵学校の卒業式を見学するため、笹本寅、摂津茂和、秦賢助とともに江田島を訪れるのだが、文章の前半は、荘厳な雰囲気のなかで執り行われる式典の様子を淡々と記述することに紙幅が費やされており、あくまでも報告者の視線に徹しようという気配が感じられる。生徒たちの日常生活に関しても、「生徒の日常、校内の模様については、昨年くろがね会幹部諸君が見学、夫々発表された通りである」と述べるなど、強い関心を示しているとは思えない。

ところが、宴の直後、手洗所に行くため後輩の生徒たちが居並ぶ廊下を通り過ぎようとしたとき、乱歩はそこに「この日最も感銘の深い情景」を目撃してしまう。

――やがて廊下の向ふから夥しい靴音が響き、二列に向き合つてゐる生徒達の間を、祝酒に顔を赤くした卒業生達が、走るやうにして通り過ぎて行くのである。在校中同じ分隊に属してゐた下級生の前にさしかゝると「がんばるんだぞツ」「しつかりやれ」などゝ　怒鳴りながら、ある者の手を握り、ある者の肩を抱きなどして訣別の意を表しつゝ通り過ぎて行く。手を握られ、肩を抱かれた下級生の少年達の紅顔は見るく歪んで行く。忽ち彼等の目は涙にふくれ上り、之れをこぼすまいとして思はず両手がそこへ上がつて行くのである。一人ではない。五人、七人、私は泣顔を隠さうとして困惑してゐる可憐の少年達を見た。そして中庭に佇立した私自身も、いつしか貰ひ泣きをしてゐたのである。

ここでの乱歩は、明らかに視察者としての立場を忘れている。紅顔の少年達が「尽きぬ名残りを惜しむ」姿に見惚れ、冷静さを見失っている。そして、紅顔の少年達を「可憐」だと感じる自分の気持ちをありのままに表現している。海軍兵学校の卒業式を「濃《こまや》かなる武人の情緒、苑として海上の一大演劇」と総括する乱歩のまなざしには、彼がかつて「槐多「二少年図」」(『文体』一九三四年六月、のち『幻影の城主』かもめ書房、一九四七年二月)に記した次のような認識が重なり合っている。

――二人の少年が立つてゐる。此の二個の少年は確かに互に愛し合つて居るのである。何となく、丈高き一人は明に感情に戦慄し其の為に面を赤らめて居るのである。／そして其の右手をもう一人の方にさし延べて居る。／して我等は眼をはつきりさせねばならない。此のかた方の少年は実に希代の美少年である。其の形は覚へず鳴りやまぬ一管の豪奢なる笛を連想せしめるのである。其の面は白く濁つてゐる。／してその美しき眼はじつと大きな少年を見守つてゐるのである。そして媚かしきあざけりを有つた四月の画の表情を完成した眼附である。あゝこの目附と共にその右手は何物かを受取つてゐる。是何物であらうか。／是こそこの二個の少年のとろけ散る様な心を一点に繫ないだる物、この石版画の中心である。そは一個の桜の花であつた。美しい薄い花であつた。

乱歩における少年愛の問題は本解題の射程とは異なるため深く言及しないが、ここで重要なのは、言論統制の厳しい時代にほとんどものを書くことができず筆を断つ覚悟までしていた乱歩が、自分たちを弾圧する側であったはずの軍部と接点をもち、海軍兵学校という特殊空間で目撃した光景を言葉にすることによって、それまでの鬱憤を晴らすかのように自分が表現したいことをのびのびと書いている事実である。言論統制を行う側の中枢に飛び込むことでそこに自由にものを書ける機会を得た逆説性である。その意味で、「江田島記」は戦争末期に乱歩が書き記した数少ない文章のなかでほぼ唯一、自身の嗜好性が自在に語られているといってよいだろう。

第二巻第一号には木村毅「長谷川時雨全集に寄す」が掲載され、『くろがね』に吸収された雑誌『輝ク』の発行・編集人だった長谷川時雨が顕彰されている。須川邦彦の第三回「海洋講座」報告（前号掲載の講演タイトルは「戦時下に於ける船舶の必要性」）には座談が加えられており、木村毅、中村星湖、村岡花子、鮎澤福子、新妻伊都子が出席している。「自著献納」報告には「感謝の言葉」が加わり、多くの作家がコメントや短歌を送っている。「この日この時の感激」第三弾には吉屋信子、張赫宙、白鳥省吾、石黒敬七、昇曙夢、前田河廣一郎、濱本浩、長谷川伸、神近市子、徳永直、秋田雨雀、鷹野つぎ、諏訪三郎、網野菊、上司小剣、楝田博、森律子、細田源吉、北村喜八、寒川光太郎、鹿島孝二、土師清二、長田秀雄、徳川夢聲、新妻伊都子、長谷川かな女、高須芳次郎、黒田米子が回答を寄せている。

その他、病床に臥していた大下宇陀兒は、「近況報告」のなかで「寝てゐて見て、私は、世の中が、私の思つてゐたよりも、もつと美しいものであつたと感じる。平出大佐は、大東亜戦争の火蓋が切られてから一ケ月間に、歴史は百年の飛躍をしたといつた。実に名言だと思つて感心してゐるが、この大飛躍のうちにあつても、よきもの美しきものはやはりそのまゝに残つてゐるのだと思つて非常に心強くなるのである」と述べ、矢野峰人は「布哇奇襲戦陣歿勇士の英霊を弔ふ歌」を寄稿している。

第二巻第三号は五〇頁を超える読み応えのある一冊だが、その一方、同号あたりになると福永恭介「日人は断じて勝つ」、吉田暎二「軍艦回天と飯島虚心」、能村潔「撃ちて止まむ」など、戦争での勝利を精神論から語る言説が多くなる印象がある。そうしたなかにあって、極めて冷静に人間の本質に迫ろうとしているのが室伏高信「人の性」である。プラトンを援用して愛の在り方に迫った室伏は、「愛の本能的であるのはもとより非難さるべきことではなく、本能に根ざした愛のみが具体的でありうるのではあるが、本能から出発して本能を見失ふところまで純化されたところに高度の愛が生れる」と説く。

同号には葉山嘉樹「負ふた子に教へらる」もある。大東亜戦争が始まつて以来、陸海軍の少年飛行兵や、少年志願兵、飛行訓練所、商船学校志願者が急に増えたと語った筆者は、自分の子どもたちもそれを志願する年代になりつつあることに思いを馳せ、「私などは自分が駄目だつたから子供に二人前はやつて貰はう、とずるい事を考へた」と告白する。そして、

考へて見ると、私たちの育つた時代と現在では教育が違つて来た。教育も早期やらやらぬといけない。十四五からみつしり叩き込めば、全つ切り人間が異つたやうになる。／停車場や町中で、迎へに行つた私に、直立不動の姿勢で挙手の礼をやられると、倅ながらちとこわくなる。自分の子供の領域から離れて国家の少年になつてゐるからだらう。従つて好きな酒も、長男の帰省中には止めてしまふか、ほんのちよつぴりと云ふ事になる。／負ふた子に教へられる一つの例である。

と記す。「迎へに行つた私に、直立不動の姿勢で挙手の礼をやられると、倅ながらちとこわくなる。自分の子供の領域から離れて国家の少年になつてゐるからだらう」という表現には、明らかに国策による思想統制が少年たちの身体にも浸透していることに対する違和が含まれている。

第二巻第四号からは、印刷用紙の消費規制強化の煽りを受けて『くろがね』の判型がB５判に変更されている。分量は一六頁立てとなる。記事を読むと須川邦彦「秀吉の造船」、田中惣五郎「海と大西郷」、長谷川伸「幕末と米英と古本」など、過去の歴史に学ぼうとする記事が増えている。同号にはくろがね会に写真部が開設されたという記事もあり、「海軍関係及び海洋関係各般の写真資料を蒐集整備して（現在約五千枚以上の資料を蒐集してゐる）権威ある『海洋写真文庫』を創設する」などといった報告がされている。

第二巻第五号は、巻頭に木村毅「大東亜戦下の海軍記念日」という勇ましい論説を掲載しているが、その他の記事を見ると長田秀雄「海に関する作品」、水原秋櫻子「海戦俳句の名作者」、森律子「此頃の感想」といったエッセイが並んでいるだけで、企画編集の特色が殆んどみられない状況になっている。海野十三「南韓温泉行」を読むと、「鉱山統制会のスケデュールでは、午後一時三十何分かに既に米沢駅へ行つてゐなければならぬのであるが、時既に遅く、しかも天狗さまではないからこれから雪の山道を四里も五里も下れるものではない。結局日程を一日半先へのばさねばならぬことが分つた。／その夜も高湯につかつて、私は疲れを恢復することが出来たが、実状と喰ひ違つた乱暴杜撰なスケヂュールをよこした鉱山統制会に対して憤慨を禁じ得ず、仲々眠られなかつた」といった文章が見受けられ、鉱山統制会へのあからさまな不満が綴られていたりもするが、それも笑い話のような体裁であり、論調は基本的に体制迎合路線である。

第二巻第六号は山本元帥追悼特輯と銘打ち、巻頭の海野十三「故山本元帥国葬に参列して」に始まり、匝嵯胤次「山本元帥に続け」、土岐善麿「不断の覚悟」、深尾須磨子「巨人散華」、高木友三郎「山本元帥に続け」、長谷川伸「天意、一億に給へり」、齋藤忠「独創の精神」、黒田米子「山本元帥の御霊に応へん——日本女性の一人として――」、岡田八千代「元帥の御霊に礼拝す」、加田哲二「国民の光、山本元帥」、田邊尚雄「山本元帥に続け」、大下宇陀児「現実の直観」、板垣直子「山本司令官の死」が並んでいる。また、献詠として富安風生、水原秋櫻子、安西冬衛らが俳句、詩を奉じている。

そのなかで特に問題意識の深さを感じさせるのは大下宇陀児「現実の直観」である。ここで「大東亜戦争は、私達がそのことを十分に理解し納得してゐると考へる以上に、苛烈な戦争であるといふこと」、「今後に於ては、われわれの経験や予感では測り知ることの出来ぬやうな事態が、まだ何回も起つて来るかも知れぬといふこと」と述べた大下は、「私達は、有るがままの大東亜戦争の様相を、腹に力を入れて直視しなければいけない」と訴えて国民に「覚悟」を求める。

第二巻第八号は、高須芳次郎「海の歌と日本精神」、富安風生「吉田松陰と俳句」、荻原井泉水「「荒海や」の句」、牛山充「明治時代の海の軍歌」を始め、日本の詩歌と海の関連を論じたものが多い。津久井龍雄「人口と人力」、岩崎栄「国境の性格」など、戦争を遂行していくうえで有益となる知識を与えようとするものもある。なかでも目を引くのは、傷痍軍人を慰めるために自分の雑誌や著書を療養所に送る活動を続けてきた経験を踏まえて傷痍軍人たちの再起を促す石丸梧平の「傷痍軍人の療養」である。ここで筆者は、患者たちの多くは「療養所での療養生活は、どれほどかお国のやっかいであらうと考へるにつけても、意気地無さがしみぐ\と思はれて、一日も安んじては居られぬ」気持ちになるかもしれないが、十分な治療を受けて心身の健康を恢復することがお国のためであると主張している。

第二巻第九号には張赫宙「海と志願兵」が掲載されており、自らの経験を踏まえながら朝鮮の海軍特別志願兵制に関する私見を述べている。筆者は、朝鮮の若者たちの多くが志願兵になろうとしていると指摘してその現状を喜びつつ、「軍艦の仕事は、各々受持つ部署を各々が立派にやり遂げ、死守せねばならないことで、こんな地味な仕事が、朝鮮の若人の気質に、どの程度向くだらうか」と記し、いずれにしても、自分たちのように「八方塞り」を感じなくて済むいまの若者は「幸福な境遇」にあると結んでいる。

第二巻第一〇号には、丹羽文雄「自戒」が掲載されている。重巡洋艦「鳥海」に乗り組んでソロモン海戦に従軍した経験をもとに書いた「海戦」が中央公論賞を受賞するなど、すでに海洋文学作家として評判の高かった丹羽文雄は、この文章のなかで、「われわれものを書く人間はさうした言分に政治的な解釈のもとに、己を弛緩させてはならないのである」、「文学のレベルを墮すのも作家であり、読者の教養を低下させるのも作家の責任である。私たちはより秀れた文学をもつて国につくさねばならないのだ」と主張し、言論統制のもとに書き手が萎縮してしまっていることを憂慮している。

もうひとつ、同号で興味深いのは角田喜久雄「謹んで英霊を語る」である。丹羽文雄と同様、海軍報道班員として従軍した経験をもつ角田は、戦場で出逢ったひとりの主計中尉に思いを馳せ、「インテリ青年の感傷と、教養と、純真さと、そして強さ」をもっていたその青年が士官室でベートーベンやモツアルトを聴いていたこと、自室では香を焚き、「美しい文章」で克明な日記を付けていたこと、英語が達者で「難解至極なアメリカのスラングにとんだトーキーまで殆んど支障なく理解した」ことなどを懐かしげに語ったうえで、

ある時、ウエーキ島で鹵獲したアメリカのトーキー映画がとゞいて、それを兵隊に見せることになつたが、それを説明する役が彼にふりあてられた。こんな戦場まで来てまで、アメリカの甘つたるい恋愛映画の活弁をやらされやうとは夢にも思はなかつた。俺は何の因果で英語なんか習つたんだらう、とわたしに向つて愚痴たらたらであつたが、命令とあれば仕方がなく、その夜の闇にまぎれ、胴間声をはりあげて、彼と彼女は……などとやらかした。直立不動のまゝ、汗をたらたら流しながらアメリカの恋愛を物語る彼の姿が今でもわたしの瞼にうかぶ。

という エピソードを記す。『くろがね』は、殆どの記事が戦意高揚を訴える言葉で蔽われているが、その一方、作家のなかには、それをすり抜けるように体制が禁じる表現を追求した者が少なからずいたのである。

第二巻第一一号は現段階において未見になっているため、残るは第二巻第一二号のみとなる。同号には長田秀雄「戦線劇団の提唱」、生澤朗「報道映画の感銘」などがあり、くろがね会の会員がその力を活かすための方策が様々に検討されている。前者の長田は、「戦野に馳駆奔走する陸海の将兵には、陸海軍省よりする慰問芸能団がつねに巡回して無聊を慰さめてはゐるが、決してこれで充分だと云ふことは出来ない。銃後にあつて安らかに各自芸能の研究にあたつてゐる演劇人たちも、系統ある組織によつて、陸軍の前線や、海軍の前線に近い基地などを巡回し各自劇団の演劇によつて、彼等将兵を美くしい国民情操の表現を以て慰問し、明日の為めの歓喜力行を用意せしむることを職能とする公共的な組織の結成が、即ち戦線劇団の目的である」と述べ、演劇などによる慰問活動によって戦場の兵士たちに癒しを与えることの重要性を指摘している。

また、後者の生澤は、「最近公開された敵側撮影によるホーネット空母攻撃のニュース映画」がいかに感銘深い映像であったかを賞讃することから文章を書き始めている。日本軍の雷撃機が撃墜される映像を見てその迫力に打ちのめされた筆者は、以下のような過激な言葉を綴る。

——最近これ程興奮して見た戦線映画はない。（中略）あのホーネット攻撃の雷撃機の最後を見た日本人なら奮激しない者はおそらく一人もないと思ふ。叩き落される海鷲を見て闘魂を起さぬふ抜けとてもゐない。「憎め！ 憎め」の標言なども要らぬ。只何んとしても勝抜かねばならんと云ふ事だけである。／皇軍が占領万歳する場面より海鷲が爆撃後全機ゆうゆう帰還する景気いい場面よりも、苦戦する将兵の姿が見たい、血のにじむ忍苦の場面に接したい。

当然のことながら、報道映画には「機密」に属する事柄が多くあり、重要な場面がカットされ骨抜きになることも多い。だが、生澤は敢えて「苦戦する将兵の姿」、「血のにじむ忍苦の場面」が見たいと語る。その姿を目撃し、強い憎しみが醸成されたとき、報道映画は始めてその役割を達成すると主張する。その言説は極めて逆説的な意味を含んでおり、生澤の真意を捉え損なう読者も多くいたと思われるが、いずれにしても通常の編集体制のもとでなぜこのような文章がパスしたのか謎である。

なお、神奈川近代文学館所蔵資料には第二巻第一〇号〜第一二号の附録が残されており、くろがね会設立趣意書、くろがね会の略式定款、規約、役員名簿、評議員名簿、会員名簿が明らかになっている。戦時下の文学者たちの動向を考えるとき、これらの資料は貴重な情報を提供してくれるはずである。

以上、『くろがね』各号の内容を簡潔に紹介した。さきにも述べた通り、『くろがね』は改題第一巻第五号〜第八号と第二巻第一一号が未見となっており、それらが発見されなければ明らかにできない問題は多々ある。だが、今回発掘した一七冊を通覧することで、この雑誌の編集方針や内容の特徴はほぼ把握することができたと考える。

乱歩はかつて「活字と僕と——年少の読者に贈る——」(『現代』一九三六年一〇月)のなかで、「僕は直接活字そのものと縁結びをした。一生涯活字と離れられない密約を取交はした。そして、それからのちの今日までも、活字の深情が、いかに僕につき纏つたことであらう」と語ったが、彼に限らず、当時の探偵小説作家、大衆文学作家たちにとって『くろがね』は、まさに活字とのつながりを感じることができる数少ない媒体だったに違いない。事後的に考えれば、それは紛れもない戦争協力であり批判の誹りを免れない行為かもしれないが、彼らが活字の表現を通して兵士たちを励まし、慰みを与えようとしたことは事実であり、そこに不純な打算があったとは思えない。また、彼らがくろがね会に集い、雑誌を継続発行するための努力を惜しまなかったことが結果としていち早い戦後の探偵小説復興につながったことも否定できないだろう。

その意味で、雑誌『くろがね』は、海軍兵士への慰問品として娯楽読物を必要としていた海軍側と、意見交流をしたり、自由に原稿を執筆したりする場を切実に求めていた作家たちの思惑が一致したところに生まれた稀有な言論雑誌だったといえる。筆を折る覚悟で戦時下を過していた乱歩にとっても、そこは当局の弾圧が届かないアジール（治外法権）だったに違いない。

【注1】　江戸川乱歩は『くろがね』第一巻第一号～第三号、第一巻第五号～第一〇号、第二巻第三号、計一〇冊、および海軍恤兵部監修『くろがね叢書』（海軍軍用図書）の第一七輯、第二〇輯（いずれも非売品）を所蔵していた。第一七輯（一九四四年四月三〇日発行）には「二銭銅貨」と「黒手組」が、第二〇輯（一九四四年七月三一日発行）には「灰神楽」がそれぞれ再録されている。

【注2】　現在確認できている『くろがね叢書』は、江戸川乱歩旧蔵資料の第一七輯（一九四四年四月）、第二〇輯（一九四四年七月）のほか、大分県立図書館所蔵の第一三集（一九四三年一二月）、第二一集（一九四四年八月）、第二三集（一九四四年一〇月）、第二六集（一九四五年一月）、第二七集（一九四五年二月）のみである。各号の奥付に「毎月一回発行」とあることから逆算すると、創刊は一九四二年一二月だったと予測される。同誌の表紙には「海軍軍用図書 海軍部外持出厳禁 不許部外配布閲読」と記されており、部外秘扱いだったことが分かる。

※本稿は日本近代文学会（二〇一八年五月二六日、於・早稲田大学）での口頭発表、および『江戸川乱歩所蔵 海軍外郭団体雑誌『くろがね』復刻版（二〇一八年、金沢文圃閣）の「解題」をもとにしている。本稿に使用した図版はいずれも立教大学江戸川乱歩記念大衆文化研究センター所蔵資料である。

江戸川乱歩資料に見る、「類別トリック集成」の成立

――『奇譚』、映画論から「トリック分類表」へ

落合教幸

一、『奇譚』と『貼雑年譜』

江戸川乱歩は三重県の名張に生まれ、名古屋で育った。父の仕事の都合で、少年期にも何度か転居している。早稲田大学への進学を機に乱歩は東京へ行くが、ここでも住む場所を移っていくことになる。大学卒業後には何度も職を変え、それに伴い引っ越している（図1）。

作家となったのちも何度か住む場所を移っている。その結果、乱歩の住んだ場所は、本人のつけた番号では、四六箇所にもなる。これには、たとえば一時滞在した鎌倉や、執筆に行き詰って隠れ住んだ張ホテル、戦時中に疎開した福島などは含まれていないから、必ずしも正確な数とは言えない。しかし、乱歩の人生に転居が多かったことは確かである。

こうした生活であるにもかかわらず、乱歩はおどろくほど多くの資料を保存していた。これらの資料について、大衆文化研究センターの刊行物を中心に、個々に翻刻、解説してきた。

乱歩は自分自身についての資料を意識的に保管していた。幸運にも、少年期のものから、若き日の職業遍歴時

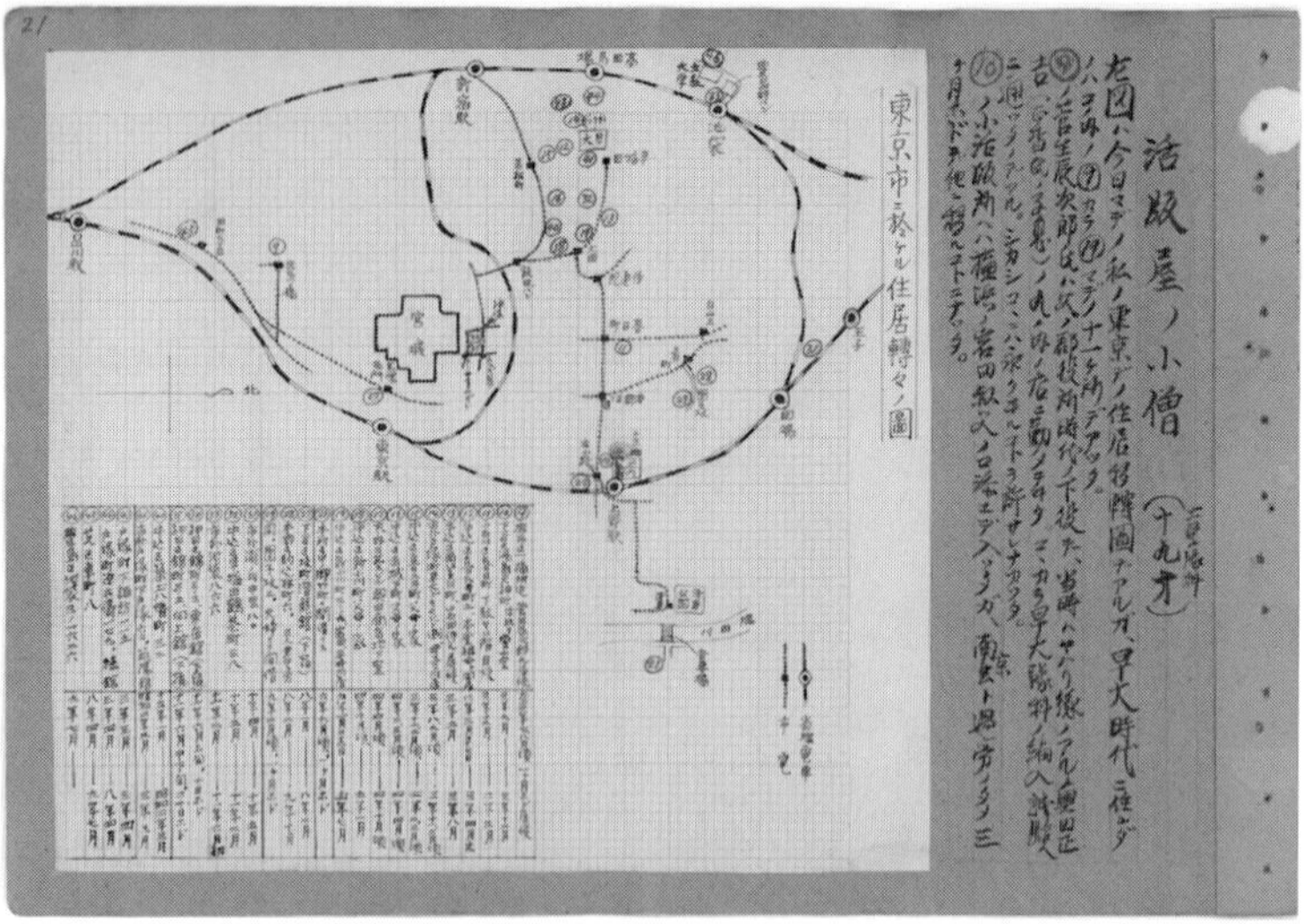

図1　貼雑年譜　東京市における住居転々図

代のもの、作家として活躍していた時期のもの、最晩年のもの、さらには没後の資料に至るまでが残されている。

ここでは、これまで個別に見てきた資料を通してみることで理解できる、乱歩の特徴を浮かび上がらせてみたい。

乱歩の探偵小説への関心がまとめられた初期の資料が、『奇譚』と名付けられた手製の本である。乱歩は少年期に、黒岩涙香の探偵小説などに親しんできた。大学予科の頃にも、再び貸本屋通いを始めて、涙香を読んでいる。ポーやドイルを読んだのはさらに後で、大学二年、一九一四年の頃だった。探偵小説に夢中になった乱歩は、図書館に通って読み漁った。早稲田大学の図書館のほか、上野、日比谷、大橋の三つの図書館に通った。上野と日比谷では洋書を、大橋図書館では翻訳を読んだという。「大橋図書館では翻訳ものを漁ったが、ここには探偵小説、冒険小説などがよくそろっていて、結局翻訳で読んだものが多かったわけである」と乱歩は書いている（『探偵小説四十年』）。

そうして作成されたのが『奇譚』である（図２）。乱歩は『奇譚』の序文で、本書の目的を「curious novelを批評し列挙する」ことであるとしている。乱歩はこの範疇に、聖書からスウェーデンボルグ、ダンテ、ミルトン、バンヤン、ブレイクなども挙げている。これらと探偵小説に共通する要素に乱歩は注目する。

乱歩が『探偵小説四十年』でこの本について書いた部分には、この本の目次も紹介されている。それをそのまま引用すると、以下のようになっている。

①押川春浪②春浪と水蔭及び桜井鷗村③スティヴンソン、マークトウェン、ハッガード④ガボリオー、涙香、丸亭素人⑤ボアゴベ、コリンズ、コレリ、マーチモント⑥デュマ⑦ユーゴー、ベサント、思軒⑧⑨ポー⑩ホーソン其他⑪⑫ドイル⑬セキストン・ブレイク、フリーマン、春影⑭ルブラン、ルルウ⑮ヴェルヌ⑯ウエルズ(附録)暗号論。

「純探偵作家はごく少ししか読んでいなかったことがわかる」と乱歩も書いているように、ここには後のジャンル区分では探偵小説から外れる、冒険小説のようなものも多く含まれている。また、「妖怪と心霊」と題された間章もある。

図2　『奇譚』表紙

巻末の「附録」となっている「暗号論」については、「当時、暗号には非常に興味を持って、図書館をあさったけれども、暗号書は一冊もなかった。僅かにポー全集の解説文の中に暗号に関する記事があったのと、イギリスのRees's *Cyclopædia*に大判十数頁の詳しい暗号史が載っていて、これが非常に参考になった。そういうものによって、私の手製本にはローマ以来の暗号書誌と、あらゆる形式の暗号記法が記してある。」というように、乱歩としても力を入れたものであったこ

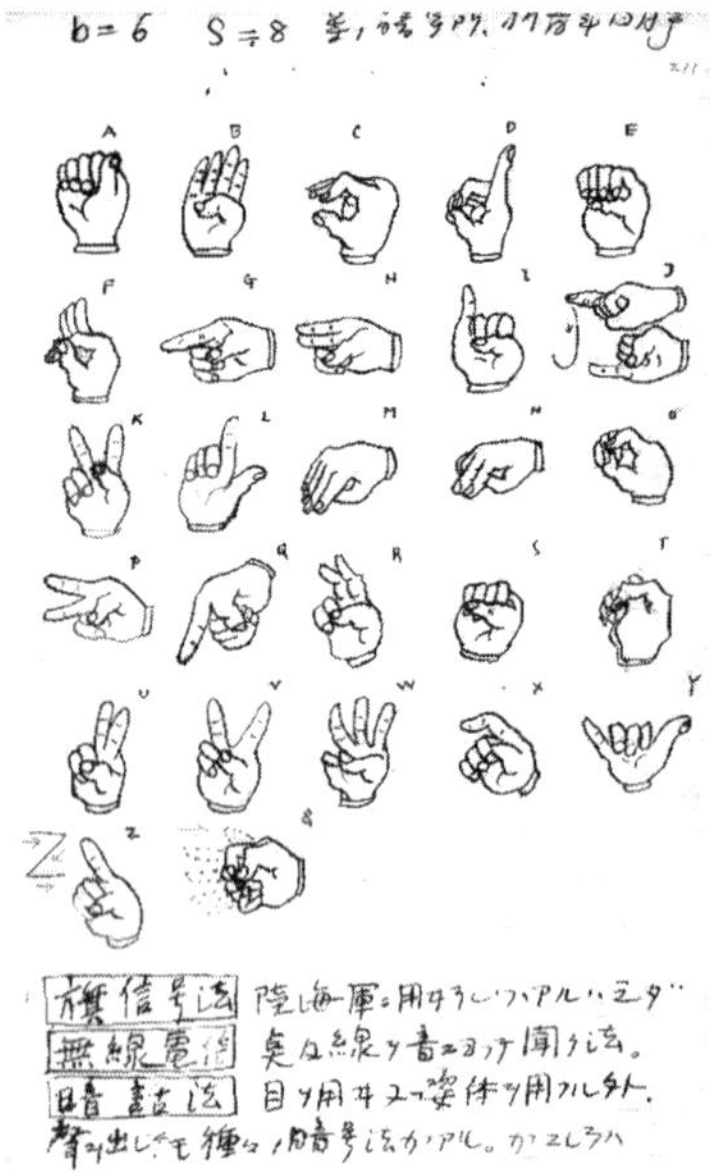

図3　『奇譚』暗号のページ

とがわかる（図3）。

翻刻された『奇譚』（藍峯舎、二〇一六）の解説で中相作も指摘しているように、乱歩はポーの作品の中で、暗号を扱った「黄金虫」に最も興味を示している。また、巻末に相当のページを割いて暗号の研究もおこなっていることなどが、のちのデビュー作「二銭銅貨」へとつながっていくのである。

当然のことながら、多くの作家の中で乱歩が最も評価しているのはポーである。Book1の押川春浪、Book2の黒岩涙香については、少年期の読書経験と、それを補うかたちで書かれている。しかし、Book3は「是よりの順序は我読書の順序に非らざるを記せ。」と注記される。そこには「これより後が僕の最も詳しく書きたい所だ」とあり「僕はcurious novelの最も高尚なる実例をPoeに見出す」としている。

そして、コナン・ドイルをポーの後継者と位置づけ、「僕は理想に近い探偵小説をDoyleとPoeに見出す」と書いている。ドイルについては、暗号を扱った短篇「踊る人形」を、乱歩は同人誌『白虹』に翻訳している。他にも乱歩はポーとドイルを翻訳したノートを残している。

乱歩は「我国にもPoeの如くDoyleの如く独創的な探偵小説家が出ても悪くはなかろうと思う」と書いている。この時期に乱歩は「火縄銃」を書いているが、自分が探偵小説家となることをどの程度意識していたか、『奇譚』にははっきりとあらわれてはいない。

乱歩の保存資料として最も知られたものは、『貼雑年譜』である（図4）。

図4　『貼雑年譜』

これは乱歩自身が作成したスクラップブックで、自分の人生をまとめたものと言える。先祖や祖父母の記述から始まり、乱歩が住んだ多くの家の間取り、数々の職業や、人生の転機となった手紙、作家となってからは各種の広告や批評、新聞記事などの切り抜きが貼り付けられている。最初に作られた第一巻と第二巻には特に、多くの書き込みがなされている。

『貼雑年譜』の第一巻と第二巻は、東京創元社から複製が刊行されている（二〇〇一）。抜粋されたものは、講談社から刊行されている（一九八九）。また、『乱歩の軌跡』（東京創元社、二〇〇八）は、乱歩の息子である平井隆太郎による『貼雑年譜』の解説である。

この『貼雑年譜』は、発表を前提として作られたものではなく、自分のための備忘録と、家族や子孫が見るものとして残されたのだという。そのため、『探偵小説四十年』などの随筆と比べ、より直截な心情があらわれているとも言える。

『貼雑年譜』の作成された経緯については、その序文に記されている。

「時局のため文筆生活が殆んど不可能となったので暫く休養する事にした。その徒然にふとこの貼雑帖を拵へて置くことを思ひ立った。探偵小説を書き出して以来折にふれて切り取って順序もなくスクラップ・ブックに貼りつけて置いた印刷物などを年代順に整理し、その他の古手紙、文反故などをあさって、ごく大略ながら私の過去を描いて見た。」

日付は「昭和十六年四月初旬」となっている。

乱歩には、すでに発表した「探偵小説十年」（『江戸川乱歩全集　第十三巻』平凡社、一九三二）と「探偵小説十五年」（「江戸川乱歩選集」新潮社、一九三八〜三九）を自ら製本した『探偵小説回顧』という本もある。『探偵小説四十年』でも引用されているが、この巻末には、一九四〇年の状況が書かれている。一九三九年に、文庫本から「芋虫」を削除することを命じられたのち、乱歩は執筆する意欲を失っていく。新しく作品を発表することは困難になっていったが、四〇年にはまだそれまでの著書が版を重ねていたから、多少の余裕はあった。

そこで一九四一年の一月から四月にかけて作成されたのが、『貼雑年譜』の第一巻と第二巻である。第一巻と第二巻には、通してページ番号が記されており、第二巻の最終となる「愈々書ケナクナッタ次第」と書かれたページは三八一となっている。

この『貼雑年譜』を作成した際の資料で、貼り付けられなかった資料などが、いくつかの大型封筒にまとめられている。

『貼雑年譜』の「参考文献」の中には、「模造紙ノ袋ニ収メタル文反故　十一袋」というものが入っている。その詳細は以下のようになっている。

「各袋ニ夫々次ノ表記ガアル。⑴大学時代　⑵鳥羽造船所「日和」編輯時代　⑶「自治新聞」編輯時代　⑷團子坂三人書房時代　⑸浅草オペラ後援會・少年雑誌　⑹活動寫眞論文　⑺「東京パック」　⑻レコード音樂會　⑼職業指導論　⑽社会局、工人倶樂部、大阪毎日新聞時代　⑾EXTRAORDINARY（コレニハ探偵小説関係ノ文反故イロイロ保存シテアル）」

図5 映画論

このうち、⑾の「EXTRAORDINARY」には、乱歩の小説の草稿などが収められていた。これまで大衆文化研究センターの刊行物で紹介してきたものとして、「二銭銅貨」草稿、「人間椅子」草稿、「D坂の殺人事件」草稿、「踊る一寸法師」草稿といったものがある。発表にはつながらなかった、ポーやドイルの翻訳もここに入る。

それ以外の資料は、乱歩が少年時代に作成した同人誌のようなものから、大学時代に書いた文章、さまざまな職に就いた際に作成したメモや書類が、それぞれの袋に入れられている。

『奇譚』と『貼雑年譜』、そしてそれを補う資料は、乱歩自身も多くの機会に参照し、部分的に紹介していた。乱歩にとっても立ち返るべきものだったのである。『奇譚』は戦後の『幻影城』など評論活動へとつながっていく起点であり、『貼雑年譜』の方は『探偵小説四十年』など回想記へと結びついていく。

二、乱歩の映画論

『貼雑年譜』作成時に、貼り付けられなかった資料は、いくつかの封筒にまとめられた。テーマ別にまとめられた資料の封筒が現存する。その中で「MOVIE」と書かれた封筒には、乱歩の映画論などが収められている（図5）。

乱歩が映画への関心を強く持っていたことはよく知られている。二十代の一時期には、映画論を書き、映画監督や弁士になろうとしたこともあった。

乱歩自身も序文で述べているが『探偵小説四十年』の記述には、詳しく書かれた出来事とそうでないものとがある。若き日の乱歩については、最初の「処女作発表まで」での章で扱われるが、かなり省略されて書かれている。『探偵小説四十年』の元になる、「探偵小説三十年」の連載を始めたときには、自伝的要素は抑える構想だったようだ。乱歩が作家となる前の事柄は、いくつかの随筆などに書かれている。

一九五七年に刊行された『わが夢と真実』（東京創元社）は、それまでまとめられていなかった、探偵小説とは別の、私的な回想を書いた文章を集めたものである。ここに、「活弁志願記」という文章が収録されている（『人世』一九五一年一月号）。

この文章には、当てのない毎日を浅草で過ごしているうち、弁士になろうと決めた乱歩が、映画会社を訪ねて、気に入りの弁士に弟子入りしようとした話が書かれている。しかし、弁士に合ってみると、まったく儲からない仕事であることを諭されて、乱歩はこの道をあきらめたという。

『貼雑年譜』には、二十代の試行錯誤も詳しく記録されている。一九一六年に早稲田大学を卒業した乱歩は、貿易会社の加藤洋行に就職する。しかしそこでの生活に耐えられず、大阪にあったその会社を出奔して、しばらく放浪している。

『貼雑年譜』の四四頁には、「放浪（二十四歳）」とある。

「ソシテ、一月カ一月半ノ放浪ノ後、東京ニ舞ヒ戻リ、本所区中ノ郷竹町ノ仕事師ノ家ノ二階ヲ借リテ、身ノ廻リノモノヲ賣ツタリシテ露命ヲツナイデキタ。先輩ニハ顔向ケガ出来ナイシ、父ノ家ヘモ帰リニクイシ

（ソノ頃父ノ家ハ大阪ニ移ツテキタ）ドウスルコトモ出来ナイデ、一日一日ト決心ヲ延バシテヰタワケデアル。活動写真会社ヲ訪ネテ弁士ダツタカヲ志願シタノモコノ時デアル。當時ノコトハ左ノ随筆ニ書イテヰル。

映画横好き　大正十五年「映画と探偵」誌（平凡社全集第十巻ニ収ム）

今ソノ随筆ヲ讀ミ返シテ見タガ、ヤハリ弁士志願デアツタ。上野ノ圖書館ニ通ツテ外國ノ映画ニ関スル書物ヲ讀ンダノモコノ時デアツタト思フ。ソノ智識カラ後ニ映画論ノヤウナモノヲ書イタワケデアル。」

乱歩の最初の随筆集『悪人志願』（博文館、一九二九）は、内容別にAからFまで分けられている。劇と映画に関する文章はEの章になる。「映画横好き」「探偵映画その他」「映画いろいろ」がある。

このうち「映画横好き」には、乱歩の映画とのかかわりについてやや詳しく書かれている。小学生時代に名古屋の御園座で駒田好洋が弁士の「ジゴマ」を見て感激した乱歩は、「ファントマ」「プロテア」といった映画に熱中する。そして一九一七（大正六）年、加藤洋行を辞めた乱歩は放浪の末に東京へたどり着く。活弁を志した乱歩は、江田不識という弁士を紹介され、会いに行く。しかし、この職業のつまらなさと収入の少なさを江田から説かれて、活弁を断念したのだった。

乱歩のこの時期の住居を『貼雑年譜』で確認すると、以下のようになる。

⑳大阪市靱中通二丁目　加藤洋行二階ニ寄宿　大正五年八月――六年五月

㉑本所区中之郷竹町ニ間借リス　六年六月頃。一ケ月ホド

㉒大阪市亀甲町父ノ家　大正六年七月――十一月

この㉑の一カ月ほどの間に、乱歩は浅草の近くに住み、上野の図書館に通った。そこで映画に関する本を読んだことも書かれている。いくつかの書名も挙げられている。権田保之助『活動写真の原理及応用』、梅屋庄吉『活動写真百科宝典』のような日本語の本のほか、ミュンスターベルヒ『映画劇　心理学的研究』などは英語で読ん

でいる。

一カ月ほどで大阪に移ったのは、父親に呼び戻されたからだった。タイプライターのセールスなどをしながら、父の家でしばらく暮らした。その後、三重県の鳥羽造船所に勤務するが、一九一九年に退社している。

また東京に戻った乱歩は、弟たちと古書店「三人書房」を開く。だが経営はあまりうまくいかず、漫画雑誌『東京パック』の編集を引き受けたりもしている。

この古本屋も以下のように長くは続いていない。
㉘本郷区駒込林町六。三人書房　八年二月――九年十月
このころ乱歩は、探偵小説の刊行を考え、中興館書店に打診している。この時の断りのハガキが『貼雑年譜』に残っているが、宛名は「江戸川藍峯様」となっている。
乱歩は自ら出版することを考える。「智的小説刊行会」を設立し、前金を集めて雑誌『グロテスク』を出そうと企画した。予告には「石塊の秘密　江戸川藍峯作」とある。しかし、広告への反響は鈍く、雑誌を刊行するまでには至らなかった。
乱歩が次に考えたのは、映画監督となることであった。
『貼雑年譜』には「映画監督志願（二十七歳）」としたページがある。
「智的小説刊行会ガウマク行カナカツタノデ、同年七月ニハ、大正六年加藤洋行ヲ逃ゲ出テ上京シタ時圖書館デ調ベテオイタ資料ニ基キ、映画論ヲ書キ、複寫ヲ取ツテ、目星イ映画会社ニ送リ、監督見習ニシテクレルヤウ頼ンダノデアルガ、無論何ノ回答ニモ接シナカツタ。ソノ論文ハ
トリツク映画の研究　四十三枚
映画劇の優越性について（附、顔面藝術としての寫眞劇）　九枚
ノ二ツデ活動写真論文ノ袋ニ収メテアル。」

この時期に書かれた映画論の一部が残されている。「映画論」「活動写真のトリックを論ず」「トリック分類草稿」「トリック写真の研究」「写真劇の優越性について」である。

乱歩の映画論については、浜田雄介により『文学』二〇〇二年一一・一二月号で紹介され、「写真劇の優越性につきて」が翻刻された。その後、落合により『大衆文化』で、「活動写真のトリツクを論ず」(二〇一一・四)、「映画論」(二〇一一・九)、「トリック写真の研究」(二〇一二・四)も翻刻紹介されている。

「映画論」「写真劇の優越性について」は、芸術としての映画の位置づけを論じたものである。「映画論」は九枚の草稿である。映画史をたどって、まず写真が動くことで満足していた観客が、次第に現実にはあり得ないものを見ることを喜び、そしてそれにも飽きていったという。そして筋を持つ「写真劇」が望まれるようになった。乱歩は舞台で演じられる劇と、写真劇の違いについて述べ、芸術としての写真劇をとらえていこうとする。「写真劇の優越性について」では、さらにその論をすすめ、他の芸術との関連、総合芸術としての写真劇について述べている。

これ以外の三点は、映画撮影における技術について考察したものである。

「トリック分類草稿」はまとまった文章ではなく、メモである。トリックの分類に関するものだけでなく、写真劇の短所など、ここにある原稿を執筆するためのものと考えられる。

「活動写真のトリックを論ず」は、まず活動写真においてトリックがいかに重要であるかを述べる。だが近年は、トリックを主とする映画より、筋を主とする映画が主流になっている。「然し、トリック主眼の映画と雖も、何か新味ある方法を伴ふならば決して捨てたものではない」。

そこでこれまで使用されてきたトリックを挙げることになるのだが、乱歩はこのように書いている。

「トリックの種類は極めて多い。過去に於いて行はれたもの丈りでも随分大変なものである。もう種がつきたとは云ふものゝ写真的技巧の天才が出づれば、またどんなトリックを発明せぬとも限らぬ。僕が貧弱な頭で考へた丈けでも随分新トリック応用の余地はある。随って、トリックの方法を茲に列挙することは勿論、夫れを分類して代表的のもののみを記すことも、極めて困難な仕事である。試みに僕の知って居るものを集めて勝手な分類をして見た。こんな風にも見られぬことはないであろう。」

この部分だけ見れば、ほとんど後年の探偵小説のトリックについて書かれたものと同じである。

「トリック写真の研究」は「活動写真のトリックを論ず」と重なる部分も多い。「活動写真のトリックを論ず」では省略されていた後半部分が補われている。「はしがき」に始まり、末尾に「(おはり)」とあるところから、途中ではなく、ひとまとまりの文章となっていることがわかる。「活動写真のあらゆる事項を包括した長い論文の一節として書いたものです」とあり、二枚目の冒頭に「未定稿「活動写真の研究」の一節」とあって「トリック写真の類別につきて」という題も書かれている(図6)。

「トリック写真は舞台劇と写真劇との差別に関して可也重要な一要素である。随って是に就いて研究すべき方面は色々ある筈である。凡ての他の研究は後日に譲ってこゝにはトリック写真の類別について丈け論ずることにする。若しも活動写真学といふ様なものが成立するものとしたら、トリックの分類といふことも可也重大な仕事に相違ない。」

そして先行する類書を挙げる。その分類がどのようなものであるかを紹介し、これらが無秩序であることを批判する。

「この様に極めて非論理的な、只並べたといふ様なものに過ぎない。こんな風に知って居るものを唯だ秩序もなく並べる記述による時は著者の方では脱漏を気づかぬ様なことがあり、読者の方では明瞭にトリックといふものをつかむことが難しい。その証拠には、上記の三つの分類を比較して見ると、一方に記されて居て、一方に記されて居ない様なものがすぐ見つかるのである。何よりも、こう云ふ風に雑然と書かれた書物は読みづらい。私がトリックの分類といふ様なことを考へ出したのもこれらの書物の読みづらさに刺戟せられたからである。」

以下、具体的なトリックの分類に入っている。乱歩はまず、大きく四つに分類する。(1)撮影機の把手に関する

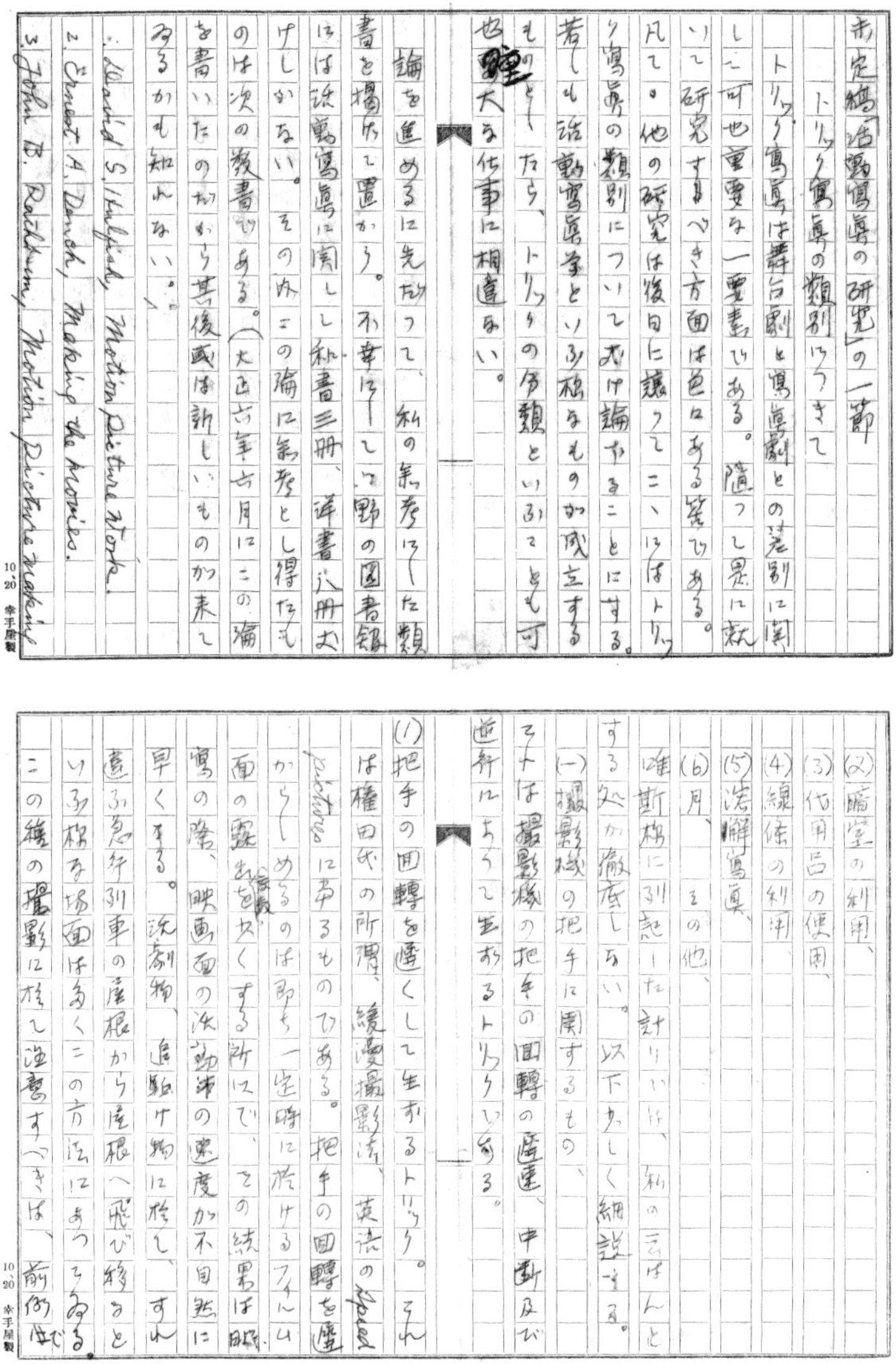

未定稿「活動寫眞の研究」の一節

トリック寫眞の類別について

トリック寫眞は舞台劇と寫眞劇との差別に関して一寸也重要な一要素である。随って是に就いて研究すべき方面は色々ある筈である。凡て。他の研究は後日に譲ってここにはトリック寫眞の類別について丈け論ずることにする。若しも活動寫眞学といふ様なものが成立するものとしたら、トリックの分類といふてとも可也壁大な仕事に相違ない。

論を進めるに先立って、私の参考にした類書を掲げて置かう。不幸にして斯の図書館には活動寫眞に関して和書三冊、洋書八冊丈けしかない。その内この論に参考とし得たものは次の数書である。(大正六年六月にこの論を書いたのだから其後或は新しいものが来てゐるかも知れない。)

1. David S. Hulfish, Motion Picture Work.
2. Ernest A. Dench, Making the Movies.
3. John B. Rathbun, Motion Picture Making

(2) 暗室の利用、
(3) 作用品の使用、
(4) 線條の利用、
(5) 溶解寫眞、
(6) 月、その他、

唯断根に列記したに計りでは、私の云はんとする処が徹底しない。以下少しく細説する。

(一) 撮影機の把手に関するもの、

これは撮影機の把手の回轉の遅速、中断及び逆行によって生ずるトリックである。

(1) 把手の回轉を遅くして生ずるトリック。これは権田氏の所謂、緩漫撮影法、英語の Speed picturing に当るものである。把手の回轉を遅からしめるのは即ち一定時に於けるフィルム面の露出度を少くする所以で、その結果は映寫の際、映画面の活動体の速度が不自然に早くする。活劇物、追駈け物に於て、すれ違ふ急行列車の屋根から屋根へ飛び移るといふ様な場面は多くこの方法によってゐる。この種の撮影に於て注意すべきは、前術で

図6　トリック写真の研究

もの、(2)撮影機のレンズに関するもの、(3)フィルムに関するもの、(4)撮影機以外の装置に関するもの。そしてさらに、下位分類を加えていく。

「トリック分類草稿」「活動写真のトリックを論ず」「トリック写真の研究」を見ればわかるように、ここには乱歩の、分類整理へと向かう性格がよくあらわれている。

「トリック写真の研究」、つまり「トリック写真の類別につきて」の書き方は、『続・幻影城』（早川書房、一九五四）の「英米の探偵小説吟味」「探偵小説に描かれた異様な犯罪動機」そして、「類別トリック集成」と酷似したかたちである。

まず、先行する著作を挙げて、その特徴をまとめる。そして自分の分類を項目だけ提示する。その後に順を追って各項目について解説を加えていく。こうした基本的な書き方は、映画のトリックについて書いたものと、後年探偵小説のトリックについて書いたものとに共通している。

このように、乱歩の映画への興味は、小説作品への反映だけでなく、探偵小説のトリック分類へも強くつながっているのである。

三、乱歩のさまざまな関心と「奇術の種」

乱歩には、小説の執筆から離れていた期間が幾度かあった。第一の休筆は一九二七年である。「一寸法師」「パノラマ島奇談」などの連載を終えて休筆に入った。そこから約一年半の期間、「闇に蠢く」の結末を補った以外には、合作に参加したのみで、小説を発表していない。

乱歩は早大正門前の下宿「筑陽館」を購入し、そこを妻に営ませることにする。翌年にはその権利を売り、さらに大きい下宿「緑館」を開くことになる。そして乱歩自身は、さまざまな土地を放浪している。この放浪については「無駄話」（探偵趣味の会編『創作探偵小説選集第三輯』春陽堂、一九二八）で書かれているが、魚津に蜃気楼を見に行ったり、浅草公園の近くに部屋を借りてぶらついてみたりといった、後の小説に影響していくものも含まれている。そしてこの時乱歩は、岩田準一と親しくなり、後には文献収集をおこなったりもするようになるのだった。

一九二八年の夏、乱歩は「陰獣」で復帰する。この作品は好評で、乱歩は翌年から「第二の多作期」へと入っていく。一九二九年の一月号から、博文館の新雑誌『朝日』に「孤島の鬼」を連載する。岩田準一との交流から多くの発想を得た作品だった。そして、八月には、『講談倶楽部』で「蜘蛛男」の連載が始まる。講談社の読物雑誌に連載することは、大きな転換点となった。さらに『猟奇の果』『魔術師』『黄金仮面』『吸血鬼』『盲獣』『白髪鬼』『地獄風景』『恐怖王』と、長篇作品の連載を続けていった。

しかしまた一九三二年になると、乱歩はこうした小説を書くことに嫌気が差し、二回目の休筆に入ってしまう。一九三三年には探偵作家としての復帰を試み、「悪霊」を『新青年』に出すが、これは失敗に終わる。一九三四年の一月には「張ホテル」に滞在したりもしているが、ここでも執筆できずに過ごすことになる。

この時期には、幾度かの休載をはさみながらも、『妖虫』『黒蜥蜴』『人間豹』を書き、そして中篇の「石榴」を一九三四年に発表している。しかし、翌一九三五年はしばらく小説連載から外れている。

この一九三四年七月、乱歩は騒音に悩まされた車町の家から、比較的静かな郊外の池袋へと転居した。結果的にここが、それ以後の約三十年を過ごす、最後の家となるのである。

乱歩にとっては好調とは言えない時期だったが、探偵小説界にとっては、一九三五（昭和十）年前後は重要な盛り上がりを見せていた。乱歩はこの時期を「探偵小説第二の山」としている。小栗虫太郎、夢野久作、木々高太郎らが活躍した。また、探偵小説誌『ぷろふいる』が創刊され、甲賀三郎「探偵小説講話」が話題となった。

この時期に乱歩は小説の執筆をするのではなく、多くの作品を読んでいたのだった。「作家生活以来三度目の冬眠」と乱歩は書いている。

まず、蓄膿症という身体的な問題があった。五月に入院して手術を受けている。退院まで一カ月ほどかかり、その後も夏はほとんど寝て過ごしたという。

こうした時期に乱歩がおこなっていたのが、探偵小説の選定作業であった。

乱歩は春秋社の『日本探偵小説傑作集』と柳香書院の「世界名作探偵全集」を編集している。『日本探偵小説傑作集』は、ヴァン・ダインやセイヤーズが編者となっている傑作集を読み、日本でもこのようなものが出せないかと考えたことに始まる。乱歩は多くの作品を読み、選定作業をおこなっただけでなく、長文の解説も書いた。数十人の作家を作風によって分類し、紹介した。

「世界名作探偵全集」は、森下雨村と乱歩を編者として、海外の長篇探偵小説を翻訳出版していく企画だった。全三十巻が選定されたが、途中で頓挫したため、実際に刊行されたのは五巻にすぎなかった。しかしこの企画のため、乱歩は多くの探偵小説に目を通すことになった。この時期には他に、中央公論社の「世界文芸大事典」の探偵作家の項目を多数執筆している。

こうした小説以外の作業は、乱歩にとって『奇譚』以来の、探偵小説の見取り図の作成だったということができる。

それ以外にも、この時期にさまざまな方向性を模索していたことは、「彼」「活字と僕と」のような自伝的な文章や、同性愛の伝説を研究した「もくづ塚」といったものが書かれていることからもわかる。また、未発表だった乱歩資料のうち、近年翻刻された「独語」(『新青年』趣味』十六号、二〇一五)でも、この時期の乱歩の思考をうかがうことができる。

そして、重大な転機ともいえる少年物への取り組みもこの時期で、最初の作品となった「怪人二十面相」は『少年倶楽部』一九三六年一月号から連載が始まっている。

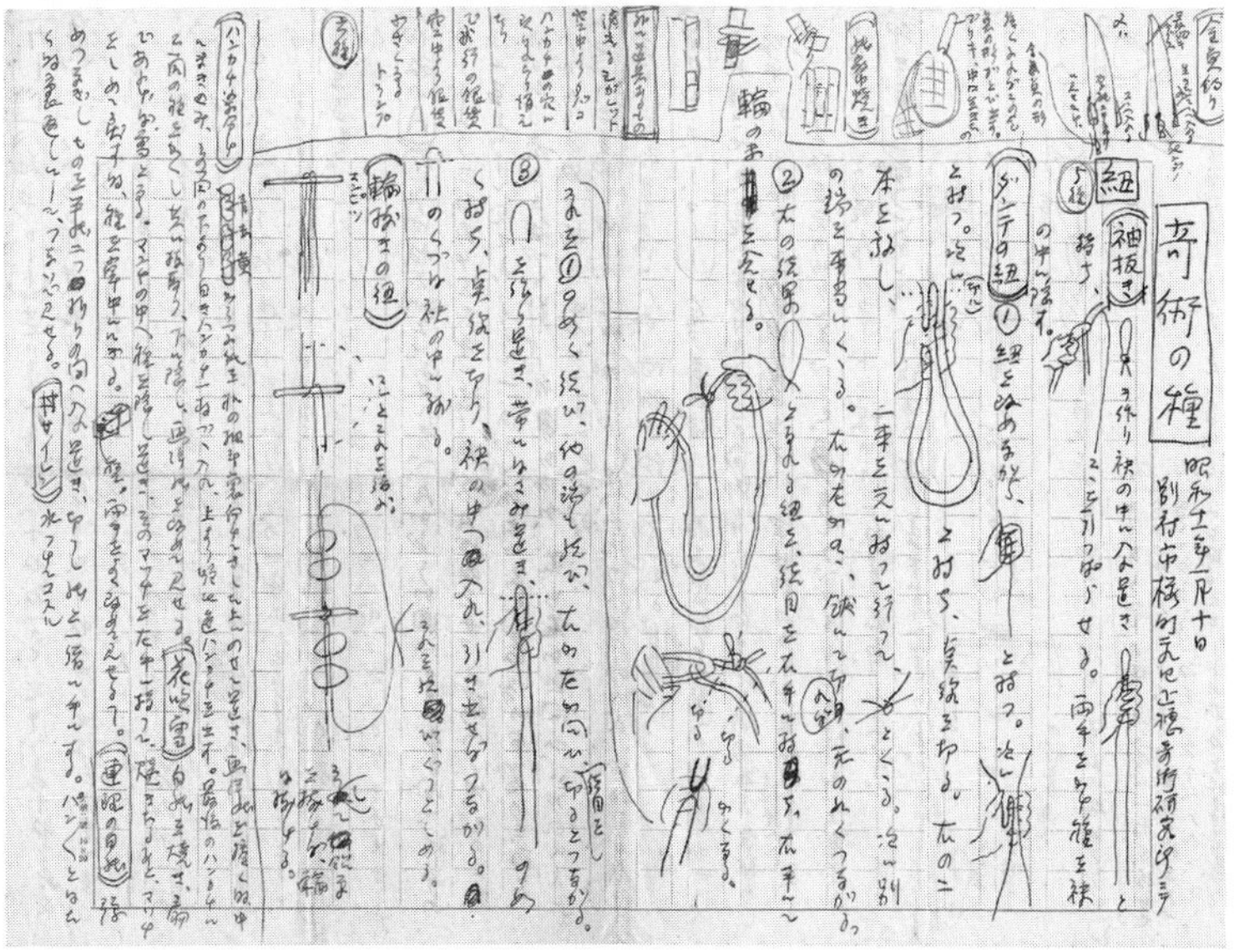

図7　奇術の種

乱歩は休筆期間に旅をすることが多かった。長期の旅行については『探偵小説四十年』各年度の「主な出来事」で知ることができる。一九三五年末から翌三六年にかけて、乱歩は九州を旅行した。「前年末より一月半ばまで九州一周旅行」と『探偵小説四十年』に書かれている。『貼雑年譜』には、この旅行に関する記事が残されている。

『探偵小説四十年』には「意気あがらず」として『貼雑年譜』に書かれたこの年の状況を引用している。九州旅行にも触れ、「そのときの紀行文などは何も残っていないので、今はほとんど忘れてしまっているが、いつもの逃避放浪旅行で、博多、熊本、長崎、鹿児島などに泊まった。そして最後は別府であった。長崎と別府に一番長く滞在した」とある。

このとき別府で奇術の講習を受けている。乱歩がこれ以前からある程度は手品に興味を持っていたことは、たとえば一九二七年の放浪の際に、上州で女性奇術師松旭斎天勝の舞台を見ていることなどからもうかがい知ることができる。

乱歩が別府で受けた講習の内容が書かれたものが残されている。「奇術の種」と書かれたその原稿用紙には、両面にわたって記述がある。「昭和十一年一月十日」の日付である。奇術研究所で習ったものがメモされている（図7）。

表側には、紐を使った手品「袖抜き」「ダンテの紐」「輪抜きの紐」などが図と文で説明されている。欄外にもその他の多くの説明がある。裏側にはカードを使った手品「旅行するA」「四枚のA」「マインド、オバー、マター」といったタイトルが書かれているのがわかる。

乱歩の手品への関心については、横山泰子『妖怪手品の時代』（青弓社、二〇一二）に詳しい。この本には、乱歩蔵書のうち、近世の書籍について挙げられている。そこに挙げられた本のほか、乱歩の蔵書には、三沢隆茂『奇術の種あかし』、阿部徳蔵『奇術随筆』、長谷川智『奇術つれヾ草』などもあり、『奇術画報』『奇術界報』といった雑誌や、奇術指導書なども収められている。

その一方で、実際の手品に関しては、「手品の種」と書かれた箱に、何点かの品が残されているに過ぎない。これについては、前橋文学館で展示され、その図録で紹介されている（『パノラマ・ジオラマ・グロテスク　江戸川乱歩と萩原朔太郎』二〇一六）。

手品について記述した文章がそれほどないことなども考え合わせると、乱歩自身はこうした手品を習得して観衆に披露するといった欲はほとんどなかったようである。

『貼雑年譜』を補うものとしてまとめられた初期の資料や、戦後のノートなどの資料と比べると、あいだにあるこの時期に関する資料は、それほど多く残されていない。だがこうしていくつかの資料を見るだけでも、乱歩が興味を持った対象と、それをどのように受容したかをうかがい知ることができる。これらの興味は少しずつかたちを変え、戦後へとつながっていく。

四、「類別トリック集成」の作成

昭和二十年代の乱歩は、小説の執筆から離れたまま、評論や随筆を書いていった。

一九四五年春、空襲のため東京は焼け野原となったが、乱歩邸は奇跡的に焼けずに済んでいる。六月、乱歩はついに東京を離れることを決意し、貨車を手配して蔵書を運んでいる。疎開先は福島県保原で、そこで乱歩は体調を崩していた。そのため、終戦の報を聞いた後も、しばらく療養のためとどまった。帰京したのは十一月になってからである。

乱歩が帰京するとすぐに、出版関係者が乱歩を訪れる。そうしたなかで乱歩は探偵雑誌『黄金虫』を企画した（「資料紹介「江戸川乱歩ミステリブック」と探偵小説雑誌「黄金虫」」『センター通信』二〇一四年三月）。渡辺剣次という青年が、この企画を補佐した。新雑誌は目次案が作られたものの、出版社の都合により頓挫してしまう。ただ、渡辺はそれ以後も乱歩に協力し、探偵作家クラブの初代書記長となるなど、多くの貢献をすることになる。乱歩の『十字路』は、渡辺の原案によるものである。そして、「類別トリック集成」の協力者にもなっている（図8）。

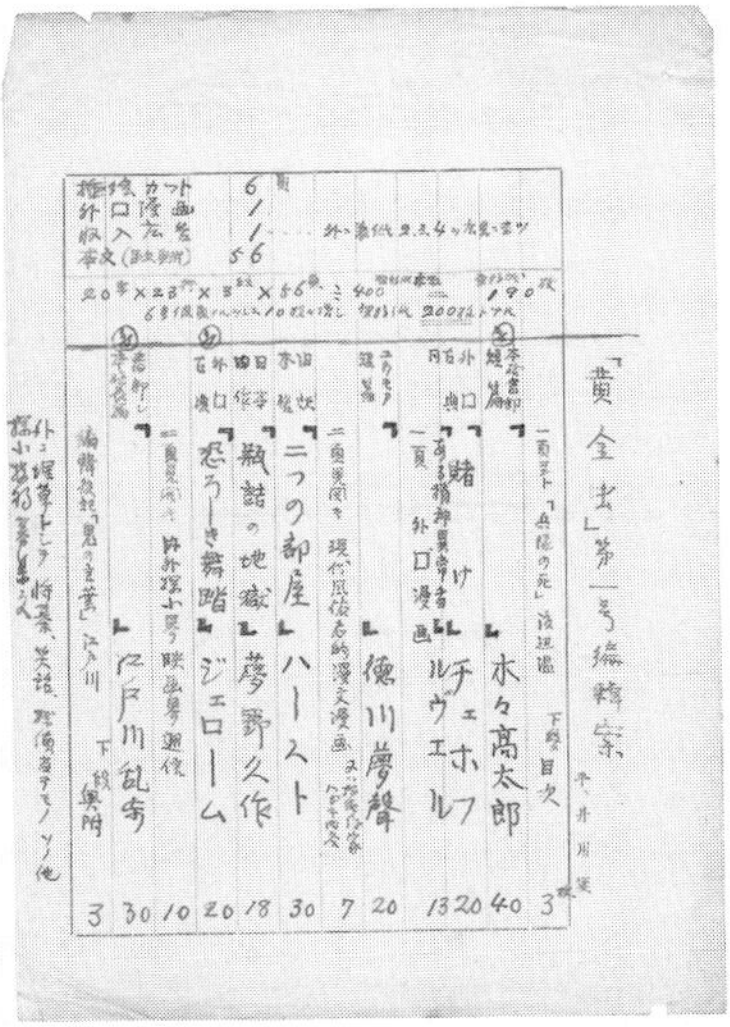

図8 「黄金虫」編輯案

『探偵小説四十年』には、乱歩がつけていた日記が引用され、当時の乱歩とその周辺の動きが明らかにされている。昭和二十一年二月十九日「終日「ファントム・レディ」を読む」とある。翌二十日も「終日「ファントム・レディを読む」」。

このあと、『海外探偵小説作家と作品』（早川書房、一九五七）コーネル・ウールリッチの項からも引用されている。アイリッシュはウールリッチの筆名で、どちらの名義でも作品を発表している。乱歩は米軍が放送会館の一階に開いていた図書館に通い、探偵小説をあさった。そこで手にした短篇集で、アイリッシュに興味を持つ。アイリッシュの代表作「幻の女」を探していた乱歩は、神田の巖松堂で発見する。春山行夫に売約済みだったその本を、彼に頼まれた原稿のために使用するという理由をつけ、乱歩は強引に手に入れたのだった。乱歩はこの本を夢中で読み、表紙裏に「新しき探偵小説現われたり、世界十傑に値す。直ちに訳すべし。不可解性、サスペンス、スリル、意外性、申分なし」と書きつけた。この逸話は、「幻の女」の評価とともに、当時の環境と、乱歩がどのように海外探偵小説を読んでいったかを記録したものともなっている。

この年の記述には、数多くの探偵小説が記録されている。「★ディクスンの「孔雀殺人事件」を読む。」というように、★で示されているものを拾っていくと以下のようになる。

ディクスン「ユダの窓」、チャンドラー「大いなる眠り」、ハメット「シン・マン」、クイーン「災厄の街」、ライス「すばらしき犯罪」、ウールリッチ「黒衣の花嫁」、ウールリッチ短篇「コカイン」、チェスタトン「木曜日の男」、ラティマー「モルグの麗人」、アイリッシュ「食後の物語」(短篇集)、コリア「緑の思想」(短篇集)、スタウト「ゴムバンド」、アイリッシュ「暁の死線」、クイーン「神の燈火」、マーシュ「羊毛の中に死す」、ディクスン「白い准僧院の殺人」、フーラー「ハーバード大学の殺人」、クイーン「デヴィル・ツー・ペイ」、ライス「間違い殺人事件」、ライス「激情の審判」、ライリー「デッド・フォア・ダカット」、ハメット「赤い収穫」、ディクスン「プレイグ荘殺人事件」、ディクスン「弓弦荘殺人事件」、角田喜久雄「蜘蛛を飼う男」、グレアム・グリーン「内部の人」、ジョセフ・ダニンガー「あなたは何を考えているか」、ジェームズ・グールド・カゼンズ「難船」、カー「死の時計」「帽子蒐集狂事件」「夜歩く」、クリスティ「そして誰もいなくなった」、ディクスン「青銅ランプの呪い」、クイーン「フォックス家の殺人」、カー「つるぎの8」、ディクスン「パンチ・ジュディー殺人事件」「読者欺かるるなかれ」、ブレイク「死の弾丸」、ドロシー・ヒューズ「まっ青なマーブル」、ザングウィル「ビッグ・ボウ殺人事件」、ポースト短篇「ヅームドルフ事件」、カロライン・ウェルズ「探偵小説の技巧」増補版、ベリズフォード「運命の手」、ヘキスト「怪物」、ジョン・ラモンド「コナンドイルの思出」、矢田部達郎訳・ウェルナア「精神の発達」、波多野完治「文章心理学」、マリオン・ハーヴェー「隠れた部屋の秘密」、ヘンリー・ジェイムス・フォーマン「罪」、佐久間鼎「運動の知覚」、佐久間鼎訳・ケーレル「ゲシタルト心理学」、デュ・モオリア「レベッカ」訳本、モーム「月と六ペンス」訳本、バークレー「アベンジング・チャンス」、バーク「オッタモール氏の手」など、マクロイ「パニック」

三月二日から十一月六日の間に以上のような本に目を通している。「プレイグ荘殺人事件」を記したところで、「註、この読後感は日記をしるしたノートの六頁にわたって書つけてある。これまでに掲載した「誰の何々を読む」とある個所には、いずれもノート一、二頁のメモがしるしてあるのだが、この「プレイグ荘」のメモは非常に長文である。このころからのメモが、つもりつもって「幻影城」の資料となったのである」と説明している。

この時期に作成されたと考えられる読書ノートは何冊か残されている。「トリックノート」や「西洋探小筋書」などと題されたノートである。基本的には、探偵小説のあらすじなどがまとめられたものである。

乱歩の探偵小説トリック分類は、ジョン・ディクスン・カーの『三つの棺』に触発されたものとされ、乱歩はいくつもの随筆・評論でそのことに触れている。

カーは乱歩にとって重要な作家で、乱歩はカーについていくつかの紹介文・評論を書いている。戦前にはカーはそれほど知られた作家ではなかったが、すでに戦時中の井上良夫との書簡で、カーの作品についても論じている。『三つの棺』は『魔棺殺人事件』として翻訳されていた。乱歩もこれを読んでいたが、この本は当時から翻訳が良くないとの評判だった。書簡にもそれはあらわれている。

一九三九年の書簡で乱歩は「To Wake The Dead」の感想を書いた。チェスタトンを長篇にしたような作風だと述べ、ぜひとも翻訳すべきであると書いている。手紙には井上より借用したとあり、この本は、乱歩が原書でカーを読んだ最初だったのだろうと思われる（「井上良夫宛江戸川乱歩書簡」『大衆文化』10号・11号）。

戦後にはさらに多くを読んで、『随筆探偵小説』（清流社、一九四七）でも高く評価し最も多くのページをカーにあてている。「カー覚書」「密室殺人の作家」をはじめ、収録されている多くの文章でカーを紹介し、他作家について書く際にも言及した。

『続・幻影城』の「類別トリック集成」には、探偵小説のトリック分類表を作成した経緯を以下のように述べている。

「この評論集では「英米の探偵小説吟味」と「探偵小説に描かれた異様な犯罪動機」の二つが最も長文の記事である。これは数年前「宝石」に連載したものだが、その連載をはじめる少し前、私はカーの長篇「魔棺殺人事件」の中の「密室講義」を初めて英文で読んで、甚だ興味を感じ、若し探偵小説の全トリックについて、こういうものが書けたら面白いだろうという野望のようなものを持った。」

「英米の短篇探偵小説吟味」は一九四九年八月から五〇年七月まで『宝石』に連載された。ここには、トリックの収集に着手したことが書かれている。

「私はこのほど、主としてトリックに創意のある著名な短篇探偵小説に一通り目を通す必要があって、先ずドイルの短篇全部とチェスタートンのブラウンもの四冊を読み返し、トリックのメモを取った。」という。ドイルの作品にはトリックが少なく、対照的にチェスタトンにはさまざまな型が見られた。チェスタトンの作品から抽出したトリック分類表を作成し、ここから他作家の作品を追加していく。

再び「類別トリック集成」から引用すると、「私は当時、英米の著名な短篇傑作集十数冊を所蔵していたので、

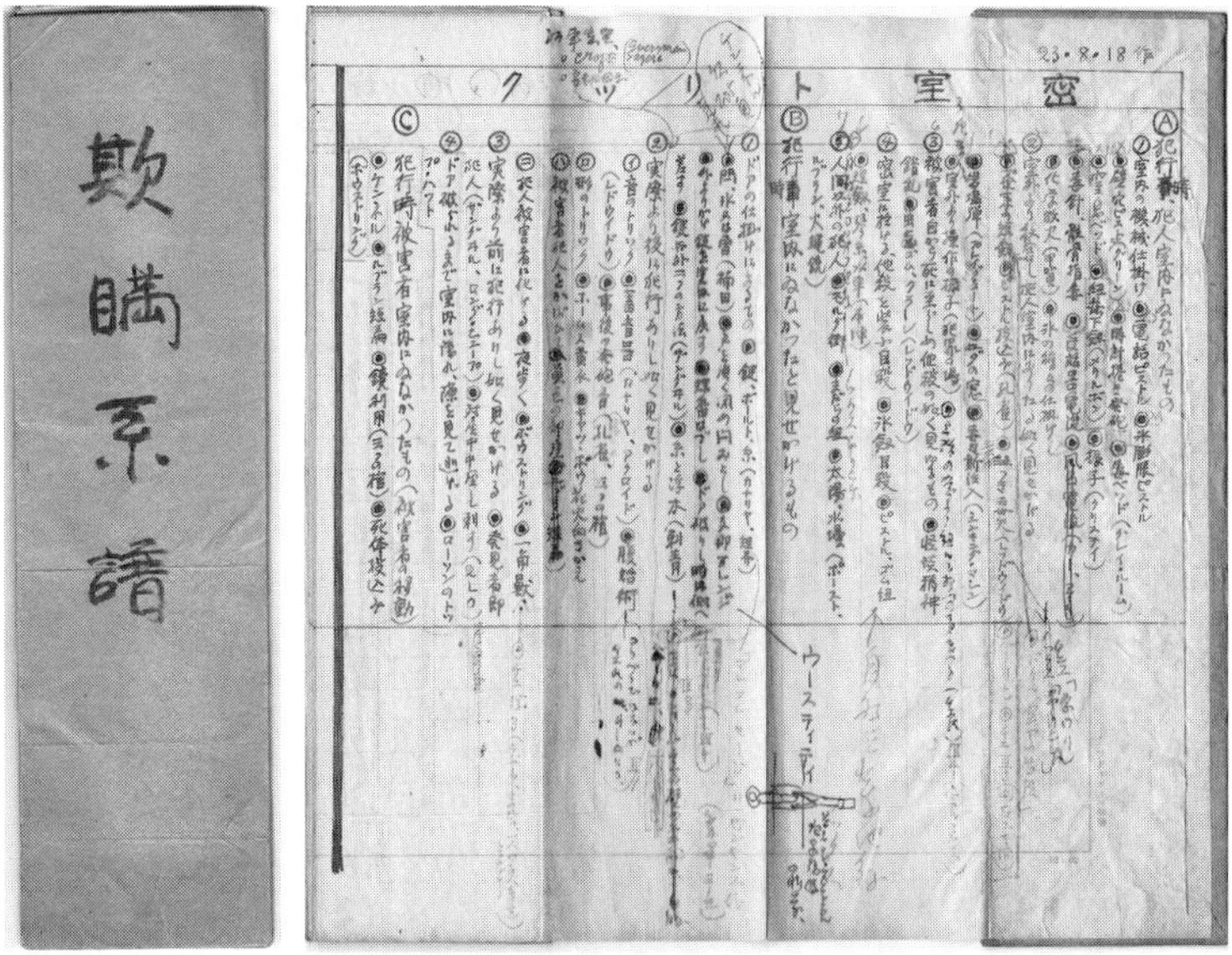

図9　欺瞞系譜

これを通読して、作品のカードを作り、傑作集収録頻度表を拵え、次に「新青年」その他の探偵雑誌のバック・ナンバーを殆んど漏れなく調べて、邦訳カードを作り、邦訳の頻度表をも作成して、英米傑作集の頻度表と対照したりした。そんな風にして、短篇のトリック・カード四五百を採集したのである」。

こうして作られたのが、乱歩資料にある、「欺瞞系譜」だろう。これには、昭和二十三年八月十八日作と書かれている。これは原稿用紙を何枚かつないだ裏に書かれたもので、短冊状に折りたたまれている（図9）。

さらにこれを発展させた「ツリック分類表」（トリック分類表）が一九五〇年九月に作成されている。これは二枚の目次と、原稿用紙の裏に横書きされた二十六枚のリストを綴じ、表紙をつけたものである。表紙には「探偵小説ツリック分類表」、目次には「探偵小説トリック分類表」と書かれている（図10）。

これには探偵作家クラブの何名かがかかわった。特に、二宮栄三、桂英二、渡辺剣次、中島河太郎、楠田匡介が助言をしたという。これが『宝石』一九五三年九月号・十月号に掲載され、その後『続・幻影城』に収録される「類別トリック集成」へと発展していくのである。

ただ、「類別トリック集成」のなかで、「暗号記法の種類」については、随筆集『悪人志願』に収録されている「暗

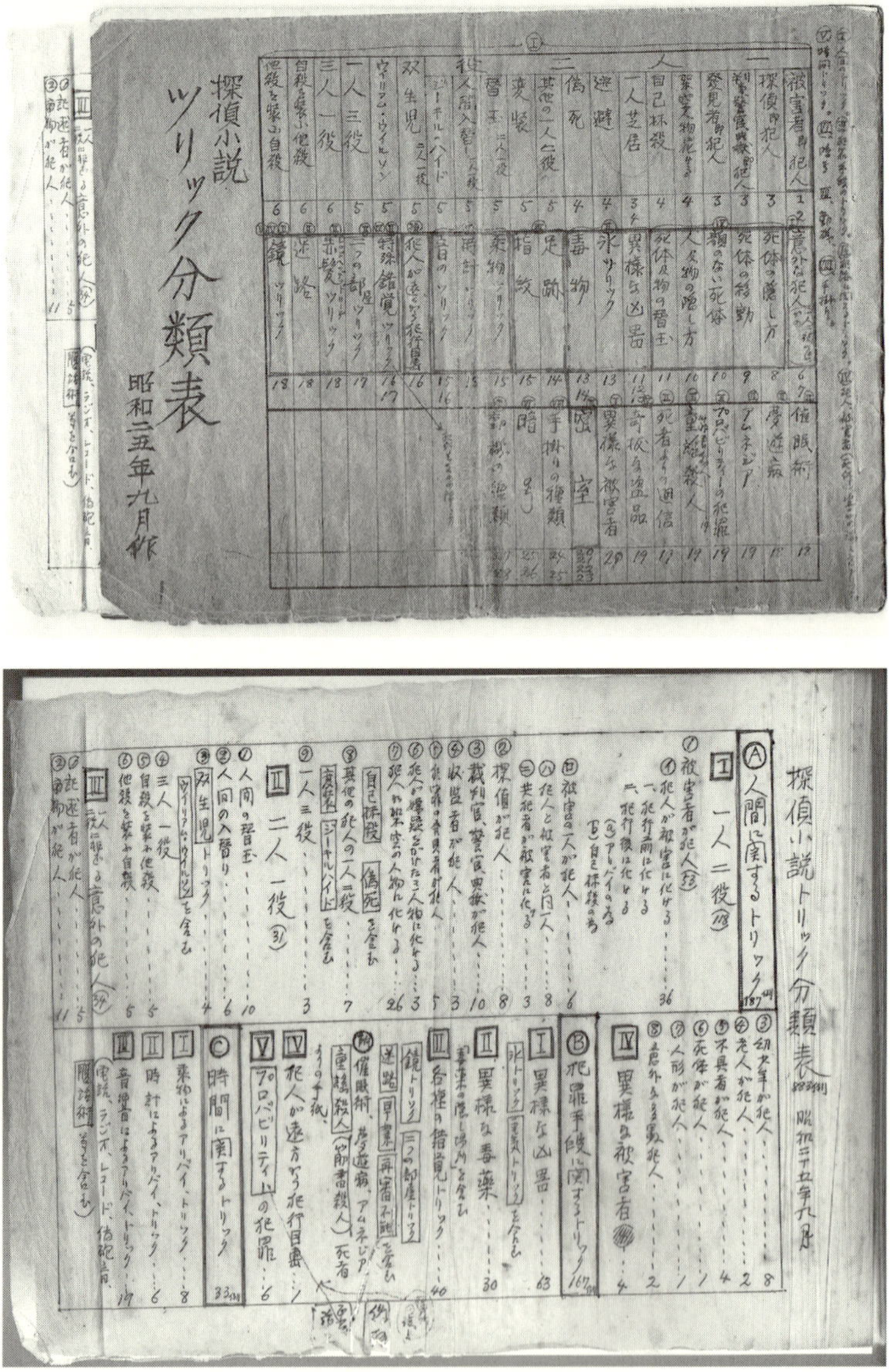

図10　ツリック分類表

号記法の分類」にさかのぼることができる。これは『探偵趣味』2輯（一九二五年十月）に掲載されたものである。そして、「私は学生時代に暗号記法の分類というものを作ったことがあり」というように、乱歩のこうした作業はさらに前からのものであることがわかる。『奇譚』の終わりには、この暗号分類がすでに収録されているのである。

『奇譚』で書かれた分類は、⑴割符法、⑵糸文字　縄文字、⑶寓意法、⑷表形法、⑸置換法、⑹挿入法、⑺略記法、⑻代用法、となっている。

「類別トリック集成」ではA割符法、B表形法、C寓意法、D置換法、E代用法、F媒介法、となっていて、あまり変更がない。

こうしてひとまず発表された「類別トリック集成」は、乱歩にとっても満足のいくものではなかった。トリック論を省略して、列挙された項目に少しずつ解説が書かれたものである。当初考えられたカーの「密室講義」のような、探偵小説にそれほど詳しくない読者にも届くような読み物にはならなかった。

五、「トリック分類表」以後

乱歩の『続・幻影城』から諸作家への影響については、光文社文庫版『続・幻影城』（二〇〇四）の新保博久による解説に詳しく書かれている。例えば三好徹の「現役の推理作家のなかで、『幻影城』のお世話にならなかったものはないだろう」という賛辞が引用される。ほかに、佐野洋や笹沢左保があげられている。

また、泡坂妻夫は乱歩の分類を原理別に直し、奇術トリックを盛り込んだものを発表している。暗号については長田順行が修正したものを作った。

松本清張は、乱歩の分類に用例を追加したものをアシスタントに作成させた。また、清張は『推理小説研究』

第七号で、中島河太郎・山村正夫に新たに「トリック分類表」を作成させてもいる。トリックの分類はこのように継承されていったが、その一方で、乱歩自身については、この分類作業を小説に活かせたと言えるだろうか。

乱歩は横溝正史との対談では、「カーの「魔棺殺人事件」の中に密室講義というのがあるね。あれは密室のトリックだけだが、全体のトリックのあしたものを作って、そしてその隙間を見つけようという、遠大な計画をたてているというわけ。(中略) いまその中途にあるけれど、それができたら、それを前において書きはじめようというわけだ(笑声)」と言っている。「それができたら、じゃんじゃん書くわけか。」という横溝の発言には、「トリックの隙間が見つかったらばだよ。しかし、そういうことをやっていることが、書けん証拠かもしれん。」というように、やや逃げ腰の姿勢を見せている。

先に引用した『続・幻影城』の文章で乱歩が述べたのは、カーの「密室講義」に触発された、これまで使われてきたトリックについての評論を書くことを意図していたようだった。しかし、横溝との対談では、乱歩は新しいトリックを用いた小説を書くことについて語っている点で、少し異なっている。

乱歩は一九四九年に『青銅の魔人』で少年物に復帰している。一般向けの小説については、短篇の「断崖」を書き、ロジャー・スカーレットの翻案である『三角館の恐怖』を書くが、その後、続けて書くということにはならなかった。

一九五四年、乱歩は還暦を迎え、十月には還暦記念祝賀会も開かれた。これと前後して、乱歩の還暦を記念した雑誌の特集号なども刊行された。そのうちのひとつ、『別冊宝石』「乱歩還暦記念号」には、乱歩の新たな長篇「化人幻戯」の第一回が掲載された。

乱歩は小説執筆に復帰し、翌一九五五年は「小説を書いた一年」となる。この年、「化人幻戯」と「影男」の連載、書き下ろし『十字路』の三つの長篇に取り組んでいる。「月と手袋」「防空壕」のほか、少年物も従来の雑誌『少年』以外でも連載を持った。

しかしながら、乱歩がトリック分類をおこなったことの成果がこれらの小説に活かされたとは言い難い。かなり通俗寄りの作品とされる『影男』では、カーの「密室講義」を真似たような部分もある。これは登場人物のひとりが、密室のトリックのパターンを、例を挙げて解説していくというものである。ただ、この小説自体、「筋に一貫性がなく、場当りの思いつきで、ごく通俗に、私の好きな幻想を追ったもの」(『江戸川乱歩全集第17巻』桃源社、一九六三)と乱歩は書いている。これまでに乱歩が書いてきた小説と類似する場面がいくつもあり、そういった面では興味深いものになっているのだが、新しいものを提示しているとは言えなかった。

『宝石』一九五三年十月号で、乱歩は連作「畸形の天女」の第一回を担当している。この小説については、「しかし、結局、私はこの新傾向に抜け出すことができなかった。自信をもってその方向に進むほどの作品が書けなかったのである」(同18巻)と書いている。

「月と手袋」について書いた部分では、この時期の摸索について書いている。「私は戦後、西洋の作品の紹介や批判ばかり書いていて、小説というものは昭和二十五年に短篇「断崖」を書いたばかりであった。別に小説を断念したわけではなく、何か従来とちがったものを摑もうとして悩んでいたのであるが、「宝石」昭和二十八年十月号に書いた連作「畸形の天女」の私の受けもちの第一回五十枚は、何かしら従来の私とちがったものが出ていたので、ひょっとしたらこの方向へ発展できるのかなと感じ、この「月と手袋」や、書き下し長篇「十字路」などは、そういう心構えで執筆したのだが、しかし、この方向摸索は結局長続きしなかった」(同16巻)。

「十字路」について書いた部分でも同様に、「この小説は発表の当時、好評であった。中には、江戸川乱歩はこういう従来とはちがった作風に転身するのではないかと言ってくれた人もある。こういう傾向は、これより前、昭和二十八年、「宝石」の連作小説で私が第一回五十枚を書いた「畸形の天女」にも見られるもので、私自身もその方向へ転身しようかと一時は考えたのだが、結局それはつづかなかった」（同18巻）と書いている。

そして一九五六（昭和三十一）年に発表した「堀越捜査一課長殿」についても、「「月と手袋」と同じような方向を狙ったのだが」（同16巻）という表現をしている。

このように、この時期、新しい方向性を求めながら、思うように書くことのできないもどかしさを、乱歩は数年後に振り返ることになるのだった。

だが、ここで言われる「従来の私とちがったもの」は、トリックについてのものではないようである。一九五三年に乱歩は探偵作家クラブ会報に「連作楽屋話」を書いている。そこで「私のつもりでは、今度早川から翻訳の出た「飾窓の女」風の扱い方、即ち、犯人の焦慮、懊悩するような証拠なり事情なりが各方面から現れて来て、刻一刻犯罪暴露に押しやられるスリルとサスペンスを予想して書いたのだが、この事は次の作者には何も云わなかった」と自分の書いた冒頭部分の意図を解説した。これが、一九五五年頃に乱歩が書いた作品につながっているのだろう。

以上のように、乱歩は「類別トリック集成」をその後の小説に活かすことに、それほど積極的だったとは考えにくいのである。

「カー問答」（『別冊宝石』一九五〇年八月）は、対話形式でカーを解説している。そこではトリック分類についてこのように述べている。

「私は探偵小説全体のトリックを分類して、一々の作品名を記さないでトリックの内容を網羅した『トリック論』というものを書く下心を持っている」

「私は探偵小説を書きはじめた頃から、若しそういうトリック論が出来たら面白いだろうと考えていた。作家の参考にもなるし、単なる読物としても一応面白いわけだからね。しかし、直接の動機はカーの『魔棺殺人事件』の中の『密室講義』なんだよ。あれは実によく出来ている。あらゆる『密室』トリックが簡潔に網羅されている。」

「私はこれに感心したので、『密室』だけではなくて、探偵小説のあらゆるトリックについて、こういう講義を書いたら面白いだろうと考えたんだ。そこでその下ごしらえとして、戦後英米の探偵小説を読むにしたがって、そのトリックのメモをとっておくことにした。」

小説執筆に活かすのではなく、もう一方の、「講義」に近いものが書かれたのかというと、それもうまくはいかなかった。「類別トリック集成」の序文ではそのことの弁明にかなりの分量を費やしている。

「若し私に、ここ一二年のうちに、カーの「密室講義」ほどの詳しさで一冊のトリック論（中略）を書く気があれば、今度の本にはその断り書きをつけるだけで気がすむのだが、私はトリック論のために、この上大きな時間をさく気がないのである」と消極的になっているのである。

このように見ると、乱歩のトリック集成は小説や評論を書くためというより、こうしたリスト作りそのものを目的として作成されたとすら言えるのではないか。

乱歩のトリックへの興味は、学生時代の暗号への興味にその萌芽を見ることができ、大正期の映画への興味に向かい、奇術なども参照しつつ、戦後の探偵小説のトリック分類へとつながっていったのだった。

思えば、『奇譚』においてすでに、後の評論活動へとつながっていく関心を扱っている。映画のトリックを扱ったいくつかの草稿は、後年の探偵小説のトリックを扱う方法に結びつく。そして、多くの作家を取り上げた『日本探偵小説傑作集』と「世界名作探偵全集」は、若き日の『奇譚』と戦後の『幻影城』『続・幻影城』との、中間点となっている。

乱歩にとって、収集することがもっとも重要であり、その活用については二義的なものにすぎなかったのかもしれない。そうした乱歩の収集癖が、戦後のある時期、集中的に探偵小説のトリックへと向かったのである。おそらくカーの密室講義は口実にすぎず、こうして探偵小説を俯瞰することに乱歩の望みはあったのではないか。それはさながら、探偵小説の世界をパノラマにして眺めるかのように。

※本稿に使用した図版はいずれも立教大学江戸川乱歩記念大衆文化研究センター所蔵資料である。

江戸川乱歩旧蔵本小考
――『安政雑志』と『藤岡屋日記』

丹羽みさと

はじめに

江戸川乱歩の収集した古典籍は近世資料がその大半を占めており、仮名草子や浮世草子、俳諧書や漢籍、地誌などジャンルは広範に渡っている。本稿では乱歩旧蔵本にのみ、そのタイトルを見ることができる『安政雑志』を取り上げる。

乱歩が昭和二十九年に古書肆浅倉屋から二万八千円で購入した[注1]『安政雑志』は、編著者筆写時共に不明の五巻六冊からなる彩色絵入り写本である。本書にはタイトル通り安政年間の事件や珍事、噂話などが各項目毎、日付毎に綴られており、各巻の丁数と収録年時は次のようになっている。

巻一　五十丁（安政二年四月二十二日～九月二日）
巻二　六十五丁（安政三年一月二十四日～十二月十七日）
巻三上　四十五丁（安政四年一月十二日頃～六月二十七日）
巻三下　九十三丁（安政四年一月十九日～十二月）

巻四　五十三丁（安政五年一月十五日～十一月九日）

巻五　五十六丁（安政七年三月三日　桜田門外の変のみを扱う。見開が二丁加算。）

編著者（筆写者）は、筆跡から一人ではなく複数人であると考えられ、何等かの目的を以て編纂されたものと思われるが、集録の基準は江戸近郊[注2]の事件や珍事を主とする以外、不明である。ただ興味深いことに、安政年間に起きた出来事の内、井伊直弼の暗殺については巻五が丸ごと宛てられているが、安政の大地震（安政二年十月二日）やコレラの流行（安政五年）については触れられていない。安政と名が付き、江戸の震災について記した資料、例えば『安政見聞誌』や『安政見聞録』（服部保徳、安政三年）などとは編纂目的が明らかに異なる。そこで、桜田門外の変を扱った巻五以外ではどの様な内容が記されているのか具体的に見ていき、乱歩の興味の有り所や典拠など、本書の特徴や魅力を紹介したい。なお引用文には繙読の便を考慮し、適宜句読点等を補った。

一、『安政雑志』について

巻一から巻四までの内容は、御定書様の公文書写しの記事もあれば、真偽不明の噂話もある。

例えば、切腹すべしという日限地蔵の夢のお告げを信じた侍が、引導を渡してくれるように菩提所の僧侶を頼った所、失笑されたため切り殺し、その後自害した話（巻二・四十五丁裏～四十六丁表「日切地蔵信心いたし、御利やくありがたがり候処、夢のつげに最早命数つきぬれバ腹を切れとのつげにより、菩提所え参、役僧に逢、本堂にて腹切候間御引導を願よし申候を役僧笑ひしをいかり、袈裟かけに切殺し、腹切て死す」）や、妹の子守を頼まれた兄が、母親の「泣いて困るようなら川へ捨てればいい」という言葉を実行し、妹の死を母親に告げた兄は打ちすえられて即死。母親は子供を二人も失った申し訳なさに馬小屋で首をくくり、夕刻帰宅した父親が馬に蹴り殺されるという、四ッ谷に住む馬卒の一家四人に不幸が重なった話（巻三上・十八丁裏～十九丁表「五月末頃、四ッ谷新町ニ住馬卒、子二人有。女房いそがしく兄へ妹のもりを致させ、泣て困りけるを、泣なら川へ捨ろとて外へ出し候ニ、無程から手にて帰る故承われバ、泣から川ゑ捨たと言。兄を叱て薪にて打バ即死ス。女房言わけなく厩へ行、首くゝり死ス。亭主暮六ツ時頃帰り、馬を厩へ入れんとするニ、首縊りを見て入らず。馬後へ廻り尻を押バ、馬ニけられて是も即死。一日之内ニ親子四人即死」）、また関東取締出役への恨みを持つ者による凶行（巻二下・二十六丁裏〜二十七丁表「四月十九日夜、御代官斎藤嘉兵衛手代関畂次郎関東御取締ニ出役致し今日帰候処、夜中押込入、家内を残らず縛り置、女房を強淫致し、畂次郎を船へかつぎ行、打擲致し打殺候由」図1）など悲惨な事件が多く扱われている。この他、現在の青山霊園の辺りで夜毎に軍事教練の真似をする狸（巻一・十六丁表〜十七丁表「六月初メより青山大膳大夫青山下屋敷にて、夜な〳〵狸調練の真似をいたす」図2）や、神田の人面猫（巻二・三十四丁裏〜三十六丁表「三月廿三日、神田こんや町弐丁目家主源兵衛店にて肴屋渡世喜兵衛といふもの、とし久しく飼置猫、子を産候処、あたま顔人間からだは猫也。あまりふしぎゆへ、町奉行へ届ケる」）など動物に関する奇談。更には本郷や小日向に現れた幽霊（巻一・二十七丁裏〜二十八丁表「本郷元町家主氏家と申者之内に七月上旬役者借家いたし、杌によりかゝり両夜女のゆふれいヲ見。早

図1　（立教大学図書館蔵）

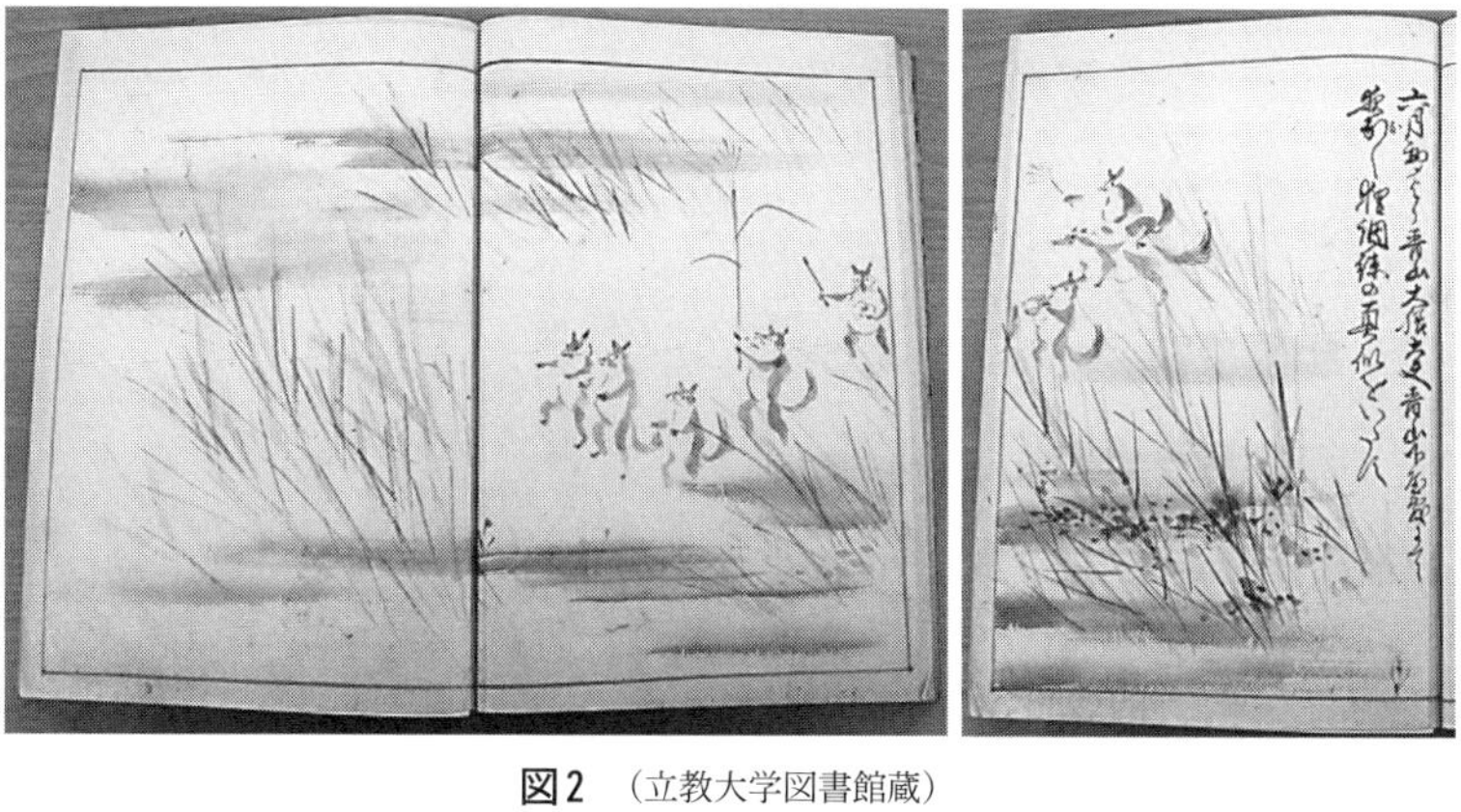

図2　（立教大学図書館蔵）

速此家を立退転宅いたし、能々せんさくいたし候処、先住之医師妾を切害に及び候女のゆふれいのよしに御座候。八月十三日の夜、松平駿河守家来右之家ぇ見届ニ罷越ス」、巻二・四十八丁裏~四十九丁表「服部坂道栄寺の井戸へ三拾才位の女身をなげ死す。七月十二日朝、引揚ゲ其夜より本堂へ幽霊出る。井戸水赤くなる」）や四ッ谷付近で嵐の夜に遭遇した異形のもの（巻二・五十一丁表~裏「八月廿五日嵐の夜、六番丁の土手へ迯出候処、何やら背中へ取付〆候ゆへ、大声出し候得ば漸々はなれる」）など怪異談もある。

これらには記事毎に挿絵があり、文字情報は挿絵に上書きされていることから、絵を先に書込んでいたことがわかる。乱歩が『安政雑志』を手に入れたのも、内容は元よりこの絵にも魅力を感じたためと思われる。乱歩は自筆購入記録「和本カード」――名刺大の紙に書名や冊数、購入先など記されたカード――に「大型写本、市井奇談を集め、彩色絵にて現わす。血腥きもの多し」とコメントしており、「血腥」い「彩色絵」に関心を寄せているからである。乱歩は歌川豊国や国芳、国貞、河鍋暁齋などの錦絵、特に月岡芳年の「魁題百撰相」や「英名二十八衆句」などの「無惨絵」を好んで集めており、それを眺める写真も残されている[注3]。古典籍収集は「仕事に使う為と云う訳ではな」（『日本古書通信』昭和二十四年七月）いと名言しており、図1のように凄惨な場面が出現する『安政雑志』は、「趣味」の残虐絵収集の一貫として入手したのだろう。

同時代の記録としても、挿絵入りの読み物としても興味深い『安政雑志』は、先に記したように乱歩旧蔵本のみに見られる「タイトル」である[注4]。しかしながら、実は同じ文面同じ挿絵の資料、『浮世珍説録』が名古屋大学附属図書館に存在する。図3と図4は『浮世珍説録』からの転載だが、先に挙げた『安政雑志』の図1と図2と酷似しているのは、誰の目にも明らかである。

『浮世珍説録』は「天」「地」「人」の三巻三冊、写本で勿論、彩色絵入り本である。語尾など部分的な言い回しに違いが見られるものの、天の巻は『安政雑志』巻三下の一丁表から二十一丁表まで、地の巻は『安政雑志』

巻三下の二十一丁裏から四十九丁裏まで、人の巻は『安政雑志』巻一の一丁表から二十六丁裏までと、内容や記載順序、挿絵が一致している。収録年代から考えると、『浮世珍説録』は本来安政二年の人の巻、安政四年の天・地の巻の順となる。巻の錯簡、また『安政雑志』の巻二や巻三上の分が欠けていることから、『浮世珍説録』は『安政雑志』の写しである可能性が高く、少なくともその成立は後年であるといえよう。

図3　（名古屋大学図書館蔵）

二、『藤岡屋日記』との関係

『浮世珍説録』と同一内容を持つ『安政雑志』だが、その記事内容の多くは須藤由蔵の『藤岡屋日記』と一致する。先に挙げた『安政雑志』の内容例は、いずれも『藤岡屋日記』にはない記事だが、巻一は八項目（三十五項目中）、巻二は二項目（四十七項目中）、巻三上は十五項

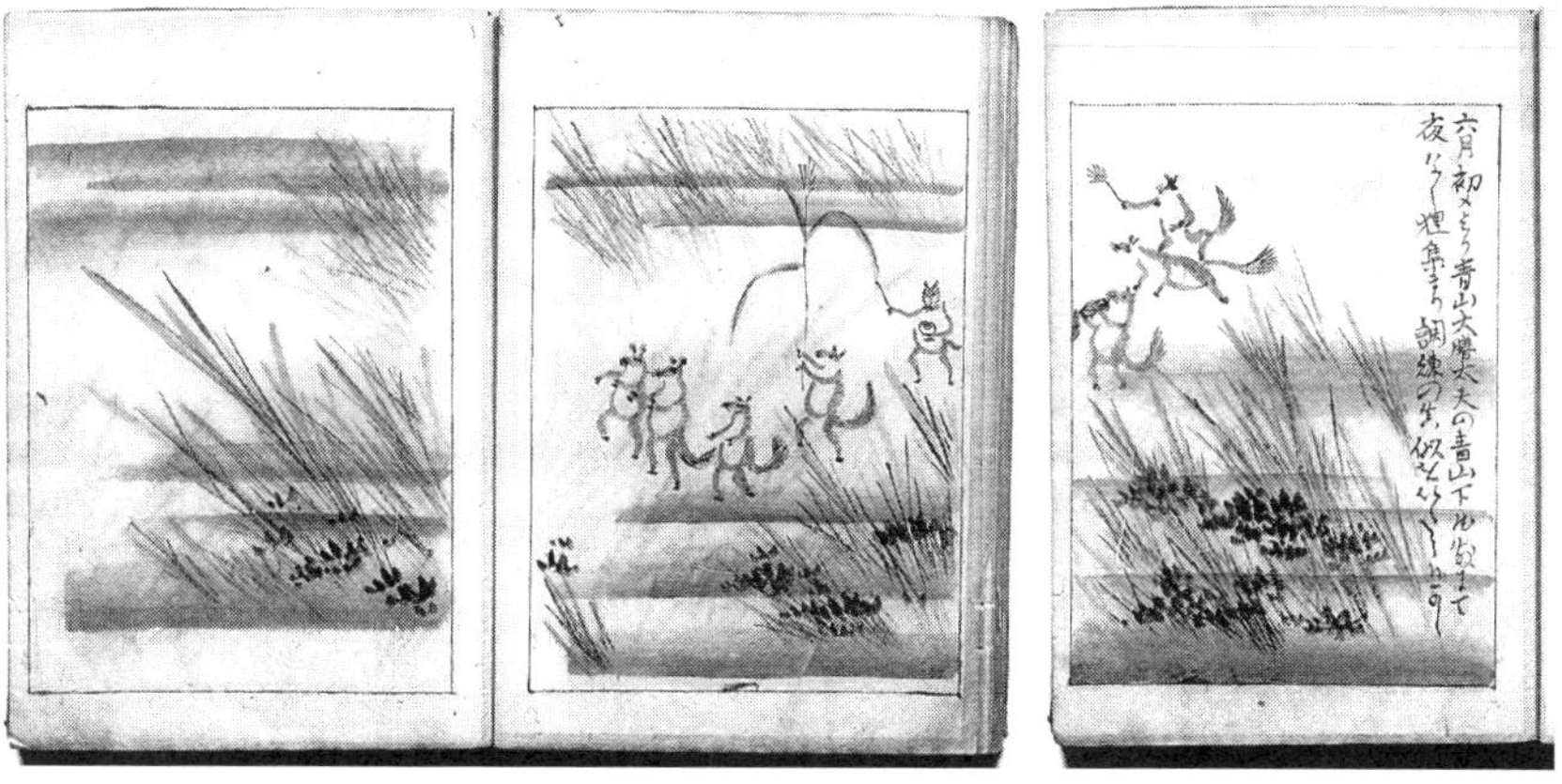

図4　（名古屋大学図書館蔵）

目（三十九項目中）、巻三下は三十五項目（三十八項目中）、巻四は二十二項目（二十二項目中）が同書とほぼ同じ文面となっている。

ただし、年代順に整理された『藤岡屋日記』に対して『安政雑志』は日付が錯綜し、掲載順序も異なっている。例えば安政四年閏五月のいくつかの記事は連続せず、巻三上と巻三下に分載されている。加えて同じ記事でも『藤岡屋日記』の全文採録ではなく抄録となっていることが多く、各記事に付された狂歌の多くは略されている。一方で『安政雑志』のみに見られる狂歌もある。『藤岡屋日記』安政四年四月十一日に起きた「本所陰嚢焼一件」（松倉町名主が飲酒を強要した上、余興として相手の陰部へ蠟燭で火を付けようとし、過って周囲を燃やした事件）の項に、同書では「毛を焼て疵を求る大騒ぎ　蠟燭消して跡まつくら町」という狂歌が付されているが、『安政雑志』ではその狂歌が省略され、代わりに「火を付てきん玉の毛を役上り　名主か家もちり〳〵となる」（巻三下・十六丁表）と詠まれている。また北陸の震災時に見られた怪異の図やその解説文（巻四・十九丁裏「此図一葉写被越候ニ付、因ニ相記ス。此度大地震ニ付、立山数ヶ所山抜ケ、常願寺川筋岡田村等河原を二月廿七日昼八ッ時ニ、此形チの者十二三人斗相見え申候風聞御座候。丈三尺斗、色合赤キ方、眼の光金色ニ御座候」図5）など『藤岡屋日記』の記事に加筆された部分もあり、筆写者の工夫が見られる。

項目順序の混乱や、挿絵を先に書き込んだ画面構成などから、『安政雑志』には典拠があったと考える方が妥当である。『藤岡屋日記』はその中でも主要なものであり、これは由蔵が巷間で知り得た情報を日記に書き込み、また武士に提供していたという「天言筆記」等の記述を裏付ける。

「天言筆記」は『藤岡屋日記』の抄録である。その緒言には「由蔵は須藤氏、上州藤岡の人、壮にして江戸へ来りて、御本丸御広敷請負人足、埼玉屋の寄子たりしが、後御成道西側足袋屋中川屋の軒下へ筵を敷、古本類を商ひ……朝起ると寝る迄安座して、何くれとなく筆記せり」と由蔵について記されており、「折々諸藩之記録方抔も見え、随分、御成道の古本翁とて、大概は知れり」と道端の古本屋に武士が訪れていたとある［注5］。また、

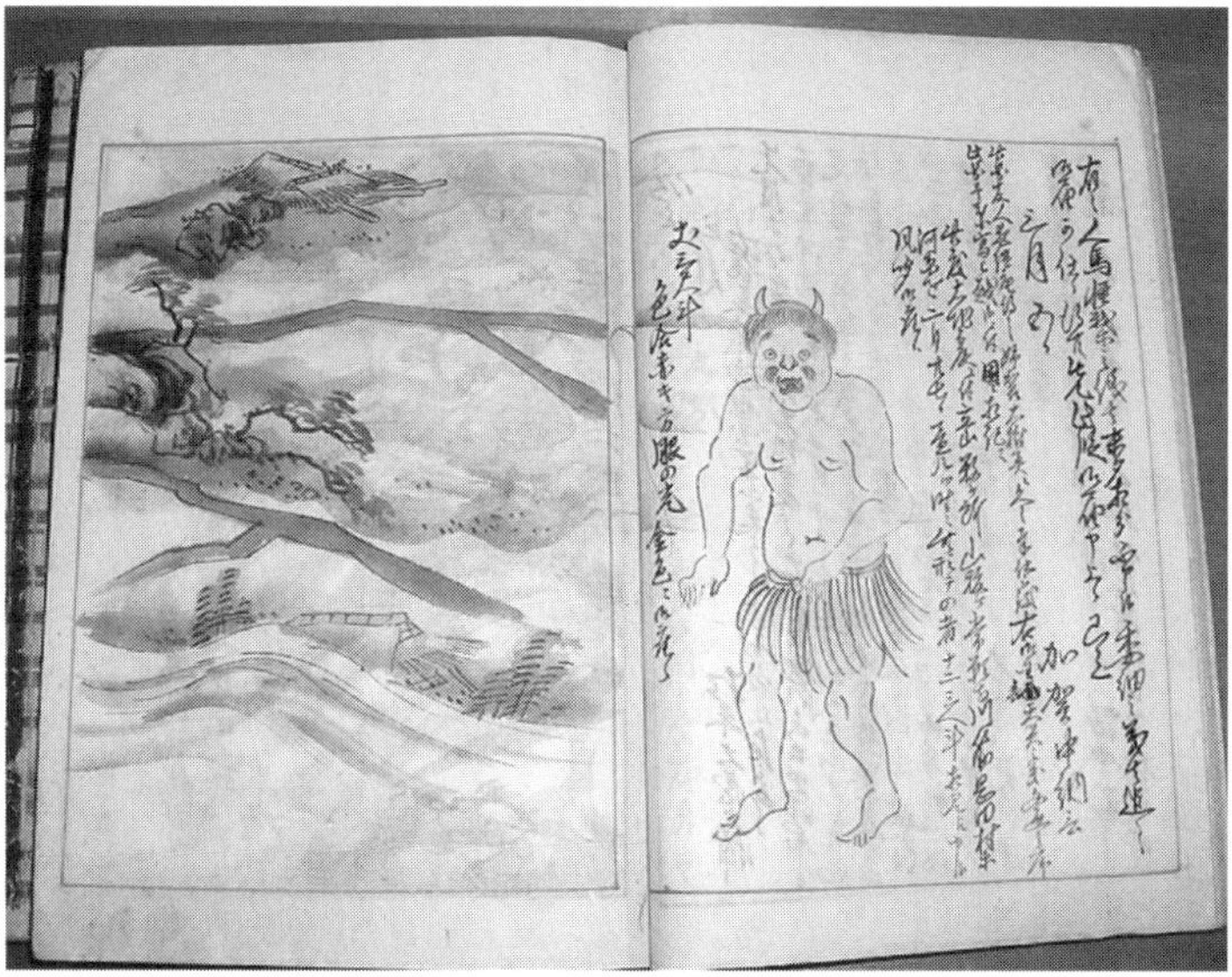

図5 （立教大学図書館蔵）

明治三十八年に刊行された『絵本風俗往来』雑之部にある「お記録本や」の項目にも、「外神田御成道の入口なる広場に筵を敷て古書籍を陳ねて商ふ本屋の老爺ありこの書商をお記録本やと呼」んでおり、「怪むべきは身柄よき武家の来りて破筵の片辺に着座して何か談話して余念なき様を見しこと数度なりける」と記されている[注6]。由蔵が路傍で知り得た情報を、諸藩の武士が必要としており、『安政雑志』もそのような需めに応じて、他の情報と共に編纂された資料といえよう。

『安政雑志』と関係の深い『藤岡屋日記』とは、由蔵の個人的な日記ではなく、文化元年から慶応四年の市井の出来事を綴った記録である。原本は足袋屋中川屋に託され、一部（一巻から五巻と安政大地震に関する別本二巻の計七冊）は笹川種郎の所蔵となったが、それ以外の六巻から百五十一巻は旧制第一高等学校校長を務めた狩野亨吉の手に渡った。後年、狩野から東京帝国大学図書館に収められたが、関東大震災によって焼失した。ただし、笹川旧蔵本と狩野旧蔵本、全ての写本が現在東京都公文書館に所蔵されている[注7]。ちなみに、笹川旧蔵本の巻一と巻二を三田村鳶魚が筆写し、それを浮世絵研究家である林美一が所持していたことがあるが、昭和四十二年頃購入したその写本の入手経緯について林は、「私がこの鳶魚氏自筆の写本二巻を入手したのは、七年程以前の事であつた。持込んだのは、江戸川乱歩氏の実弟である壷中庵主人こと平井通さんである」と語っており、通が「晩年古書肆のまねごとのようなことをして生活」していたとも記している[注8]。乱歩と通、そしてもう一人の弟敏男が、大正八年から翌年まで古本屋三人書房を営んでいたことはよく知られており、それ以前にも通は短期間神田酒井文昇堂で営業見習いをしていたことがある[注9]。若い頃からの古典籍への関心が、通に鳶魚筆写本を扱わせたのかもしれない。ただ、通が扱った『藤岡屋日記』は文化元年から七年までのものであり、『安政雑志』とは年代が異なるため、両者の関係性に気付いていたとしても、乱歩へ譲ることはなかっただろう。

『安政雑志』とその異本である『浮世珍説録』は、『藤岡屋日記』を主な典拠として成立しているが、『藤岡屋日記』との最大の違いは、挿絵の有無にある。全冊写しの東京都公文書館本を確認しても挿絵はほとんどない。『安政雑志』はより幅広い層への情報伝達を目的として編まれているといえよう。とはいえ、『安政雑志』が『藤岡屋日記』の伝播状況の解明を補助する重要資料であることには変わりはない。『藤岡屋日記』以外の典拠や『浮世珍説録』以外の写本など、本書についてはより一層の追究が必要である。

【注1】「和本カード」より

【注2】江戸近郊以外の事件も僅かながら見られ、安政二年六月出羽国の鼠害（巻一）や安政三年八月二十五日浦賀で転覆を免れた船の話（巻二）、安政四年六月五日、下田でアメリカ人が追い剝ぎにあった事件（巻三上）、安政五年二月二十五日に富山や加賀、越後など北国筋で起きた大地震（巻四）など取り上げられている。

【注3】江戸川乱歩「残虐への郷愁」『芸術新潮』平成六年九月

【注4】日本古典籍総合目録データベースより

【注5】「天言筆記」『新燕石十種』第一巻、中央公論社、昭和五十五年
【注6】菊池貴一郎『絵本風俗往来』東陽堂支店、明治三十八年
【注7】吉原健一郎『江戸の情報屋　幕末庶民史の側面』日本放送出版協会、昭和五十三年
【注8】林美一「「藤岡屋日記」について」『日本古書通信』昭和四十九年三月十五日
【注9】江戸川乱歩『貼雑年譜』講談社、平成十六年
※本稿は科研費基盤研究(C)「狩野亨吉文書の調査を中心とした近代日本の知的ネットワークに関する基礎研究」（課題番号17K02408）の成果の一部である。

III

江戸川乱歩のテクストを読み直す

探偵小説のジャンル言説と読者像

——江戸川乱歩を中心に

金子明雄

はじめに——問題の所在

例えば「探偵小説」でも「推理小説」あるいは「ミステリー」でも、ジャンルの呼び名は何でもよいのだが、犯罪やそれに近接した事柄に関わる謎の解明を主要なモチーフにした虚構作品と、思いきり緩やかな定義によって「〇〇的」「〇〇風」という認識を許容してしまうならば、今日、エンターテインメント文学はもちろん、文芸雑誌に掲載される小説、マンガ、ライトノベル、映画、テレビドラマ、演劇、ゲームなど、虚構のストーリーが展開されるジャンルのことごとくで、程度の差はあれ、探偵小説的（風）作品が大きな場所を占めていることは間違いない。事件や犯罪の隠れた真相というノンフィクションでの主題の特権性を考えれば、フィクションであるかノンフィクションであるかを問わず、人々の想像力のことごとくは出来事の背後に隠された謎に向けられているといってもよいだろう。そのような状況では、後にふれるような狭義の「探偵小説」ジャンルに固有の歴史という発想にさほどの意味はないようにも思われる。探偵小説的想像力の起源としてポーや黒岩涙香の名前を持ち出すのは、いかにも的外れと誰しもが感じるであろうし、文学作品の領域に限っても、ソフォクレスやドストエフスキーなどの名前を仰々しく掲げるまでもなく、探偵小説風の構成を類型的なプロットの一つと見なすアイデアはそれなりの説得力を持っており、特定の誰かの発明物とする発想には馴染みにくい。江戸川乱歩は、その最晩年に、想像力の総探偵小説化ともいえる今日の状況の一端に触れた可能性があるかもしれないが、だとすれば果たして何を思ったであろうか。

しばしば指摘されるように、乱歩の探偵小説認識には、相反する二つの方向性が内在している。その一つは、谷崎潤一郎や佐藤春夫、宇野浩二、芥川龍之介ら大正期の作家たちの探偵小説風の作品への愛着を語る個人的回想とも重ねられるかたちで、自らの作品を含めた探偵小説を先行する文学の流れと接続させて、開かれた時空に位置づける方向性である。もう一つは、例えば「主として犯罪に関する難解な秘密が、論理的に、徐々に解かれて行く径路の面白さを主眼とする文学」[注1]などの、欧米における探偵小説の動向との接続を視野に入れた定義に基づいて、探偵小説ジャンルの正統を閉じた時空の中で純粋化しようとする方向性である。本論で話題にしたいのは、乱歩自身が体現する認識のあり方とも重なる、探偵小説認識の二つの方向性の関係である。探偵小説の本質を、欧米の探偵小説と対応したモデルを参照枠組として、限定的・規範的に把握しようとする求心的な志向、すなわち「本格探偵小説」論と、そのような求心性が埒外に排除する側面に価値を見出す「変格探偵小説」論とは、日本の探偵小説にかかわる言説の場でしばしば互いに対立する場所を占めてきたのだが、その対立の内実は、特定の個人やグループの抗争という表面的な見た目ほど単純ではない。日本の探偵小説批評の金字塔とされ、その歴史認識におけるカノンとしても機能する批評集『幻影城』（一九五一年）においても、そのような二つの方向性はとりあえず並存しているというしかないが、明確な起源を有した「本格」の系譜を正統な探偵小説史のパラダイムとして規範化しつつ、「本格」とは異なるという断り書きを付して非「本格」（「変格」）の作品群に言及し、時に自己の作品との繋がりを記述する『幻影城』について、吉田司雄は「かつて「変格派」と分類された人間がいつしか「本格派」の側に立たされてしまうという転倒した事態を、なんとか解きほぐすべく編まれたものだとも考えられるが、結果としてうまくいったとは言いがたい」と指摘する[注2]。そこで示されている「本格」と「変格」の関係性には、乱歩自身のポジションが境界面となるねじれが看取されるのである。

今日の探偵小説的想像力の瀰漫を「本格」／「変格」の二項対立枠組で見るならば、さしずめ「変格派」の圧倒的な優勢ということになるだろうが、そのような状況を乱歩であればどのように評価するであろうか。今日の乱歩評価の基盤となっているように思われる「変格」の隆盛を言祝ぐだろうか、それとも、自らが立ち上げようとした正統的な「本格」の系譜の後景化に落胆するであろうか。乱歩の反応は知るよしもないが、本論の目的は、江戸川乱歩という一人の探偵小説作家、探偵小説批評家の場所で絡み合った「本格」と「変格」の関係性を、周囲に展開した探偵小説言説と併せて検討することである。それは、探偵小説をめぐる言説がそれぞれに想定した読者との文学的コミュニケーションのあり方の再検討とつながるであろう。ジャンルとしての探偵小説の形成期とされる大正末期から昭和戦前期に遡って考えてみたい。

一、探偵小説読者としての「大衆」の出現

大正後期から昭和戦前期にかけての探偵小説ジャンルの隆盛は、明治期以降何度か反復される文学読者の量的拡大の波と関連づけて説明することが可能である。文学読者の量的拡大の波とは、例えば、明治二十年前後の硯友社の活動に対応する近代的な文学読者の可視化、日清戦争後の総合雑誌を軸にした雑誌出版の企業化や新聞メディアでの現代小説の掲載頻度の増加などによる文学作品の流通性の拡大や、同様の傾向の日露戦争後の拡張的反復、文学者の書き物を積極的に掲載する大正期の女性雑誌の急成長などの現象を指しており、多くの場合、文学読者の量的拡大と同時に、読者層の多様化に対応した文学的コミュニケーションの質的変容を伴う。大正期の後半に博文館の雑誌『新青年』を中心に可視化された探偵小説の読者は、大衆的な娯楽雑誌である『キング』が創刊され（一九二五年一月）、『中央公論』「大衆文芸特集号」（夏季増刊号、一九二五年七月）が発行され、各社の円本

全集企画が進行する中で、出版界がこぞって可視化しようと試みた「大衆」的読者に合流することになる。改造社『日本探偵小説全集』(全二〇巻)、乱歩の一巻を含む博文館『世界探偵小説全集』(全二四巻)、乱歩をはじめとした日本人作家七巻を含む春陽堂『探偵小説全集』(全二四巻)、平凡社『世界探偵小説全集』(全二〇巻)などの廉価版全集が相次いで刊行されたのは一九二九年から三〇年にかけてのことであり、後に乱歩は日本探偵小説の第一の山という認識を示す[注3]ことになるが、この間に日本の探偵小説は欧米の探偵小説と拮抗しうる(かもしれない)ジャンルとして確立されると同時に、「大衆文芸」の一翼を担う存在とみなされるようになる。白井喬二らの提唱によって組織され、一九二六年一月に『大衆文芸』を創刊する「二十一日会」に江戸川乱歩、小酒井不木、正木不如丘の三人の探偵小説作家が加わったことは、「新講談」を土台にした時代小説中心の「大衆文芸」に探偵小説が合流したことを印象づける象徴的な出来事といえるであろうし、平凡社が一九二七年から刊行を始めた円本全集『現代大衆文学全集』にも、乱歩の二巻を含め、九巻の探偵小説が含まれている。つまり、ジャンルとしての探偵小説の確立の条件とは、新しい大衆娯楽雑誌や円本全集、廉価の全集企画の大流行などによって、かつてない規模で急速に文学の流通が拡大する中、時代小説を中心とした「大衆文芸」ジャンルが可視化した大衆文学読者に相乗りし、それを拡張するかたちで文学的コミュニケーションを現実化し、出版界における商業的コンテンツとしての価値を証明することであったのだ。

セシル・サカイは『大衆文芸』創刊当時の「大衆」という用語について、それ以前に担っていた量的な意味から、「当時支配的だった純文学——知識人による知識人のための文学——に対立するひとつの文学的傾向を直接に指示するもの」に変化し、「旧士族や支配階級の人々が当時の高尚な文学の知的正統的な読者として想定されていたのとは反対の位置を占める」読者という質的意味が付与されたと指摘する[注4]が、後で検討するように、探偵小説のジャンル確立と大衆文学化の中心に位置していた乱歩自身は、そのような「大衆」の質的意味と自らの創作を接続させることに違和感を抱いていた。このことは、乱歩の創作が、その非探偵小説的な部分で、結果的に反「知的正統的な読者」と接続されていたと思われることと併せて考えると大変興味深い。そこでは、出版界の動向と対応して可視化された「大衆」読者や、探偵小説の送り手の側が期待した読者、さらには乱歩作品に「知的正統的」な文学モチーフとは異なる何かを求めた読者など、互いにズレをはらんだ読者像が輻輳し、縺れ合っていた可能性がある。押野武志は前述した『中央公論』「大衆文芸特集号」掲載の文章を分析して、この時期の大衆像に、①ブルジョアジーに対するプロレタリアート、②知識人に対する大衆、③消費の主体としての大衆、④民族・国民としての大衆、などのいくつかの意味の層の重なりを指摘している[注5]。探偵小説のジャンル意識の内的構成と共に、探偵小説が自らの読者層であるはずの「大衆」に、いかなる質を看取していたのか、またいかなる意味を充塡しようとしていたのか確認する必要がある。

二、探偵小説ジャンルの再定義としての「本格」／「変格」論争と乱歩

雑誌『新青年』によって積極的に推し進められた海外探偵小説の翻訳紹介が、日本における探偵小説読者の存在を広く可視化する役割を果たしたことは、いまさら確認するまでもない。「探偵小説傑作集」などと題された増刊号が、目次のほとんどを海外作品の翻訳で埋め尽くして、そのような役割の中心を担ったが、そこに掲載された日本の書き手による批評・エッセイは、比較的短いものが多いものの、この時代の探偵小説のジャンル意識を知る手がかりとなる。例えば、一九二四年八月の夏期増刊「探偵小説傑作集」を見ると、木村毅（探偵小説愛読者手記）、内田魯庵（探偵小説の憶出）、平林初之輔（私の要求する探偵小説）らが、共通に黒岩涙香の翻案伝奇小説群（涙香もの）を探偵小説読書の入り口の記憶としてあげており、ルブラン、ポー、ドイル、ガボリオ、ボアゴベら、名前のあがる海外作家は多岐にわたるが、涙香ものとも繋がるロマンチックな冒険小説的要素も兼ね備えたルブランへの愛着の語られる場面が目立つ（例えば、南部修太郎「探偵小説の魅力」）。その一方で、加藤武雄（探偵小説雑感）や木村、平林は共通してドストエフスキーに言及しており、彼らの念頭にある探偵小説の幅の広さが窺える。ま

た、魯庵が「一度は誰でも必ず夢中になる読書の一過程で、手品や軽業を見るやうなものである」とし、南部も「母が好きで買つてくる」岡本綺堂の『半七捕物帳』などを「ごく通俗的な探偵物語」としていることから、探偵小説的な読み物は、広く読まれる通俗的な作品と受け取られていたことがわかる。掲載されたエッセイの書き手が、平林初之輔などを例外として、この時期の探偵小説の世界から比較的遠い人ばかりということもあろうが、当時の読書人から見れば、探偵小説は決して新奇な存在ではなく、小説一般の「探偵小説的脚色」(魯庵)や「涙香もの」などを通して、それなりの歴史を有する既知の存在との連続性の中で認識されており、読み物として既に一定量の読者を獲得していたのである。鈴木貞美によれば、森下雨村の『新青年』編集の方針は、「探偵なんか登場しなくったって、「怪奇」も「滑稽」も「冒険」もみんなひっくるめて「探偵小説」と銘打って押し出した、というのが実態である。要するに、ロシア文学など幅を利かせていた大正期の翻訳文学の主流から、はみ出た外国の小説をみんなまとめて「探偵小説」と名づけた、というくらいに考えた方がよい」とされる[注6]が、読者側の幅の広い緩やかな探偵小説認識も当時の『新青年』の誌面と対応するものであったといえよう。その意味では、そのような『新青年』のあり方が、後に探偵小説のジャンル意識に混乱を招き寄せる原因となった面があるのだが、同時に、そのようなジャンル認識の緩やかさが、この時期の探偵小説が実現した幅の広い文学的コミュニケーションの条件だったのであり、その実相と対応していたことも確かなのである。

少なくとも大正後期から昭和初年代の状況を考える限り、翻訳探偵小説中心の『新青年』の誌面が象徴しているように、実作者にとっても読者にとっても、海外で先行して展開している探偵小説の数々が、やがて歩んでいく自分たちの未来像として、圧倒的な規範性・モデル性を発揮したことは間違いない。そのような状況の中で、主に実作に関わろうとする側から、緩やかすぎるジャンル認識を整理して、海外の先行する作品群との系統的な関係性を枠組にすることで、自らの価値を評価し、進むべき方向性を定めようとする志向が現れてくるのは当然の成り行きといえよう。

一九三一年に甲賀三郎と大下宇陀児の間で交わされた論争は、探偵小説の本質を問題にして、「本格」と「芸術」（「変格」）という対立的認識の構図を明確に表したものである。主要な対立点は、探偵小説の目指すものが、「探偵小説的脚色」を活用した芸術的な完成なのか（大下）、謎の解明という探偵小説に固有のプロットそのものの面白さの追求なのか（甲賀）という違いに収斂するのだが、謎の解明を優先するか、芸術性を優先するかという探偵小説のジャンル認識の基本枠組に関わる差異は、この論争以前から表面化していたものである。「本格」「変格」という用語の提唱者とされる甲賀三郎[注7]は、当初から一貫して謎の解明という探偵小説に固有のプロットそれ自体の価値を主張している。例えば『探偵趣味』第一輯（一九二五年九月）の創刊記念ともいえるアンケート「探偵問答」で、「探偵小説目下の流行は永続するか否か」の問に対して、甲賀は「作家が芸術的に偏して探偵的プロットを疎にする時遂に読者に倦きられるべし。上品にして、興味深く且つ驚異に富むプロットは永久に存続性あり」と回答している。先に紹介した『新青年』（夏期増刊、一九二四年八月）誌上で、佐々木味津三は、甲賀三郎の実作「琥珀のパイプ」について、探偵小説的「興味」はあるが「芸術的気品」に欠けるとする一方で、江戸川乱歩「二廃人」について、「芸術的気品」はあるが探偵小説的「興味」に不満とする。そして、両者の「中間」に「高級な探偵文学として立派な一分野を確立する」可能性があるが、それを求めるのは「邪道」であるとしている[注8]。佐々木の記す「中間」の具体的な内実や、「邪道」の意味は明確ではないが、この作品評には、芸術性か謎の解明かという二方向に分岐する認識のあり方が既に鮮明である。

佐々木によって芸術性を認められた乱歩が、この問題に関して示す認識の変化や屈折は、探偵小説ジャンルの認識枠組の形成を考える上で興味深い。一九二五年、探偵小説にプロレタリアに寄り添った一種の問題文学性を期待した前田河広一郎との間に生じた応酬の中で、乱歩は、探偵小説は「たゞ一種の知識的遊戯」、「たゞ〳〵知識的興味の為の外には、何等の野心も目的も有しない一つの文学なのである」と述べている[注9]。一見すると、ある種の自己卑下によって探偵小説の政治利用を忌避している表現のようにも受けとめられるのだが、その場所に『新青年』に掲載された佐藤春夫による探偵小説の定義を引用していることを考えると、少し別の解釈の余地が出て来るように思われる。

要するに探偵小説なるものは、やはり豊富なるロマンテイシズムといふ樹の一枝で、猟奇耽異の果実で、多面な詩といふ宝石の一断面の怪しい光芒で、それは人間に共通な悪に対する妙な讃美、怖いもの見たさの奇異な心理の上に根ざして、一面又明快を愛するといふ健全な精神にも相結びついて成立つてゐる［注10］。

佐藤春夫の探偵小説論は、探偵小説の芸術的意義を、探偵小説的モチーフそのものの基盤となる人間精神の両義的なあり方に見出そうとしている点において、同じ雑誌で横並びになったさまざまな探偵小説論の中で異彩をはなっているのだが、そのような志向に対する共感が乱歩にあったとするならば、「知識的遊戯」という認識と、「知識的興味」と「文学」としての文学性・芸術性との融合の道を探ろうとする方向との間には微妙な裂開が存在し、この文章それ自体が「知識的興味」の芸術性に対するこだわりとそれを求めることへの躊躇いを、すなわち乱歩の探偵小説ジャンル意識に内在する亀裂を表象していることになろう。先述した『探偵趣味』（一九二五年九月）のアンケートで、「探偵小説は芸術ではないか」の問に対して、多くの回答者が多かれ少なかれ芸術であるとしているのに対して、乱歩だけは「芸術であると云ひ度い。が、どうも云ひ切れぬ所がある。『探偵小説』を意図して書かれる以上、それは本質的には芸術ではないといふ気がどこかでする」と否定的な回答をしていることや、にもかかわらず、「お好きな探偵作家」について、黒岩涙香の「翻案全部」に加えて谷崎潤一郎、佐藤春夫の名前をあげている［注11］ことからも、自己の内部にある芸術性へのこだわりと、「知識的興味」を求めることの帰結との乖離への自覚は明かというべきであろう。

そのような乱歩が、一九二一年になると、かつて「私は探偵小説といふ「一つの芸術」が成立つのではないかと、汗ばむ程の昂奮を以て、日夜それを夢見た」とした上で、「今や、それ故にこそ心酔した所の、暗い人の心の奥底をゑぐる、邪推深い探偵小説は、已に過去のものとなつた」と明言している[注12]のは、発言の直接的な文脈はどうあれ、既に多くの指摘があるように、探偵小説の本質にもっぱら芸術的な要素を見出そうとする立場の放棄であり、転向宣言にほかならない。この時期に、大下宇陀児・甲賀三郎の論争の間に入って、大下の「読書人は、謎を解くだけの小説が、世の中で一番優れた小説であるとは、決して思つてゐない」という「芸術的滋味」の意義の強調[注13]を擁護して、「本来の探偵小説が謎を解く理智的興味を主眼とすべきは、何人も否み得ない」としつつも、大下説は「この根本観念を否定するのではなく、その表現方法を芸術的にし、新味を出だせといふ意味に解すべき」と弁護している[注14]。これも一見すると、現実的な折衷案による両者の仲介のように見えるのだが、そのような折衷が可能になるのは、謎をめぐる「理智的興味」と表現方法上の芸術性を分離した上で、前者を主、後者を従と認識するからであり、ここにも乱歩の探偵小説認識の変化を見出すことができるのである。

「本格」か「芸術」（「変格」）かを対立軸とする論争は、甲賀三郎の「本格派」宣言ともいうべき内容を含んだ「探偵小説講話」の雑誌『ぷろふいる』への連載（一九三五年一～一二月）を契機として、甲賀を中心に、大下宇陀児、海野十三、木々高太郎らとの間で大きな盛り上がりを見せる。この時期、それらの論争とはさほど具体的な接点を持たなかった乱歩であるが、この論争に深く関与する議論を『ぷろふいる』誌上で展開している点は注目に価する。例えば、乱歩は「芸術派」の探偵小説に二つのタイプがあるとして、探偵小説作家ではない人々による「作者は純粋の「謎」の小説を書かうと心掛けたとしても、つい彼等の持つてゐる芸術的なものが作中に影を拡げてゐるやうな作品」と、専門の探偵小説家による「探偵文学の「探偵」の分子と「文学」の分子とを少くとも同じ程重大に考へて、作中に感情とか性格とかアトモスフイヤとかを十分取入れてゐるやうな作家の作品」の二つを指摘する[注15]。「探偵小説は、如何に謎文学とはいへ、文学である以上文学的装飾を拒絶することは出来ない」[注16]と、依然として「文学」（芸術）へのこだわりは見せるものの、「探偵」分子と「文学」分子を分離可能な二つの異なる要素とする認識がここでの議論の前提となっている点は重要である。そして、そのような認識の延長線上に、乱歩による探偵小説の定義の初期形が「探偵小説とは難解な秘密が多かれ少なかれ論理的に徐々に解かれて行く経路の面白さを主眼とする文学である」と提示され、「秘密解決の経路の面白さが主眼となつてゐなければならない」という立場が明言される[注17]。例によって、「最後に文学といふ重大な条件が附加されなければならない」と「文学」へのこだわりも付け加えられるのだが、それは「如何に文学的手法に優れてゐても」、「探偵」分子と関わる条件にあたる「上記の六つの条件が巧みに充たされてゐない時にも、その価値が半減されるであらう」と補足される[注18]以上、「文学」という条件とそれ以外の「探偵」的諸条件は互いに独立の関係とみなされることになる。つまり、芸術的な要素と探偵小説的な要素を互いに独立した要素として別々に取り扱う論理的枠組によって、実作者としては「芸術派」「変格派」とみなされることの多かった乱歩が、探偵小説史家、批評家としては「本格派」に近い立場をとることが可能になっているのである。もちろん、批評家としての乱歩の位置が「本格派」に寄るのは、戦後に生じる木々高太郎との論争など、多分に探偵小説文壇内の力学による面があり、戦前の探偵小説界での立ち位置としては「中立」「中庸」ということになるが、そのような立ち位置を可能にしているのが、「文学」性と「探偵小説」性を独立の因子として扱える認識枠組（それによって「文学」性と「探偵小説」性の配分は随意に案配可能なものになる）であり、実のところ、それこそが「探偵小説」性から「文学」性を完全に排除することも可とする「本格派」が、現実的には「変格派」の作品が数多く流通していた当時の探偵小説界において一定の場所を占めることを可能にした基本的な認識枠組なのである。乱歩は、自らの定義に続いて、再び佐藤春夫の定義を引用するのだが、前述した引用が、探偵小説で生じている相反する要素の共存という一つの事態の記述と読めるのに対して、ここでの引用では混在している二面的な要素の分析的記述として読まれると考えるべきであろう。佐藤の定義の文脈がずらされているのである。

　文学の世界における論争が往々にしてそうなるように、甲賀三郎と大下宇陀児の間の論争も、甲賀三郎と木々高太郎らの間の論争も、どちらかが明かな勝利を収める展開には至らなかった。「変格の多いといふ事に探偵小説の将来性を認めてゐる」とする海野十三[注19]のような、どのような探偵小説であっても広く読まれればそれでよいと考える現状追認的な「変格派」は別にして、未来を指向する探偵小説作家たちにとって、「芸術派」にしろ「本格派」にしろ、自らの議論を担保する実作品がほぼ不在の状況であったことに変わりはない。しかしながら、「謎があり、論理的思索があり、そしてその謎の解決がある、と言ふ三つの条件（略）を具備すると言ふ形式を通して何が出て来るかと言へば文学が出て来るのである。芸術が出て来るのである」[注20]、「私は、「探偵小説より見ても満点、純文学より見ても満点」の作品が、探偵小説の理想の型であり、これは尚未だ書かれてはゐないが、その方向に向つて作家が勉強することが出来るのであると主張する」[注21]木々高太郎の議論が、いかなる担保もないままに未来の芸術的な探偵小説の理想に投機するのに対して、ヴァン・ダインをはじめとする海外の「本格探偵小説」の存在という担保によって、目の前の実作の不在を、来たるべき日本の「本格探偵小説」のための空所に変換して見せた甲賀三郎の議論は、立場の異なる探偵小説作家、探偵小説読者にとっても、自らの立場との共存可能性が確保される限りにおいて、あり得る（あるいは理想的な）探偵小説の未来像として容認できたに違いない。そして、そのような共存可能性が、「文学」的要素と「探偵」的要素を分離する認識枠組によって確保されたのである。いったんそのような未来像が容認されるならば、過去から未来に繋がる「本格派」の系譜という時間的遠近法は、探偵小説認識として一定の正統性を獲得することになるだろう。

犯罪事件などに付随する謎を科学的かつ論理的に解き明かしていくプロットを持つ作品を特化しようとする動きは早くからあった。その最右翼にいた甲賀三郎が、探偵小説の正統なスタイルとして「本格探偵小説」を提唱し、謎解きよりも怪奇幻想性やエロ・グロ、ＳＦ的要素などに比重をおく「変格探偵小説」との差別化を図ったのである。（略）名称としては本格探偵小説の方が早期に一般化しており、そのため、本格・変格の差異は〈本来の探偵小説〉と〈それ以外の探偵小説〉との違いであるという認識も当然のことながら存在していた[注22]。

谷口基は、このように、後からやって来た「本格」が先に名を名乗ったことによって、あたかも初めからその名前で存在していたかのような認識の転倒が生じた事態を記述している。探偵小説ジャンルの認識において、「本格派」「変格派」どちらの立場であるかにかかわらず、「本格」を基準として秩序化された時間・空間が共有されるのである。はじめに「本格」があり、後にそれが分化して派生態（「変格」）が生じる、中心に「本格」があり、周辺にそれ以外の「変格」がある、「本格」はそれ自体で十分な存在であるのに対して、それ以外は何かが欠けた不完全な存在である、などの認識が自然化する。「変格」を擁護しようとする海野十三が、思わず「最初は純本格に限つてゐたかも知れないが、今日のところでは世間ではさういふ狭い範囲のものとして取扱つてゐない」と書いてしまう[注23]。あるいは、戦後に行われた「探偵作家抜打座談会」において、反「本格派」（文学派）の作家たちが集結している場で、反語的表現であったにしても、次のような発言がなされる。

木々　本格というは、シヤロツク・ホルムズみたいなやつで、トリツクもあり解決もあり、謎もあつて完備している。変格というのはその中の何かが欠けているわけです。

（略）

岡田　何か変格というと、本格のまがいのような気がする[注24]。

「本格」を軸とした認識論的転倒を示すこれらの発言は、探偵小説ジャンルの認識が「本格」を基準に整序されたことの証左となるであろう。しかしながら、そのような認識枠組に、探偵小説が媒介する文学的コミュニケーションの実態が亀裂を生じさせることになる。

四、大衆か？　愛好家か？　——探偵小説の読者像

大正後期から昭和戦前期にかけて、大衆文学の勢力拡大と並行して探偵小説が多くの読者を獲得する状況が急速に進展していく中、探偵小説の側にあった人々は、自らの読者像を現在時において、あるいは未来の理想像として、どのように把握していたのだろうか。一九二五年、平林初之輔は、探偵小説が単に多くの読者を獲得するばかりでなく、既存の文学そのものを置き換えてしまう可能性について、次のように記している。

科学文明が進むにつれて、殊に、資本主義の発達に伴ふ富の集中、大富豪の出現、華美な生活、信用取引の発達、官吏商人等の不正行為の増加、其他これに類似の様様な生活現象は、益々一般人の探偵小説的興味を刺戟し、探偵小説を盛んならしめるであらう。それと同時に、国民の思想が科学的、方法的な推理を喜ぶやうになつて来るにつれて、これに知的満足を与へる読物としての一種の小説が、従来の尋常一様な生活記録の小説を駆逐してくるに至ることは必然の勢といつてよからう[注25]。

平林は、必ずしも「本格」に限定していないが、探偵小説のモチーフそのものの現代性が、それを求める読者＝国民の嗜好や受容能力の進歩と手を携えることによって、探偵小説が新時代の文学の中心となることを予言している。少し遅れて、一九三一年の甲賀三郎は、探偵小説の精巧に組み立てられた謎の面白さが、人種と階級を問わず多くの読者を楽しませるというヴァン・ダインの批評[注26]に刺激されて、「大学教授、学者、政治家、外交官、科学者など」の「A級の読者」にも、「最も原始的な無教育な読者」である「B級の読者」にも、共通の魅力のある「謎」の可能性に言及して、「謎の持つ興味、いかなる謎が、いかなる謎の解き方が、さうして小説

としていかなる形式が、社会のあらゆる階級に普遍的な魅力を与へるであらうか。探偵小説家がそれを解決し得た時に、初めて探偵小説は読物の王座を占めて、全日本の読者の熱狂的歓迎を受けるであらう」と、「本格」の道を究めていくことによって、万人に通じる普遍的な魅力ある謎の表現が実現し、時代を超えた真の大衆文学としての探偵小説が実現する夢を語っている[注27]。一方、甲賀三郎と対峙する「芸術派」の代表ともいうべき木々高太郎は、一九三六年に「探偵小説がまだまだ商業としての価値も、大衆への喰ひ込みも不足」と現状を分析した上で、その原因について「一に、探偵小説の芸術への歩武が足りないところから来てゐる。私は常に言ふ。「大衆読者の芸術的鑑賞力を軽蔑してはならぬ」と。読者は敏感である。探偵小説に対しても、大衆文学に対しても、その芸術的精進の少しでも多くを含むものを、高く評価するのである」と論じる[注28]。ここで展開されているのは探偵小説版「純粋小説論」ともいうべきものであり、芸術性の追求がその受容の大衆的広がりに直結するという、いささか奇妙な論理展開になっている。その意味では、探偵小説の芸術性が大衆化する夢想というよりも、むしろ読者論の不在を指摘すべきかも知れない。

いずれにせよ、探偵小説の面白さの現代性や普遍性を、あるいはその芸術性を読者の一般的な広がりと直接的に結びつけるユートピア的ともいえる発想が比較的長期にわたって存在していた中で、「本格探偵小説」の面白さを論理的に追求した井上良夫は、先鋭的な「本格派」の立場から、「謎とその論理的解決」を中心要素とする探偵小説において、「謎」の「難解感」が面白さの構成に不可欠であるとして、「或る程度の読者の参加を考慮に入れての謎の解決を取扱ふものであるからして、その難解味がつまるところは謎の面白味であり、ミステリイの魅力ともなるのである」と論じる[注29]。ここでは、探偵小説を媒介とする文学的コミュニケーションに参加する読者の存在が強く意識され、探偵小説に固有の面白味を、面白味として受容できる読者の資質・能力が前景化される。探偵小説愛好家への注目は、「探偵小説の読者は、活動写真の愛好家と同じやうに、一種の群団的批評家である。ファンの批評は、往々にして、専門批評家の批評よりも厳正で公平であることがある」とする平林初之輔にも共有されている[注30]が、井上の議論は、探偵小説の読者を、無条件に大衆や国民に拡張することのできない存在としている点に特徴がある。むしろ、井上は「探偵小説なるものは、根本的に云つて、主として、より知識的な読者層に迎へらるべき性質の読物である」と、探偵小説の読者を閉じた領域に限定する方向で把握しており、「現在のやうに、安易な探偵小説が多く発表されて、よしそれが、より多くの、低い読者層に受け入れられたとして、（略）果してそれが探偵小説として喜ぶべき発達であるといひ得るかどうか」と、探偵小説の読者としての資格を充たさない「低い読者層」に対応した「安易な探偵小説」の普及への警戒感を隠さない[注31]。そして、「探偵小説そのものとしては、大衆文芸の末席に割り込まうとする苦心も無用なれば、純文芸にこびてみる必要もない、探偵小説は探偵小説として、独自の存在を主張することに先づ努めてもらひたいのである」と、芸術的な文学とも大衆文学とも異なる、探偵小説に独自の発展を主張し、真に探偵小説を理解する限られた読者集団（探偵小説愛好家）とのリンクを志向するのである[注32]。

これに対して、ほぼ同じ時期に、まったく反対の見解が示されているのは興味深い。一九三六年、探偵小説の大衆文学化の仕掛け人ともいえる森下雨村は、文学としての高級さを認められない探偵小説の現状を嘆く木々高太郎に反駁するかたちで、未だ「読物文学として一般読書界との接近握手」が不十分であることが真の問題であるとして、現状を次のように批判的に分析する。

近頃の探偵小説が余りにも探偵小説の掟に捉はれ過ぎて、或は怪奇文学の領域に突つ込み過ぎて、読物文学として一番大切なストリーや情味や明朗性を忘れかけてゐるのではないかといふことです。（略）探偵作家が推理や論理一点張りのもしくは変質的な怪奇趣味に陶酔したやうな作品を書いてひとりよがりをしてゐる間は、若いフワンは知らず大衆は振向いてはくれないではないでせうか[注33]。

探偵小説愛好家としての「若いフワン」と「一般読書界」を担う「大衆」との識別を前提として、「本格」「変格」の両方向における「大衆」との接続の欠如を問題視しているのである。もちろん、雨村のこのような見方を編集者・出版者側からの要望と見ることも可能だが、雨村と同時期に、作家の立場からも大衆文学としての拡大に探偵小説の未来を見る考えは示されている。海野十三は、「今僕が特に考慮を払つてゐることの一つは探偵小説といふものを、もつと面白く楽しく平易にすることだ。（略）立川文庫が誰にも愛されたやうに、あれに倍して愛されるやうな探偵小説を出さなければいけない。それは探偵小説を思ひ切つて低級化することである」と主張し[注34]、「私の書くものは、通俗とか何トカ云はれますが広汎な読者から歓迎されるものを望む立場から、今後もそのつもりでやつて行く考へでをります」と開き直りとも見える発言をすることに躊躇しない[注35]。また、甲賀三郎も本格探偵小説の王国一辺倒であったわけではなく、雨村や海野の発言と同時期になると、探偵小説の大衆性について、犯人を決定するためのすべての証拠が出尽くしたことを宣言して、読者に本を置いて推理することを促す「ストップ・ページ」に着目し、読者に挑戦する「スポーツ的提供」として、「少くとも探偵小説の興味はかうした所にあり、大衆に受入れられる点も亦、このスポーツ的提供にあることは、少くとも米国の読書界が実物的に示してゐるのである」と論じており、「本格」的な興味が大衆性を獲得する局面を、ゲームをプレイする意識を共有した作者と読者の関係性に見出して、読者参加の閾を下げる方向で、「謎」と大衆との接続の回路を探ろうとしているのである[注36]。

少し時を遡るが、乱歩は創刊したばかりの『大衆文芸』（一九二六年一月）に「探偵小説は大衆文芸か」と題して、ある意味で非常に挑発的な文章を掲載している。「かくの如く盛観を呈してゐながら、本当の探偵小説理解者といふものは案外少いのである」とする乱歩は、単に読者の量的広がりが不十分な状況を記述するのではなく、探偵小説というジャンルの本来的な性格として「純粋な意味では決して一般的ではない、非常に特殊な一つの文学」であるとして、「純文芸と云はれるものよりも、もつと読者の少ない、ほんの一部の同好者の読み物にしか過ぎないものだ」と指摘する〔注37〕。そして、その特殊性を特権性に反転させることで、「真の探偵趣味といふものは、ほんの少数の人にしか理解出来ない一つの快楽であつて、それを楽しみ得る自分は何といふ仕合者であらう」と続ける〔注38〕。選ばれた少数の特権的読者の愛玩物であることに探偵小説ジャンルの本質を見出そうとするのである。「ほんの少数の人にしか理解出来ない一つの快楽」と記される、いかにも淫靡な印象を与える快楽の内容については明確にされないが、一九三一年の時点で乱歩自身によって断念したと語られることになる「それ故にこそ心酔した所の、暗い人の心の奥底をゑぐる、邪推深い探偵小説」〔注39〕のモチーフと結びつけて空所の意味を充当するのは無理なことではない。であるとすれば、そこで主張されているのは、読者の文学的嗜好の特殊性と対応した探偵小説の本来的な非大衆性に他ならない。しかしながら、断念されたものとして探偵小説が担い得る特殊な文学的モチーフが語られていることは、探偵小説の本質的な非大衆性という認識もまた変容したことを示唆していよう。乱歩の読者認識の変化の詳細を直接的に追うことはしないが、その背景に生じた出来事を確認すれば、事態は容易に理解できるのではないだろうか。一九二六年から三一年の間に生じているのは、前述した通り、探偵小説読者の急速な広がりであり、三一年に刊行のはじまる平凡社版『江戸川乱歩全集』（全十三巻）が、個人全集でありながら、円本全集の広告戦略にならって、円本全集に匹敵する商業的大成功を収めるという事実である。つまり、探偵小説の文学的な本質に非大衆性を見ようとする立場は、ロマンチックな思い入れとして語り続けられたとしても、乱歩作品の圧倒的な流通性という現実によって、なし崩し的に無効化されてしまう状況が展開しているのである。

「ほんの少数の人にしか理解出来ない」と書き手自身が半ば優越感を伴って考えていた作品が、同時代的に「大衆」という名を冠する読み物ジャンルに匹敵する、あるいはそれを凌駕する規模で流通してしまい、書き手の想像を絶する大量の理解者が出現するという事態が展開する。もちろん、大正期に端を発するベストセラー現象のほとんどに、そのような一種のディスコミュニケーションあるいは文学的コミュニケーションの個体発生的変容が内在しているという理屈は成り立つだろうが、乱歩の身に起こった事態を視野に入れて、この時期の探偵小説の読者と読者像について考えてみよう。出版界において探偵小説ジャンルがそれなりに幅広い読者を獲得していく見通しがあれば、出版界にしても、探偵小説作家にしても、ユートピア的な理想の将来像は別にして、現実的なレベルで読者層のいっそうの拡大を目指す方向性に対応しようとするのは当然であろう。その意味では、実質的な限定をなされない「一般読書階級」「大衆」「国民」を開拓の余地の残った未来の読者像とした通俗化路線が浮上するのも当然の成り行きである。先に紹介した森下雨村の通俗読み物化の要求や、海野十三の平易な面白さの追求としての「低級化」志向、甲賀三郎の「スポーツ的提供」の提言は、探偵小説が向き合っていた読者層の現実に即していたことは確かである。その一方で、井上良夫のように謎を解明する面白さを味わう面において、あるいは乱歩のように特殊な文学的嗜好を共有する面において、探偵小説には閉じた文学的コミュニケーションに「探偵小説愛好家」としての読者を囲い込む志向性があることも確かである。しかしながら、その時に問題になるのは、愛好家としての特殊な読者の質ではなく、相対的な量なのである。「探偵小説愛好家」が文学的趣味のレベルで特殊性を帯びた少数派であったとしても、その消費行動は出版市場において一般的な経済的尺度で意味づけられることになる。愛好家の消費行動が出版市場において無視することのできない量的規模を持てば、その存在は市場レベルでは相対的な多数派に変貌して、経済的に有意な存在として顕在化することになるだろう。例えば、『新青年』主導の探偵小説界にあきたらない愛好家たちによる自発的なメディア活動は、探偵小説の商品性を当て込んだ出版活動とは別の次元で早くから生じていたが、一九三五年前後に至ると、乱歩によって「日本探偵小説第二の山」と呼ばれる[注40]探偵小説雑誌隆盛の中核を担うまでの成長を遂げる。そのような現象の基底に、絶対的少数派の相対的多数性の顕現を見ることができるであろう。そこでは、特殊な文学的コミュニケーションの中で限定的に把握されていた読者が、出版市場においては、限定されない一般的な読者と同等の存在価値をもつ状況が生じており、結果的に両者が相俟って探偵小説の市場拡大に貢献することになるのである。

大正後期から昭和戦前期の探偵小説においては、特殊な文学的嗜好の満足を求める「変格派」にせよ、難解な謎の解明に挑戦する「本格派」にせよ、探偵小説の本質に選ばれた特別な存在としての「探偵小説愛好家」との閉じた文学的コミュニケーションの実現を目指す志向性と、適度で幅広い探偵趣味に対応する通俗的読者との文学的コミュニケーションを広く開き、質的に限定されない大衆・国民に読者層を拡大しようとする志向性が、対立しながらも重なり合っており、読者の現実としても、その二つの志向に対応する読者が相補的に機能することで探偵小説ジャンルの隆盛が実現していたのである。そこでは、通俗化による大衆性の希求と低俗化への警戒感という対抗的なベクトルが、「本格」／「変格」という二項対立とは異なる枠組として機能しているのである。

おわりに——二一世紀・探偵小説の時代の後に

戦後の探偵小説界は、戦時下の苦難の時期をくぐり抜け、出版界全体の好景気の波に乗ったばかりでなく、占領政策によって時代小説や翻訳物の出版が制限されるという追い風も受けて、日本人作家による長編探偵小説の出版が相次ぎ、「日本探偵小説第三の山」[注41]を実現するに至る。そのような時期に、木々高太郎を中心にして反「本格派」（文学派）の作家が集まった「探偵作家抜打座談会」が『新青年』（一九五〇年四月）に掲載され、物議を醸すことになる。そこでの木々高太郎の主張は、探偵小説それ自体の芸術性が大衆的読者を獲得する（べき）という内容で、戦前における甲賀三郎との論争での立場と一貫しており、それが乱歩を「本格派」にする論争を引き寄せることになる。しかしながら、「芸術」としての探偵小説の独自の面白味と読者となる「大衆」との接続回路は依然として不明であり、具体的な批評基準としてはほとんど機能し得ない。それに対して、この座談会で具体的な評価基準として機能しているのは、売れているかどうかにかかわる読者論である。

大坪　旧観念が流行していることはとにかく確かなんです。旧観念が没落寸前にありながら、これを支えているものは、それは売れるということですよ。

木々　つまり非芸術が売れる…。

大坪　低級な探偵小説を発行部数の多い雑誌に載せるが、それを支えている唯一のものは経済的根拠ですね。本質的な点では彼等は没落を恐怖して、むしろ悲鳴を上げている感じがするのです。

木々　それは少し見方が極端ですね。

（略）

大坪　その人達の誇っているところは、いかに儲かるかということですよ。

（略）

大坪　しかし実社会でこれを支持しているのですね。結局儲かるということは[注42]。

「本格」と見なせる長編探偵小説の興味を味わうことの出来る読者が、流行現象を生み出すほどの量的拡大を見せる状況は、甲賀三郎の示した探偵小説読書のユートピアが半ば実現している状況ともいえるのだが、そのような状況に対して、もっぱら大坪砂男を中心に怨嗟のように語られるのは、本格探偵小説の謎の面白味は限定されたものに過ぎないにもかかわらず、その「低級」さゆえに大衆的支持を獲得しているというロジックであって、「高級」な探偵小説愛好家と「低級」な通俗的読者という重なり合う読者層を、探偵小説の通俗的拡大への警戒を梃子に、「変格」「本格」に割り振って、高級読者＝変格／低級読者＝本格という二項対立図式に変換しているのである。つまるところ、大衆は探偵小説の正統な読者たりえないという主張であり、自らが売れないことを自己肯定する論理となってしまっている。探偵小説の謎の解明の面白みを受容するリテラシーが、一定程度自然化している環境が到来する中において、もはや「変格」対「本格」は論争の基本枠組としての意義を失っていることが明らかである。

時は流れて二〇一八年、天皇在位期間の最後となる誕生日に際して、美智子皇后は公務を離れたら何をしたいかという質問に、本を読むことに時間をかけたいとして「読み出すとつい夢中になるため、これまで出来るだけ遠ざけていた探偵小説も、もう安心して手許に置けます。ジーヴスも二、三冊待機しています」と文書で回答している[注43]。日本における教養ある女性の規範的モデルともいえる人物が探偵小説愛好を公にすることは、名前のあがったのが海外作品であったとはいえ、甲賀三郎が、ヴァン・ダインを経由してユートピア的に描いた、探偵小説の謎の面白みを理解する読者が超階級的に広がる夢の完成を意味しているようにも見える。その意味では、名前のあがった作品のテイストとは関係なく、「本格派」の勝利が実現しているのである。メディア状況としての圧倒的な「変格派」の遍在、リテラシーとしての「本格派」の勝利、いずれにしても二一世紀は探偵小説の時代なのである。しかし、それだからこそ、乱歩がかつて断念した暗い夢、「暗い人の心の奥底をゑぐる、邪推深い探偵小説」[注44]はどこにいってしまったのかという問が残される。それが二一世紀の探偵小説をめぐる次の課題になるであろう。

【注1】江戸川乱歩『幻影城』（岩谷書店、一九五一年）、引用は光文社版『江戸川乱歩全集第二六巻　幻影城』（二〇〇三年）による。以下、引用では原則として旧字は新字に改め、ルビ・傍点・太字等は省略した。

【注2】吉田司雄「探偵小説という問題系――江戸川乱歩『幻影城』再読」『探偵小説と日本近代』（青弓社、二〇〇四年）

【注3】江戸川乱歩『探偵小説四十年』（桃源社、一九六一年）参照。引用は光文社版『江戸川乱歩全集第二八巻　探偵小説四十年（上）』『江戸川乱歩全集第二八巻　探偵小説四十年（下）』（二〇〇六年）による。（上）三六〇～三六一頁

【注4】セシル・サカイ『日本の大衆文学』（朝比奈弘治訳、平凡社、一九九七年）一三～一四頁

【注5】押野武志「あとがき――戦前期の大衆文学論に触れながら」『日本サブカルチャーを読む』（北海道大学出版会、二〇一五年）

【注6】鈴木貞美「「探偵小説」雑誌への道」『新青年読本全一巻』（作品社、一九八八年）

【注7】中島河太郎『推理小説展望』（東都書房、一九六五年）一

七〜一二二頁参照

【注8】　佐々木味津三「探偵小説雑考」『新青年』（夏期増刊「探偵小説傑作集」一九二四年八月）

【注9】　江戸川乱歩「前田河広一郎氏に」（『新青年』一九二五年五月）

【注10】　オリジナルは佐藤春夫「探偵小説小論」『新青年』（夏期増刊「探偵小説傑作集」一九二四年八月）。若干の異同があるが、引用は乱歩による。

【注11】　「探偵問答」『探偵趣味』第一輯（一九二五年九月）

【注12】　江戸川乱歩「旧探偵小説時代は過ぎ去つた」（私は何故探偵小説家になつたか）『新青年』（新春増刊号、一九三一年二月）

【注13】　大下宇陀児「探偵小説の型を破れ」『東京日日新聞』（一九三一年七月二三日）

【注14】　江戸川乱歩「探偵作家の立場」『東京日日新聞』（一九三一年八月三一日〜九月一日）

【注15】　江戸川乱歩「鬼の言葉（その二）」『ぷろふいる』（一九三五年一〇月）

【注16】　江戸川乱歩、同。

【注17】　江戸川乱歩「鬼の言葉（その三）」『ぷろふいる』（一九三五年一一月）

【注18】　江戸川乱歩、同。

【注19】　海野十三「探偵小説管見」『新青年』（一九三四年一〇月）

【注20】　木々高太郎「愈々甲賀三郎氏に論戦」『ぷろふいる』（一九三六年三月）

【注21】　木々高太郎「批評の標準」『ぷろふいる』（一九三六年九月）

【注22】　谷口基『変格探偵小説入門』（岩波書店、二〇一三年）一〇頁

【注23】　海野十三、［注19］と同じ。

【注24】　「探偵作家抜打座談会」『新青年』（一九五〇年四月）、「木々」は木々高太郎、「岡田」は岡田鯱彦。

【注25】　平林初之輔「日本の近代的探偵小説」『新青年』（一九二五年四月）

【注26】　ヴァン・ダイン「半円を描く（短い自叙伝）」『新青年』（一九三一年六月）

【注27】　甲賀三郎「探偵小説はこれからだ」『東京日日新聞』（一九三一年七月一六〜一七日）

【注28】　木々高太郎、［注21］と同じ。

【注29】　井上良夫「探偵小説の本格的興味」『ぷろふいる』（一九三五年一一月）

【注30】　平林初之輔、［注25］と同じ。

【注31】　井上良夫「日本探偵小説の為に！」『ぷろふいる』（一九三五年二月）

【注32】　井上良夫、同。

【注33】　森下雨村「木々高太郎君に」『ぷろふいる』（一九三六年一月）

【注34】　海野十三「探偵小説を萎縮させるな」『ぷろふいる』（一九三六年五月）

【注35】　海野十三「探偵小説の風下に立つ」『ぷろふいる』（一九三七年三月）

【注36】　甲賀三郎「探偵小説とポピウラリテイ」『ぷろふいる』（一九三六年一月）

【注37】　江戸川乱歩「探偵小説は大衆文芸か」『大衆文芸』（一九二六年一月）

【注38】　江戸川乱歩、同。

【注39】　江戸川乱歩、［注12］と同じ。

【注40】　江戸川乱歩、［注3］と同じ。（上）六二〇頁

【注41】　江戸川乱歩、［注3］と同じ。（下）二九四頁

【注42】　［注24］と同じ。「大坪」は大坪砂男。

【注43】　「皇后陛下お誕生日に際し（平成三〇年）」宮内庁（http://www.kunaicho.go.jp/page/kaiken/show/21）二〇一八年一一月三〇日閲覧。

【注44】　江戸川乱歩、［注12］と同じ。

※本論文は、二〇一八年度日本近代文学会春季大会（二〇一八年五月二六日、早稲田大学）におけるパネル発表「江戸川乱歩所蔵資料の活用による探偵小説研究」での報告に基づいている。パネル発表に際して意見、質問、感想をお寄せ下さった皆さんに感謝したい。

探偵小説の風景
——乱歩的パースペクティヴの誕生とその展開

小松史生子

江戸川乱歩の小説は、その冒頭の書き出しの印象深さについて語られることが多い。左記に引用する「怪人二十面相」（一九三六）冒頭箇所は殊に名高い。

そのころ、東京じゅうの町という町、家という家では、二人以上の人が顔をあわせさえすれば、まるでお天気のあいさつでもするように、怪人「二十面相」のうわさをしていました。

続いて少年読物第二作にあたる「少年探偵団」（一九三七）の冒頭も掲げるが、前作とほとんど同じトーンの語り出しである。

そいつは全身、墨を塗ったような、おそろしくまっ黒なやつだということでした。
「黒い魔物」のうわさは、もう、東京中にひろがっていましたけれど、ふしぎにも、はっきり、そいつの正体を見きわめた人は、だれもありませんでした。

そいつは、暗やみの中へしか姿をあらわしませんので、何かしら、やみの中に、やみと同じ色のものが、もやもやと、うごめいていることはわかっても、それがどんな男であるか、あるいは女であるか、おとなのか子どもなのかさえ、はっきりとはわからないのだということです。

あるさびしいやしき町の夜番のおじさんが、長い黒板塀の前を、例のひょうし木をたたきながら歩いていますと、その黒板塀の一部分が、ちぎれでもしたように、板塀とまったく同じ色をした人間のようなものが、ヒョロヒョロと道のまんなかへ姿をあらわし、おじさんのちょうちんの前で、まっ白な歯をむきだして、ケラケラと笑ったかと思うと、サーッと黒い風のように、どこかへ走りさってしまったということでした。

凝った修辞もない、実に平易なこれらの文章が、なぜそれほどに評価が高いのかと言えば、それは稀なるイメージ喚起力の強さが理由だろう。たったこれだけの冒頭部分でも、一九三〇年代半ばの宵まぐれの東京の路地の風景、薄青い黄昏の空に飛び交う小さな蝙蝠の影、まばらな間隔で点滅する街灯のぼんやりとした明かりなどといったようなイメージを、読者はそくざに脳裏に思い浮かべることができる。路地の曲がり角に集まって、何かに怯えるようにヒソヒソと小声で二十面相の噂をする大人たちの影法師と、それを不安げに、しかし深い好奇心でもって見つめる子供の顔——そういった情景までもが、たやすく浮かんでくるのだ。

また、同じ〈少年探偵団〉シリーズの中でも傑作の名が高い「妖怪博士」（一九三八）の冒頭は、後年、中井英夫をはじめ数多い乱歩ファンを魅了した文章である。

空一面、白い雲に蔽われた、どんよりと蒸暑い、春の日曜日の夕方のことでした。十三四歳の可愛らしい小学生が、麻布区の六本木に近い淋しい屋敷町をただ一人、口笛を吹きながら、歩いていました。

この少年は、相川泰二君といって、小学校の六年生なのですが、今日は近くのお友達のところへ遊びに行って、同じ麻布区の笄町にあるお家へ帰る途中なのです。
道の両側は大きな邸の塀が続いていたり、神社の林があったりして、いつも人通りの少い場所ですが、それが、今日はどうしたことか、ことに淋しくて、長い町の向こうの端まで、アスファルトの道路が、白々と続いているばかりで、人の影も見えないのです。

こうしたインパクトのある書き出しは、少年読物に限らず、乱歩のデビュー時から一貫してみられる特徴であるが、本論を〈少年探偵団〉シリーズへの言及から開始したのには理由がある。すなわち、右の引用で指摘した文章は、乱歩テクストにおける風景描写の典型例であることを指摘したいがためである。

かつて都築道夫は、この「妖怪博士」に触れて〈少年探偵団〉シリーズにおける冒頭の文章を、「風景描写がないにひとしいから、若い読者には、わからないだろう」と評した。そして、当時のリアルタイムな読者であった自分ならばこの箇所から風景を思い浮かべることができるとし、いささか乱暴に「乱歩はいまや、老人むきの読物でも、あるのかも知れない」と述べた（「探偵」『太陽　特集・江戸川乱歩』一九九四・六）。「乱歩の小説には風景がない」とは、往年の乱歩評で時折見かける言葉だが、この評言を、松山巖は『乱歩と東京　一九二〇都市の貌』（PALCO出版、一九八四）において、一九二〇年代の東京風景資料を駆使することで覆したといえる。ただ、『乱歩と東京』の視点は、八〇年代における「一九二〇年代懐古ブーム」とでもいうべき時流と相まって、良くも悪くも時代投影的でノスタルジックな心象風景といった趣旨で受容される傾向があった。且つ、こうした捉え方は、ともすれば未だに乱歩の作品を、文学論としてよりも文化論に適した素材とみなしてしまう研究態度の偏向を助長するものでもあった。

本論は、先行研究が果たしてきた乱歩作品の研究手法に敬意を払いつつ、ノスタルジックな文化論の視座とは一線を画した立脚点で、乱歩テクストに見出される風景の問題を考察していきたい。

一、春の変質——大正期文学が描く恐怖の風景

奇矯な言に思われるかもしれないが、実のところ、乱歩の小説には季語が存在しているらしい気配がある。というのも、乱歩の紡ぎ出す物語空間において妖しいものごとが語り出されるのは、すべてとは言わないまでも、たいていの場合、なぜか決まって春なのである。デビュー作「二銭銅貨」（一九二三）から、既にその萌芽はみえているのだから、筋金入りだ。上中下編のうち、主な事件が起こる中編の冒頭文章を抜粋する。

　この話の冒頭にも一寸述べたように、その頃、松村武と私とは、場末の下駄屋の二階の六畳に、もうどうにもこうにも動きがとれなくなって、窮乏のどん底にのたうち廻っていたのである。

　でも、あらゆるみじめさの中にも、まだしも幸運であったのは、丁度時候が春であったことだ。これは貧乏人丈けにしか分らない一つの秘密であるが、冬の終から夏の初にかけて、貧乏人は、大分儲けるのである。いや、儲けたと感じるのである。というのは、寒い時丈け必要であった、羽織だとか、下着だとか、ひどいのになると、夜具、火鉢の類に至るまで、質屋の蔵へ運ぶことが出来るからである。

庶民と質屋とのつきあい方を述べる何気ない文章だが、この箇所は乱歩自身が貧乏暮らしの中で実際に体験した生活をうかがわせ、その意味で写実的描写とも解釈できるため、乱歩テクストと私小説との関連を見出す論点で取り上げられてきた経緯がある。しかし、その解釈自体に間違いはないとしても、この文章にはそれ以上の問題が潜んでいるのではなかろうか。いわく、自然主義に分類される作家でありつつ優れた幻想小説の書き手でもあったモーパッサンの言葉を借りるならば、「真実そのもの以上に完全な、身に迫る、確証のある人生の幻影」（「小説論」一八八八）を追求する描出法、時代の風俗に対する観察眼を突き抜けた幻視者《ヴィジュアリスト》のまなざし、あたかも〈文

学の風景史〉とでもいうべき体系的視座に繫がる契機が潜んでいはしないか。この点について考察する前に、今少しその春の例を引いて確認してみる。

たとえば「赤い部屋」（一九二五）において、語り手は「その年の春、といってもまだ寒い時分でしたから多分二月の終りか三月の始め頃だったのでしょう、ある夜、私は一つの妙な出来事にぶつかったのです」と話し始める。二月末〜三月初を春と呼んでいるのを参照すると、発表年次を遡って「二廃人」（一九二四）冒頭における「穏やかな冬の日光が障子一杯に拡がって」いる温泉宿の八畳の座敷というのも、三月頃の初春の候である可能性が出てくる。このように、乱歩のいうところの春にかなりの時期的幅があるとすると、さらに一年遡って「恐ろしき錯誤」（一九二三）における「夏の空」という記述も、或いは五月末の晩春を指すのかもしれず、乱歩が誤って「春」と書くべきところを「夏」と書いてしまったのではと勘繰りたくもなってこよう。なんとなれば、この「夏の空」は、「底翳の眼の様にドンヨリと曇っていた」とあって、夏の晴れ渡って明るい青空よりも、むしろ晩春の重たく煙るような曇天を想起させるからだ。

続いて、乱歩の初期短編のうち、もっとも鮮烈な春の印象をもって語り出される「白昼夢」（一九二五）を見てみよう。

あれは、白昼の悪夢であったか、それとも現実の出来事であったか。

晩春の生暖い風が、オドロオドロと、火照った頰に感ぜられる、蒸し暑い日の午後であった。

用事があって通ったのか、散歩の道すがらであったのか、それさえぼんやりとして思い出せぬけれど、私は、ある場末の、見る限り何処までも何処までも、真直に続いている、広い埃っぽい大通りを歩いていた。

陽炎が立ちこめ、電柱を海草のように揺すっている、どこまでも白い春の場末の大道り——生き人形の展示をめぐる、文字通り夢かうつつかの境地を描写するにあたって、頭も目も朦朧とするような霞がかった春の曇天がたしかに絶妙な効果を上げている。乱歩が幼少期に訪れた名古屋の大須観音境内の見世物小屋の怪異を描く「百面相役者」(一九二五)でも、同じく季節は春に設定されている。

ある日、それは、よく覚えているが、こうおさえつけられる様な、いやにドロンとした、春先のある日曜日だった。(中略)

さっきもいった通り、雷でも鳴り出し相な、いやにどんよりした空模様だ。その頃電車はないので、半里ばかりの道を、テクテク歩いていると、身体中ジットリと汗ばんで来る。町の通りなども、天候と同様に、変にしずまり返っている。時々Rが後をふり向いて話しかける声が一町も先から聞える様だ。狂気になるのは、こんな日じゃないかと思われたよ。

引用の最後の一行が効いている。現代でも俗に「木の芽時」という言葉が生きているが、春の重苦しい曇天は、時に発狂しそうな鬱状態を引き起こすものだ。

この他、例を挙げれば際限がないが、世評に高い「鏡地獄」(一九二六)の語り出しにも春と狂気の取り合わせが見られる。

「珍らしい話をとおっしゃるのですか、それではこんな話はどうでしょう。」

ある時、五、六人の者が、怖わい話や、珍奇な話を、次々と語り合っていた時、友達のKが、最後にこんな風に始めた。本当にあったことか、Kの作り話なのか、その後尋ねてみたこともないので、私には分らぬけれど、色々不思議な物語を聞かされたあとだったのと、ちょうどその日の天候が、春も終りに近い頃の、いやにドンヨリと曇った日で、空気が、まるで深い海の底のように、重々しく淀んで、話すものも、聞くものも、何となく狂気めいた気分になっていたからでもあったのか、その話は、異様に私の心をうったのである。

そして、乱歩の初期短編のうち、最高傑作としてみとめられる「押絵と旅する男」(一九二九)――「この話が私の夢か私の一時的狂気の幻でなかったならば、あの押絵と旅をしていた男こそ狂人であったに相違ない」という、実に魅力的な語り出しで始まるこの物語の季節は、「いつとも知れぬ、ある暖い薄曇った日のことである」とされる。いつとも知れぬと言ってはいるが、蜃気楼を魚津に観に行った帰りという記述から考えれば、もっとも蜃気楼観測頻度が高い春ではないかと推測できよう。また、この作品の中で押絵の由来を語る入れ子構造の話の箇所では、男の兄が押絵の住人になった日時は「明治二十八年の、四月二十七日」と、はっきり春と明記されている。

このあたりで作品の引用をいったん止めるが、こうした乱歩作品に散見する春に対する執心とでもいうべき設定描写は、いったい何なのだろうか? 単に、乱歩の好みの季節であるというだけであろうか? それとも他に春が選ばれるべき何らかの理由が存在するのだろうか? この点を追究すると、或る興味深い同時代文学事象に行き当たる。乱歩がデビューした大正期、文学における春の表現および描写が、従来の花鳥風月な歳時記のイメージから明らかに変質しているようなのだ。端的に言えば、猟奇性を帯びた禍々しい季節として春を表現する作品が目につくようになるのである。

たとえば萩原朔太郎の「春夜」などが、その顕著な例であろう。

春夜

浅蜊のやうなもの、
蛤のやうなもの、
みぢんこのやうなもの、
それら生物の身体は砂にうもれ、
どこからともなく、
絹いとのやうな手が無数に生え、
手のほそい毛が浪のまにまにうごいてゐる。
あはれこの生あたたかい春の夜に、
そよそよと潮みづながれ、
生物の上にみづながれ、
貝るゐの舌も、ちらちらとしてもえ哀しげなるに、
とほく渚の方を見わたせば、
ぬれた渚路には、
腰から下のない病人の列があるいてゐる、
ふらりふらりと歩いてゐる、
ああ、それら人間の髪の毛にも、
春の夜のかすみいちめんにふかくかけ、
よせくる、よせくる、
このしろき浪の列はさざなみです。

生暖かい春の浅瀬の海水に浸る粘着質な貝の姿が幻想されている。この詩が収録された『月に吠える』（一九一七）には、同種のイメージで「くさつた蛤」という作品もあり、こちらはいっそうグロテスクに腐れゆく貝の身を謳っている。さらには、「かずかぎりもしれぬ虫けらの卵にて、／春がみつちりふくれてしまつた、／げにげに眺めわたせば、／どこもかしこもこの類の卵にてぎつちりだ。／桜のはなをみてあれば、／桜のはなにもこの卵いちめんに透いてみえ、」（「春の実体」）ともなると、鈴木貞美が夙に指摘する大正生命主義の思潮が詩人によって病んだまなざしで捉えられ、なまなましいグロテクスな形状で表現されていることが了解される。

「春の実体」で朔太郎が描いた、虫の卵にぎっちり犯された桜のイメージは、もちろん次代に登場する梶井基次郎の散文詩「桜の樹の下には」（一九二八）に繋がる幻想体系であることは間違いない。「馬のやうな屍体、犬猫のやうな屍体、そして人間のやうな屍体、屍体はみな腐爛して蛆が湧き、堪らなく臭い。それでいて水晶のやうな液をたらたらとたらしてゐる。桜の根は貪婪な蛸のやうに、それを抱きかかえ、いそぎんちゃくの食糸のやうな毛根を聚めて、その液体を吸つてゐる」と描出される桜幻想は、死を貪婪に汲み尽すことによって咲き誇る生の幻視であり、カオス状に蠢く生＝性の暗面への洞察である。この表現には、朔太郎と通底する、エロティシズムとグロテスクを一つものとして眺める猟奇的感性がうかがえる。その名も『猟奇』と名付けられた雑誌が創刊されたのは、梶井が「桜の樹の下には」を発表したのと同年の、一九二八年であったことも念頭に浮かぶというものだ。

大正期文学における猟奇的な春の描出は、乱歩が傾倒した作家・村山槐多の代表作「悪魔の舌」（一九一五）にも見出せる点が興味深い。乱歩「人間豹」（一九三四）の原案ともなった槐多「悪魔の舌」は、「五月始めの或晴れた夜であつた」という語り出しで始まる。五月始めは春と夏が入れ替わる時期で、乱歩の時間軸の幅からすれば晩春にあたる時節といえる。また、同じく乱歩が傾倒した作家といえば、「探偵小説小論」（一九二四）で作家以前の乱歩を奮い立たせた佐藤春夫が想起されるが、彼による幻想短篇「西班牙犬の家」（一九一七）――雑木林の中の洋館で人語を話す犬と遭遇する、このメルヘンホラーな作品の季節も、「ぽかぽかとほんとうに温い春の日の午後」であった。

こうした事例は、論者の恣意的な推測とばかりはいえない、「怖ろしい春」とでも称すべき情緒共同体《コミュニタス》の存在を示唆するものではなかろうか。韻文の世界観で伝統的に継承されてきた春愁とは異なる、散文的な世界観の中で形成されている新しい春の感性であるのではなかろうか。

主に俳句の季語として知られる春愁は、古くは大伴家持による万葉集巻一九所収の三首から始まるとされる。

春の野に霞たなびきうら悲しこの夕影にうぐひす鳴くも
我がやどのいささ群竹吹く風の音のかそけきこの夕かも
うらうらに照れる春日にひばり上り心悲しもひとりし思へば

家持がこの三首を詠んだのは七五三年。『新潮日本古典集成　萬葉集　五』（新潮社、一九八四）の解説では「家持独自の歌境を開いた春愁の名吟」と評され、三首目に添えられた家持の付記「春日遅々にして、鶬鶊正に啼く。凄惆の意、歌にあらずしては撥ひかたきのみ」は『毛詩』に依っていると説明されている。この部分、『新日本古典文学大系四　萬葉集　四』（岩波書店、二〇〇三）は、むしろ『詩経』の「七月」の内容に近いと述べ、ただし「七月」は「女性の春思であるが、家持の「凄惆の意」は男女を問わない春愁となっている」（傍点は引用者）と指摘する。いずれにせよ、中国文芸の翻訳を介し家持によって昇華された「春愁」は、「華やいだ春の日にふと感じる憂わしさ」、メランコリーに近い気分を表す語彙として、以降の日本文学の中に脈々と受け継がれていき、近世の与謝蕪村「春風馬堤曲」（一七七七）を経て近代文学へと流れ込んでいった、様式としての感性というべきものであった。

その様式として完成された春愁の感性が、どうも大正期が始まるあたりに変質を起こしたらしい。明治末期に泉鏡花が「春昼・春昼後刻」（一九〇六）を表し、春の真昼に引き起こされる怪異を語ったが、これなどが早い時期の変質の一例であるかもしれない。たしかに、「春昼・春昼後刻」にはまだ猟奇的な粘着質を思わせる描写は見出せないが、しかし少なくとも春の海で溺れた「死骸」でオチがつく語りは、猟奇の気分を先取りする感性の産物であったかもしれないのだ。前述したように、萩原朔太郎や梶井基次郎、それに村山槐多から江戸川乱歩といった大正期作家が描出する春は、いわば病んだ身体と同義の春とも言えるものだ。病んだ身体の行きつく果ては「死骸」であるとすれば、ここから大正期にジャンルとして勃興してくる探偵小説への道筋が見えてこよう。

その道筋の過程で、重要な作品を発表した作家の一人に、岡本綺堂を挙げることができる。小説家としての綺堂は〈半七捕物帳〉シリーズで知られているが、彼は怪談の語り手として最高のテクニックを持っていた。その綺堂にやはり春を扱った怪談テクストがあり、私見ではあるが、岡本綺堂の数ある怪談作品の中でも抜群の恐怖を覚えさせる傑作である。『近代異妖編』（一九二六）に収められた「寺町の竹藪」（一九二四）という江戸怪談がそれだ。浅草の観音裏の北寺町で起きた怪異現象で、絞殺された女児の生前の姿が遊び仲間の女の子達の目にありありと見えたという話である。メジャーな作品の影に隠れてあまり知られていないのが残念なので、少々長いがここに部分的に抜粋する。綺堂のみごとな恐怖の語り口を堪能してもらいたい。

これはある老女の昔話である。

老女は名をおなおさんといって、浅草の田島町に住んでいた。そのころの田島町は俗に北寺町と呼ばれていたほどで、浅草の観音堂と隣り続きでありながら、すこぶるさびしい寺門前の町であった。

話は嘉永四年の三月はじめで、なんでもお雛さまを片付けてから二、三日過ぎた頃であると、おなおさんは言った。旧暦の三月であるから、ひとえの桜はもう花ざかりで、上野から浅草へまわる人登のしげき時節である。なま暖かく、どんよりと曇った日の夕方で、その頃まだ十一のおなおさんが近所の娘たち四、五人と往来で遊んでいると、そのうちの一人が不意にあらと叫んだ。

「お兼ちゃん。どこへ行っていたの。」

お兼ちゃんというのは、この町内の数珠屋のむすめで、午すぎの八つ（午後二時）を合図に、ほかの友達と一緒に手習いの師匠の家から帰った後、一度も表へその姿をみせなかったのである。お兼はおなおさんとおない年の、色の白い、可愛らしい娘で、ふだんからおとなしいので師匠にも褒められ、稽古朋輩にも親しまれていた。

このごろの春の日ももう暮れかかってはいたが、往来はまだ薄あかるいので、お兼ちゃんの青ざめた顔は誰の眼にもはっきりと見えた。ひとりが声をかけると、ほかの小娘も皆ばらばらと駈け寄ってかれのまわりを取巻いた。おなおさんも無論に近寄って、その顔をのぞきながら訊いた。

「おまえさん、どうしたの。さっきからちっとも遊びに出て来なかったのね。」

お兼ちゃんは黙っていたが、やがて低い声で言った。

「あたし、もうみんなと遊ばないのよ。」

「どうして。」

みんなは驚いたように声をそろえて訊くと、お兼はまた黙っていた。そうして、悲しそうな顔をしながら横町の方へ消えるように立去ってしまった。消えるようにといっても、ほんとうに消えたのではない。横町の角を曲っていくまで、そのうしろ姿をたしかに見たとおなおさんは言った。

その様子がなんとなくおかしいので、みんなも一旦は顔を見合せて、黙ってそのうしろ影を見送っていたが、お兼の立去ったのは自分の店と反対の方角で、しかもその横町には昼でも薄暗いような大きい竹藪のあることを思い出したときに、どの娘もなんだか薄気味わるくなって来た。おなおさんも俄かにぞっとした。そうして、言い合せたように一度に泣き声をあげて、めいめいの家へ逃げ込んでしまった。

この場面が恐ろしいのは、たぶんに民俗学がいうところの「神隠し」に関する情緒共同体が読者の裡に喚起されるからであろう。そして、その情緒共同体の発動源には、たしかに春という季節の効果が働いている。春の「なま暖かく、どんよりと曇った日の夕方」でなければ、この夢か現かの境地、白昼夢の畏怖は演出できない。

周知のように、岡本綺堂は父親が英国大使館書記であった関係から語学に長けており、洋書を読みこなす実力があった。〈半七捕物帳〉シリーズの幾編かはコナン・ドイルのシャーロック・ホームズものの翻案であることもよく知られた事実である。そうしたこともあって、綺堂は欧米の怪談についても造詣が深く、一九二九年に『世界怪談名作集』を刊行している。これは改造社『世界大衆文学全集』の中の一冊で、綺堂の選択眼の確かさ、翻訳語彙の適切さが光る珠玉のアンソロジーである。ことに、収録作品中にモーパッサンの「幽霊」（一八八三）を選んでいるあたりに、綺堂の見識が如実に現れている。江戸川乱歩もモーパッサンの怪談を愛したが、乱歩は「オルラ」（一八八六）など透明怪談ものの方を好んだ。綺堂が選んだ「幽霊」はもっと即物的な恐怖譚で、件《くだん》の幽霊の登場シーンよりも、服の胸元のボタンいっぱいにからみついた女の髪の毛というイメージが強烈で、一読忘れがたい作品である。綺堂の訳文で参照してみよう。幽霊のような女の長い髪を、彼女に乞われるまま搔きけずってやった主人公が、彼女が消えた後にその屋敷を飛び出し、恐怖に怯えきって自宅へ走り帰り、心を落ち着けて、明るい午後の陽射しが降り注ぐ窓際に寄って息をつくラストシーンである。

そこで自分は幻覚にとらわれたのではないかということを一時間も考えました。確かにわたしは一種の神経的衝動から頭脳に混乱を生じて、こうした超自然的の奇蹟を現出したのであろうと思いました。ともかくもそれが私の幻覚であるということに先ず決めてしまって、わたしは起って窓のきわへ行きました。そのときふと見ると、わたしの下衣のボタンに女の長い髪の毛がいっぱいに絡み付いているではありませんか。わたしは顫える指さきで、一つ一つにその毛を摘み取って、窓の外へ投げ捨てました。

師であったフローベール仕込みの、フランス自然主義リアリズムを会得していたモーパッサンらしい真に迫る心理的リアリティがその恐怖の臨場感を高めている。戦後まで怪談に無知であったと述懐する乱歩（「怪談入門」一九四八）に比して、綺堂は怪談語りの名手だけあって恐怖の効果を生み出す文学表現に鋭く反応したとみえる。この「幽霊」の物語の季節は七月の真昼に設定されている。上天気で明るい戸外の森の描写は爽快で、真夏というよりは初夏の雰囲気を漂わせ、「雲雀の歌を聴きながら」と言及されているところからも春に近い情景である。一方、乱歩が愛した「オルラ」は日記の形式で書かれた怪奇小説で、こちらは「五月八日」の日付で始まっており、やはり春だ。

偶然の暗号かもしれないが、当時心身ともに病んでいたモーパッサンが幻視した恐怖の風景の季節として春があったことと、その作品を、ともに大正期文学における恐怖の語り手であった岡本綺堂と江戸川乱歩が愛し、彼らの周縁にやはり猟奇的な感性で春を描出した作家達がいたことを考え合わせると、偶然とばかりは言い切れない問題がそこにあると思えてならない。ちなみに、〈半七捕物帳〉シリーズの記念すべき第一作「お文の魂」（一九一七）で、元治元年に起こったとされる番町の事件は、「春の夜のなまあたたかい空気が重く沈」む候だったと描写されている。

二、身体と風景——探偵小説の遠近法

大正期に起こったとみられる春の変質は、前節で触れたように、「病める身体」もしくは「腐りゆく身体＝死体」

と「春」が同義であること——すなわち人体《ボディ》の風景化である可能性が高い。注意しておきたいのは、ここでいうところの風景化は、単純に客体化を意味するものではなく、むしろ風景が人体に取り込まれるベクトルを有している点である。或いは風景の人体化と、逆向きに言うこともできるかもしれない。古来伝統的な春愁の感性は、身体の外側に在る春の風物に、身体の内側＝内面を投影させる心象風景の意であった。大正期においては、内面を抱えたままの身体そのものが、外側に在るべきはずの風景と溶け込んでしまう。その時、あたかも幽体離脱したかのような語りの視点でキマイラの如き我が身を捉え直すことになるわけで、村山槐多「悪魔の舌」で金子鋭吉が悪魔の相貌に変化した我が身を鏡の映像で知るというシーンがもっともわかりやすい例示である。

俺は鏡に向つた。青白かつた容貌は真紅になつた。ぼんやりして居た眼玉は生き生きと輝き出した。斯かる健康を得ながら、何故物が旨く喰へないのかしらん。舌を突き出してふと鏡の面に向けた。その刹那俺は思はず鏡を取り落としたのである。（中略）俺はまた以上に驚愕した事は鏡の中央に真紅な悪魔の顔が明かに現はれて居るのであつた。恐ろしい顔だ。大きな眼はぎらぎらと輝いて居る。俺は驚きの為一時混迷した。途端鏡中の悪魔が叫ぶ声が聞こえた。

自分の変身を鏡の中の映像で初めてそれとみとめるまなざしは、己が身体を鏡の中の映像すなわち風景として認識する行為に等しい。しかも、この人体の風景化は、その発生理由がまったく問題にされないというところにも特徴がある。「悪魔の舌」では、なぜ金子鋭吉が変身したか、その理由は不明のまま、ある日突然彼の身に理由もなくそれは起こったとされる。朔太郎の「春夜」や「くさつた蛤」も、貝類がなぜ春の潮水に浸りつつ腐れてゆき、その様相が腐乱した人体のそれを匂わせるのか、そして誰が（或いは何が）その風景を見ているのか、視点の所在も不明である。梶井基次郎「桜の樹の下には」も同様、桜の根本に屍体が埋まっている理由は「さっぱり見当のつかない」ままだ。岡本綺堂の「寺町の竹藪」においては、殺されたはずのお兼の姿＝身体が現れた件は説明がつかず、「何事も謎のままで残っているうちにも、最初にあらわれたお兼のことが最も恐ろしい謎であった」と結ぶのみ。

乱歩作品の春も、基本的にはこの「発生理由をまったく問題にしない」系統に属する。探偵小説として書かれた乱歩作品は、本来なら探偵が謎を解くべく、この猟奇的な春＝人体の風景化の理由に迫る動向を見せてもおかしくないはずだが、乱歩のテクストはそのような動きを見せない。「白昼夢」では、ドラッグストアのショーウィンドゥに飾られたマネキンが本当に人体なのか否か、確定する寸前で思考停止し、春の陽炎が真実を覆い隠して、いっさいを通りすがりの風景に溶かし込んでしまう。「百面相役者」の人面は、大須観音境内の奇態な見世物風景の一つだが、結局は虚構であったとされる。「押絵と旅する男」の語り手は、押絵の由来譚のみならず自らの体験すらも、魚津の春の蜃気楼のように我ながら信じがたい風景として語る。「鏡地獄」の語り手は、球体の鏡の中の風景にどんな人体が映ったかは、ついに知り得ない。

これらのテクストの特徴を換言すると、人体が風景に変身する心理は究極的には分析され得ないということだ。なぜかそうなる、理由はわからない――これがおそらく、「猟奇的な春」を執拗に描写するモチベーションの正体だろう。その証左とも言えるべき興味深いケースが、他ならぬ乱歩テクストで確認できる。「火星の運河」（一九二六）改稿の件である。

「火星の運河」は、『新青年』一九二六年四月号に掲載されたのが初出であるが、その数ヶ月後の九月に春陽堂が刊行した『創作探偵小説集第四巻　湖畔亭事件』に収録された際、末尾の箇所に大きな変更がなされた。

【初出】（『新青年』一九二六・四）

見ると、ベッドの枕の所に、大型の天文学書が開いてあつた。昨夜、私はそれを読みながら寝て了つたのだ。

開かれた頁には、紙面一杯に、火星の想像図が描かれてゐた。そこには、地球の人類には夢想だにも出来ぬ、偉大なる運河が、不気味に交錯してゐるのだ。私は怖いものでも見る様に、その書物をとぢると、もう一度恋人の顔をふり返つた。

【収録初刊本】（『創作探偵小説集第四巻　湖畔亭事件』春陽堂、一九二六）

「あなた、あなた、あなた」

遠くの方で誰かが呼んでいる。その声が一こと毎に近くなる。地震の様に身体が揺れる。

「あなた。何をうなされてらっしゃるの」

ボンヤリ目を開くと、異様に大きな恋人の顔が、私の鼻先に動いていた。

「夢を見た」

私は何気なく呟いて、相手の顔を眺めた。

「まあ、びっしょり、汗だわ。……怖い夢だったの」

「怖い夢だった」

彼女の頬は、入日時の山脈の様に、くっきりと蔭と日向に別れて、その分れ目を、白髪の様な長いむく毛が、銀色に縁取っていた。小鼻の脇に、綺麗な脂の玉が光って、それを吹き出した毛穴共が、まるで洞穴の様に、いとも艶かしく息づいていた。そして、その彼女の頬は、何か巨大な天体ででもある様に、徐々に徐々に、私の眼界を覆いつくして行くのだった。


この改稿の意図については、先に拙論「風景としての人体――モダニズム文学と探偵小説――」（『日本近代文学』二〇一六・五）でも触れたが、本論においては「発生の理由付け」という点から見てみたい。すなわち、初出稿の場合は、寝る前に読んでいた天文学書が原因といういささか安易なフロイト心理学的謎解きがなされているのに対し、初刊稿ではその合理的な謎解きが放棄され、語り手の視界の中で恋人の顔がみるみる巨大な天体の風景化していくばかりという点に注目したいのである。つまり、初出稿には人体の風景化の発生理由が書かれているが、初刊稿ではそれが削除されて発生理由不明に書き直されているわけなのだ。

乱歩の自作解説によると、「火星の運河」原案の執筆時期は「大正六年頃」だったらしい（「探偵小説十年」一九三二）。とすると、ちょうど萩原朔太郎『月に吠える』刊行時であり、岡本綺堂「お文の魂」が発表された時期でもある。戦後になって、この作品を収録した『江戸川乱歩全集』（桃源社、一九六二）の「あとがき」で、乱歩は「私の夢を散文詩みたいに書いたもの。そのころの私は、こういう風景を最も美しく感じていたのである。「パノラマ島奇談」の一風景とも相通ずるものがある」（傍点は引用者）と述べているところから、「火星の運河」をして「風景を描いた小品」と認識していたことがわかる。「火星の運河」が『新青年』に発表された経緯については、前出の「探偵小説十年」に詳しい。

『新青年』は当時まだ森下氏の編輯であったが、なかなか書かぬものだから、少々森下氏の機嫌を悪くしていた様に記憶する。今度こそは是が非でも書かねば、探偵読者にも合わせる顔がないという訳で、油汗を流して書いたのが『火星の運河』だ。

探偵読者のために探偵小説雑誌に載せる作品として、風景を描いた小品を送ったわけである。もちろん、同文章で「探偵小説でないことが申訳なかった」と述べ、「火星の運河」をして探偵小説であるとは思っていない胸中を明かしているが、それにしてもやはり当初の経緯を考えると、探偵小説を乞われていたところへ風景小説（とでも呼ぶべきか）をあてがった事態であったことは間違いない。しかも、この作品は意外にも読者の反応が良かった。田中早苗や戸川貞雄が褒めたことを乱歩は記している。風景を描くことに終始したテクストが、探偵小説読者に受け入れられたのである。そして現代に至っても、岩波文庫『江戸川乱歩短編集』（千葉俊二編、二〇〇八）等の乱歩傑作アンソロジーには、たいがい収録される傾向がある。

このような事態を考えてみると、風景の叙述方法と探偵小説には、何か近接する表現の領域があるように思えてくる。少なくとも乱歩については、そのような領域が存在しているようだ。そこで念頭に浮かんでくるのは、イギリスの作家イーデン・フィルポッツと乱歩の関係である。

三、〈悪〉の造型と風景――イーデン・フィルポッツと乱歩

イーデン・フィルポッツ（Eden Phillpotts, 一八六二～一九六〇）は、イギリスのダートムア地方を舞台にした一連の田園小説をものした作家であり、日本では『赤毛のレドメイン家』（一九二二）や『闇からの声』（一九二五）の作家として知られている。乱歩は名古屋在の評論家・井上良夫の紹介で、『赤毛のレドメイン家』を一九三五年に初読して以降、フィルポッツに惚れ込んでしまった。戦時下の創作ままならぬ時期に英米の探偵小説黄金期の作品を読み漁り、戦後になって海外探偵小説の紹介に慧眼を見せたのも、フィルポッツ作品との出会いがきっかけである。乱歩は『赤毛のレドメイン家』を評して、犯罪者の際立って個性的な造型を讃美した。

この世に誰一人味方のない異端者の淋しさ、恐ろしさ、その孤独の中で何年という長い間コツコツと大犯罪の計画を立て、少しの間違いもなく三重四重の殺人罪を犯して行くおぞましくも惨憺たる執念、無論憎むべき大悪人とは云えその意志力は寧ろ賛嘆したい程であるし、一方から考えれば、異端者の孤独は涙ぐましく可哀相なのである。

（乱歩「赤毛のレドメイン一家」『ぷろふぃる』一九三五・九）

フィルポッツの悪人造型がユニークで興味深いのは本当だが、乱歩の右の解釈はかなり自身の嗜好に引き寄せて己語りになっている感もある。悪人造型については別稿を用意することにして、本論ではそれよりもフィルポッツの風景描写と乱歩テクストの志向性が期せずして近似値を示しているのではないかという点から考察してみたい。

権田萬治監修『海外ミステリー事典』（新潮社、二〇〇〇）でのフィルポッツの解説文は、「作品の特徴である優れた風景描写」と、まずもって作品で活写される風景のくだりを評価している。そしてまた、乱歩の評価軸も実はそこにあったのだ。乱歩はこれほど『赤毛のレドメイン家』に惚れ込みながらも、「謎の面白さもガンス大探偵の論理も、到底永い生命はない」と冷静に分析した上で、次のように述べる。

> 「レドメインズ」の今一つの残像の具体的箇条は風景描写の優れていることだ。小説中の大場面の背景には必ず風景がある。流石に郷土文学者の手腕は探偵小説にも十二分に発揮されて、風景の美が犯罪事件の恐怖と相交錯し、その余色となって、ここにも有機的化合が見られる。作中第一の風景は終りに近い伊太利コモ湖畔のそれである。美しい女主人公とその侍女とが、湖水を見下す花畑に出て摘草をしている。その淋しく美しい景色の中へ、突如として赤い悪魔が立現われ、女主人公を気絶させるのだが、この場面の美しさは犯罪の恐ろしさとシックリ結びついて、作品全体を象徴するかの如く読者の眼底に焼きつき、紫と赤と藍とのミニチュアとなって、長い間その色彩が瞼から離れぬのである。
>
> （前出「赤毛のレドメイン一家」傍点は引用者）

乱歩を魅了したのは、風景の美と犯罪事件の恐怖が分かちがたく結びつき、相交錯して一体化している、その描出の迫真性だったのである。

それではここで、乱歩を感動させたフィルポッツの文章を参照してみよう。ただ、乱歩の評文は当時の読者を慮って犯人の名を伏せるためにコモ湖畔の情景を選択しているが、この箇所は大部な文章であるので避け、本論では読者への配慮を敢えて取らず、冒頭における真犯人ジェニーの登場のシーンで確認する。コモ湖畔のシーンに劣らず、むしろ勝《まさ》って印象的な場面である。訳文は、この際なので、乱歩にフィルポッツを紹介した井上良夫のバージョンを採択しよう。

が、ブレンドンはこの方の道を採らずに、沼沢地を真直ぐにつき切つてゐる小径からやつて来た。彼はプリンスタウンの停車場を左手に残すと、西を指して歩を運んだ。夕空のくれなゐ色を背景に、さびれ切つた広野が行く手に荒涼と伸び広がつてゐる。陽がいま沈むところで、薄紫や真紅に綾づけられた巨大な金色の落陽が、遥かな地平線上に燃えはえてゐる。そのあたりでは花崗岩の中の石英に光りが反映して、それがあすこ此処と、地上の蔭つた日没の厳粛さの中から、キラキラと煌めき立つてゐた。

その燃え立つ西空を背にして、この時、手かごをさげた人の姿が現はれた。鱒の漁に思ひを馳せてゐたマーク・ブレンドンは微かな足音にツと顔を上げた。と、彼の傍らを、これまで彼が見受けたどの女性よりも優れて美しい麗しい女が通り過ぎて行つた。その突然に目の前に出現した美しさが彼を驚かして了つて、思はずも彼はその姿にウットリと見とれた。それはまるで荒れ切つた荒野からいきなり魔法の花か見知らぬ異国の華かがパツと眼前に開きでもしたやうな感じであつたし、いまや羊歯や石にくれなゐ色を深めて行く夕日の光りが一時に燃え凍つて、この愛くるしい乙女の姿に化身したかとも思はれた。程よくすらりとした背格好の、額際からうしろへ撫でつけられた金髪が、暖い夕陽をうねりの中へ巻き込んで、まるで後光のやうに燃えてゐた。それはまるで、あの深みに富んだ燃え立つやうな秋の紅葉そのままの美しさであつた。彼女は碧い眼を持つてゐた——竜胆のやうな碧さであつた。この碧い目の大きさがブレンドンにわけても印象を与へた。

（井上良夫訳『赤毛のレドメイン』雄鶏社、一九五〇）

右の冒頭箇所から見てとれるのは、美しい女性の身体が、燃え立つ夕陽に照らされたダートムアの広野の風景と、分かちがたい程に一体化している描写である。「羊歯や石にくれなゐ色を深めて行く夕日の光りが一時に燃え凍つて、この愛くるしい乙女の姿に化身したかとも思はれた」という表現に、その描出の特徴が明確に現れている。或いは「あの深みに富んだ燃え立つやうな秋の紅葉そのままの美しさ」「彼女は碧い眼を持つてゐた——竜胆のやうな碧さであつた」という文章にも、女体美と風景美を同義で語るまなざしのありようがうかがい知れる。こうしたイギリスのトラディッショナルな田園風景美と一体化した人体の内面に、思いがけずも巣くう〈悪〉の本質を抉る点に、田園小説家フィルポッツの筆は卓抜な冴えを見せるのであって、乱歩が強烈な印象と熱烈な讃美を彼に与えたのはそこに理由がある。フィルポッツに出会う前から、乱歩にも「猟奇的な春」の描写をめぐってそうした嗜好があり、両者のテクストはその点において通底する感性を持ち合わせていたのだろう。

現代ではその謎解きの論理性が古風に見える故に、フィルポッツの作品の邦訳は長らく途絶えていたが、ここ最近になって急に再注目され始め、未訳の長編が次々と翻訳刊行されてきているのは嬉しい限りである。これを機に、乱歩とフィルポッツの比較研究を基調として、広く探偵小説と風景論の相関性を捉え直していきたいものである。

※文中、江戸川乱歩の作品引用は初出を除き、主に光文社文庫版『江戸川乱歩全集』を参照した。その他、『萩原朔太郎全集』（筑

摩書房　一九七五）、『梶井基次郎全集』（筑摩書房　一九六六）、『岡本綺堂読物選集』（青蛙房　一九六九）を参照した。

乱歩とアダプテーション
——加藤泰『江戸川乱歩の陰獣』におけるメディア／ジャンルの交錯

井川理

一、はじめに——乱歩と映画

江戸川乱歩が、「芸術表現の手段として、文学、絵画、音楽等をひっくるめて、活動写真に及ぶものなしとまで思いつめている」（「映画横好き」『映画と探偵』一九二六・四）と述べるほど映画に心酔し、自らの作品世界を構築するにあたって、その視覚的イメージや技法はもちろん、映画館という空間への偏愛を含めた様々なレヴェルにわたり、映画というメディアから強く影響を受けた作家であることはよく知られている。その関わりは、中学時代に名古屋の御園座で駒田好洋の活弁による『ジゴマ』（ヴィクトラン・ジャッセ監督、エクレール・一九一一）を観劇したという体験に遡ることができるが、その後も映画への情熱を抱き続けた乱歩は映画業界への就職を本気で考えるようになり、大学卒業後の一九一七、八年頃には活動弁士を志して江田不識という弁士に弟子入りを志願し、また映画監督を志して自ら執筆した映画論を映画会社に送り付けたこともあったという。さらには、専業の探偵作家となっていた一九二六年頃にも本位田準一とともに探偵映画のプロダクション設立を計画するなど[注1]、映画製作についても多大な関心を持っていたことをうかがわせる逸話が数多く残されている。

このような乱歩自身の関心と相俟って、浜田雄介が述べるように乱歩の「小説作品それ自体が映像化の欲望を刺激する」ものとなり（「新資料紹介 江戸川乱歩「写真劇の優越性について」」『文学』二〇〇二・一一―一二）、現在に至るまで映画だけで五〇本以上、テレビドラマも含めればゆうにその倍以上、さらには近年のアニメ化作品や原作のクレジットのないものなども含めればそれ以上の多数の映像化作品が生み出されていくことになる。しかしながら、乱歩の創作活動が最も旺盛であった一九二〇年代から三〇年代にかけては、猟奇的な殺人を煽情的に描く探偵映画に対しては検閲の規制が厳しく、その映画化は一九二七年に発表された直木三十五主宰の聯合映画芸術協会製作・志波西果監督による『一寸法師』一本のみにとどまっていた[注2]。そのため、乱歩小説の映画化が本格的に開始されるのは敗戦後のことであり、『心理試験』を原作とする久松静児監督『パレットナイフの殺人』（大映・一九四六）を皮切りに[注3]、コンスタントに乱歩小説を原作とする映画が製作されるようになる。しかしながら、同時期から一九六〇年代に至るまで、『十字路』の原案協力者でもあった渡辺剣次が脚本を担当したノワール映画の秀作である井上梅次監督『死の十字路』（日活・一九五五）などの例外を除けば、ラジオドラマの人気を受けて製作された『怪人二十面相』や『青銅の魔人』等の松竹の「名探偵明智小五郎」シリーズ（一九五四―一九五五）や東映の「少年探偵団」シリーズ（一九五六―一九五九）など、その多くが明智小五郎や少年探偵団の活躍を描く推理や活劇の要素を前景化した子供向けの作品で占められていた。戦前・戦中期や占領期の抑圧的な状況から解放され、どんなものでも自由に作れるようになったにもかかわらず、映画化される乱歩テクストやそこで前景化されるテーマがこれらの「健全」なものに留まっていたという状況はそれ自体非常に興味深く思われるのだが、乱歩映画がこのような推理・謎解きや冒険活劇といった枠組みから解放されるのは、乱歩の没後、一九六〇年代後半まで待たねばならなかったのである。同時期には三島由紀夫の戯曲による舞台を映画化した深作欣二監督・丸山明宏主演『黒蜥蜴』（松竹・一九六八）も三島自身がカメオ出演したこともあり話題を呼んだが、それまでの乱歩映画のモードの転換を象徴するものとしては、一九六九年の石井輝男監督『江戸川乱歩全集 恐怖畸形人間』（東映）と増村保造監督『盲獣』（大映）とを逸するわけにはいかないだろう。『江戸川乱歩全集 恐怖畸形人間』は『孤島の鬼』と『パノラマ島奇譚』をベースとしつつ、狂騒的で開放感に満ちたエロ・グロ・極彩色の世界を展開した作品であり、他方で『盲獣』は原作の一人目の犠牲者にあたる女性のエピソードを敷衍し、閉鎖的な空間・人間関係における退廃的な性愛と死を描出した作品である。これらの作品が契機となり、例えば田中登監督『江戸川乱歩猟奇館 屋根裏の散歩者』（日活・一九七六）、実相寺昭雄監督『屋根裏の散歩者』（TBS／バンダイ・ビジュアル・一九九四）・『D坂の殺人事件』（東映／東北新社・一九九八）、塚本晋也監督『双生児 GEMINI』（セディック／丸紅・一九九九）、実相寺昭雄・竹内スグル・カネコアツシ・佐藤寿保によるオムニバス映画『乱歩地獄』（ミコット・エンド・バサラほか・二〇〇五）など、とりわけ乱歩の初期作品を原作としてその怪奇性、幻想性、猟奇性、あるいは倒錯的な性愛などの要素を前景化する映像化の試みが増加していくことになる。しかしながら、興味深いのは、それが同時にこれらの映像化作品に例示されるように乱歩小説という「原作」を掲げつつも、その枠組みから大胆に逸脱して個々の作り手の奔放なイマジネーションが横溢する作品が多く生み出されていく契機ともなっていた点である。このことは、同様に映像化作品の多い作家である横溝正史や松本清張の原作映画と比較した際に見出される乱歩映画に顕著な特徴であったといえるが、そこには、おそらくそのプロットよりもモチーフやキャラクターの方が訴求力を持ってしまうことから、ジャンルやメディアを容易に越境し、多方向に拡散・増殖していくアダプテーション＝翻案テクストを生み出してしまう、いわば触媒としての乱歩テクストの在り様の一端を看取することができる。ここにはまた、戦前期においてエロ・グロ・猟奇の作家としての乱歩イメージがその実態から乖離して流布していってしまったこととも通底する様相を見出すこともできるが、おそらくこのような恣意的に付与された多様な意味を包含してしまう記号作用にこそ、いまなお人々を魅惑しその想像力を刺激し続ける「乱歩」の特性が存しているのだと考えられるだろう［注4］。

本稿で主要な考察の対象とするのは、まさにこの「江戸川乱歩」という固有名をタイトルに掲げた加藤泰監督・

脚本『江戸川乱歩の陰獣』（共同脚本仲倉重郎、松竹・一九七七）である。本作は『陰獣』（『新青年』一九二八・八―一〇）の初めての映画化作品であるが、先に述べたような乱歩的アダプテーションの在り様を考察する上でも極めて興味深い対象であるといえる。なぜなら、そもそも原作となった『陰獣』という小説自体が乱歩自身を戯画化した作家の形象やそれまでの自らの小説群のパロディを盛り込んだ一種のアダプテーション小説として捉えられるテクストであり、『江戸川乱歩の陰獣』ではその原作小説が基本的なプロットはそのままにローアングル・フィックス・ロングテイクなどの技法に特徴付けられる加藤泰独自の様式美によって解体・再構築されるとともに、その原作に内在するアダプテーションの要素を重層化・複雑化する試みが行われているように思われるからである。そしてまた、その試みは原作との関係だけでなく、映画が発表された同時期の社会・文化的なコンテクストに布置されるとき、さらに異なる相貌をみせることにもなるのである[注5]。

そこで、本稿ではまず『陰獣』をめぐるアダプテーションの展開と、小説・映画それぞれにおける内在的なアダプテーションの表象を確認し、次に『江戸川乱歩の陰獣』が発表された時期の映画界やミステリ・ジャンル環境における同作品の布置を検討する。その上で、最後に映画化に際して試みられたアダプテーションの様態を静子のイメージを中心として内在的に分析し、結論としたい。

二、『陰獣』とアダプテーション

『陰獣』は、発表当時には乱歩の約一年半の休筆を経たのちに発表された「復帰」作として話題となり、その内容においても初期の集大成として位置付けられる代表作であったため、乱歩小説の中でも最も映像化作品の多いものの一つとなっている。それは、初めての映画化である『江戸川乱歩の陰獣』のほか、テレビドラマとしては天知茂の「江戸川乱歩の美女シリーズ」の一本である『怪しい傷あとの美女 江戸川乱歩の「陰獣」』（一九八五）、『昭和推理傑作選（二）陰獣 屋根裏に潜む脅迫者』（一九九〇）、『名探偵・明智小五郎 予告殺人犯がのぞいた清楚な人妻の寝室』(一九九八)、『闇の脅迫者 江戸川乱歩「陰獣」より』(二〇〇一)、『乱歩R』第六話「禁断の快楽屋根裏の陰獣」(二〇〇四)などがあり、また近年ではバーベット・シュローダー監督によるフランス映画『陰獣(*Inju: la bête dans l'ombre*)』(Cross Media / La Fabrique de films / SBS Films・二〇〇八)も記憶に新しい(『洋泉社MOOK 映画秘宝EX 江戸川乱歩映像読本』洋泉社、二〇一五)。また、先述のように戦前期には『陰獣』は映画化されることはなかったものの、一九三二年一二月には市川小太夫(小納戸容)の新興座による舞台化が行われていた。乱歩によればその舞台は新聞各紙の劇評や探偵作家の間でも「概ね好評」であり、また自身としても、「原作に忠実」でありながら随所に演劇的な演出が施された「小説の思ひも及ばない鮮やかな具体化」が示されたものであったことを述懐しているが(「陰獣劇について」『ぷろふいる』一九三三・九)、本稿の関心からはそれが単純に原作小説を舞台化したというだけでなく、丸ノ内、浅草六区、隅田川などの映像が幕間に挟み込まれた連鎖劇的な構成を有する複合的なメディアを用いた舞台であったという点も注目されよう。

このように、『陰獣』のアダプテーションの展開には、映画・テレビドラマなどの映像化や舞台化のほかにも、古賀新一(『陰獣・人でなしの恋』講談社、一九八四)、バロン吉元(『陰獣』小池書院、一九九九)、山口譲司(『江戸川乱歩異人館』集英社、二〇一一―二〇一五)らによる漫画化から、音楽の曲名や犯罪者に対する呼称などへの「陰獣」という語の流用に至るまで[注6]、多様なメディア・ジャンルを横断して拡散していく様相がみられる。しかしながら、ある意味ではそれは『陰獣』というテクストの内在的なモチーフに呼応したものであったとも考えることができるように思われる。なぜなら、そもそも『陰獣』とは、『一銭銅貨』(=『二銭銅貨』)、『一枚の切手』(=『一枚の切符』)、『屋根裏の遊戯』(=『屋根裏の散歩者』)、『B坂の殺人事件』(=『D坂の殺人事件』)、『パノラマ国』(=『パノラマ島奇譚』)、『一人二役』といったテクスト外に実在する乱歩小説を想起させるパロディ小説群の内容を、その作者である大江春泥が現実の犯罪として再現=翻案することの恐怖が描かれるという、アダプテーションの営みそれ自体が物語の重要な要素として組み込まれたテクストであったともいえるからである。そして、このような原作小説におけるアダプテーションの表象は、『江戸川乱歩の陰獣』ではさらに重層化されていくことになるのである。

『江戸川乱歩の陰獣』は、主人公の探偵作家・寒川光一郎（あおい輝彦）が上野の帝室博物館で出会う小山田静子（香山美子）のうなじの蚯蚓腫れに魅了される様子に、寒川自身の探偵小説における本格／変格の分類と定義についてのモノローグが重ねられる場面から始められているように、基本的なプロットは原作通りに進行していくが、そこにはいくつかの大きな改変点もみられた。それらは主に編集者の本田（若山富三郎）や静子の夫である小山田六郎（大友柳太郎）といった、原作では脇役にすぎない作中人物たちの行動が具体化され敷衍される形で行われているということができる。すなわち、そこでは、小山田六郎が夜間に友人の植草（仲谷昇）宅を訪問し囲碁を嗜むという行動が具体化され、そこに英国から連れ帰った愛人・ヘレン（田中久美）のエピソードが付加されており[注7]、また寒川の依頼によって本田が春泥の捜索や静子の郷里における平田一郎の存否の調査へと赴く逸話が具体化されることで静子による平田の殺害が暗示されているほか、静子の依頼により春泥を演じたとされる男・市川荒丸（川津祐介）が役者として出演する舞台上で毒殺されるという、新たな殺人の逸話も付加されている。その他、映画で重要なロケーションの一つである吾妻橋の震災後の再建に合わせて時代設定が一九二八年から一九三〇年に変更されている点など、細かな改変点は多く挙げられるが、それらは概ね寒川と静子の関係性に内閉していく原作小説を映画へと置換する際に要請される空間的・物語的な拡がりをもたらす目的から行われたものと考えられるだろう。

そして、これらの『江戸川乱歩の陰獣』で施された脚色のなかでもとりわけ興味深いのは、そこに寒川の小説を原作とする『湖畔亭殺人事件』の映画化と、『パノラマ国殺人事件』の歌舞伎座での前衛舞踏を取り入れた舞台化という、小説から他メディアへのアダプテーションの挿話が付加されてもいた点である。前者は、冒頭のタイトルバックに映される寒川が編集者の本田や女性の写真記者（桜町弘子）とともに招かれた京都の撮影所における映画製作現場の風景や主演女優（倍賞美津子）との対談の描写から始まり、それがやがて二番館で他の作品と併映となっていくまでの様子が、映画前半の随所に配された寒川原作映画のポスターの描写によって示されており、また後者についても先に述べたように映画後半で市川荒丸の殺人が行われる重要な場面となっている。このような自己言及的ともいえるエピソードを付加した理由について、監督の加藤は寒川が「本が売れて映画化されて撮影所へ招かれたりという状況」にある人気作家だったことを示すためであったと述べているが（「インタビュー加藤泰は〝陰獣〟をどう撮る？」『映画芸術』一九七七・六）、それはまた、寒川の社交的な性質を前景化することで「人嫌い」とされる春泥との性向の差異を強調し、またその二人の作品が、一方は映画や演劇といった公的なメディアへと翻案されるのに対して、他方は現実の犯罪へと応用されるという、それぞれのアダプテーションの様態の差異を示す表象ともなっていたといえる。ただし、そこで翻案される寒川の小説が、謎解きを主眼とした本格的な趣向を持つとされる『湖畔亭殺人事件』と、怪奇幻想的な側面を前景化した変格的な趣向を持つとされる『パノラマ国殺人事件』という二重性を有していたことにも留意する必要があるだろう。なぜなら、このことは、「凄い怪奇幻想の舞台だわ。先生にもこういう所がおありになつたのね」という静子の台詞にも示されるように、「本格探偵作家」を自認する寒川が、自身の作家性と相反する変格の趣向をも同時に併せ持つ両義的な存在であったことを示す描写であったともいえるからである。そのことを暗示するかのように、『パノラマ国殺人事件』というフィクションからフィクションへと翻案されたはずの舞台上で現実の殺人が行われてしまうのであり、そのことはまた、本格の側に位置していたはずの寒川が、変格の側に位置する春泥＝静子に徐々に侵食されていく様子を示すものであったとも考えられよう。

さらに、このような『江戸川乱歩の陰獣』における自己言及的なアダプテーションの表象は、映画が発表された時期におけるミステリ・ジャンルや映画界といったコンテクストに布置されるとき、さらに複雑な意味を帯びることにもなる。次節では、加藤泰と『江戸川乱歩の陰獣』の同時代の位置付けについて検討してみたい。

三、一九七〇年代におけるミステリ・ジャンルと映画――異端文学ブームと横溝ブーム

『江戸川乱歩の陰獣』が発表された一九七七年における活字メディアと映像メディアにまたがるミステリ・ジャンルの状況を検討する上で、その直前に連続的に生起した異端文学ブームと横溝ブームという二つの事象はきわめて重要であると思われる。前者のブームの経緯と意義については、谷口基『戦前戦後異端文学論 奇想と反骨』（新典社、二〇〇九）に詳しいが、ここでは同書を参照しつつその経過を概観しておきたい。一九六〇年代のミステリ・ジャンルは、一九五〇年代後半から台頭してきた社会派的なリアリズムが全盛の時代であり、戦前期に『新青年』を中心に活躍した怪奇幻想的な作風の探偵作家たちはその多くが忘れられた存在となっていたが、一九六〇年代末に突如としてそれらの作家のリバイバルが起こり、ジャンルを席巻していくことになる。そこでは一九六八年に刊行された国枝史郎『神州纐纈城』を嚆矢として小栗虫太郎、橘外男らの作品を復刻した桃源社の「大ロマンの復活」シリーズを皮切りに、一九六九年には立風書房の『新青年傑作選』や、あるいは三一書房の『久生十蘭全集』と『夢野久作全集』、河出書房新社の牧逸馬・谷譲次・林不忘の『一人三人全集』、講談社の『江戸川乱歩全集』と、翌年の『横溝正史全集』などの個人作家全集が相次いで刊行される。その後も、一九七五年には『幻影城』が創刊され、一九七六年からは社会思想社の現代教養文庫で久生十蘭、夢野久作、小栗虫太郎の作品群を収録した「異端作家三人全集」が始まるなど、このリバイバルブームは一九七〇年代を通じた文化現象となっていく。奥野健男はこのブームの背景に「既成の定まった価値をもう一度疑い、批判し、さらに一切の既成権威を否定破壊しようとする若者たちの大学紛争や全共闘的な思考」（「異端文学の復活」『朝日新聞』［夕］一九七〇・二・一六）を読み取り、それが既成の文学史から排除されていたこれらの文学の再発見・再評価を促したことを指摘している。さらに谷口基は、その反体制・反権威的な心性が「七〇年安保に向かう最後の政治的高揚感と、闘争の敗北がもたらした喪失感」という二重性を包含したものであったことに注意を促しつつ、そこから生起した異

端文学における幻想的なロマンへの志向が「非現実の空間に逃避するのではなく、むしろ、政治的な二元論的世界観から離れ、〈異端〉の意味を新たに、主観性、自由主義、多元的価値などの中に手探り、閉塞した時代や社会に風穴を穿つ可能性を模索」しようとした抵抗の実践であったことを指摘している。

おそらくは、この異端文学ブームと同年に起こった先述の乱歩映画のモード転換も同様のコンテクストを共有したものであったと推測されるが、日本のミステリを原作とする映画状況において一九五〇年代後半から一九七四年の野村芳太郎監督『砂の器』（松竹）あたりを頂点とする松本清張ものの隆盛の対抗軸となったのは、その後の角川春樹が主導した横溝ブームであろう。角川はこの異端文学ブームを背景として一九七一年の『八つ墓村』を皮切りに横溝正史作品の文庫化を開始しているが、その後自らの文庫のラインナップを原作とする映画製作に乗り出そうと模索を始める。そこには、一九六〇年代に顕著となった映画産業の斜陽化により、既存の大手五社によるスタジオシステムとブロックブッキングシステムという寡占体制が崩れ、他業種からの参入障壁が下がっていたというコンテクストも伏在していた。当初角川は松竹と組んで横溝の『八つ墓村』の映画化を企画するものの金銭面での折り合いがつかず頓挫してしまうという状況にあったが、その後の一九七五年に行った高林陽一監督『本陣殺人事件』（ATG）への宣伝協力と、それと連動した「横溝正史フェア」の開催によって得た成功体験が、翌一九七六年の市川崑監督・石坂浩二主演の『犬神家の一族』（角川春樹事務所／東宝）の製作へとつながっていく。この『犬神家の一族』をめぐって行われたメディアミックス、すなわち映画の製作費と同程度の宣伝費をかけ、特に映画産業が衰退していく最も直接的な要因となったテレビで大々的にコマーシャルを打ったことや、杉本一文によるカラー刷りの文庫カバーと映画ポスターとを連動させ多様な場所に同一のヴィジュアル・イメージを現出させたことなど、複数のメディア横断的な試みによって映画・書籍ともに爆発的なヒットを生み出したことから、横溝ブームが起こっていくことになるのである。

『江戸川乱歩の陰獣』が公開された一九七七年は、まさにこれら二つのブームの渦中にあったため、新旧の日本のミステリ原作の映画が数多く公開された年でもあった。その代表的なものは、森村誠一原作・佐藤純彌監督『人間の証明』(角川春樹事務所/東映)、坂口安吾原作・曽根中生監督『不連続殺人事件』(タツミキカク/ATG)、夢野久作原作・小沼勝監督『夢野久作の少女地獄』(日活)、小林久三原作・貞永方久監督『錆びた炎』(松竹)、松本清張原作・西河克己監督『霧の旗』(東宝)などが挙げられるが、その中でもやはり前年の『犬神家の一族』に続いた、横溝正史原作の映画が目を惹く。四月と八月にはそれぞれ東宝から市川崑・石坂浩二の『悪魔の手毬唄』と『獄門島』が公開され、一〇月には松竹から角川との共同製作が頓挫した企画である『八つ墓村』が監督野村芳太郎・脚本橋本忍・撮影川又昂・音楽芥川也寸志といった『砂の器』と同一のスタッフ陣を擁した大作として公開、さらに同年四月からは古谷一行主演のテレビ映画「横溝正史シリーズ」(毎日放送・角川春樹事務所)も放映が開始されており、一九七七年は映像メディアにおける横溝ブームが最も過熱した年であったといえる。その中で、松竹製作により同年六月に公開された『江戸川乱歩の陰獣』は、公開時の新聞広告に「江戸川乱歩か、横溝正史か/全マスコミが騒いだ問題作、遂に公開」(『読売新聞』[夕]一九七七・六・一七)という惹句が付され、またタイトルに「江戸川乱歩」と冠したことにもうかがえるように、他社主導の横溝ブームへの対抗軸として、横溝と同様にミステリ・ジャンルの巨匠であった乱歩を打ち出そうとした企画であったと考えられよう。実際に、加藤の述べるところによれば、『江戸川乱歩の陰獣』が成功した際にはもう一本乱歩原作の映画を製作する話があったようだが(「本格探偵映画「陰獣」考 加藤泰インタビュー」『日本映画研究』一九七七・一二)、横溝ブームにうまく合致した同社の『八つ墓村』に比べ興行面でふるわなかったために、結局その企画は立ち消えになってしまったようである。しかしながら、このような『江戸川乱歩の陰獣』の企画の経緯からは、往時に乱歩が先述の探偵映画プロダクション設立のために横溝を神戸から上京させたという逸話や、あるいは『パレットナイフの殺人』を機縁として大映が同監督の『蝶々失踪事件』(一九四七)を製作することになったという逸話とは逆に、横溝の映画が一本の乱歩映画を製作する契機ともなったという、映画を介した乱歩と横溝の関わりが、乱歩の没後に横溝作品が先導する形で反復されていったことがうかがえる【注8】。しかもその原作となったのが、当時『新青年』編集長であった横溝が大々的に乱歩の「復帰」を演出した『陰獣』であったことも二人の因縁を想起させる要素といえよう。さらに、同じ一九七七年の八月からは、テレビドラマの分野でも横溝を追いかけるように、それまでの少年ものを原作とする作品群とは一線を画したキッチュでエロ・グロな作風で話題を呼んだ天地茂主演・井上梅次監督の「江戸川乱歩の美女」シリーズが放映開始されてもいたのである。このような同時期の乱歩と横溝の映像メディアをめぐる関係からは、例えば『江戸川乱歩の陰獣』の映画自体には苦言を呈しながらも、「横溝ブームの陰に隠れてしばらく鳴りをひそめてしまった乱歩への懐かしみから」本作を観ようと思ったという中井英夫の述懐に示されるように（「映画の中の時間」『日本読書新聞』一九七七・七・四）、横溝ブームが乱歩への郷愁とそれを希求する心情を喚起する契機ともなった側面を読み取ることもできるかもしれない。

このような一九七〇年代後半の日本のミステリ原作映画の状況における松竹の清張映画から角川・東宝の横溝映画への変遷とは、おそらく先に概観した社会派的なリアリズムから異端文学ブームにおける脱近代的なロマンの復権へという活字メディアにおけるミステリ・ジャンルの動向の延長線上に生起した事象であったと考えられよう。しかしながら、そこに『江戸川乱歩の陰獣』に至るまでの加藤泰の仕事の中心であったヤクザ映画ジャンルという補助線を引いてみるならば、一九六〇年代に主流であった明治期から昭和初期を舞台とする任俠映画路線から、一九七三年の深作欣二監督『仁義なき戦い』（東映）を嚆矢とする同時代の暴力団抗争をリアルに描く実録路線への転換という、ちょうどミステリ・ジャンルの変遷とは対照的な経過を見出すことができる。これらの転換は加藤の仕事にも大きな影響を及ぼしており、一九六〇年代には長谷川伸原作・中村錦之助主演『瞼の母』（東映・一九六二）や『沓掛時次郎 遊俠一匹』（東映・一九六六）、鶴田浩二主演『明治俠客伝 三代目襲名』（東映・一九六五）、藤純子主演『緋牡丹博徒』シリーズ（東映・一九六八―一九七二）などの自身の代表作ともなる時代劇や任俠映画の傑作を相次いで発表し円熟期を迎えていた加藤は、東映の実録路線への方針転換に象徴されるような任侠映画とそれを支えた撮影所システムの衰退により、徐々にその製作機会を減らしていくことになる。そして、『江戸川乱歩の陰獣』を製作した一九七〇年代後半とは、まさにこのような経緯から加藤がその活躍の場を失っていく時期にあたっていたのである。ただし、例えば川本三郎が指摘するように、異端文学ブームの支持層が、同時にこれらの任侠映画に熱狂した層でもあったことを考え合わせるならば、そこで描かれた近代化によって喪失される「仁義」に殉じる人物たちの共同体という前近代のユートピアに対する郷愁と、異端文学に表象された脱近代的なロマンとを志向する心性とはある意味では同一の地平から喚起されたものでもあったといえる（川本三郎・桜井哲夫・藤井淑禎「鼎談 江戸川乱歩と大衆の二十世紀」『国文学 解釈と鑑賞 別冊：江戸川乱歩と大衆の二十世紀』二〇〇四・八）。そうであるならば、『江戸川乱歩の陰獣』とは、それがほかならぬ加藤泰に製作されたことによって、まさにこのような一方は喪失されつつあり、他方は復権しつつあったロマンを志向する二つのジャンルの交錯する地点に布置されるような映画であったと考えられるのではないだろうか。

また、このようなコンテクストをふまえるならば、先述した映画冒頭のタイトルバックに映し出される寒川の『湖畔亭殺人事件』の京都の撮影所での製作風景も異なった意味を帯びてくるだろう。すなわちそれは、加藤自身が述べるような寒川の作家的な立ち位置を示す逸話である以上に、同時期にはすでに失われつつあった撮影所での映画製作に対する郷愁の表象であったとも考えられるのである。さらにそれは、原作の『陰獣』で行われる自身を戯画化した作家を作中で殺してしまうという、乱歩が「自己虐殺」と述べるような自己言及的なふるまいを、往時の映画界における自身の在り様を昭和初期の物語へと組み込み、そこで製作された映画が時代遅れのものとなっていく様子を示すことで自らを過去の存在としてしまうという、加藤自身の自己言及的なふるまいへと変奏したものと捉えることもできる。このような点に、乱歩自身の自己言及的な表象であった原作のアダプテーションの要素を重層化し、自らの現状を含めた同時期の映画状況それ自体をめぐる表象へと置換していった加藤のアダプテーションの試みの一端を看取することができるだろう。

では、このような自己言及的な表象を組み込みながらも、加藤が「本格探偵映画」を目指したと述べる『江戸川乱歩の陰獣』におけるアダプテーションの内実とはいったいどのようなものであったと考えられるだろうか。次節ではこのような問題を考察するために、映画における静子のイメージを中心に原作との比較検討を試みたい。

四、まなざし返す女――『江戸川乱歩の陰獣』における静子イメージの転換

先述のように乱歩の『陰獣』と浅からぬ関わりを持っていた横溝正史は、「細かいアラを探せばいくらでもある」といちおうの留保をつけつつも、『江戸川乱歩の陰獣』の試写の感想を以下のように述べている。

本格探偵小説のひとつの大きな魅力は、結末の意外性にあるといえるだろう。「陰獣」はそれを申し分なく具備している。私はこの小説のトリックを、世界最大のトリックだといまでも信じている。しかし、それを映像化する場合、小説の効果をそのまま期待することは困難であるということを、この監督はよく弁えているのであろう。おそらくこの監督は原作がひろく読まれていることをしっており、それでもなおかつこの小説の映画化にアタックしたということは、結末の意外性より、そこへいたるまでの男と女の心理的葛藤に重点をおきかえ、そこにひとつの恐怖を演出してみせるという、強い自信を持っていたのだろう。そういう意味でこの映画は十分成功していると思う。

（横溝正史『真説金田一耕助』毎日新聞社、一九七七）

ミステリを映画化する際に最大の困難となるのは、犯行の視覚化によってトリックが明示されてしまうという問題であり、とりわけ静子が大江春泥とその妻の一人三役を演じるという『陰獣』の主要なトリックを映像表現に移し替えることは困難を伴うものとなるだろう。引用箇所において横溝は、この問題に対して『江戸川乱歩の陰獣』が試みたアダプテーションの方法について重要な指摘を行っている。なぜならここで横溝は、物語の焦点

が原作で最大の見せ場となる寒川のモノローグ的な推理によって明らかとなるトリックとその「結末の意外性」にではなく、寒川と静子という「男と女の心理的葛藤」から惹き起こされる「恐怖」へと置換されていることを指摘しているからである。この横溝の評言は、『陰獣』のテーマを「男と女の斗い」とみなし、それを軸とした「本格探偵映画」とすることを目指したという加藤自身の言葉とも響き合うものだろう[注9]。ただし、『江戸川乱歩の陰獣』は加藤が目指したとする探偵の論理的な推理によって事件の謎が解明されるという構成を有した「本格探偵映画」とはなっていない。むしろこの映画は、横溝が指摘するように、小説の叙述により結末まで隠蔽される殺人事件の真相によってではなく、その事件を介して結び付いた「男と女」の絶え間ない緊張関係によって生起する持続的なサスペンスそれ自体を動因とする物語として再構築されているのである。そして、このような映画の「本格探偵映画」という目標設定とそこからの逸脱とは、「本格探偵作家」を自認する寒川が論理的な推理を行う探偵たりえず、「変格」の側の春泥＝静子に屈服していくという映画で焦点化された「男と女の斗い」の物語内容と図らずも一致するものとなってしまっていたともいえるだろう。

では、寒川の一人称の視点から叙述される手記形式によって静子から言葉を簒奪しようとする志向を有し、ある意味では「男と女」の非対称的な関係性が描かれたテクストともいえる原作の『陰獣』から、この映画はいかにして対等な「男と女の斗い」を抽出していたのであろうか。結論からいえば、それは静子のイメージ転換によって行われていたといえる。しかもそのことは、先に概観したような原作からの改変点だけではなく、一見原作に忠実であるように見える場面においてより徹底されているように思われるのである。それを最も象徴的に示しているのが、寒川が初めて小山田宅を訪れ、大江春泥が潜んでいるのではないかと怯える静子に代わって居間の天井裏を検分する場面である。それは、原作では以下のように記述されていた。

私は屋根裏の遊戯者を真似て、そこから下の部屋を覗いて見たが、春泥がそれに陶酔したのも無理ではなかつた。天井板の隙間から見た「下界」の光景の不思議さは、誠に想像以上であつた。殊にも、丁度私の目の下にうなだれてゐた静子の姿を眺めた時には、人間といふものが、目の角度によつては、かうも異様に見えるものかと驚いた程であつた。［……］静子の艶々した丸髷には、（真上から見た丸髷といふものゝ形からして、已に変であつたが）前髪と髷との間の窪みに、薄くではあつたが、ほこりが溜つて、外の綺麗な部分とは比較にならぬ程汚れてゐたし、髷に続く項の奥には、着物の襟と背中との作る谷底を真上から覗くので、背筋の窪みまで見えてゐる。そして、そのねつとりと青白い皮膚の上に、例の毒々しい蚯蚓腫れが、ずつと奥の暗くなつて見えぬ所までも、いた〳〵しく続いてゐるのだ。上から見た静子は、やゝ上品さを失つた様ではあつたが、その代りに、彼女の持つ一種不可思議なオブシニテイが、一層色濃く私に迫つて来るのを感じた。

（江戸川乱歩「陰獣」『新青年』一九二八・九）

ここには、屋根裏に春泥の痕跡が残されていないかを探るという目的を忘れ、春泥に同一化して天井の節穴から静子を覗き見るという窃視の快楽に浸ろうとする「私」＝寒川の様子が描写されている。また、この場面の静子は、寒川によって「丸髷」から背中の「蚯蚓腫れ」まで眺め回され、その「オブシニテイ」を刺激するだけの物言わぬ存在でしかない。この場面における二人の描写には、寒川＝見る・語る主体／静子＝見られる・語られる客体という優劣関係を容易に看取しうる。しかし、そもそも、小説においてこの場面を含む小山田宅への訪問とは、「主人の留守」中に自身を密かに呼び寄せるという「なまめかしい形式」に対する寒川の性的な期待感に貫かれたものとして記述されていたのであり、このような寒川のまなざしの在り様と静子の対象化とは必然的に導かれたものであったともいえるだろう。

では、映画ではこの場面はいかに表象されていたのであろうか。二人がこの「屋根裏の遊戯」が行われる日本間に入って以降、静子が画面手前の寒川の背後から春泥に対する恐怖を語るショットが連ねられていくが、そこではクローズアップからロングショットへと切り替わったときの二人の位置が大幅にずらされており、その距離感が不安定な描写となっている。加えて、検分のため屋根裏へと上がった寒川の様子は、彼に対して執拗に声をかけ、軸かけの竹棒で天井を突いて日本間へと誘導する静子側からのショットとのカットバックで構成されており、それはあたかも天井を挟んで寒川が静子に操作されているかのような印象を与えるものとなっている。さらに注目されるのは、寒川が天井裏の節穴から静子を覗く描写であろう。その場面は、脚本段階では「真下に静子の項がある。そして、それから背中へのミミズ腫れ――。」というト書きが記されているものの、映画で節穴を覗いた寒川の目に飛び込んでくるのは、すでにこちらにまなざしを向けている静子の姿である。そして、静子はその寒川のまなざしを自在に操作するかのように寒川から視線を動かさずに移動し、「平田さん」と呼びかけ、夫・小山田六郎に手をかけぬよう懇願するのである。この場面には、寒川が静子に対して「オブシニテイ」を感じることのできる余地はない。むしろ春泥＝平田を怖れる静子の狂気的にも見える怯えに寒川が戦慄を覚えていく様子が看取されるのである。このように、映画版では、原作で記されるような大江春泥に同一化した寒川に一方的にまなざされる存在としての静子ではなく、寒川から向けられた視線に対して同等あるいはそれ以上の力強さでまなざし返し、寒川に語りかける対等な存在としての静子へとイメージ転換されている。このような静子の表象は、寒川の視線を相対化するとともに、この場面全体を天井を隔てて対峙する二人の緊張関係から生起するサスペンスに満たされたものへと変貌させてしまっているといえるだろう。

この場面に象徴的に示されるように、『江戸川乱歩の陰獣』における主人公の寒川は、原作とは異なり、物語の進行に従って徐々に静子に翻弄されていく存在として形象化されていた。このことは、原作では小山田六郎を大江春泥とする第一の推理を述べて優越感に浸った寒川によって行われていた二人の密会場所の調達も、そこに相手を誘うのも、映画版では静子の方へと改変されていたことにもうかがえよう。映画のクライマックス、その土蔵の二階の深紅で統一された前衛的な虚構空間において、寒川は最後に静子に対して推理を行うことで主導的な立場にたとうと目論む。しかしながら、もはやそこで行われる謎解きの内容や静子に対して行われる真犯人の名指しは「意外性」を喚起するような効果や意味を持ち得ない。むしろそのような寒川の行為は、静子のマゾヒスティックな快楽への奉仕としてしか機能しないだろう。それゆえに、山根貞男が鋭く指摘するように、寒川によって春泥であると名指された静子は「暴かれることの嗜虐性に喜び」「自らの仕掛けた何重ものトリックを見破った男」を「発見できたことの喜びにふるえ、自ら衣服を脱ぎ捨て、もはやなにを偽るでも隠すでもない裸体をさらし、ぶってくれと叫ぶ」のである（山根貞男「大衆映画の自己炸裂の艶やかさ 鈴木清順と加藤泰」『映画芸術』一九七七・八）。そして、寒川は「僕はもうあなたに負けたんです」と敗北を宣言し、その場を立ち去っていく。しかしながら、もはやキャメラはその行方を追おうとはせず、その場に仰向けに倒れ嗚咽にむせぶ静子を映し続け、そのまま断崖の上に立つ静子のショットへと継起すると、映画はそこから身を投げ落下していく静子のストップモーションで結末を迎える。そこには、原作にあるように犯人であると見破られたことや、あるいは自分を「恋慕つてゐた」ことを理由とした自殺として寒川にその死を意味付けられ解釈されることもなく、ただうつろなまなざしを虚空に向け、死に至る直前の状態で固定化された静子の身体が残存するのみなのである。

このように、『江戸川乱歩の陰獣』は、寒川のモノローグから始まり、その視点に沿って進行していくが、最後にはそのまなざしから逃れた静子の身体イメージで結ばれている。そこには、静子を自らの視線や言葉によって支配しようとする寒川に対して、まなざし返し、その身体によって対峙しようとする静子という構図を見出すことができると同時に、物語上の主人公である寒川ではなく、あくまでも静子の存在に寄り添おうとする映画の志向を看取することができよう。それは、静子の存在こそがこの映画における「男と女」の緊張関係から生起する持続的なサスペンスの基底となっていたからであり、それゆえに映画がまさに静子の身体が生死の境界で宙吊りにされた状態＝サスペンスのイメージで結ばれることは、これまで考察してきたような『江戸川乱歩の陰獣』におけるアダプテーションの試みそれ自体の暗喩ともなっていたのである。

五、おわりに

本稿では、これまで加藤泰『江戸川乱歩の陰獣』におけるアダプテーションの様相を多角的に検討してきた。そこではまず原作の『陰獣』におけるアダプテーションの表象を確認し、その映画化である『江戸川乱歩の陰獣』ではその要素がさらに重層化されていることを指摘した。次に、異端文学ブームと横溝ブームという活字メディア・映像メディアにまたがる事象を中心としたミステリ・ジャンルや映画界の動向といった同時期のコンテクストにおける加藤泰と『江戸川乱歩の陰獣』の布置を検証し、そこに付加された寒川の小説の映画化をめぐる表象が、同時期に失われつつあった映画製作に対する郷愁を喚起するものでもあったことを指摘した。最後に、映画化に際して行われた原作小説からのアダプテーションの内在的な様態を分析し、原作では寒川に一方的にまなざしを向けられる対象でしかなかった静子が自ら語りまなざし返す対等な存在としてイメージ転換されていたこと、またそのことによって映画が「男と女」の関係性から生起するサスペンスを軸とする物語へと再構築されていたことを明らかにした。

このように、『江戸川乱歩の陰獣』におけるアダプテーション＝翻案は、原作小説からだけでなく、同時期のメディア・ジャンルや文化・社会的な環境といった多元的なコンテクストへのアダプテーション＝適応のプロセスから形成されたものでもあったといえる。しかしながら、本稿で示しえたのは、このような乱歩をめぐるアダプテーションの様相のほんの一端にすぎない。それは、冒頭で言及したように、多様なアプローチを喚起する触媒として機能し、多方向に拡散・増殖していく「乱歩」とは、まさに現在進行形の現象だからである。それゆえに、このような乱歩とそのアダプテーションをめぐる現象とは、今後も継続的に問われていかねばならない問題系であるといえるだろう。

【注1】　また、当時神戸で家業の薬屋を継いでいた横溝正史は、この映画プロダクションの設立に協力させようと乱歩が上京させたものの、すぐに計画が頓挫したため、乱歩の仲介によって『新青年』編集部へと入ることになったという逸話もある。

【注2】　実際に、同時期には新感覚派映画聯盟から『狂った一頁』（一九二六）に次ぐ第二作として乱歩の『屋根裏の散歩者』を衣笠貞之助監督で映画化する企画が持ち上がっていたようだが、その内容が検閲に抵触する恐れがあったことから、原作を『踊る一寸法師』に変更するなどの模索を続けるも、結局は企画自体が立ち消えになってしまうという出来事もあったという（江戸川乱歩『探偵小説四十年』桃源社、一九六一）。

【注3】　また、横溝正史の『蝶々殺人事件』を原作とする『蝶々失踪事件』（大映・一九四七）には乱歩の名が「構成補導」としてクレジットされているが、これは『パレットナイフの殺人』を機縁として大映とつながりのできた乱歩が当時岡山に疎開中であった横溝正史に映画化交渉を行い、また横溝本人に代わって東京で映画化に際した構成を担ったためであったようである。その際に、乱歩が横溝に対して映画関係者とは「勝手に原作をゆがめてしまうもの」であると忠告していることからすれば（横溝正史『真説 金田一耕助』毎日新聞社、一九七七）、もしかしたら乱歩自身は原作を大幅に逸脱するような映画化に対しては批判的な考えを持っていたと考えられるかもしれない。

【注4】　井川重乃もこのような原作からの多様な逸脱を包含する「許容力」に乱歩テクストの特性を見出しており（「乱歩と映画」『映画と文学 交響する想像力』森話社、二〇一六）、また、柿原和宏もこうした「メディアミックスや〈二次創作〉へと展開する想像力の源泉」としても機能する「乱歩という現象」全体を視野に入れて検討していくことの重要性を強調している（「江戸川乱歩 研究動向」『アジア・文化・歴史』二〇一八・四）。

【注5】　リンダ・ハッチオンも、アダプテーション＝順化・適応のプロセスが、ジャンルやメディア間に生起するだけでなく、それが（再）創造されるコンテクストに対しても生起する点に注意を促している（リンダ・ハッチオン〔片渕悦久・鴨川啓信・武田雅史訳〕『アダプテーションの理論』晃洋書房、二〇一二）。

【注6】　このような犯罪ジャーナリズムにおける「陰獣」という語の流用のプロセスについては、拙稿「転位する「探偵小説家」と「読者」　江戸川乱歩『陰獣』とジャーナリズム」（『日本近代文学』第九五集、二〇一六・一一）を参照。

【注7】　マーク・シルヴァーは、原作小説における静子が冒頭の帝室博物館の「木彫の菩薩像」と重ねられるような東洋的なイメージから、西洋製の家具で部屋を埋め、「外国製乗馬鞭」の折檻を偏愛するマゾヒストという西洋的なイメージへと変貌していくことを指摘しているが（Mark Silver, *Purloined Letters: Cultural Borrowing and Japanese Crime Literature, 1686-1937*, Honolulu, 二〇〇八）、映画版での静子は和装の東洋的なイメージで統一されており、原作の西洋的なイメージはこの新たに付加された作中人物であるヘレンに配分されていたといえる。

【注8】　また、このような乱歩と横溝の映像メディア上の同期的な関係に関わる興味深い事項として、あおい輝彦が前年の『犬神家の一族』の佐清役として出演していたこと、若山富三

郎が同年の『悪魔の手毬唄』の磯川警部役として出演していたこと、任田順好が同年の『八つ墓村』の濃茶の尼役として出演していたことなど、俳優陣の重複を指摘することもできる。

【注9】 加藤泰「自作を語る」（『江戸川乱歩の陰獣』劇場用パンフレット）、および、「本格探偵映画「陰獣」考 加藤泰インタビュー」（『日本映画研究』一九七七・一）。また、山根貞男も『江戸川乱歩の陰獣』における「いっさいの探偵小説的要素は男と女の関係という主題のためにある」と述べ、春泥を憎み同時に静子を愛するという寒川の情念と、春泥を仮構せざるをえずしかも寒川をも愛するという静子の情念とがぶつかり合う「仮構と現実とのあいだ」でせめぎ合う二人の葛藤関係を描いたドラマであったことを指摘している（「仮構への殉心」『キネマ旬報』一九七七・八）。

江戸川乱歩における戦後ミステリの復興
――エログロをめぐるジャンルの政治学

柿原和宏

はじめに

日本が敗戦を迎えたとき、江戸川乱歩は「いよいよ探偵小説復興のときが来た」(「昭和二十一年」『探偵小説四十年』桃源社、一九六一・七)と喜んだという。乱歩にとって戦後とは、敵性文学・風俗壊乱のレッテルを貼られ、ミステリが抑圧された戦時期からの解放でもあった。そうした乱歩は、「探偵小説国のアメリカが占領する」ことさえも、ミステリの復興を予感させるものとして捉えていくのだった。

英米ミステリが規制緩和されると、乱歩はすぐにその渉猟に日々を費やす。猟書の目的は「探偵小説といふものはやはり輸入された文学形式で」「元の方のものと同じ形のもので、世界的に、日本にもかういふ探偵小説ができるといふやうなものを作り出したい」(座談会「新春探偵小説討論会」『宝石』一九四七・一)という点にあったという。英米ミステリの摂取は、その知見をフィードバックすることで日本ミステリをアップデートする活動だったのだ。得られた知見は評論として探偵作家や専門読者に向けたメディアに紹介され、内部からジャンルの再編成を仕掛けていく。そこでの乱歩が論理的要素を中心とする「本格」ミステリを指標とし、ジャンルにおけるエログロ的要素を抑圧したことはよく知られている。これまでその主な動機については、本格中心の英米ミステリにふれたことで、エログロ的要素に偏向した日本ミステリを修正しようとする乱歩のジャンル意識が論じられてきた[注1]。しかし同時期の言説をみれば、このジャンルの政治学には別の側面があることがわかる。たとえば、乱歩は猟書のなかで次の事実を発見している。

戦争前「エロ・グロ」という言葉が流行し、私の探偵小説もその代表的なるものの一つとして、心ある向きより非難攻撃をあびせられていた。〔中略〕これは日本だけの流行であって、外国探偵小説にはそんなものは少しも取入れられていないというのが、戦前探偵評論界の定説の如くなっていた。〔中略〕終戦後、久しく餓えていた西洋の探偵小説を、アメリカの文庫本などを通じて、手に入る限り読んで見たが、それらの内には右の「西洋には無い」という定説に反するが如き作品が多量に含まれていたのである。

（「グルーサムとセンジュアリティ」『赤と黒』一九四六・九）

乱歩はこのとき、ミステリとエログロ的要素との結びつきは日本だけではなく英米にも共通する現象であり、ジャンルにとって普遍的な問題であることを発見しているのだ。にもかかわらず、乱歩はここで、英米ミステリから「学ぶべき部分」はエログロという「装飾的要素に非ず」、「探偵小説の本質、巧みなる謎と推理の構成」であると説く。戦後の乱歩における本格ミステリの奨励は、英米ミステリにもエログロ的要素が含まれていることを知りながら、それを隠蔽したうえでなされているのである。つまり、ここでのジャンルの政治学には、英米ミステリを基準として日本ミステリの偏向を修正する意図とは別の要因も関わっていることが推察できる。

そこで新たな視点としたいのが、戦後の乱歩が積極的に展開するジャンル外の読者に向けたミステリの広報活動である。乱歩は多くの座談会に参加し、異なる職業の登壇者に向けて探偵作家の代表として発言した。これらは主として大衆読者向けメディアに掲載されたためか、これまでほとんど参照されてこなかった。しかしその言説を検討すれば、「推理小説はエロとは全く何等の関係もない」「いわゆる論理美のなかに小説の展開を求めるのでエロと密接な関係があると思われるのは非常に心外だ」（対談「エロと推理小説」『小説新聞』一九四八・五・一）というように、その主張には明らかにジャンル内の、探偵作家や専門読者に向けた言説とのシンクロがみられるのだ。乱歩がジャンルの政治学を同時代の読者に対しても展開することから、このエログロの排除と本格ミステリの奨励には個人的なジャンル意識の問題だけでなく、戦後の社会的・文化的な文脈と、それに応じたジャンルの位置づけの問題が密接に関わっているのではないか。

本論ではそうした仮説のもと、大衆読者向けメディアにおける座談会記事を対象とし、戦後の社会的・文化的状況を参照しながら、エログロの抑圧という視座から乱歩のジャンル・イメージをめぐる言説戦略を検討する。そのことで、戦後の乱歩の文学活動をより包括的に捉え直していく。併せて本論では、乱歩の活動を通して、大衆読者におけるミステリのジャンル・イメージや乱歩の作家イメージがどのように形成されたのかを考察することも試みたい。

一、民主主義の文学としてのミステリと、その妨害者としてのエログロ作家・〈乱歩〉

戦後にジャンルを再出発させるにあたり、乱歩はなぜエログロ的要素を抑圧しなければならなかったのか。この問題を考える重要な論点として、戦後のミステリ・ジャンルに対する認識の変化を確認しておきたい。乱歩は戦後の猟書のなかで、ミステリの意義を捉え直すことになる「一冊の史的叙作」（「評論家ヘイクラフト」『宝石』一九四六・六）、H・ヘイクラフト『娯楽としての殺人』（一九四一）に出会う。その論旨は次のように紹介される。

探偵小説は確実な証拠と万人の認める論理によって犯人を発見する経路を描くものであるから、客観的証拠によって罪を裁くことが通念となっている社会に於てでなければ発達しない。そういう社会は民主主義の社会である。

乱歩はヘイクラフトを経由することで、合理的な捜査と公正な裁判に基づいて犯罪を追及するジャンルのあり方が民主主義の理念と一致することを認識しているのだ。戦時期の軍国主義をふまえ、占領下の日本では民主主義が正しさの基準とされた[注2]。こうした情勢のなかで乱歩は、ミステリを戦後の正しさと相即するジャンルとして提示することで、その地位を向上させうることを自覚したのではないだろうか。

興味深いのは、同時期に来日した小説家のR・ヒューズが、『新夕刊』に掲載した「探偵小説と民主主義」においても同様の論旨を展開していることである[注3]。ヒューズによる「探偵小説は治安が維持され、読者の同情が「法規と正義の側にある国々に於いてのみ発達する」という主張はいくつかの評論に引用されており、同時代の読者にミステリと民主主義との結びつきについて周知させた論考であることが推察できる。

一方で、ミステリと民主主義との親和性が認識されたことはただちにジャンルの地位を向上させたわけではない。むしろ、この基準からジャンルの現状が批判される現象を引き起こしていく。たとえば林房雄は、ミステリの多くが「正義よりも犯罪の方に興味を持」(「正義の勝利」『宝石』一九四七・九)つことを非難し、探偵作家に「正義感と精神的健康の回復」を要求している。林房雄の念頭には、同時期のカストリ雑誌の多くがエログロ的要素を中心とするミステリを掲載・再掲した現象があったと思われるが、重要なのは、この批判がヒューズの論をふまえたうえで、ミステリと民主主義の近似性を「自明のこと」とする前提からなされることだろう。林房雄によれば、エログロ的要素を中心とするミステリは戦前日本の「非常な悪政の下」に発達したものであり、民主化のすすむ戦後日本においては、正義と法規を中心とする内容に変化する必要があるという。ミステリはここで、戦後日本の民主主義の成熟度を測る尺度として機能させられているのである。こうしたミステリの位置づけは、日本ミステリにエログロ的要素が支配的である理由を、西洋に対して「民主主義的社会の発達の度」(「探偵小説と民主主義」『私の大学』一九四八・四)が低いことに求める大木進にも共通している。

ここで注意したいのは、たとえば戦後すぐの時期、「自由」の象徴としてエロティックな要素が多く小説に書かれる現象があったように、エログロ的要素と民主主義とは必ずしも矛盾しないことである。しかしながら、ミステリは、民主主義における「自由」の部分ではなく、「秩序」に相当する部分がその共通点に重ねられたために、秩序を攪乱するエログロ的要素が排除すべきものとして捉えられたのだといえる。つまり、戦後日本の民主化のなかで、ミステリに関してエログロ的要素が許容されない事情には、ジャンルの問題が関わっていたのである。

民主主義の立場からミステリの健全化を要求する議論において注目すべきなのは、それを妨げる原因として乱歩が浮上することだ。ヒューズの論を引用しながら、ミステリの発展を「日本民主化のために、大いに慶賀すべし」(「探偵小説の復活」『読売新聞』一九四七・一〇・一三)とする白井明は、現状のミステリが「人間性の破壊にしか役立たぬものが大部分」だと批判する。そのうえで、「今日の最低級のエログロ煽情読物の淵源をなして、功罪相半ばする」存在として、乱歩の名前をあげている。ここでの乱歩は代表的なエログロ作家として非難されるだけではない。ミステリの健全化と民主主義の達成とを重ねる見方が成立した戦後において、乱歩はミステリを視座とする日本の民主化を妨害する存在としても位置づけられているのである。

こうした戦後の位置づけに乱歩自身が直面したと思われるのが、探偵作家と警察との座談会の場であった。戦後に探偵作家と警察は急速に接近し、座談会の機会を多くもつことになる。警察は、大衆読者に影響力のあった探偵作家を利用し、座談会を、新たな組織イメージのアピールや、読者の捜査協力や防犯意識を喚起するための場としたのである[注4]。同様に、座談会は探偵作家にとっても、民主的組織となって戦後の正しさを代表する警察との関係を示すことで、ジャンルの正当性を示し、その地位向上をアピールする重要な場となった。とりわけミステリ復興の意識が強かった乱歩はこの機会を重要視し、警察に対して探偵作家の推理力と、捜査協力できる可能性を提案している。乱歩は警察との間に相談役という関係を構築することで、警察に正しさを保証されたジャンルとして、ミステリの地位向上を目論んだのだ。だが、そうした想定を裏切るように、警察は犯罪事件をめぐってミステリの反社会性に言及している。

犯罪の動機を聴いて見ると、もちろん痴情の沙汰からですが、人の肉を喰べた事については、かつて犯人は江戸川乱歩先生の小説を読んだ。〔中略〕之の小説も多分に影響して居ると思われます。

（座談会「探偵作家刑事座談会（二）」『警友』一九四七・一）

ここで警察は、エログロ的要素を扱ったミステリが犯罪を誘発したことと、それを創作した乱歩に犯罪の原因をみているのである。すぐに乱歩は「人間の肉が美味かったと云うことは誇張して居る」として責任を回避するが、ミステリや自身へのネガティヴなまなざしがジャンルの地位向上を妨げていることを強く認識したのではないだろうか。

このようなエログロ作家としての乱歩の位置づけには、戦前の文学活動が大きく影響している。簗山尚美は、乱歩が講談社メディアを中心に大衆読者向けの長編を執筆した一九三〇年前後、エログロ作家としての〈乱歩〉イメージが急速に流通したと指摘する[注5]。ここには同時期の乱歩ミステリがエログロ的要素を中心としていただけでなく、メディアやジャーナリズムにおける乱歩の引用のあり方も関与していた。簗山がエログロ作家としての〈乱歩〉イメージを規定した言説としてあげるのは、新聞における次のような作家の書斎訪問記事だった。

僕は太陽の光の下では一字も原稿を書くことの出来ない人間なんです。ですから、こんな風に時代錯誤な蠟燭の光をたよりに原稿を書いたりして居るんです。然し、時には蠟燭の光のような軟い光ではなく、もつと強い、もっと刺激的な光が欲しい場合には血のような真っ赤な電球をつけて書くことがありますよ。〔中略〕例えば殺人鬼の血腥い妄想とか、妖女のドロ〳〵した陰謀とかの場面を書くやうな時などです。

（「名士の家庭訪問記」『報知新聞』朝刊、一九三〇・一一・二六）

乱歩がこの訪問記事を架空のものだと指摘していることから、エログロ作家としての乱歩イメージは、メディアによって仮構されたものだとわかる。注意したいのは、乱歩がこの記事を引用したスクラップブック『貼雑年譜』に、「探偵小説流行ノ不快ナル余波」と書き込んでいることだろう。つまり、エログロ作家としての〈乱歩〉イメージは、創作物であるミステリのジャンル・イメージにも接続されたのである〔注6〕。井川理は、同時代の犯罪ジャーナリズムにおいて、しばしば犯罪者がミステリの愛読者であったと報道されたことを論じている。その結果、一九三〇年前後に探偵作家は犯罪事件の間接的な犯人として位置づけられ、犯罪誘発の文学としてのジャンル・イメージがミステリに付与されたという〔注7〕。

先述した座談会での警察の発言は、戦前以来のミステリのジャンル・イメージに基づくものだといえる。山村正夫は、戦後すぐの時期、ミステリが「エログロを売物とする卑俗の読物」「社会に害毒を流す悪徳読物」としてイメージされていたことをふり返っている〔注8〕。山村の回想が興味深いのは、そのことに対する乱歩の態度も書かれているからだ。

そうした一般の色眼鏡に対して、／「〔中略〕推理小説は本来、健全で知的水準の高い読物であるべきなのに、そのような誤った印象を日本の読者に植えつけてしまったのは、私に責任の一端がある」／と、何かの機会に乱歩先生にお会いしたとき、先生の口からしみじみとした述懐を聞いたのも、この頃のことであった。／この先生の述懐は、その時分、乱歩邸へしばしば出入りしておられた氷川瓏氏も、何度か聞いておられたこ

とをさいきん知った。（／は改行を示す。以下同様）

乱歩は戦後、ジャンル・イメージを損なったこれまでの活動を強く反省していたことがわかる。警察だけでなく、たとえば「江戸川乱歩の存在については一言する必要がある」（「探偵小説論」『大衆芸術論』解放社、一九四八・六）という赤城健介が、「エロとグロをもって、読者の好奇心につけ入り」、「悪性の、犯罪を刺激し、また人心を反道徳的ならしめる探偵小説を絶滅されなくてはならぬ」と非難する例もあるように、戦後においてもエログロ作家としての〈乱歩〉イメージは根強く残存していたといえる。

民主主義とミステリ・ジャンルの理念の一致が認識された戦後、ミステリは日本における民主主義達成の尺度として、健全な内容に変化することが求められた。こうした情勢のなかで、エログロ作家としてイメージされていた乱歩は、その妨害者としての自身の位置づけを意識していく。ミステリ復興をめざす乱歩にとって、戦後的な正しさをもつジャンルとなりうる機運を利用しながら、ジャンル・イメージを浄化することが重要な課題として認識されたのではないか。ジャンルからエログロ的要素を排除し、本格ミステリを奨励する戦後の乱歩の動機を考えるとき、民主化を背景とするミステリの社会的・文化的な位置づけを重要な要因として捉え直す必要があるのである。

二、乱歩による言説戦略——ジャンル・イメージの浄化

戦後の乱歩は大衆読者に向けた活動の機会を増やしていくが、その動機は次のように語られている。

わたしは戦後、探偵小説の流布のためには、いろいろな講演や、ラジオに出るようにつとめてきた〔中略〕少し思い上がった言い方になるが、わたしはこれを探偵小説復興のための行脚と考え、心中ひそかに、昔の

俳諧の宗匠などの行脚になぞらえていた。（『探偵小説四十年』）

乱歩の掲げるミステリ復興にとって、〈乱歩〉イメージやジャンル・イメージの浄化は重要な課題であったと推察できる。乱歩は戦後、光文社の依頼を受けて『青銅の魔人』（『少年』一九四九・一～一二）を執筆するまで新たに創作していない。そうした乱歩にとって、ミステリ復興のための主な言説戦略の場は、座談会や講演であった。ここでは、座談会を中心に、乱歩が大衆読者に対してどのようにジャンル・イメージを展開したのか、その言説戦略を確認していく。

まずは、ミステリの本質は論理的要素であり、エログロ的要素は補助的なものに過ぎないという言説が中心になる。だが、そうだとしてもジャンル上、ミステリでは犯罪を描くことが不可欠になる。こうしたジャンルの制約は犯罪誘発性とも結びつくわけだが、この問題を解消する代表的な言説は、次のようなものであった。

探偵小説を犯罪の温床のように思いこんでいる人がある。が、これは大きな間違いで、僕はむしろ犯罪実行の中和剤というか、一般の人が持つている潜在的な犯罪心理を、探偵小説を読んで発散させ、これを実行に移させせぬ安全弁だと信じているのです。（対談「犯罪事件と探偵小説対談」『Gメン』一九四七・一〇）

乱歩は、犯罪を描くミステリがかえって読者の犯罪心理を解消すると主張することで、ミステリの犯罪誘発性を否定するのだ。この主張は同様に、「不健全な意識を小説の形で吐き出させるため実際行動をさせない、それが探偵小説の本質」（対談「探偵作家縦横談」『内外タイムス』一九五四・一〇・三一）だとする言説など、多くの座談会で繰り返されている。

ミステリによる犯罪心理の解消は、戦前の乱歩のエッセイ「探偵小説と瀉世《カタルシス》」（『読売新聞』一九三三・五・二〇～

二二）の主張を引き継いだものである。そして戦後、乱歩はこの論点を補強する書物を発見している。すなわち、B・ラッセルの『Authority and the Individual』（一九四九）である。『エラリー・クイーンズ・ミステリー・マガジン』によってこれを知った乱歩は、早速、「探偵小説を読むことによつて」「一方では殺人者の気持ちになり、又一方では人間狩りの探偵の気持ちにもなり、それによつて、残虐本能を排除し得る」（「探偵小説三十年（四）」『宝石』一九五一・六）というラッセルの主張を紹介している。さらに乱歩は、のちの対談「楽しき哉人生」（『別冊講談倶楽部』一九五五・一二）でも、ラッセルを引用しながら、犯罪心理を解消するというミステリの効用を説くのだった。

興味深いことに、座談会でこの主張を繰り返すなかで、乱歩はミステリが犯罪心理を解消した実例に出会っている。慶応大学と早稲田大学で発足したそれぞれのミステリクラブの会員を集めた座談会「推理小説早慶戦」（『宝石』一九五八・六）において、早稲田大学生の持丸容子は次のように述べている。

一番最初に探偵小説を読みだしたのは中学の時なんですけれども、〔中略〕非常に気に入らない先生が一人おりまして、殺してやろうかしらと考えていたんです。〔中略〕犯罪があんまり似ているものですから、自分の代償行為のような、そういうことをしてくれるように感じて〔中略〕そのおかげで結局、先生を殺そうなんて考えもなくなつて〔後略〕

発言を受けた乱歩は、「探偵小説を読むことによって救われたというのはこれは一つのいい例にな」るとしたうえで、「あなたは正直にいつたけれども、いわないでも心の中で思つている人がたくさんある」としてこの事例を一般的なものへと敷衍し、ミステリの有効性を強調している。さらに乱歩は、直後の対談「探偵小説うら話」（『茶の間』一九五八・八）でも、この事例を紹介しながら、ミステリの犯罪誘発性を否定していくのだった。

座談会を通してジャンル・イメージの浄化を推進する乱歩だったが、同時期にはミステリの犯罪誘発性が問題化する事件も起きている。座談会「犯罪と医学を語る」(『ルックエンドヒアー』一九四九・六)のなかで乱歩は、「科学的犯罪は必ずしも探偵小説作家の責任にあらず」と主張する一方で、「全然責任がないとは思わない。平澤は探偵小説は読んだ」と答えているのだ。この発言は、一九四八年の帝銀事件で容疑者となった平沢貞通がミステリの愛読者であったかどうかをめぐるメディア上の議論をふまえたものである。一月二六日、東京池袋付近の帝国銀行椎名町支店に厚生省の役人を装った犯人が押し入り、防疫と称して銀行員に青酸化合物を飲ませて一二名を毒殺し、現金と小切手を奪って逃走した。のちに容疑者の平沢がミステリの愛読者であることは否定されるものの、犯罪誘発性をめぐって、ミステリの反社会的イメージが再浮上するきっかけとなった。

この状況に対して乱歩は「探偵小説には犯罪のことが書いてあるから、心理的に一種の刺激を与えるということはあり得るでしょうが、結局は本人の性格」(「推理作家から見た犯罪」『犯罪と医学』一九五〇・六)だと主張する。ミステリが犯罪者を刺激する可能性は認めつつも、犯罪の原因の本質は犯罪者の側にあると強調することで、ミステリを守る戦略を展開するのだ。乱歩は座談会「犯罪を語る」(『読物』一九五三・二)において「犯罪者、殊に殺人犯に共通の性格」を記者に尋ねられたときにも、犯罪者の抑制力のなさをあげたうえで、「われ〳〵は自制力があるから、探偵小説をいくら読んでも、ひどいことを書いても、決して実行なんかしない」と述べている。

また警察との座談会が増加し、ミステリと実際の犯罪捜査を比較する機会が多くなるなかで、乱歩は新たな論点も見出している。座談会「なぜ女性は狙われるか」(『読売ウィークリー』一九四九・一二・一七)において、「読者の探偵小説に対する関心というものは何か犯罪心理に通ずるものがあるのじゃないか」と記者に聞かれた乱歩は、「もし探偵小説のように人を殺したら警察はありがたい。必らず証拠が残る」と答えている。ここではフィクションとしてのミステリにおけるトリックの非現実性が強調され、現実の犯罪への応用性が否定される。同様に、「紙の上で読んではなるほどと思うけど実際問題としては、そうしたトリックを使えば使うほど捜査しやすい」(対談「犯罪世相漫談」『探偵倶楽部』一九五六・一一)ことを繰り返す乱歩は、「手口は与え」ないミステリの犯罪誘発性を否定し、「人を殺す事に興味をもつ思想を与える」「純文学の方」が悪影響だという主張すら行っている。

以上のように、戦後の乱歩におけるジャンル外の読者に向けた活動を検討すれば、ジャンル・イメージを浄化し、その地位を高めることがその重要な動機となっており、座談会の乱歩はあらゆる手段を用いてミステリからエログロ的要素を払拭し、ジャンルの反社会的影響を否定する言説を発していたことが看取できるのである。

三、乱歩ミステリにおけるミステリ愛読者——犯罪者から健全な文化人へ

乱歩はまた、ジャンル・イメージを向上させるために、読者による権威づけによってミステリの価値を高める戦略も採っている。たとえば、一九四七年に発足した探偵作家クラブでは「天皇陛下、探偵小説についてお話になる」(『探偵作家クラブ会報』一九四九・四)として、天皇がミステリの読者である可能性が話題となった。のちに「陛下が特に探偵小説を愛読されてゐるかどうかは疑問」(『探偵作家クラブ会報』一九四九・五)とされるものの、こうした話題自体が、読者の権威によるミステリの価値づけに、探偵作家が関心をもっていたことを示している。

同様に乱歩も「イギリスの皇室も好きだし日本で吉田さんは捕物帳愛好者といわれているが、捕物帳に限らず恐らく探偵小説も好きだろうと思う」(座談会「探偵小説あれこれ」『探偵実話』一九五四・四増刊)として、イギリスの皇族や首相・吉田茂がミステリ読者であることを提示する。また、読者の利用に意識的な乱歩は、座談会の場で登壇者からミステリの権威を高める発言を引き出そうともしている。政治家・実業家を招いた座談会「官界財界アマチュア座談会」(『宝石』一九五〇・八)では、ミステリの読書体験を登壇者から聞き出したのちに、「あなた方がこれほど探偵小説をお読みになつているとすると、日本の探偵小説もえらくなつたものだと大変心強くなる」と結ぶ。

注意したいのは、乱歩が登壇者とのやりとりのなかで、エログロ的要素の消費とは異なったミステリの読み方を知ることである。乱歩は先述した座談会において、「非常に忙しい人が、気分転換」(「探偵小説あれこれ」)のた

めにミステリを利用する例をあげており、登壇者の喜多村緑郎も「台詞など覚える時、ちょっと気分転換にこれを読むと、非常に覚えやすい」というミステリの利用に同意している。乱歩はのちの座談会でも、「英米では非常に忙しい政治家とか実業家がかなり読んでいるんですよ。一寸考えると推理小説は理屈っぽくって、頭が休まらないだろうと思われるんですが、実際は逆」（座談会「推理小説について」『世界推理小説全集第二〇巻　月報』東京創元社、一九五六・三）で、「本格的な、むずかしいものの方が、忙しいときは頭が転換する」として、この読み方を紹介している。ここでの乱歩は、大衆読者にとっていまだ支配的な犯罪者の愛読物としてのミステリのイメージを切断するべく、健全な文化人の愛読物としてのミステリの側面を強調し、エログロを消費する読み方ではなく、仕事をうまく循環させるようなミステリの利用方法を提示しているといえるだろう。

このことに関連してふれておきたいのが、乱歩による戦後もっとも有名な長編ミステリ『化人幻戯』（『別冊宝石』一九五四・一一、『宝石』一九五五・一～一〇）である。『化人幻戯』は「従来の探偵小説の総決算であって、乱歩更生の第一作ではなかった」（石羽文彦「探偵小説月評」『宝石』一九五五・一二）という評価が定着し、これまで論じられる機会が少なかった。しかし、本論の問題意識から見逃せないのは、小説に登場する元侯爵で実業家の大河内義明が「探偵小説の愛好家」とされることである。ミステリ関係の膨大な蔵書をもち、探偵作家を凌ぐほど「西洋犯罪史や古典探偵小説」に精通する。その大河内元侯爵がミステリを愛好する理由は、次のように書かれている。

わたしは仕事に疲れたときに、頭を休めるために探偵小説を読むんだが、読むばかりでなく、自分でトリックを考えて見ることもある。頭の按摩法として至極よろしい。

元侯爵によるミステリの読み方が、座談会での政治家・実業家による読書のあり方をふまえていることは明らかだろう。乱歩は戦後に発見した健全な文化人によるミステリの利用方法を、創作にも取り込み、提示しているのである。さらに重要なのは、『化人幻戯』がミステリの様式のなかにも、反社会的なジャンル・イメージを払拭しようとする企図を仕組んでいることである。

『化人幻戯』では、元公爵の別荘を中心に大河内家に関連する人物が次々と殺害される事件が扱われ、事件の経過のなかで、「探偵小説愛好家」の元侯爵が有力な容疑者として浮上する。ここからは、読者の犯罪心理を刺激する犯罪誘発の文学としてのジャンル・イメージが再生産されているように思われる。しかしながら、注目すべきなのは、こうした認識がミスリードであることが探偵・明智小五郎に見破られることである。

大河内さんは探偵小説の愛好者であり、〔中略〕今度の犯罪のトリックは、そういう人にこそ最もふさわしいように見えます。しかし、よく考えてみると、実はふさわしくないのです。大河内さんは、これらの愛読なり研究なりを、たんに慰みとしてやっておられた。〔中略〕常識円満な純然たる現実家です。それなればこそ探偵小説や犯罪史の慰みが必要だったのです。

事件の真犯人は大河内元侯爵が犯人にみえるように誘導した妻・由美子であった。ここでの明智の推理は、健全な読者こそがミステリを欲望する仕組みを解説するとともに、「探偵小説愛好家」が犯罪心理をもつという認識を脱コード化するのである。『化人幻戯』のこうした推理のあり方は、ジャンル・イメージ浄化の必要性を意識し、それを実践した、戦後における乱歩の志向性を象徴的に反映したものだといえる。

『化人幻戯』にみられる反社会的なジャンル・イメージの払拭を志向する創作のあり方は、戦前とは明らかに異なるものである。なぜなら、戦前における乱歩の創作は、犯罪誘発の文学というジャンル・イメージを利用し、それを補強するものでもあったからだ。井川理は、乱歩が、メディアやジャーナリズムにつくられた、犯罪者と近似するような探偵作家像を『陰獣』（『新青年』一九二八・八増刊～一〇）や『吸血鬼』（『報知新聞』夕刊、一九三〇・九・

二七～一九三一・三・一二）などに取り込み、小説を通して拡散することで、ネガティヴなジャンル・イメージの形成に加担したことを実証している[注9]。これに関連して、戦前の乱歩の創作には犯罪者がミステリ愛読者である場合がみられる。たとえば『屋根裏の散歩者』（『新青年』一九二五・八増刊）には、犯人となる郷田三郎が「探偵小説」を読み、「犯罪物語の主人公の様な、目ざましい、けばけばしい遊戯（？）をやって見たい」という場面があり、犯罪への回路を開くものとしてミステリが登場している。このように、戦前と戦後の乱歩の創作におけるミステリの機能を比較すれば、戦後の乱歩が座談会での知見を取り込みながら、創作をもジャンル・イメージを浄化するための戦略の場とするようになったことがうかがえるのである。

四、科学的正しさをもつジャンル・イメージの言説化とミステリ受容の実際

乱歩による言説戦略のなかで、戦後にミステリのジャンル・イメージはどのように形成されていくのか。ジャンル・イメージと、乱歩の活動との関わりについて考えるとき注目したいのは、座談会を通して「本格派」という乱歩の立場が繰り返し言説化されたことである。戦前には、「本格」（論理的要素を中心とするミステリ）／「変格」（エログロ的要素を中心とするミステリ）というジャンル区分と用語が大衆読者にほとんど知られていなかったことをふまえれば、このことはジャンル・イメージの「本格」化にも貢献したと思われる[注10]。代表的な探偵作家であった乱歩の立場が本格派であることがメディアを通して大衆読者に流布されたことは、ミステリの本質が論理的要素にあり、エログロ的要素は装飾的なものにすぎないという主張が広まることをも意味するからである[注11]。

乱歩が本格派としてミステリのネガティヴなイメージを払拭するなかで、座談会に賛同者が現れることにも注目したい。捕物作家・野村胡堂は、ミステリは「犯罪をやつて、その結果がどうなるかという想像力」（座談会「新春探偵小説討論会」『宝石』一九四七・一）を養う「盲目的本能の安全弁」（座談会「探偵小説あれこれ」『朝日グラフ』一九五〇・四・一〇）だという視点から、ミステリの犯罪誘発性を否定する乱歩に同意している。戦時期から乱歩と親

交があり、多くの座談会で顔を合わせた捜査第一課長・堀崎繁喜もまた、「犯人があの手でやろうか、この手でやろうか、と迷っているとき、多少のヒントを与える場合はあるかもしれないが、根本的に探偵小説が犯罪を生むようなことは、そりゃあない」(対談「犯罪事件と探偵小説」『Gメン』一九四七・一〇)として乱歩の論点に首肯する。座談会「新聞と探偵小説と犯罪」(『宝石』一九五〇・五)では、報知新聞社編集局長・白石潔が「人間は少しづゝ犯罪心理を持つて」おり、「探偵小説を読むことによつて」「瀉世できる」としてミステリを擁護する。言うまでもなく、この論点は座談相手である乱歩の主張を引き継いだものであり、戦後の活動を通して乱歩の言説戦略が浸透していることがうかがえる。

同様に、戦後ミステリのジャンル・イメージを考えるうえで忘れてはならないのは、乱歩の言説戦略だけでなく、外的な要因もその浄化に関わっていることである。この点について考えるとき、まずはジャンルの名称の変化にふれておく必要がある。よく知られているように、戦後に選定された当用漢字から「偵」の字が除外となったため、戦前以来広く用いられた探偵小説に代わって推理小説という名称が生まれ、それが定着していく。木々高太郎の考案による推理小説の語は当初、ジャンル概念を拡大する意思をもつものだったが、結局は探偵小説と同じジャンル概念として流通したと評価されている[注12]。

一方で、同時期の言説からは、推理小説への名称の変化がジャンル・イメージにとってポジティヴに作用した可能性がうかがえる。「「探偵小説」ということばのかわりに、「推理小説」というのがもちいられるようになつた」(「探偵小説論」『大衆芸術論』解放社、一九四八・六)ことにふれる赤城健介は、「推理小説というと、いかにも高級な感じがする」という印象の変化に言及している。同様に、先述の座談会「推理小説について」では、花森安治も「誰が考えても推理小説という方が、「探偵小説」というより高級な感じを与え」ることを実感している。研究史においては肯定的に捉えられてこなかったが、推理小説への名称の変化はジャンル・イメージの浄化を後押ししたことが想定できるのだ。

さらに一九四八年には、ジャンルの地位を決定的に向上させる法的・制度的な変化が起きている。一九四七年五月三日における新憲法の施行を背景に、一九四八年七月一〇日には新刑事訴訟法が公布され、翌年一月一日より施行される。重要なのは、新憲法の人権尊重という理念に基づき、犯罪捜査に関して容疑者に黙秘権が認められたことであり、たとえ犯行を自白しても、補助証拠がなければ検挙が不可能になったことだ。つまり、これまでの自白の強要を中心とした捜査ではなく、物的証拠を中心とした科学捜査を行う必要が法的に生じたのである。これに伴い、警察機構も科学捜査を中心とした組織へと再編されていく。同年には警察の第一次捜査権が認められ、防犯課・捜査課・鑑識課・犯罪統計課という四課の設置や、科学捜査研究所が設立されている[注13]。

このことがジャンル・イメージと関わるのは、法的・制度的変化を受けて、科学捜査に慣れていない警察が、探偵作家のもつ科学捜査の知識を利用しようとするからである。一九四八年以降、警察ともたれた多くの座談会において、探偵作家は科学捜査の相談役として警察にまなざされ、また探偵作家も専門家としての立場から発言している。注目すべきは、これに伴い、体制側がミステリの科学的正しさを保証する言説を発していくことだ。たとえば検事はミステリを「教科書として読む」だけでなく、「推理の勉強に自分も読み、他人にも奨める」（座談会「現代の犯罪捜査を語る」『宝石』一九五〇・六）と述べている。また、「探偵小説が大変好きで、毎日のように愛読し」、「終戦後『宝石』が大きな型で出ている時分の一号から、今日までもつて」（座談会「探偵作家と警察署長の座談会」『探偵倶楽部』一九五三・五）いるという警察署長の松井吉衛は「探偵作家の考えかたが面白くて参考になる」と主張させられている。さらに、座談会「犯罪の素因と捜査」（『犯罪学雑誌』一九五七・六）においては、検事が「将来は犯罪捜査において、非行予測の推理方法と探偵小説の推理方法とを取り入れて、しかも正しい蓋然性を計算し得るようになつたならば、今よりももつと迅速且つ正確な捜査ができるのではないかと考えられる」として、ミステリの推理を現行の科学捜査に取り入れることを提案してもいるのである。

このように、科学的に正しいジャンルとしてのイメージが座談会を通して大衆読者に流布されていくことは、ミステリの地位向上にも大きく作用したはずだ。重要なのは、ミステリが体制側に保証された科学的正しさとは、犯罪を合理的に追求し、犯罪者を公正に裁く社会の秩序を構成し、運営するための手段であり、民主主義の理念と深く結びついていることである。つまり、一九四八年以降にミステリは戦後の正しさを体現するジャンルとしての地位をある程度達成したといえるのである。

おわりに——戦後の大衆読者のエログロ的欲望と、選択される〈乱歩〉

本格派としてジャンル・イメージを浄化する活動を通して、戦後に乱歩の作家イメージはどうなっただろうか。たとえば、のちに最も権威ある専門雑誌となる『宝石』創刊号（一九四六・三）の扉写真には、戦後に乱歩が展開しようとする作家イメージの方向性が示唆されている。

書斎における乱歩先生を描く今迄の雑誌記者は、ことさら先生を変質者扱いにして、ある一部の読者を喜ばしていたのである。だが書斎における現実の江戸川乱歩先生は大学教授と申しあげた方が適切な明るい文化人なのである。

この文章に乱歩がどれほど関与したかは定かでないが、誌面における「変質者」から「適切な明るい文化人」への作家イメージの転換は、これまでのエログロ作家としての〈乱歩〉イメージを払拭しようとする戦後の乱歩の志向との共通性をみることができる。そして、この「適切な明るい文化人」という作家イメージは、一九五五年前後に、ほぼ達成されたものと思われる。戦前からもっとも代表的な探偵作家として大衆読者に広く知られていた乱歩は、戦後に発足した探偵作家クラブの初代会長を務め、本論でふれてきたように、ジャンルの代表者として座談会を繰り返すことで、各界の著名人と対等に話せる存在として大衆読者に対してますます権威あるイメージを提示したはずである。一九五五年には生誕地の名張に記念碑が設立され、一九六一年には小説家としてははじめてとなる紫綬褒章を受章している。この時期には、「適切な明るい文化人」としての乱歩の作家イメージが成立したとみていいだろう。

「適切な明るい文化人」となる過程で、乱歩ミステリも健全な内容へと書き換えられていくことは論じてきた通りである。「グロテスクエロテシズムといふ」「むかしみたいなものは書きません」(座談会「新春探偵小説討論会」『宝石』一九四七・一)というように、乱歩はエログロ的要素と決別すると表明しており、とりわけ戦後はじめての創作となる〈少年探偵団シリーズ〉については「子供むきの探偵小説では絶対血を流さぬことにしている」(座談会「少年の赤本追放へ二」『日本婦人新聞』一九五三・一一・二七)として、その意識を徹底していた。しかしながら、読者受容を検討すれば、乱歩の意に反して、創作がエログロ的な欲望に基づいて消費されていたことがうかがえる。とりわけ〈少年探偵団シリーズ〉について、乱歩が次のような読者の反応をあげることは特筆に値する。

> 男の子ばかりでなく、女の子のファンもあってね。〔中略〕ボクはピストルとか刃物は登場させないんだよ。それにもっとコワくしてくれっていって来る。やっぱりコワいのがいいんだね。
> (対談「探偵小説って怖いわ」『内外タイムス』一九五八・二・一九)

ここでは、健全に構築された〈少年探偵団シリーズ〉の内容が、かえって読者にエログロ的な欲望を生じさせていることがわかる。さらに乱歩は、「読者のほうからかえつて殺せ、コロセと注文がくるんだ。雑誌社あてに女の子からもたくさんくる」(「少年の赤本追放へ二」)として、さらに過激な少年・少女読者の反応にも言及する。なぜここで、言説から締め出されたはずの〈乱歩〉イメージが回帰しているのか。その背景としてまず想定できるのは、乱歩ミステリのエログロ的消費を用意したメディア環境である。たとえばジャンルの本格化を担ったはずの専門雑誌『宝石』は、高い頻度で「エロティック・ミステリー」という特集を不定期増刊号として組んでおり、それが多く購読された事実がある。その購買状況を反映し、のちにこの特集は独立した雑誌『エロティック・ミステリー』(一九六〇・八〜)として刊行されている。注意したいのは、ほとんどの場合に戦前の乱歩ミステリが再掲されていることだ。このことはエログロ作家としての〈乱歩〉イメージを再生産するメディア環境があったことを意味する。興味深いのは、一九五七年の八月号より『宝石』の編集長を務めていた乱歩はこの状況を確実に知っていたことだ。ミステリのエログロ的な消費が戦後にも継続している事実を隠蔽しながら、言説のうえでジャンルの正当性をアピールしていたことは、むしろ政治家としての乱歩のあり方をよく示しているといえる。

一方で、〈乱歩〉イメージが回帰した要因はこうしたメディア環境の問題だけではない。おそらくここには、急激にミステリのジャンル・イメージや乱歩の作家イメージが浄化されたことで生じた、大衆読者による揺り戻しが関わっているのだと思われる。そして重要なのは、乱歩によるジャンル・イメージを浄化する活動の基盤となった座談会こそが、エログロ的な欲望を逆流させるメディアとなった可能性があることだ。

座談会のやりとりにおいて注意したいのは、ミステリの科学的正しさが体制側に認められ、警察の相談役として、乱歩の権威が確立していく一九四八年以降に、登壇者から次のような質問の機会が増加することである。

江戸川乱歩先生が小説を書く時は赤い電気をつけて蔵の中で蒲団をかぶって書くのだ、それであんなこわい小説ができるんだということですが本当ですか?(座談会「犯罪と医学を語る」『ルックエンドヒアー』一九四九・六)

戦前におけるエログロ作家としての〈乱歩〉イメージを決定づけたゴシップが編集者によって再び持ち出されている。乱歩は「そんなことを誰かゴシップに書いて、それが伝わつた」と返答し、そうしたイメージをフィクションとして否定する。しかしながら、座談会「生きた人間が一番恐い」(『内外タイムス』一九五六・三・一二)、座談会「探偵と怪奇を語る三人の女優」(『宝石』一九五八・二)、座談会「探偵作家江戸川乱歩先生に聞く」(『若人』一九五八・二)など、多くの座談会の場でエログロ作家としての〈乱歩〉について、登壇者が言表する事態が生じている。一般的に大衆読者の欲望は記録されにくいが、ここではまさに座談という形式によって、登壇者が乱歩に対してもっていたエログロ的な欲望が言説化され、メディア上に可視化されているのだといえる。

乱歩が登壇者として参加した場合には、座談会の主導者がそのイメージを操作する事例もある。心理学者・竹山恒寿との座談会「空想を追うニヒリスト江戸川乱歩」(『旬刊読売』一九五二・一・二一)でも、竹山は健全な人物として乱歩と対面した印象を語っている。しかし心理分析においては、健全なはずの乱歩を異常者として診断する。「サディズムやマゾヒズムの変態性欲の要素は」「小説としては強く出ていますが、実際には私はそんなに強くない」という乱歩の発言は、「こういう人は、かえって残忍の性欲や同性愛その他の異常性欲の嗜好を持ちやすい」という診断によって上書きされている。

竹山のように、座談会の場で乱歩の健全な印象を読み取る登壇者は多いが、興味深いのは、それが喜ばれていない点である。石田一松の「先生の愛読者で、こわい奴だろうと思っておったのに、会ってみると善良な好々爺でがっかり」(座談会「りべらる裸問答」『りべらる』一九五四・二)したという言説はその典型的なものだ。乱歩自身もこうした経験を繰り返すなかで、「僕はもつと青ざめてすらつとやせて、毛はふさふさとして目がぎよろぎよろしたやつだと思つていたというのだ。それが非常な好々爺だもんで失望してしまう」(対談「探偵小説うら話」『茶の間』一九五八・八)として、自身に対する読者のエログロ的欲望を自覚している。

以上のように、座談会登壇者の反応からは、健全な文化人としての乱歩に出会いつつも、それよりもエログロ作家としての〈乱歩〉を好み、欲望するイメージを選択して消費する戦後の大衆読者のあり方がわかる。この傾向は、ジャーナリズムによってエログロ作家としての〈乱歩〉イメージが氾濫し、乱歩自身もその拡散に加担する状況のなかで、大衆読者が〈乱歩〉を消費していた戦前のあり方とは、明らかに異なるものである。

ジャンル・イメージの浄化がすすむ戦後、言説上、ミステリの理念からエログロ的な要素は排除され、また内容としても乱歩ミステリは健全化を強めていく。こうした状況のなかで、エログロ作家としての〈乱歩〉イメージが言説のなかに回帰する現象は、大衆読者がミステリから締め出されたエログロ的な欲望の受け皿として〈乱歩〉を志向し、機能させていたことを示すものではないだろうか。乱歩は座談会というメディアを利用し、登壇者に干渉し、発言を操作することでジャンル・イメージを正しいものへと書き換えていく。一方で、まさしく座談会とは乱歩に対する登壇者の欲望を引き寄せ、言説化させてしまうメディアでもあった。座談会を中心とした戦後乱歩の活動は、ジャンル・イメージを浄化するための戦略地点として機能した一方で、登壇者の欲望に基づくエログロ的なジャンル・イメージや、〈乱歩〉イメージの残存に寄与する場ともなったのであった。

【注1】 郷原宏『乱歩と清張』双葉社、二〇一七・五。

【注2】 中村政則・天川晃・尹健次・五十嵐武士編『戦後日本 占領と戦後改革 第四巻 戦後民主主義』岩波書店、一九九五・一一。

【注3】 R・ヒューズ「探偵小説と民主主義」は、一九四七年前後の『新夕刊』に掲載されたことが後続の論者の引用から推定できる。しかしながら、一九四七年前後の『新夕刊』は国会図書館のプランゲ文庫にも未所蔵であり、このたび原資料の確認とともに、掲載の日付を確定することができなかった。

【注4】 石川巧「犯罪科学と乱歩ミステリー」『国文学 解釈と鑑賞別冊 江戸川乱歩と大衆の二十世紀』二〇〇四・八。

【注5】 築山尚美「広告・ゴシップの乱歩像」『国文学 解釈と鑑賞別冊 江戸川乱歩と大衆の二十世紀』二〇〇四・八。

【注6】 エログロ作家としての〈乱歩〉イメージを増幅させた架空の書斎訪問記事には、「世間では僕をエロとグロの本家のように言って居るようだが」「余り愉快ではありません」として、乱歩が〈乱歩〉イメージを否定する記述もある。にもかかわらず、記事から〈乱歩〉イメージが抽出され、流通したとすれば、不都合な記述を捨象しながら、欲望するエログロ性を消費する戦前の大衆読者のあり方をみることもできる。

【注7】 井川理「一九三〇年前後の犯罪報道における探偵小説ジャンルの位相」『日本文学』二〇一六・三。

【注8】 山村正夫『推理文壇戦後史』双葉社、一九七三・一〇。

【注9】　井川理「転位する「探偵小説家」と「読者」」『日本近代文学』第九五集、二〇一六・三。

【注10】　井川理「拮抗する法・新聞メディア・探偵小説」『言語態』第一四号、二〇一五・三。

【注11】　吉田司雄「探偵小説という問題系」（吉田司雄編著『探偵小説と日本近代』青弓社、二〇〇四・三）は、戦後の乱歩が、本格以外の要素に偏向した日本ミステリの特性について表現するとき、否定的なニュアンスのある「変格」（エログロ的・怪奇的要素を中心とするミステリ）という用語を意識的に排除・隠蔽したことを指摘する。このことに関連して、戦後に本格派となった乱歩と敵対し、多くの大衆読者向けメディアにも登場した探偵作家・木々高太郎の立場は、変格派ではなく「文学派」と表現された。戦後における変格という用語の排除も、ジャンル・イメージの浄化に影響したものと思われる。

【注12】　中島河太郎『推理小説展望　世界推理小説体系別巻』東都書房、一九六五・一一。

【注13】　警察庁警察史編さん委員会編『戦後警察史』警察協会、一九七七・三。

江戸川乱歩と〈不気味なもの〉
——乱歩テクストにおける「不気味」の抹消

栗田卓

はじめに——多義性と一元性

江戸川乱歩は、探偵小説というジャンルの最大公約数的な定義を次のように規定している。

探偵小説とは難解な秘密が多かれ少なかれ論理的に徐々に解かれて行く経路の面白さを主眼とする文学である。

（「探偵小説の範囲と種類」、「ぷろふいる」一九三五・一二）

しかし、この言葉を記述する五年前、同じく江戸川乱歩の手によるテクストの末尾には、次のような物語の結末を確認できる。

で、この一篇の物語は、なんの証拠もない、荒唐無稽の夢を語るものといわれても、一言もないのだ。

容貌を自在に変える術。

生地のままの変装術。

そんなものがこの世に行われたならば、人間生活にどんな恐ろしい動乱がまき起こることか。思うだに戦慄を禁じえないではないか。

夢物語でよいのだ。

夢物語でよいのだ。

（江戸川乱歩「猟奇の果」の末尾、「文芸倶楽部」一九三〇・一二）


テクストの書き手としての江戸川乱歩という存在の一貫性は、右のように一方では「論理」を重視することを語りつつ、他方で「夢物語」といった「証拠」のない「荒唐無稽」な「物語」を語ることで否定されてしまう。そして、そのような事態は、彼自身の言葉だけでなく、彼をめぐる言説群の中からも抽出できるだろう。例えば、平林初之輔は次のように探偵小説としての乱歩テクストの発生条件を規定している。


探偵小説が発達するためには、一定の社会的条件が必要であるということは勿論である。一定の社会的環境ができあがらないうちは、探偵小説は生まれないのである。その社会的条件、或いは環境とは、広義に言えば、科学文明の発達であり、理智の発達であり、分析的精神の発達であり、方法的精神の発達である。そしてこれを狭義に言えば、犯罪とその捜索法とが科学的になることであり、検挙及び裁判が確実な物的証拠を基礎として行われ、完成された成文の法律が、国家の秩序を維持していることである。

（平林初之輔「日本の近代的探偵小説――特に江戸川乱歩氏に就いて――」「新青年」一九二四・四）


ここで平林は「日本における真の近代的探偵小説家として、私は氏に十分の期待はもっている」と乱歩を〈合理〉の枠組みで評価している。このような平林の評価が、冒頭に掲げた乱歩の探偵小説の定義と同質性をもつことは明らかだろう。しかし、乱歩の探偵小説テクストをめぐる別の枠組み、すなわち〈不合理〉の評価の一例として、中村三春の次の指摘を引用してみたい。

乱歩的な長篇テクストは、この振幅を最大限に利用する。それは固定を嫌い流動を求め、謎を解明する素振りを示しながら、世界全体を殊更に謎のまま残してしまう。探偵小説（＝直線性）を装いつつ、ミステリー（＝円環性）の兆候によって濃厚に染色された、両義的なテクスト。それこそが、乱歩なのだ。

（中村三春「『一寸法師』――百貨店と探偵」、「解釈と鑑賞」一九九四・一二）

平林初之輔が直接的に言及する三作品（「D坂の殺人事件」「心理試験」「黒手組」）と、中村三春が分析の対象とする「一寸法師」以降の長篇作品がここでは重複していない、あるいは、後の作品となる後者の時代的な変化、といった側面を指摘することもできると思われるが、本稿においてはむしろ、このような両極端といってよい評価、あるいは分裂を江戸川乱歩はどのように抱え込んだのか、という点を問題化する。そして、その分裂の諸相の結節点として注視するのが、自らを「夢物語」と規定するテクスト「猟奇の果」である。「猟奇の果」は「文芸倶楽部」一九三〇年一月号から一二月号までの一年間連載された長編小説だが、その成立過程には以下のような紆余曲折があったことが確認できる。

この小説は私の多くの長編の中でも、畸形児のような珍妙な作品である。前篇と後篇にわかれて、それがまるで調子のちがった話になっている。当時の「文芸倶楽部」編集長は多分横溝正史君だったと思う。連載をはじめるとき、横溝君から依頼を受けたかどうかは記憶にないが、中途で改題するときには、たしかに同君に相談し、半ば同君の勧めによって、調子を変えるようになったのだと覚えている。

（江戸川乱歩「あとがき」、『江戸川乱歩全集』七巻、桃源社、一九六二・四）

具体的には、初刊テクストにおいては「愛之助ついに大金を投じて奇蹟を買い求めること」と題された章までが「前篇」に相当し、「後篇」は「第三の品川四郎のこと」と題された章から結末までの部分に相当している。このテクスト自体の変調を、江戸川乱歩をめぐる言説群の分裂に対応させ、同時にその分裂が生成される諸相を検討することが本稿の目論見である。そして、その変調を理解する鍵語としてフロイトの提唱した〈不気味なもの〉という概念と、この概念が生成した圏域を導入したい。

一、〈不気味なもの〉のエコノミー

テクストの分析に先立って、分析の枠組みとなる〈不気味なもの〉という概念を確認しておこう。乱歩の精神分析やフロイト受容に関する論考はすでにあまた存在しているが、〈不気味なもの〉という概念に限定してみると意外なほどに言及は少ない[注1]。

論考「不気味なものDasUnheimliche」は一九一九年に「Imago」に発表されたもので、フロイトはそこで、〈不気味なもの〉を「新しいものでも異質なものでもなく、精神生活にとって古くから馴染みのものであり、ただ抑圧プロセスのために、疎遠なものになっていた」ものであると定義し、秘匿されるべきものの外部への露出、具体的には「去勢コンプレックス」を原因とする心理の動揺をもたらすものと説明する。この結論を導きだすために、フロイトはE・T・A・ホフマンの「砂男」と「悪魔の霊薬」を分析しているが、その物語内容から「去勢コンプレックス」を導き出す「砂男」分析の周到さに比して、「悪魔の霊薬」を分析する後者の手つきは「この小説の内容は、ここで要約するにはあまりに豊富で錯綜している」という言葉に象徴されるように、恣意性を看取せざるをえない部分もあるのだろう[注2]。この結論の妥当性に関しては本稿の判定するところではないのだろうが、少なくともこのフロイトの論考に対する種村季弘の以下の指摘は、本稿の構図とも重なる部分が大きい。

キリスト教が抑圧した吸血鬼信仰を一旦は蘇生させ、二度目に科学の名において抑圧した時代は終わった。にもかかわらずくり返し新たに民衆文化の記憶のなかから首をもたげてくる吸血鬼表象――それが、砂男のいやらしく歪んだ姿となって夜な夜なナタナエルの夜想を襲うのである。砂男は、いわば合理主義がみずからの抑圧のために抱え込んだ神経症的不安の表象だったのである。

（種村季弘「ホフマンとフロイト」、『ホフマン砂男／フロイト不気味なもの』河出書房新社、一九九五）

そして、この点に加えてフロイトが「悪魔の霊薬」から選び出し、〈不気味なもの〉の要因として指摘した要素が「ドッペルゲンガー」であったということもまた、本稿においては注視される必要がある。何故ならば、後に詳述するが「猟奇の果」というテクストの、特に前篇はまさにこの「ドッペルゲンガー」をめぐる物語でもあるからだ。

以上の点を確認した上で、乱歩テクストにおける〈不気味なもの〉の布置を見定めてゆくこととしよう。既知の彼のテクスト群において、おそらく最初に「不気味／無気味」の一語が確認されるのは「屋根裏の散歩者」（「新青年」一九二五・八）である。

MURDER CANNOT BE HID LONG, A MAN'S SON MAY, BUT AT THE LENGTH TRUTH WILL OUT.

誰かの引用で覚えていた、あのシェークスピアの不気味な文句が、目もくらめく様な光を放って、彼の脳髄に焼きつくのです。この計画には、絶対に破綻がないと、かくまで信じながらも、刻々に増大して来る不安を、彼はどうすることも出来ないのでした。／何の恨みもない一人の人間を、ただ殺人の面白さに殺して了うとは、それが正気の沙汰か。お前は悪魔に魅入られたのか、お前は気が違ったのか。一体お前は、自分自身の心を空恐しくは思わないのか。

引用箇所は、「屋根裏の散歩者」である郷田三郎が毒薬を調合し、それを使用して殺人を実行するかどうか煩悶する場面であり、そこで彼は自分が正常と異常の境界を往還するような状況に置かれていると認識している。ここでの「計画」を実行するというのは、彼の中にある制御不可能なほどに増大した根源的な欲望を達成する行為であり、しかし、その実行は社会的な破滅を彼の身の上にもたらすことを意味するのだ。この場面に顕著なように、ある時期までの乱歩テクストにおいて「不気味」の一語は一元化不可能な両義性・多義性の領域に開かれた概念として使用されている。そこには抑圧と開放が同時に存在するような決定不可能性が表出し、フロイトが定義したような「抑圧を経験しつつもその状態から回帰したもの」を伴う領域をテクスト上に生起させるのだ。例えば、「人間椅子」（「苦楽」一九二五・九）での使用例は次のようなものである。

そうしています内に、私の頭の中に、ふとすばらしい考えが浮かんで参りました。悪魔の囁きというのは、多分ああした事を指すのではありますまいか。それは、夢のように荒唐無稽で、非常に不気味な事柄でした。でも、その不気味さが、いいしれぬ魅力となって、私をそそのかすのでございます。

女性作家に宛てた手紙の中で、「私の頭の中」に浮かんだ「すばらしい考え」は「不気味」であるが、同時に「魅力」であると、ここでも両義的に理解されている。それ以降も、乱歩テクストにおける「不気味」の一語は、直線的な関係性を拒絶し、常に多義的な領域を召喚する機能を有している。

聴覚のない薄闇の世界は、この世からあらゆる生物が死滅したことを感じさせた。あるいはまた、不気味にも、森全体がめしいたる魑魅魍魎に充ち満ちているが如くにも、おもわれないではなかった。

（「火星の運河」、「新青年」一九二六・四）

一見四十前後であったが、よく注意して見ると、顔中に夥しい皺があって、一飛びに六十ぐらいにも見えぬことはなかった。この黒々とした頭髪と、色白の顔面を縦横にきざんだ皺との対照が、初めてそれに気附いた時、私をハッとさせたほども、非常に不気味な感じを与えた。

（「押絵と旅する男」、「新青年」一九二九・六）

その峡谷に面した部屋は、一日に数分間（というのはちと大袈裟ですが）まあほんの瞬くひましか日がささぬので、自然借り手がつかず、殊に一番不便な五階などは、いつも空部屋になっていましたので、僕は暇なときには、カンヴァスと絵筆を持って、よくその空き部屋に入り込んだものです。そして、窓から覗く度ごとに、向うの建物が、まるでこちらの写真のように、よく似ていることを、不気味に思わないではいられませんでした。何か恐ろしい出来事の前兆みたいに感じられたのです。

（「目羅博士の不思議な犯罪」、「文芸倶楽部」一九三一・四）

これらの「不気味」の用例が示すのは、「探偵小説」という一見すると謎の論理的解決といった〈合理〉を追求するような物語構造を持つように見える乱歩テクストが、〈合理〉で抑圧しきれない〈不合理〉を〈不気味なもの〉の回帰という形式で許しているという事態だろう。そして、この「不気味」の一語が露呈するテクスト群は、そもそも一義的な解釈＝〈合理〉の勝利を拒むような物語群でもある。「屋根裏の散歩者」は「多分それは一種の精神病ででもあった」という一文で開始される、冒頭から憶測が示される物語であり、結末部の明智小五郎の推理も、彼自身が語るように「残念なことには、確証というものが一つもない」ものである。「人間椅子」も「私」の手紙の内容は結末部で「創作」であると記されるが、椅子の内部に真に人間が存在しなかったか否かは確定されないままに物語は閉じられている。「火星の運河」に至っては、末尾に「お詫び」として「これは無論探偵小説ではない」と記されるように、散文詩のような形式のイメージが記されたテクストである。「目羅博士の不思議な犯罪」もタイトルが示すように、「何の動機がなくても、人は殺人の為に殺人を犯す」物語であり、末尾に出現する「あやしき幻」がテクスト全体の構造の確定性に影を落としている。

だが、以上のような「不気味」の様相は、乱歩テクストにおいてある時期から変質を遂げている。何にも対象化できないような、それ自体が指し示す具体性を確定不可能な状態を示すものから、具体的な指示対象を伴う一語に変質しており、そしてその際には表記が「無気味」と変化している。「目羅博士の不思議な犯罪」の発表と同年から連載された「盲獣」(『朝日』一九三一・二～一九三二・三)で「ふっくらとした、酔っぱらいの顔のように薄赤い乳房の形が、身内がむず痒くなるような、イボイボになって、かぞえきれぬほど、ビッシリ群がり集まっている有様は、なんともいえぬ無気味なものであった」と「なんともいえぬ」という不確定性は付随するものの、「無気味」の対象が固定化されて明示されている。更に翌年の「妖虫」(『キング』一九三三・一二～一九三四・一〇)での用例は次のようなものであった。

一方では一人の書生が、庭園の木の枝にかけてある提灯の上を、無気味な守宮のように這っている、本物のサソリの死骸を発見して震え上がった。

この用例においては、「無気味な」は形容動詞であり、「守宮のような」という比喩を修飾しながら、それが「サソリの死骸」の形状との類似性を示す以上の意味内容を読み込むことは難しいだろう。つまり、ここで「不気味」の多義性は抹消され、「無気味」という一義的かつ意味内容がそれほど重要ではない修飾語になっていると考えられる。以降、乱歩テクストにおいて「不気味／無気味」の表記揺れは伴いながらも、その機能はほぼ「無気味」のそれに統一されることになる。このような乱歩テクストにおける「不気味／無気味」の消長の理由を次の引用に設定してみたい。

実に不気味な、不可思議な謎である。もしこの全く不可能にみえる謎を、合理的に解いてみせることができたら、どんなに痛快だろうというのが、小説としての密室トリックの起こりである。探偵小説は、一見不可能にみえる異常な謎を、機知と論理によって、明快に解いてみせる面白味が中心となっているものだが、そういう興味の典型的なものが、この密室事件なのである。（江戸川乱歩『探偵小説の「謎」』社会思想社、一九五六）

乱歩テクストにおける「不気味」とは、〈合理〉で抑圧しきれない〈不合理〉を示す語意であるが、その語に込められていた多義性は、「不気味」が「無気味」に変質することで一義的なものへと〈合理〉化される。「不」可能を「無」化するような物語が、乱歩の想定する「探偵小説」なのだとすれば、それはすなわち「神経症的不安の表象」を彼はさらに抑圧するような状況に追い込まれているということにもなるだろう。この「不」から「無」へと乱歩テクストの変質が起こった一九三〇年代のテクスト群を検討することで、その様相は見えてくるはずである。

二、一九三〇年代の江戸川乱歩

乱歩テクストのいわゆる「通俗化」は次の引用にもあるように、一九二九年を発端としているとされる。

江戸川乱歩の作品の系列をたどってみると、はじめの数年間は「推理、奇知、逆接ないしアイロニーの理知的小説」、大正末年ごろから「幻想、怪奇、恐怖ないしペーソス」の情感的小説がいちじるしく増え、昭和四年を境にして、両者をミックスして通俗化したような大衆チャンバラ読み物に転じ、戦後はふたたび初期の理知的小説に立ち戻った、というような主要傾向がうかがえる。

（大内茂男「乱歩文学の本質」、「大衆文学研究」一九六五・一二）

また、この前後に発表された「陰獣」（「新青年」一九二八・八〜一〇）や「押絵と旅する男」といった自己言及的な作品群、あるいは一九二七年から一四ヶ月間の放浪生活などが乱歩テクストの変質を論じる際の要因として措定されている。それらに加えて、ここでは乱歩テクストにおけるある作家への評価が乱歩テクスト自体への評価に対応するように変遷していることを通じて、その変質の理由を論証してみたい。その作家こそが、フロイトの論考「不気味なもの」で〈症例〉の分析対象となったホフマンである。

乱歩テクストにおけるホフマンに関する言及としては、まずは「屋根裏の散歩者」の中で、郷田三郎の所持する書籍の中に「ポーだとか、ホフマンだとか、或いはガボリオだとか、そのほかいろいろの探偵小説なども混じって」いるという記述が確認できる。「屋根裏の散歩者」を記述した際においては、乱歩テクストにおける「ホフマン」という固有名詞は「探偵小説」という領域にある存在として把握されていたのだ。翌年の「探偵趣味」（「早稲田学報」一九二六）でも「西洋ではエドガア・ポオが元祖だとされているが、彼の前にもホフマンだとか、バルザックだとか、ディケンズだとか、ヴィドック探偵団などを上げることができるし、（中略）ずいぶん古くから探偵小説らしいものがあった」と同様の判断を示している。

しかし、この「ホフマン」という固有名詞の位置は、乱歩テクスト内で浮遊しその意味内容を変えている。たとえば、一九五二年に発表された「探偵小説入門」（「探偵実話」一九五二・六）では、「これも大昔からどこの国にもあるが、直接探偵小説に関係を持っているのは十八世紀にイギリスで流行したゴシック恐怖小説の一派と、ドイツのシラア、クライスト、ホフマンなどの怪奇文学である。」として、「ホフマン」を「理くつで解くことの出来ない不可思議を語るもの」として分類している。また、この二年後に角田喜久雄、山田風太郎との連作「悪霊物語」（「講談倶楽部」一九五四・九）で冒頭部を担当した乱歩は「私はこの連作の第一回を、ホフマンの『砂男』や、ワイルドの『ドリアン・グレイ』を連想しながら書いた。これをすなおにひきのばせば、幻想怪奇の物語となる」と述べ、ここでも、「幻想怪奇」の側に「ホフマン」という固有名詞を配置しているのだ。

この分岐点となるのが、冒頭に引用した「探偵小説の範囲と種類」の前年と同年に発表された二つのテクストだろう。一つはワルタ・ハーリヒの「ドレッテ」を評する中で（「ドレッテに就いて」、「新青年」一九三四・二）「探偵小説近似の分野では、独逸と云えば、我々は直ちにホフマン風な幻怪好みを思浮べる。」という記述。二つ目が「グロテスク文学」を論じる中で（「郷愁としてのグロテスク」、「読売新聞」一九三五・八・一八）「中にもドイツ浪漫派の巨匠アマディウス・ホフマンの「砂男」その他の怪奇作品は最もグロテスク文学の名にふさわしいものであろう。」という記述がなされている[注3]。この評価軸の推移を帰納してみると、以下のように指摘できるのではないか。一九三〇年代の乱歩テクストにおいては「探偵小説」と「幻想怪奇」の間に境界が設計されており、同時に「ホフマン」という固有名詞はその境界線の曖昧さの指標なのである、と。そのような意識は、例えば次の引用で明確に示されている。

私の探偵小説限界論は、その横幅に於ては探偵小説はあくまで探偵小説であって、犯罪小説でも、怪奇小説でも、幻想小説でもないということ、併しながら、探偵小説の限界内に於ては、その深さなり高さなりは殆ど無限であって、あらゆる文学的手法は探偵小説の取るに任す所であり、その意味では犯罪小説の興味も、怪奇文学の興味も、幻想小説の興味すらも、それが探偵小説の肉づけとなる限りに於て、いくら取入れても差支えないばかりか、そういう手段によってこそ、探偵小説の前途が打開されるのだということに帰するのである。（中略）我々の所謂探偵小説壇は、純粋の探偵小説と同時に、或はそれ以上に、犯罪小説、怪奇小説などに於ても、世界の水準に比べて決して見劣りしない作品を生んでいるのであって、その発生上の因縁からしても、又、読者をうつ力に於て、文学的風味に於て、非探偵小説の方に一層優秀な作品があるという理由からしても、我々は日本の探偵小説を語る場合、それらの犯罪、怪奇の文学を無視することは出来ない、無視しては意味をなさないのである。

（江戸川乱歩「日本の探偵小説」、『日本探偵小説傑作集』所収、一九三五・九）

一九三〇年代の江戸川乱歩ならぬ平井太郎をめぐる私的な物語は、この時期のテクストの変質を論じるにあたり依然として魅惑的にうつるだろうし、「探偵小説」をめぐる同時代の諸論争も事情に詳しい読者は即座に脳裏に浮かぶだろう。だが、本稿ではこの変質の原因ではなく、様態をこそ可視化してみたい。そのことを示す一端が、「不気味」の排除とホフマンへの評価の変遷なのである。そして、この排除と変遷が同時に内包されたテクストこそが「猟奇の果」なのであり、そこで示される排除と変遷の様態を、次いで確認することにしよう。

三、「猟奇の果」における変質の様相

冒頭で確認したように前篇（「文芸倶楽部」一九三〇・一〜六掲載）と後篇（「文芸倶楽部」一九三〇・七〜一二[注4]）に分かれるこのテクストにおいて、明智小五郎は後篇から登場している。雑誌掲載時には明智の登場する第七回に

「雑誌の販売上、編輯者の注文に応じなければならなかった」ことをその理由として断り書きが挟まれたが、実際は乱歩の側から変更を申し入れたようである。

前篇「猟奇の果」の方は「闇に蠢く」や「湖畔亭」などと同じよう心構えで書きはじめたのだが、題材が充分発酵していなかったので、なんだかモタモタして、ほとんど効果がでないうちに、終局に近づいてしまった。（中略）ポーの「ウィリアム・ウィルソン」テーマを、逆にトリックとして使った探偵小説をこころざしたのである。（中略）結局、横溝君のサゼッションに従って、題名も「白蝙蝠」と改め、最初の「いたずらだった」という落ちを、「人間改造術」という着想に変え、荒唐無稽な童話ふうのものにしてしまったのである。

（前掲「あとがき」）

当初の「探偵小説をこころざ」すことを挫折し、「荒唐無稽な童話ふう」の物語に「猟奇の果」というテクストが変質したのは、「探偵」であるはずの明智小五郎の登場が契機となっているという事態がここで生じている。では、「探偵小説をこころざした」という明智が不在の前篇と、明智の登場とともに「荒唐無稽な童話ふう」となったという後篇にはどのような差異があるのか確認してみたい。

前篇の主題となるは、先に述べたようにもう一人の自分、すなわち〈ドッペルゲンガー〉をめぐる物語である[注5]、という判断に異論を挟む余地はそれほどないだろう。日常に退屈し、非日常的な刺激や興奮を求める「猟奇者」と規定される青木愛之助が、ある日偶然に出会った旧知の品川四郎が、実は全くの別人であるが、外見上は区別できないほど瓜二つであったことから物語は始まる。しかし、多くの〈ドッペルゲンガー〉譚と異なる点として注目すべきは、視点人物である青木愛之助は他者の〈ドッペルゲンガー〉として品川四郎を、積極的に追い求めるということだろう。こう換言してもよい、もう一人のあなたを探す物語こそが、「猟奇の果」の冒頭で示される構図なのである。

フロイトは論考「不気味なもの」において、〈ドッペルゲンガー〉を「抑圧されたものが回帰すること」の象徴であると定義するが、少なくとも物語の冒頭においては、品川四郎の〈ドッペルゲンガー〉は、青木愛之助を直接的に抑圧するような存在と見なすことは出来ない。「猟奇者」であり、「探偵小説」を耽読した存在として規定された青木愛之助にとって他者の〈ドッペルゲンガー〉とはステファノ・ターニが指摘するように「外部の脅威は居心地のよい家の「片隅」で、娯楽三昧の悪魔祓い儀式によってあっさり解消され、日々の気遣いを忘れた二時間の間に周到に消滅させられてしまう」（『やぶれさる探偵』高山宏訳、東京図書、一九九〇）というような、彼が「退屈」を紛らわすために耽読した「探偵小説という文学中でのいかもの」と同様な現象でしかなく、それは自らの人生とは無関係な娯楽なのである。

そのため、明智小五郎不在の前篇においては、青木愛之助こそが「外部の脅威」としての「難解な秘密」という〈ドッペルゲンガー〉を「論理的に徐々に解かれて行く」ことで消滅させようとする「探偵」としての機能を付与されているようにも見える[注6]。だが、同時に青木愛之助とは「事実と小説を混同して、そんな妄想を楽しむような男」であり、「神秘で奇怪」であることを行動原理とし、「平凡な常識家」を「軽蔑」し、「泥棒」を「偉い男」と思うような人物でもある。それは、「不気味」を生成することに荷担していた、「まるで探偵小説みたいだ」と事件を「楽しい反芻」として受容しているかつての乱歩テクスト同様の「探偵」を反復するように造形されていることにもなるだろう。

だが、「猟奇の果」というテクストが第一に注目に値するのは、このような「脅威」が、「探偵」を追い詰めていく構図を描いていることである。それは「猟奇倶楽部なんかでは、経験できないなまなましい怪奇」として彼の眼前で展開される以下の出来事である。

もう一人の品川四郎がそれを利用して、つまり旧知の品川四郎として、（愛之助の妻である——栗田注）芳江に近づき、彼女をある深みに陥れたというのは、想像できないことではない。

居住地である名古屋の公園で、「もう一人の品川四郎」が公園で女性と逢い引きをしている場面を目撃した青木愛之助は、その女性が自らの妻ではなかっただろうかという疑惑を抱く。その結果、彼は「友達の科学雑誌社長の品川四郎が魂離病みたいに二重にぼやけて、あっちにもこっちにも存在する」という「悪夢に悩まされつづけ」ることになり、「悪夢につかれた人間」ように「フラフラとよろめく」存在、つまり事件を享受する側から、事件に追い詰められる被害者の側へと移動しているのだ。その結果、青木愛之助という存在は「探偵」の座から滑落するという変遷をむかえることになる。

さすがの猟奇者愛之助も、退屈どころではなかった。これで、彼が細君にあきあきしたというのは思い違いで、実は心の底では深く深く愛していたことがわかる。だが、彼にはこの心の変化が少なからず意外であった。こんなにも不義の相手が、すなわち幽霊男が憎くなるなんて、変だと思わないではいられなかった。

ここでの「憎くなる」という感情は、自らの内面に〈ドッペルゲンガー〉が侵入した結果の出来事であり、「抑圧されたものが回帰する」際の激しい抵抗、緊張の状態を示すだろう。つまり、彼の無意識の領域に存在していた「愛」が、彼の意識に顕在化しているのだ。この状態を解除するために、〈不気味なもの〉の回避・排除が、つまり能動的に品川四郎の〈ドッペルゲンガー〉の謎を解明することが要求される。その結果、彼は「事実と小説を混同して、そんな妄想を楽しむような男」から「小説家の病的な空想世界」を否定する存在へ変質することになる。だが、前篇において青木愛之助は、最終的に「もう一人の品川四郎」を銃殺したと思い込み、みずから

「ただの殺人者」であるという自己規定を引き受けて物語の視点人物から退場してしまう。この前篇のみに限定すれば、「愛」の為に「殺人」を犯し、自己同一性を回復するような単純な物語を読みうるにしても、〈ドッペルゲンガー〉の存在そのものが持つ謎自体は解消されることはない。ハイデガーが指摘するように「脅かしをおよぼすものがどこにもないということが、不安の対象を特徴づける。不安はおのれがそれに対して不安がるのは何であるのかを「知らない」のである」（ハイデガー『存在と時間』原佑・渡邊二郎訳、中央公論社、一九七〇）というような〈合理〉で抑圧しきれない〈不合理〉を抱えた「不気味」なテクストとして、乱歩テクストの系列に加えることもできるだろう。だが、「猟奇の果」が真の意味で他の乱歩テクストと相同的な変質を抱えるのは、後篇の言説が明らかに、そして過剰に前篇に比して異質性を帯びているということに関わってくるのである。その異質さは、「探偵」行為の主体として、明智小五郎が登場していることと無関係ではない。

四、明智小五郎という〈番人〉

フロイトは意識と無意識を二つの遮られた部屋に例えて、無意識下にある衝動などが意識に遡上することを妨げる存在を〈番人〉と呼んだ。

無意識の組織体系を一つの大きな控え室にたとえ、その中でたくさんの心的な動きが個々の人間のように忙しく動きまわっていると考えるのです。この控え室には、さらに第二の、それはより狭い、サロンとでもいうべき部屋が続いていて、そこには意識も腰をすえているというわけです。ところが、二つの部屋の敷居のところには一つひとつの心的な動きを監査し、検閲する一人の番人がいて、自分の気に入らないことをするものはサロンに入れません。（中略）無意識という控え室の中にいるいろいろの心の動きは、別の部屋にいる意識の目につくことはありません。これらの心の動きは、当分は無意識のままにとどまるほかはありません。たとい、それらがすでに敷居ぎわにまで押しせまってきたところを番人に追い返されたような場合でも、意識されるだけの資格はないのです。われわれは、それを抑圧と呼びます。

（S・フロイト『精神分析入門』、引用は『フロイト著作集』I、懸田克躬・高橋義孝訳、人文書院、一九七一・九）

乱歩テクストにおける「神経症的不安の表象」、つまり〈不気味なもの〉が「不気味」と表現されることを確認してきたが、それを抑圧するように潜在化させる存在こそが、乱歩テクストの〈番人〉としての探偵・明智小五郎ということになるだろう。

乱歩テクストにおける〈明智小五郎〉とは一貫した存在ではなく、彼もまたテクスト上の登場人物である以上は同様の変質を遂げているが[注7]本稿の文脈に則したならば、先に引用した「屋根裏の散歩者」でも確認したように「不気味」を生成することに荷担していた「探偵」は、一九三〇年代を境にして「不気味」をテクスト上から除去するような存在に変身することとなる。大澤真幸は〈不気味なもの〉という概念は「個人の内に、その個人の自己同一性を定義するような他者性があるということ」を示すものであり「それは、自己にとって、あくまで疎遠で違和的なもの＝他者的なものであり、どうしても同一化できない何か」であると論じている（大澤真幸「〈不気味なもの〉の政治学」新書館、二〇〇〇）。つまり、一九三〇年代以降の乱歩テクストとは、このような精算できない残余の可能性を失った平板可された世界ということになりはしないだろうか。そして、そのような残余の除去された平板化の構図を明瞭に確認出来るテクストとして、「猟奇の果」の後篇を読み直すことができる。明智小五郎は「この化物みたいな、恐ろしい不思議力の本体をつきとめる」存在としてこのテクスト上に登場している。

しかし「猟奇の果」の後篇では前篇の「もう一人の品川四郎」の存在と青木愛之助のその受容を反復するように、明智小五郎という存在が中途まで一義化できない複数性のなかで、つまり出来事を〈合理〉化できない存在として表象されている点は興味深い。そのこと自体が、つまりは乱歩テクストにおける変質の過程そのものを

「猟奇の果」が反映していることを示している。

このテクストにおいては明智は後篇当初では「混乱した思考力」や「窮余の一策」といった表現から看取できるように、事件の進行に対して劣勢に陥っている。二人の品川四郎が対面する場面に立ち会った際も、「聴いているうちに、どちらの言い分がほんとうだかわからなくなってくる」とあるように、〈不気味なもの〉を抑圧する「門番」としては機能不全に陥っている。挙げ句の果てには、麻酔薬で意識を失い、「にせ品川」に捕らえられ監禁され、「にせの明智小五郎[注8]」が物語上に登場する事態にまでなってしまう。警視総監までもが「にせ品川」を総領とする「白コウモリ団」の変装技術によってすり替えられるという状態は、自己であるような他者という〈不気味なもの〉が、〈門番〉を突破して意識化される領域に侵入し、テクストを横領するかような構図を示すようにも思われる。

しかし、明智小五郎は唐突に、トリックスター的に物語上に復帰してくる。そこで再登場する明智の位相は、まさしく「不気味」を抹消するような「探偵」に移動しているのだ。

「僕は明智小五郎だよ」

野村秘書官は、そういいながら巧妙にカツラや付眉毛や含み綿を取り除いて、つるりと顔をなでおろした。

警視総監の秘書官は、「巣窟にとらわれていた。だから君たち白コウモリの陰謀からなにからなにまで知っている」という変装した明智小五郎であり、彼の登場により「白コウモリの一味」は「なんの造作もなく逮捕せられ」ることになる。「白コウモリ団」の存在を「個人的な恐怖ではありません。人類の恐怖です。世界の恐怖です。」と語る明智には、前篇における青木愛之助や、後半当初の彼自身にみられた内面的な懊悩は見いだせない。個の領域において感受されるものが〈不気味なもの〉だとすれば、明智の変質が示すものは、事件そのものが次のように表現されていることに象徴されている。

「明智小五郎君は、日本国の、いや世界全人類の恩人である。もし彼がこのたびの大陰謀を未然に防いでくれなかったならば、この日本は、いやいや、英国にせよ、米国にせよ、フランスも、イタリーも、ドイツも、或いはロシアでさえもが、その皇帝を、その大統領を、その政府を、その軍隊を、その警察力を、すなわち国家そのものを、失わなければならなかったであろう。新聞記事をさし止め、風説の流布を厳禁したので、一般世人は何事も知らなかったが、彼ら白コウモリ団の陰謀は、たとえば、コペルニクスの地動説、ダーウィンの進化論、或いは鉄砲の発明、電気の発見、航空機械の創造などに比すべく、吾人人類の信仰なり生活なりを、根底からくつがえすようなものであった。(後略)」

再登場した明智の推理＝言説とは、〈不気味なもの〉としての〈ドッペルゲンガー〉への執拗な追跡を放棄し、「不気味」という異常さそれ自体をテクストから排除する認知の枠組みを構築するものである。そしてそこで正常なものとして浮上してくるものが「吾人人類の信仰なり生活」といった概念であり、「読者もご承知の通り、青木という男は、ただ極端な猟奇者というだけで、根はごく小心者だった」という、脈絡を欠いた一文が青木愛之助の逮捕の場面で挿入されることもこの理由で理解できる[注9]。つまり、青木愛之助には「小心者」という一義的な解釈が付与されたのだ。

さらに、「白コウモリ団の陰謀」の根源となった「人間改造術」の施術者であった大川博士は「まったく気ちがい」になって、「精神病院の檻の中へ移された」という結末や、「一般世人は何事も知らなかった」という状況もまた、出来事を一義化する過程で、不都合な情報を排除するということを意味するだろうし、それは乱歩テクストにおける「不気味」の排除の瞬間を明瞭に示していることになる。明智小五郎という存在はこのテクストにおいて、〈合理〉化できない無意識の領域にある〈不気味なもの〉をテクスト上から排除する〈番人〉なのであり、それは以降の乱歩テクストを〈抑圧〉するように君臨するものでもあるのだ。

結論 「猟奇」の「果」

テクスト「猟奇の果」という題名は、おそらく次に引用する佐藤春夫の「探偵小説小論」(「新青年」一九二四・八)を意識してつけられているだろう[注10]。

要するに探偵小説なるものは、やはり豊富なるロマンティシズムという樹の一枝で、猟奇耽異の果実で、多面な詩という宝石の一断面の怪しい光芒で、それは人間に共通な悪に対する妙な賛美、怖いもの見たさの奇異な心理の上に根ざして、一面又明快を愛するという健全な精神にも相結びついて成り立つている。

佐藤春夫のこの言葉は乱歩にとって「この詩的定義にどれほど引きつけられたことであったか。これこそ当時の私達の心持ちをそっくり表現してくれたものであった。こういう文学こそ私達があこがれ、かつ目ざしていたところのものであったのだ」というものであったが、この乱歩の表明がなされたテクストが冒頭に引用した「探偵小説の範囲と種類」である。つまり、「猟奇の果」というテクストを発表した彼において、佐藤春夫の指摘した多様性は「目指していた」という過去形で、つまり断念されたものとして提示されていると思われる。

その意味で検討すべきは「猟奇の果」というタイトルにおける「果実」ならざる「果」の意味内容だろう。それは「神経症的不安の表象」としての「不気味」をさらに抑圧するような乱歩のあり方と無関係ではないだろうし、このように「猟奇」を礼賛した佐藤春夫自身もまた震災に直面した時点では「礼讃すべきものはやはり威光燦たるサーベルではあるまいか。さればこそ、恐らくは時代の先駆を以て自任するすべての雑誌などからは当分

「所謂主義者」の名前などは影を没するであらう。」（「サーベル礼賛」、「改造」一九二三・一〇）と書き残したことも無関係ではない。「果」の意味内容が示すものを、テクスト自身は次のように回答している。

　猟奇の徒よ、君たちはあまりに猟奇者であり過ぎてはならない。この物語こそよき戒めである、猟奇の果がいかばかり恐ろしいものであるか！

「果」にあるものは「恐ろしいもの」である。しかし「夢物語でいいのだ」と末尾に記され、「不気味／無気味」の一語が頻出している「猟奇の果」において、この「恐ろしいもの」をここで断定的にパラフレーズしてしまうことは、この稿もまた乱歩テクストにおこった変質と同様の結末を迎えることになるだろう。それを回避するために、ここで一度、沈黙しなければならない。フロイトが提唱した〈不気味なもの〉は、彼の著名な「快感原則の彼岸」同様に概念化不可能なものへの思考なのであり、であるが故に、依然として魅惑的なのだ。そして、乱歩テクストという運動体もまた、この地点を旋回するものとして把握されたときに、その魅惑的な姿を再び示すだろう。その意味では、「古くから馴染みのもの」として「探偵」が、そして本稿を含むこれまでの乱歩研究が〈抑圧〉してしまった一九三〇年代以降の乱歩テクストから、〈不気味なもの〉が姿を表す瞬間を見いだすことが、新世紀の江戸川乱歩読解に要請されるはずである。

【注1】　数少ない例外として、パリョン・ポサダス「近代・反復・分身——江戸川乱歩と塚本晋也におけるドッペルゲンガー」（「日本近代文学会北海道支部会報」、二〇〇九・五）をあげることができる。

【注2】　この点に関する詳細な指摘は守中高明『ジャック・デリダと精神分析』（岩波書店、二〇一六）を参照のこと。

【注3】　乱歩はこの時期に『ポー・ホフマン集』（「世界大衆文学全集」三〇巻、改造社、一九二九［昭和四］年）の翻訳も出版してい

るが、実際のところは「改造社の、私の訳となっている「ポオ・ホフマン集」も、私自身がやったのではなかった。ポオの方は渡辺温君がポオ通だったので、横溝君を介して同君にやってもらった。ホフマンの方も、横溝君を介したのだが、その人が誰であったか、今は記憶していない。渡辺温は代訳ではあるが、ポオ心酔者だったから、翻訳工場式ではなく、真面目に訳してくれた。あの訳が一部に好評だったのは、全く渡辺君のお蔭である。（「探偵小説四〇年」）」とあるように、名義貸しであったようだ。同書には「砂男」と「スキュデリ嬢の秘密」の二作が含まれている。

【注4】　第七回から「白蝙蝠」と改題し、第七回と第八回には「猟奇の果」続編と傍題がふされた。

【注5】　例えば、内田隆三は「猟奇の果」のこの構図を「乱歩という作家も、旺盛なメディアの要請により、ある頃から自分の〈複製〉を生きるようになる――そんな構図が浮上する。あるいは青木愛之助のように、この不気味な事態が自分に差し迫っているという不安な構図が見えたのかもしれない。」と指摘している。（『乱歩と正史　人はなぜ死の夢を見るのか』講談社、二〇一七）

【注6】　愛之助の行動が、しばしば「探偵小説」（村山槐多「悪魔の舌」やジョンストン・マッカレー「地下鉄サム」など）における「探偵」の行動の模倣として表象されている点もこのことを示すだろう。

【注7】　この点に関しては拙稿「忘れられた〈顔〉――明智小五郎と〈日本〉」（「立教大学日本文学」二〇〇八・七）で詳述している。

【注8】　「にせの明智小五郎」の正体は、整形手術を受けた青木愛之助であるが、そうなるまでの経緯は詳述されていない。しかし、前篇の「探偵」が後篇では「にせ探偵」となることが、テクストの変調を象徴的に示していると理解できるだろう。

【注9】　この点を同時代文脈に接続すると、乱歩テクストと〈戦争〉という問題系が浮上するが、紙幅の関係上、稿を改めたい。

【注10】　小林信彦は、この題名は、宇野浩二「青春の果」（天祐社、一九二二）および、同書に所収された「二人の青木愛三郎」から借りたと指摘している（『回想の江戸川乱歩』光文社、二〇〇四）。

江戸川乱歩と進化論

浜田雄介

一、序

学生時代にもっとも影響を受けた文献はダーウィンの進化論だという発言を、江戸川乱歩はしばしば繰り返している。そのことを手がかりに、筆者はかつて「学問の夢――または、乱歩と進化」という一文を記した（『乱歩の世界』江戸川乱歩展実行委員会、二〇〇三）。一八〇九年一月生まれのエドガー・アラン・ポーと二月生まれのチャールズ・ロバート・ダーウィンには同世代人としての発想の共通性があり、この両者を青春期に受容したところに乱歩作品の特質をは生まれたのではないかという仮説から、探偵小説と進化論との類似を指摘した。おおまかに要約すれば以下の通りである。

①目の前にある事象を何かの痕跡と捉え、その痕跡から過去に行われた戦いを推定する発想。
②説明原理を世界の内部に求める結果、真相を保証するものが解釈の整合性にしかないという限界。
③人間と動物の境界が失効することによって引き起こされる、驚異や恐怖に満ちた感覚の活性化。

三点目は主に乱歩の通俗長編に当てはまるもので、必ずしも探偵小説ジャンル全般の問題とは言えないかもしれないが、ポー「モルグ街の殺人事件」以来、近年では佐藤究「Ank」に至るまで、人と獣の関係はミステリーを牽引するモチーフの一つではあり続けている。

これら三点の類似は、それなりの思いつきではあったにせよ、ジャンルを論ずる上では実証性に乏しい解釈にとどまろう。そのような旧業を紹介させていただいたのは、もとより本稿との差異を言うためで、ここでは今少し江戸川乱歩の実際の歩みに即して、進化論との関わりを確認して行きたい。影響を受けたと繰り返し回想される衝撃というものは作家の軌跡に必ず痕跡を残しているはずで、その痕跡をたどることで衝撃の意味もまた見えてくるのではないかという期待がある。

本稿第二章は、江戸川乱歩が作家として誕生する前後の時期一〇年ほどの期間に焦点を絞り、乱歩の進化論受容を跡づけてゆく。第三章では、やや先行、ないし重なる時期に書かれたと思われる乱歩の自筆ノートを紹介する。論文と言うには結論がなく、資料紹介とするには全体像の輪郭すら見えない、両章それぞれに不徹底という叱声を生もうが、中途半端に終わっているのは二兎を追った結果ではなく、そもそも兎のスピードが速すぎるためである。いずれ本質的な結論や資料の集成にたどりつくことが可能でないとすれば、問題の所在を明らかにするのが次善の策であろう。

二、乱歩の表現活動と進化論

(一)「庬雑より統一へ」

乱歩の初期、正確にはデビュー以前の平井太郎による論考に、一九一八年一二月、鳥羽造船所の機関新聞『日和』に掲載された「庬雑より統一へ」がある。「スペンサーの観察せる社会進化の一原則」たる「単純より複雑へ、庬雑より統一へ」の実例を、世界、日本、鳥羽に追ってゆく論脈で、まずは産業革命で複雑化した世界の、統一への機運を第一次世界大戦に感得し、ついで日本の、明治維新以後の生活の複雑化から新しき統一を希求し、そして寄合所帯のように発展した鳥羽造船所の、人心と事務、工程の統一が必要であると説く。第一次世界大戦で巨大財閥となった鈴木商店が経営に乗り出した鳥羽造船所はまさに近代の世界と向かい合う職場であったが、新しく流入した造船所職工と古くからの共同体を作っていた鳥羽町民との軋轢もまた激しく、この年一一月七日には商品価格の不透明に怒った職工たちが地元商店を襲撃する事件が起きた（尾西康充「江戸川乱歩と鳥羽暴動私見」『三重大学日本語文学』二〇一五・六）。「尨雑より統一へ」は、最後にこの鳥羽暴動に触れているのだが、そこで取るべき態度については、次のように記している。

愚者は勢の極まる所を予想し得ぬ。消極的智者は勢の極まる所以を知らずして唯未然に防がんとする。積極的智者は勢の極まる自然の理を躰してその成り行に任せる。

暴発を防ごうとするのが消極的で、成り行きに任せるのが積極的というのは逆説的に響くが、「智」にとっては、現実的行為ではなく、現実の「勢」の彼方にある「理」に向けてどれほどの想像力を働かせるかが、積極消極の決め手なのである。

米騒動で知られる全国的な騒乱の時代に、乱歩はそのようなことを考えていた。鳥羽造船所時代の乱歩は桝本卯平の差配で『日和』編集に携わり、各方面に取材に飛び回り、仲間と「お伽倶楽部」を結成するなど盛んな文化的活動を見せているが、その少し前には、押し入れに閉じこもり「Einsamkeit」と落書きをしていたともされる（「参与官と労働代表」一九二七・四）。孤独と社交性の対立は乱歩のしばしば自己分析するところだが、「尨雑より統一へ」などを見ると、乱歩においては単に自己と外界との二つが懸隔していたのではなく、自己と対立する現実（勢）の彼方に、法則（自然の理）によって動く世界を見ようとしていたと言うべきではないか。スペンサーの『第一原理』が天体、地球、有機体、社会、言語、科学、芸術といったそれぞれの領域に一貫する進化の法則を抽出したように、乱歩は鳥羽造船所と日本と世界とを、法則によって相似的に重ねる。法則を通して世界と直接重なることによって、目の前の現実は相対化され、数ある現実の一つの姿ともなるのである。

もっとも、それまでも転職と転居を繰り返してきた乱歩にとって、現実とはそもそも常に、相対的なものであったかもしれない。やがて鳥羽造船所を辞した乱歩は、上京して団子坂に古本屋を経営し、『東京パック』を編集し、東京市社会局吏員、大阪時事新報編集記者、日本工人倶楽部書記長と、仕事も居場所も次々に変えてゆく。生活が変転する中で、さまざまの文筆上の試行も行われる。中で特に注目すべきは「競争進化論」であろう。一九二一年四月から乱歩が書記長を務めることとなった日本工人倶楽部の機関誌『工人』の一二号（一九二二・二）に掲載された論考である。

（二）「競争進化論」

ここで乱歩は、主戦論と非戦論の論争を枕に、競争の性質を進化させる必要を説き、そのための階梯として先行論を引きつつ競争の定義と分類を試みる。まずは分析の視点として生物学的見地、心理学的見地、経済学的見地を上げ、生物学的見地からの競争すなわち生存競争については「食ふ為の争」「勝たんとする争」「物質的環境に対して適合せんとする争」の三種を上げ、また人間の関わる生物学的競争として「人間対自然の競争」「人間対動植物の競争」「人間対人間の競争」を上げる、という具合の分類整理である。また、「経済的競争の意義と種類」の章では、まずは概説的先行論から「経済上の競争とは、二個以上の経済主体が夫々独立に（又は夫れ自身の目的の為に）同時に同一利益を獲得せんとする行為（又は争）である」と定義の骨格を定め、さらに先行論を付き合わせて「其時其所の法律及社会制度に認められたる手段により」行われること、「経済上の」利益を目的とすることを加えて再定義する。

これらの分類整理と定義検討の手法は、学問のスタイルとしてオーソドックスなものとはいえ、その後の乱歩を知る人間にとっては「探偵小説の範囲と種類」（『ぷろふいる』一九三五・一一）や「類別トリック集成」（『宝石』一九五三・九〜一〇）を連想させずにはおくまい。そもそも、一九一四年に執筆されたという「経済学上ノ慾望之研究」にしても、一九一八年に執筆されたとされる「トリック写真の研究」にしても、残された原稿類を読む限り、分類を手がかりとした慾望や映画の研究がなされており、これは乱歩の対象認識の根源的性質を示していると言える。少し拡げれば、自ら製本して三人書房の棚に置いたという『奇譚』も、分類による対象把握の線上に置かれるだろう。そして分類という行為は、対象を俯瞰する視線を基礎とするが、自身がその対象に含まれることを認識する人間にとっては（乱歩の場合たとえば、『奇譚』で取り上げた作品群に連なる作品の作者となる）、見ることと見られることをめぐる強い意識が生まれることになるはずだ。

「競争進化論」の重要な点の一つは、これが一九二二年一月という時期にまとめられたということである。たとえば「戦争」について、乱歩は経済的理由云々を時代遅れの認識とし、そこにあるのは人間の闘争性であるという。第一次世界大戦を「血腥い遊戯」として、ベースボールやボートレースと類比的にとらえ、「戦争を遊戯に変形することによつて其害悪を除き得る」と主張する。これが競争の進化である。競争についての考察は早稲田大学の卒業論文以来のものであろうが、それが一九二二年一月に発表された、その同じ年の秋、乱歩は「二銭銅貨」を書き上げて森下雨村に送るのである。「二銭銅貨」は、二人の男が頭の良さを競い合う競争の物語であった。

「二銭銅貨」は、一九二〇年五月頃に構想され、その筋書きと冒頭部分の原稿が残されている。そこから判断する限り、原型では物語のかなりの部分を紳士盗賊の話が占め、その紳士盗賊の暗号を解く夫の様子を妻が語るという設定の物語であった。しかもこの夫婦は現実に大金を手に入れたらしく、その様子が原稿の冒頭には書かれている。とすると、一九二〇年五月と一九二二年一一月の間に、二重の暗号と特異な語り手という作品の中心的性格が突然変異のように出現したことになるが、この間の時期に、分類的な自己の相対化と、競争の進化をめぐる乱歩の思考の蓄積が一つの結晶化を迎えていたのである。

（三）「パノラマ島奇談」

「二銭銅貨」でデビューした乱歩はたちまち流行作家となり、新人たちを糾合しつつ探偵小説の第一人者として多くのメディアに進出することになるが、やがて昭和二年の春から、一年半の断筆をするにいたる。その直前に書き継がれていたのが、「一寸法師」と「パノラマ島奇談」という二つの長編である。ここでは「パノラマ島奇談」について触れるが、この作品の舞台となっているM県S郡は、やはり三重県志摩郡であろう。乱歩の転居歴の中で「島」がもっとも身近であったのは鳥羽時代であろうし、その配偶は鳥羽時代に知り合った坂出島の女性である。そして島をめぐる乱歩の想像力が鳥羽時代の記憶に重なるとすれば、先に触れた「彫雑から統一へ」を連想するのもそれほど不自然ではないのではないか。パノラマ島のさまざまの仕掛けはそれぞれに視覚を複雑化する仕組みであり、さまざまに複雑化した視覚を、瞳を広げるという名前を持つ男が統一するという構造になっている。

晩年の回想において、乱歩は「島そのものをダイヤモンドのように多面体にカットして、そのおのおの面に一つずつ独立の別世界を創造することを考えた。」（「孤島に描く幻想世界」『朝日新聞』一九六二・四・二七）とする。ダイヤモンドはもちろん光の屈折すなわち視覚の複雑化を踏まえた比喩であろうが、多面体という特徴もすなわち複数の視線の重ね合わせであって、いずれも、見ることとの複雑化を描いているのである。海底トンネルのレンズ越しに見る生き物の千変万化の変容と、パノラマ島上のそれぞれの世界の祝祭的な多様性と、描写の上での印象は連続していよう。そのユートピアは、たとえば次のように描かれる。

たぐいを絶したカーニヴァルの狂気が、全島を覆いはじめました。花ぞのに咲く裸女の花、湯の池に乱れる人魚の群、消えぬ花火、息づく群像、踊り狂う鋼鉄製の黒怪物、酩酊せぬ笑い上戸の猛獣ども、毒蛇の蛇踊り、そのあいだをねり歩く美女の蓮台、そして、蓮台の上には、錦の衣に包まれたこの国の王様、人見広介の物狂わしき笑い顔があるのです。

裸女、人魚、黒怪物、猛獣、毒蛇という羅列は、進化論的な生物多様性を発想の基盤に置いていると言ってよかろうが、「鋼鉄製の黒怪物」が含まれていることも勘案すれば、ここでは、生物学的な進化のみならず、産業革命以後のテクノロジーまで含めて、スペンサーの言う「複雑化」の行程が、悪夢の素材として扱われているとおぼしい。

スペンサーの「第一原理」は、進化の法則を説くと共に、その行き着く先として平衡状態と解体を説く。挟本佳代は、規模の拡大、構造の複雑化とともに崩壊、絶滅の過程を見据えていたところに近代に対する批評としてのスペンサーの今日性を見出しているが（『社会システム論と自然』法政大学出版局、二〇〇〇）、絶滅への着目はモデルとなったダーウィンももとより同様である。大正期にあって進化論は決して流向の思潮というわけではなかったが、それだけにかえって、明治期にあったような近代を推進する政治的なモチーフから離れ、夢を育む触媒として機能するようになったと言えるのではないか。「パノラマ島奇談」の冒頭は、廃墟となったパノラマ島の描写から始まるのである。

（四）「陰獣」以後

「パノラマ島奇談」以後の一年半の休筆を経て発表された作品が、「陰獣」、「孤島の鬼」、「芋虫」、「虫」、「蜘蛛男」である。「孤島の鬼」は作中に「進化論者の説」も登場するがそれ以前に「モロー博士の島」を下敷きにした島の設定そのものが進化論を踏まえているし、「芋虫」の時子は夫と自分を人間世界からは離れた二匹の生き物として見ている。「虫」で人間を解体する虫たちは、まさに生存競争を戦う生き物であり、乱歩に即して言えば「競争進化論」で、「人間対動植物の争」としてクローズアップされていたのが、ここで描かれる微生物たちであった。「陰獣」と「蜘蛛男」は登場人物の性向の比喩がタイトルとなっているばかりだが、それでもこの一連のタイトルの連続の中に入れれば比喩の指向性に意味がないとは言えまい。「蜘蛛男」以降、乱歩は通俗長編量産の時代を迎え、獣類と形容される犯罪者たちが次々に登場する。そんな中にひょっと『目羅博士の不思議な犯罪』(一九三一・四)といった幻想的佳品も現れるのだが、ここでもやはり、人の真似をする猿、が登場するのである。

その頃、一九三一年一月号の『新青年』に「打てば響く」と題されたアンケートがある。長くなるが各設問と乱歩の回答を並べて全文を引用する。

一、あなたが生れ替つたら(どうなさいます?)

仮令どんなすばらしいものにでも、二度とこの世に生れ替つてくるのは御免です。

二、あなたはどんな青年(男女)が御好きですか?

見得坊で美しくて、その癖はにかみやで、よく赤面する青年男女。夢見る青年男女。

三、映画があなたに与へたものは?

美しい夢、恐ろしい夢、くだらない夢だが、近頃の写真は夢を見せてくれません。

四、十年後の日本をどう御想像ですか?

日本に限らず、地球そのものが、今の十倍も狭つくるしく、せち辛くなるでせう。夢が亡びて行くでせう。いやなことです。

五、あなたの最後の日が知れてゐたら(どうなさいます?)

どうもしません、(いつだつて、明日死ぬと思つてます。)

六、恋を一口で申せば?

夢。

七、あなたの青春に最も影響を与へた書物(又は絵画)は?

ダーヰンの進化論。

八、日本で一番魅力的な言葉は？　夢（世界でも）
九、日本が現在第一にやらねばならぬことは？　答なし。
一〇、何が無くなつたら一番御困りですか？　夢。

「一」「五」「九」の回答は、現実に対する徹底した嫌厭を語っている。残り七項目のうち「六」「八」「一〇」の三項目の回答は端的に「夢」、「二」「三」「四」の三項目の回答は文で説明されながらもやはり「夢」の語が中心に据えられている。この中に置かれると、「七」の回答「ダーキンの進化論」は、やや異質な感覚を呼び起こすかもしれない。だが現実嫌悪か夢の賛美かという、二者択一に見えてほとんどコインの裏表のような回答の中に置かれた「ダーキンの進化論」は、すなわち「進化論という夢」であり、「進化論による現実の相対化」なのではないか。

この時期、多くのエッセイで乱歩は時代の変化と、自らの居場所の無さを語っている。右のアンケートの翌月に発行された『新青年』春季増刊にも「旧探偵小説時代は過ぎ去った」というタイトル通りの心境を吐露したエッセイがある。自らの創作とネットワーク作りによって、ほとんど未開であった文化領域に探偵小説ジャンルを隆盛させたのは、時代の要請に応えた乱歩の一大事業であった。だが、ジャンルの中心的な位置に立ち、そして俯瞰的視座を持つ乱歩には、その時代と自己との関係もまた、明瞭すぎるほどに見えてしまう。そのような中で、あらためて自らの拠り所として確認されたのが、進化論だったのではないか。これ以後、乱歩は青春期の古典として、しばしばダーウィンに言及するようになる。

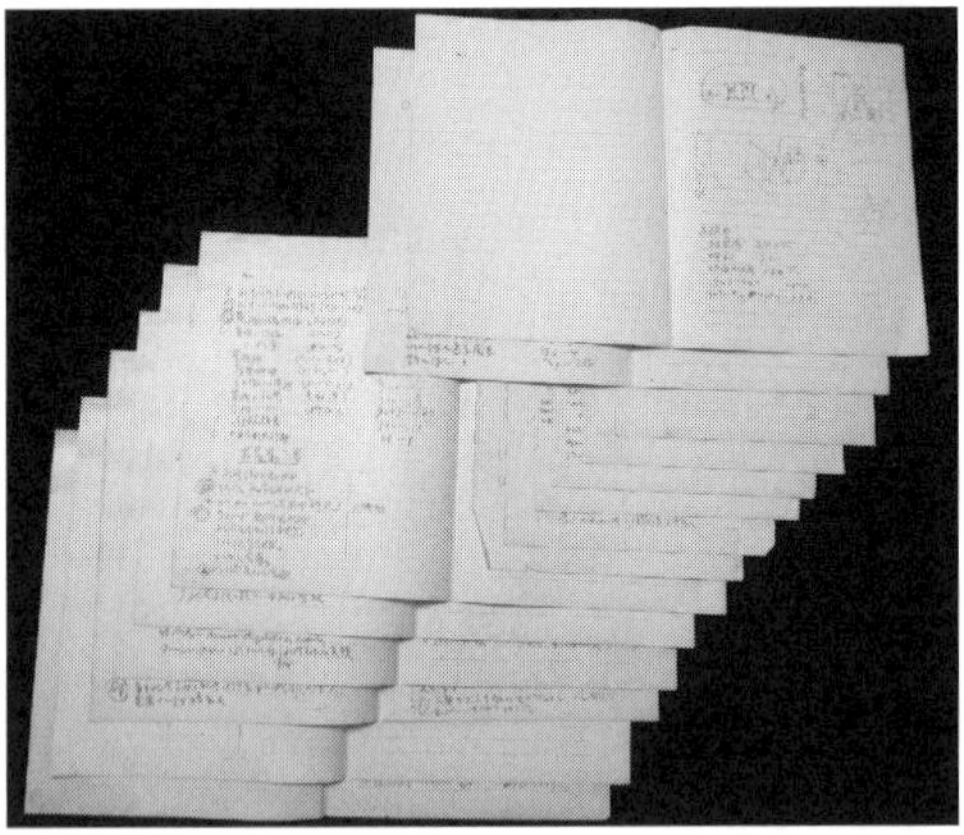

「社会、心理、ユートピア、フロディズム」全体図

三、学知の交錯するノート

（一）ノートの概略

前章では、進化論と、主として初期の江戸川乱歩の表現活動との関わりを通覧したが、平井家には、大正期における進化論の受容とそこから派生する諸学問への関心の広がりを示すノートブックのようなものが遺され、立教大学大衆文化研究センターに寄託されている。ようなもの、というのは曖昧な表現だが、センターに寄託される以前にこれを見た時には、私はノートと認識した。紙縒りで肩が綴じられてはいたが、もともとのノートの綴じが切れて補修したものと思ったためである。ところがセンターに寄託され、紙縒りが外された資料を見ると、それほど単純ではないことが、次第にわかってきた。

これを中綴じ左開きのノートに見立てて仮にノンブルを振ると、とびとびに混じる四頁の白紙を含め、全部で四四頁となる。その第一頁欄外に後から付されたと思われる赤字の記載で「社会、心理、ユートピア、フロディズム」「大正十三年頃（三十一才）」とあるので、体裁としては一冊のまとまったノートに見えるのである。実際、もともとはやはり中綴じノートだったと思われる。その中央の綴じが外れただけの状態であれば、一枚の紙は四頁で構成され、それを半截すれば二頁で一枚となる。綴じられていたのはこの四頁の紙と二頁の紙の組み合わせで、全体は以下のように構成されている。

①冒頭一頁から一二頁までは、末尾の三三頁から四四頁までと繋がって六枚の紙になっている。中央の折り目を挟んで、一頁の横は四四頁、その裏の二頁の横は四三頁という具合である。

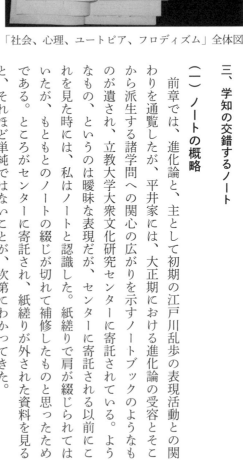

②一三頁から二〇頁までは、八頁分にあたる用紙二枚がひとまとまりになっており、一三頁の横は二〇頁、その裏の一四頁の横は一九頁、もう一枚の一五頁の横が一八頁、その裏の一六頁の横が一七頁である。
③二一頁から三二頁までは、二頁で一枚となった半截紙である。
以上の形式的なまとまりは、ある程度内容にも即しており、およそ以下の通りである。
①は、進化論と社会主義、模倣理論をめぐる調査メモ
②は、建築と聖徳太子をめぐる調査メモ
③は、ユートピアと精神分析をめぐる調査メモ
右のような内容的まとまりを見ると、ある程度意図的な取捨選択がなされていると推定されるが、それに応じて記述の順番が整えられているとは思われない。たとえば①の中で、内容的な流れから判断すると、七頁の記述は四〇頁の堀経夫「経済と自由」(『経済論叢』一九二二・一〇)の記述の続きであり、自由をめぐる項目を上げて四〇頁は箇条書きの第四項まで、七頁は同じ箇条書きの第五項から、となっているので、連続して書かれた頁と考えられる。また、九頁は三八頁の後に来る記述と思われるのだが、三八頁がエルウード『社会心理学』(博文館、一九二二)の抜き書きで、九頁上部欄外に「Elwood続キ」と記されていることから判断すると、連続した二頁ではなく、他の記述を挟んだ前後の頁になっていた可能性も高いだろう。そして、その挟まれた頁がこの四四頁のノートの中に残っているという保証はない。

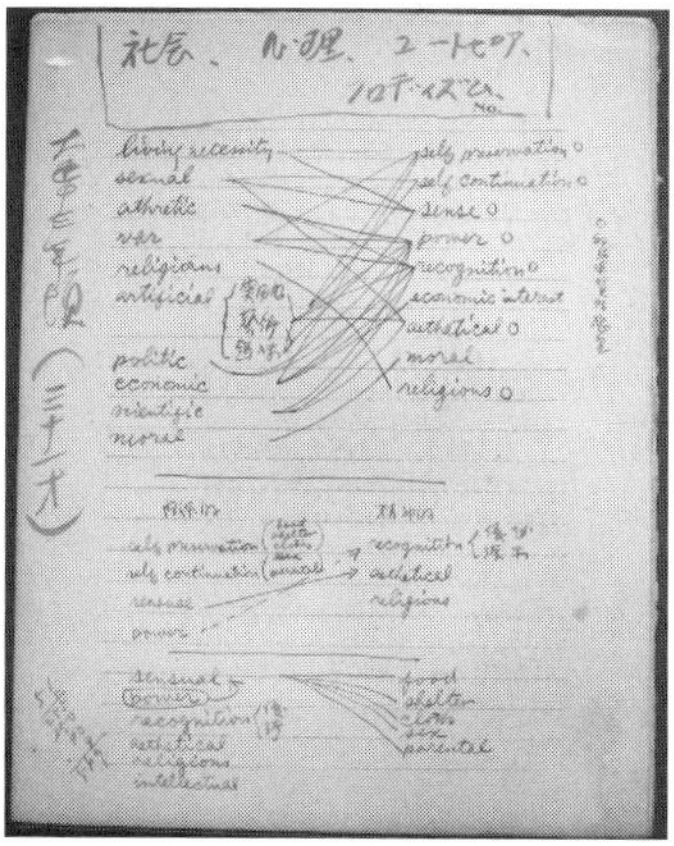

「社会、心理、ユートピア、フロディズム」一頁

このような前後関係をパズルのように整合的に再現するのは興味深い作業なのだが、与えられた枚数と能力では少し足りない。ただ、右に記した①〜③の大枠は、その内部の順番はどうあれ、ある程度

のまとまりがあるとは思われるので、それに従って以下、テーマごとにいくつかのポイントを取り上げて紹介する。

(二) 各シークエンスのトピック

①進化論、社会主義、模倣理論

冒頭頁は欲望をめぐる関連図式だが、頁下部のひとまとまりは、四四頁上部の図式と近似的なので、この両頁は見開きなど近い位置にあったと推測される。「欲望」は早稲田大学在学中の関心に重なるキーワードで、この関連の記述は大学時代(か、それ以後のある時期に再度勉強しなおした際)のものと推測される。四三頁に「経済学者以外ノ欲望論見ルベシ」などの記載を手がかりに前後に記された文献目録を見ると、学問領域の枠を超えてテーマの追究が拡がってゆく様子が見えてくる。

多くの書籍名が並んでいる中に、高畠素之『社会主義と進化論』(売文社出版部、一九一九)、エルウード『社会心理学』(博文館、一九二二)、Tarde『Law of imitation』(H. Holt and Company、一九〇三)などからの抜き書きが目立つ。高畠の書はバランスのよい入門書だが、乱歩がしばしば引用するデ・フリーの突然変異論を始め、クロポトキン、ヘッケル、コントなどの抜き書きが目立ち、エルウードの書では人間の本能と智能をめぐる考察に関心が集中していることが見て取れる。摘録の合間に「太郎」などとしてコメントを挟むこともあり、クロポトキンの相互扶助論へはややまとまった疑義が記されている。またタルドの書は二頁に「買フベキ書」として挙げられ、三三頁に英訳本の目次が書き抜きされており、昭和六年の「目羅博士の不思議な犯罪」で展開する模倣論がかなり早くから関心の対象であったことがわかる。

②建築、聖徳太子

この部分の意味づけはよくわからない。建築関係では都市建築をめぐる文献が多く挙げられ、怪人二〇面相の犯罪現場を連想したり、あるいは乱歩の転居癖を照らし合わせたりの想像もされるが、現時点では恣意的な空想の域を出ない。聖徳太子についても、乱歩作品では『黄金仮面』で法隆寺の玉虫の厨子が狙われたり、『蜘蛛男』では畔柳博士の瞑想する浴室が夢殿にたとえられたりという場面が知られるが、特にそのような言及があるわけではなく、久米邦武の『上宮太子実録』(井洌堂、一九〇六)の第九章東漢直の罪の条りが引用されているのは興味深いが、基本的には太子に集中した歴史書の列挙である。

③ユートピア、精神分析

この部分は、二一頁から二五頁までがユートピアをめぐる記載、二六頁から三二頁が精神分析をめぐる記載なのだが、記述の順序としておそらく二五頁の次に二四頁、二九頁の次に二八頁が来ると思われるところから、全体が後ろから始まる、あるいは綴じるときに左右逆に綴じたという可能性も考えられる。また二三頁の記述が、おそらく精神分析関係の「wit」をめぐるメモが記された後で、余白を使ってユートピア関係の記述をしたと推測されるので、時系列に並べるならば、精神分析が先でユートピアが後とする推測が妥当と思われる。

フロイトの著作では二八頁に「WIT AND ITS RELATION TO THE UNCONSCIOUS」以下A.A.Brillによる英訳シリーズの書名が五冊挙げられ、他の頁は多く夢の分析をめぐる摘録である。むしろ摘録に熱中している様子が見て取れ、三二頁欄外には追記と思われる「探偵小説ノ好材料　サンデー毎日ニノセルモノアリ」という記述がある。当該作品の特定はやや難しく、同頁中には「無意識行為の意味(ド忘れ、談話中の行ツマリ、読損じ、書き損じ、仕事ノヒヨットシタ失敗、紛失、破壊等」などの記載があり、『写真報知』(一九二五・九)掲載の「疑惑」の可能性が考えられるが、だとするとメディアを『サンデー毎日』とした書き損じの意味が気になってくるところである。

二四頁から二五頁にかけては古今のユートピアを列挙しており、「プラトー、理想国(前三七五)」から「ヲッチマン、塔(一九一八)」まで二五編の物語が年代順に並び、さらに「ラッセル、自由への道」をはじめ谷崎潤一郎「金色の死」や佐藤春夫「美しき町」を含む二〇編が追記される。ヲッチマンの作品は私には未詳だが、そこまでの二五点は、典拠元の書名等が記載されていないものの、列挙の内容と形式から考えて石田伝吉『内外理想郷物語』（丙午出版社、一九二五年）緒言からの転記メモと思われる。するとこの部分の記載は一九二五年九月よりも後ということになる。

四、結びに代えて

前章で紹介したノートには、メモ書きながら多数の情報が集積している。試みにその人名索引を本稿末尾に付することとした。歴史上の人物などを除けば主として学者、著述家だが、もとより乱歩が必ず彼らの著作に目を通していたという保証はない。データ集めだけで終わった本の著者も含まれていよう。

だが、たとえば石田伝吉の著作から転記したユートピア物語二五編の名は、転記ではあっても若干の取捨はあり、いくつかには原綴などを調査した痕跡があるし、またこれらの集合的な存在自体が『パノラマ島奇談』の多層世界を支えている面もあるだろう。ユートピアと社会主義運動、さらに社会主義と進化論の関わりもまた、このノートの書誌データ集積からは見えてくる。

あるいは、タルドの模倣論は、一見他のデータと無関係に記されているように見えるが、四三頁で心理学関連書籍の列挙の中には米田庄太郎の『経済心理の研究』もある。米田はタルドの弟子で、同書はタルド理論の紹介に多くの頁を割いている。そこでも的確に紹介されているが、タルドによれば物理現象における反復としての波動、生物現象における反復としての遺伝に対し、社会現象における反復として模倣は位置づけられる。それぞれの反復には反発と適応が伴うという構図の基盤にあるのは、やはり進化論の発想である。

ノートのタイトルに「社会、心理、ユートピア、フロディズム」と標題付けされているように、それぞれの知は一つの概念には収束しないものの、経済学、社会学、心理学、美学、犯罪学などが相互に乗り入れる乱歩の好奇心の運動の中で結びつき、浮上しては乱歩の表現に結晶してゆく。そのような相互乗り入れを直接間接に促したのが進化論だったというのが私の解釈だが、その解釈の当否は別としても、乱歩における知の交錯発展はきわめて興味深い課題であり、このノートを初めとする自筆メモ類の分析はそのために欠かせまい。その研究の一歩としての人名索引である。

『社会、心理、ユートピア、フロディズム』言及人名索引

ノートに明記されている人名のほか、書名が挙げられているもので筆者名が特定できるものは筆者名を入れた。翻訳者名に関してはノートに記載があるなど特定できる場合のみ記した。雑誌や全集、画集などの編集者名は記していない。また、解読ないし特定が確実でなく掲載していない人物が一〇名程度存在する。たとえば三一ページにサディズムの語源として「仏の文学者サジー（一一八四―一二二九）」とあり、これは榊保三郎の著書からの転記と思われるが、筆者にはサジーの特定ができなかったので入れず、マルキ・ド・サドに置き換えることもしていない。数字は現調査段階での仮の頁数である。

コラム

舞台と映像のなかの乱歩

神山　彰

乱歩作品の劇化・映画化は、食指をそそる設定や題材だから、多くの作品が存在する。映画化も五〇本は超え、テレビも含めれば膨大になる。

もとより、明治・大正期までは、演劇に無関心な小説家は極めて少なく、多大な人気を誇った新派を中心に、上演演目でも演劇と小説は連動していた。乱歩自身も芝居への興味や人脈をよく語っており、自身も文士劇に出演する芝居好きだった。

戦前の劇化上演については、乱歩が『探偵小説四十年』で書いている。二世市川猿之助（初世猿翁）の末弟で探偵小説好きの市川小太夫が、新興座という劇団を結成し、小納戸容《こなんどいるる》の筆名で、乱歩の『黒手組』を脚色、一九三一年七月帝劇で上演した。探偵小説好きの著名な新派俳優で「怪談会」で乱歩と面識ある初世喜多村緑郎は、その公演を見て「「黒手組」乱歩のもの——これが一番の出来だ。よく、あゝ生かしたと思つて小太夫自身の脚色であらうことを敬服した」と書く（『新派名優喜多村緑郎日記』第一巻、八木書店、二〇一〇年）。戦後も一九四六年、小太夫が同作を再演した浅草金龍館を乱歩は訪ねている。

小太夫は、一九三二年十二月新橋演舞場で『陰獣』を、これも小納戸容脚色・早瀬亘（小太夫の別名）演出で取り上げた。『黒手組』は脇役も松本錦吾、市川段猿と歌舞伎俳優だったが、今度は、関西新派で人気の女方・梅野井秀男の静子が話題だった。梅野井は東京進出に際し、美貌の新劇女優伊澤蘭奢《らんじゃ》が上演し評判だった『マダムX』（仲木貞一作）を取り上げ、その「変性男子」ぶりが東都でも話題になっていた。

この『陰獣』については、広瀬正のSF小説『マイナス・ゼロ』（集英社、一九八二）で、主人公が女友達と本作上演中の新橋演舞場へ行くシーンがあるのが興味深い。

「あの小山田夫人になった俳優なんか、エロ味たっぷりだ」と梅野井に触れ、「ひどく女性的な男で、男性とのうわさが絶えず、これも「陰獣」の人気の一つになっていた」「演出も意欲的だ。浅草や何かの実写の映画を映して組み合わせたりして」とあり、大正期に人気だった連鎖劇の手法を取り入れていたのが解る。広瀬は一九二四年銀座生れだから、この上演を噂で記憶していたかもしれない。

逆に、新派の正統的女方・喜多村は、この舞台への言及はなく、別の場所で「梅野井はやはり檜舞台に掛ける代物ではない」（一九三六年十二月、前掲書）としている。

この時期は、浅草レヴューの全盛期で、乱歩の『江川蘭子』と同名のレヴューガール（後のサトウハチロー夫人）がおり、更に江戸川蘭子というSKD（松竹少女歌劇団）のスターまで生れた。ただ、乱歩作品の劇化上演はレヴューでは見当たらない。

戦後いち早く乱歩物を手掛けたのは、一九四七年一月「宝石座」で、創立第一回公演として『パノラマ島奇譚』（城昌幸脚色・斎藤豊吉演出）を池袋文化劇場で上演した。宝石座は前年創刊の雑誌『宝石』を受け、スリラー劇団と名乗っていた。

『パノラマ島奇譚』は一九五七年には、東京宝塚劇場でミュージカルとして榎本健一中心で上演された。山下修平、貴島研二、安永貞利、岡田教和の共作。私的には益田隆の振付が興味深い。その上演プログラムに、乱歩自身、本作は「贅沢への憧れと残虐への郷愁」と書いている。

有名なのが、一九六二年三月産経ホールでの吉田史子プロデュース公演、三島由紀夫『黒蜥蜴』である。

松浦竹夫演出で、矢代秋雄音楽なのが三島らしい。三島は「一九二〇年代のジャズ時代のような味を出すことを狙った」（初演プログラム）。

緑川夫人は初世水谷八重子。同年十一月に『鹿鳴館』を初役で演じる前哨のように思える。三島は文学座の『鹿鳴館』の杉村春子のローブデコルテ姿や台詞に不満で、水谷での上演を望んでいた。また、水谷は戦前「男装の麗人」役を演じて評判だった記憶も、当時は生きていた。ただ、水谷の芸談では、『黒蜥蜴』の追想は平凡である。

『黒蜥蜴』が甦ったのが、一九六八年四月東横劇場での丸山（美輪）明宏による上演で、これが以後何度も復演される当り役となる。近年の上演は乱歩、三島というより、美輪ワールドで、独特の訛りある台詞廻しとイキの長い演技に馴染めないと四時間近い舞台は厳しいが、ともかく無類の時空である。美輪はシャンソン歌手時代、「銀巴里」で十七世中村勘三郎の紹介で乱歩と会った際に、「明智は手首を切れば青い血の出るような男」と乱歩と交した強烈な会話の思い出を何度か書き、語っている。

他の俳優が演じた中で、やはり栗山昌良演出での坂東玉三郎が白眉で、緒方規矩子の衣裳が見事で圧倒された。ただ、乱歩というより三島の洗練味が強いのは、吉田史子の出した条件だった、大阪の街や通天閣を東京に移した脚色のためもあるだろう。

二〇一七年上演、斎藤雅文脚色の新派版『黒蜥蜴』は逆に大阪の通天閣、新世界の猥雑な空間が印象的であり、よき意味での「悪趣味」も精彩あるが、逆に三島版で強烈な海や大詰の美術館のイメージは希薄である。『黒蜥蜴』は人気作であり、オペラでも青島広志が上演し、宝塚歌劇でも、二〇〇七年に『明智小五郎の事件簿―黒蜥蜴』を木村信司脚本で取り上げた。

『人間豹』は、二〇〇八年に国立劇場で『江戸宵闇妖鉤爪《えどのよいあやしのかぎづめ》』（岩豪友樹子脚色・九代琴松《きんしょう》〈二世松本白鸚の筆名〉演出）として、幕末の江戸に設定の新作歌舞伎で上演。乱歩作品にしては、ヘンに説教臭い台詞だった。

映画は、戦前は志波西果《しばせいか》・直木三十五共同監督『一寸法師』だけだが、戦後は五十本近くあるだろう。話題にならないが、一九五〇―六〇年代前半の白黒映画に惹かれる。『パレットナイフの殺人』（『心理試験』）、『氷柱の美女』（『吸血鬼』）は、乱歩と遠い気質の久松静児監督だが、キャストの顔の魅力に加え、露骨でない官能の洗練に優れる。井上梅次監督『死の十字路』（『十字路』）がフィルムノワール風で渋い。戦後民主主義の明るさ志向の時代、こういう暗く苦い密やかな官能こそ乱歩の強度の誘惑に思える。

井上梅次監督の『黒蜥蜴』は京マチ子がＯＳＫ（大阪松竹歌劇団）出身らしい鮮やかなステップを踏む、ダンスの吸引力が強烈で、明るいタッチが不満かと思うが、レヴューファンの私には垂涎の佳品といえる。

深作欣二監督の美輪明宏版『黒蜥蜴』は、三島由紀夫との接吻シーンが話題だが、残念ながら未見。

一九七〇年代以降は、如何にも「倒錯・異常でござい」というイメージが先行しすぎ、乱歩の言う「贅沢への憧れと残虐への郷愁」などなく却って凄味がない。数本に登場する土方巽や大駱駝艦の暗黒舞踏は、映像として貴重でも、その「土着性」表出は、乱歩のモダニズムとは似て非なるものと思える。

増村保造監督『盲獣』や加藤泰監督『陰獣』に加え、マニア間でゲテモノ・邪道の極みとして話題の石井輝男監督『江戸川乱歩全集　恐怖奇形人間』も、それぞれの映像美に馴染むファンには勧めるが、キャストの「現代顔」が不満だった。小説は自分の好きなイメージで読み進められるが、舞台・映像では、俳優の姿形、顔立ちが現前するし、装置もあるから、それらに違和感あると、幾ら評価が高くとも、その世界に入れない。

なかでは、水谷俊之監督『人間椅子』に、昭和初期風俗の魅力と共に苦い凄みがある。

正直言うと、雑誌『少年』を購読し、光文社版単行本を集め、「少年探偵手帳」やＢＤバッジを貰った小学時代にテレビで馴染んだ私には、当時の『怪人二十面相』や『少年探偵団』の白黒映像が、その世界に相応しく思えてしまう。あれは、確かに解毒済み、保健所の衛生検査を通過した乱歩の世界ではあるが、あの挿絵や映像でさらわれる少女・美女の横顔、虚空に響き、搭上に現れる怪人の声や姿を無念そうに見上げる明智の構図は忘れ難い。味覚と同じく、少年期に馴染んだものから私は逃れにくい。

ただ、数年前NHKBS放映の「シリーズ江戸川乱歩短編集」での満島ひかりの明智の異性装は、「倒錯美」強調の刺激的映像よりも遥かに隠微で官能的で、私は録画で繰り返し見た。

Ⅳ

シンポジウム
江戸川乱歩のモダニティ

セス・ヤコボウヴィッツ（米国・イエール大学）
大森恭子（米国・ハミルトン大学）
浜田雄介（日本・成蹊大学）
韓程善（韓国・東国大学校）
司会・川崎賢子（日本・立教大学）

以下は、二〇一八年一一月二五日（日）に立教大学池袋キャンパスD三〇一教室で開催された国際シンポジウム「江戸川乱歩のモダニティ」（主催・立教大学文学部文学科日本文学専修、共催・立教大学日本文学会、立教大学江戸川乱歩記念大衆文化研究センター、立教大学日本学研究所、立教SFR共同プロジェクト研究「江戸川乱歩所蔵資料の活用による探偵小説研究」）の後半で行われた討論を収録したものである（登壇者の発表内容は本書収録の論文を参照）。当日は、登壇者同士の議論を行うとともに、来場者にも質問書を配布してフロアからの質問や意見を集約し、活発なディスカッションを行った。

世界の中の乱歩研究

川崎◉四名のご登壇者の発表を受けて、これからはフロアの皆さまとのやり取りを交えて進めさせていただきます。まず最初に登壇者の皆さまからひとことずつ、本日のシンポジウムについての総体的な感想と、他の発表者に対するご質問やコメントがあれば出していただき、ディスカッションを進めながら、共通の議論を構築していきたいと思います。

では最初のご発表者でいらっしゃる韓程善先生からお願いいたします。

韓◉質問というよりは、今日の発表を聞いての感想です。私は二〇一〇年に博士論文を出して韓国に帰り、乱歩について発表などをしてきました。韓国では、日本ミステリーが好きな人の間では乱歩の名前が知られていますが、乱歩研究者はほとんどいない状況ですので、今日のような乱歩のシンポジウムに久しぶりに参加できて、すごく勉強になり、留学生時代に戻った気がしています。それから、博士論文で無声映画と文学の関わりをテーマにしたので、今日の大森さんのご発表と若干つながる部分があるかな、という感想を抱いています。また浜田さんは私の博士論文の審査をしてくださった方なので、「さすが、浜田先生」という感じでお聞きしていました。フロアからの質問も非常に多くて、驚きもしたし、うれしかったです。

セス◉私も一〇年以上、江戸川乱歩のさまざまな考察をして来たのですが、ぎりぎりになって日本語にまとめたという事情があるので、わかりにくい点があったら申しわけなく思っています。

みなさんの発表を聞いて、共通点がたくさんあると思いました。特に浜田さんのご発表の最後に出てきたタルドには、僕も大変興味を持っています。実際には、「目羅博士」を翻訳したときに初めてタルドに直面し、必要に迫られて調べたのですが、とても勉強になりました。

大森◉私は、生まれは日本ですが、人生の半分以上アメリカにおりますので、日本国内と国外で乱歩や日本文学について話をするときにはアプローチがまったく違うと常に感じています。皆さんは、例えば「目羅博士」というとすぐにお分かりになると思うんですが、海外ではそういう状況はまったくありません。乱歩についてすらほとんど知らない人たちの中で、なぜ江戸川乱歩という人の話をするのか、それによって何が学べるのか、という説明をするところから始めなければなりません。向かっていくベクトルが違うというのでしょうか、その結果、話の要点も違ってくることになります。

今日、浜田さんのご発表を聞いて、研究環境が違うところで何年も研究してこられてきたことを認識し、改めて、とても太刀打ちできないと感じました。その一方で、セスさんのように精神分析などのセオリーを使って研究するというやり方もあります。例えば、直接日本の状況を考えずにセオリーを応用することで、これまでの議論によって当然とされてきた解釈を超える効果もあるでしょう。韓さんのご発表では、広告を作る時にどこまで乱歩が関わっていたのか、興味があります。乱歩はイラストも上手でいろいろ描いていますし、デザインもやりたかったのかな、もしかしたら実際にやっていたのかな、とか。あとは、〈大乱歩〉になったというところも、本格的な推理物からエロ・グロに行ったわけですが、読者は広告でエロ・グロを打って出てきた時に、どういう反応があったのか、乱歩は読者が持っている自身のイメージをいかに利用しつつ新しいことをやったかというところに、受容理論的な見地からも興味があります。

浜田◉お三方への質問も、広告レタリングの問題とか、クローゼットの外側の世界との関係とか、筆跡研究の課題とか、それぞれにあるのですが、セスさんにタルドの話を出していただいたので、そこから簡単に図式化するとタルドの基本的な考え方は反復と反発と適応なんですね。反復は物理学の世界では波動であり、生物学の世界では生殖、遺伝、社会学の世界では模倣、流行という形をとる。面白いのは、今日のお三方の発表は、まさにそれとぴったり見合っているわけです。流行は広告と結びつきますし、生殖あるいはセクシュアリティがセスさんの話に関わっていく。そして、大森さんが発表された「音」は、文字どおり波動ですよね。そうした反復に対して反発と適応が生まれていくというのがタルドの理論なんですが、今日のお三方は各人のご関心の領域から乱歩を捉えながら、結果的にとてもバランスのよいパネルになっていたのではないでしょうか。それが全体の感想です。

メディアと乱歩

川崎◉ここで、フロアからの質問を取り上げたいと思います。フロアの皆さんからの質問は、とりわけ韓さんに集中していたのですが、その中で二つ、興味深い質問がありました。まず韓さんからそれについて、何かひとことお願いできればと思います。

一つ目の質問は、広告によっていわば探偵小説の読者を囲い込むという結果になったのではないか、それについてはどうお考えか、という質問です。もう一つは、同じことの両面性でしょうが、そのイメージ作りがかえって一人の書き手としての乱歩を追いこむことになったという側面はないでしょうか、という質問です。

韓◉ご質問ありがとうございます。お答えになるかどうかわかりませんが、乱歩は、自分の作品は好きじゃないというようなことをよく書いています。しかし私が思うに、それは非常に意図的な表現だったようにも思います。乱歩はメディアにすごく柔軟な人でした。だから自分で作ったイメージのために、自分が縛られたという感覚よりは、むしろ、自分が作った自分のイメージを調節しながら、メディアと大衆読者との緊張関係を敏感に見て、その中で創作活動をしていった作家だと思います。言葉をかえていえば、要するに乱歩は、読者の欲望に応じて書き方を変えていった面が強い作家だと私は思います。

川崎◉ありがとうございました。

今日はフロアに、乱歩に関するプロの方たちが座っていらっしゃって、私も緊張しております（笑）。せっかくですので、その中から代表質問者として指名させていただき、いくつか質問をいただければと思います。

こちらから指名させていただくのは、落合教幸さんです。落合さんは立教大学構内にあります旧江戸川乱歩邸（大衆文化研究センター）の学術調査員でもいらっしゃいましたし、また私どもの共同研究でも、研究協力者として長くお付き合いいただいております。落合さん、よろしくお願いいたします。

落合◉旧江戸川乱歩邸の「管理人」を勤めて参りました落合です。質問の前に、少しだけ解説させていただきます。

さきほど大森さんのご発表で、乱歩の蔵書の話が出てきましたね。僕は立教大学が乱歩邸を買い取った時（二〇〇二年）に、大学院生として「こうしたらいいんじゃないか」という提案をさせてもらったんですが、受け入れられたことと受け入れられなかったことがあります。その時にお願いしたのは、「平井家にあった蔵書は基本的に残してほしい」ということでした。しかし蔵書数が多すぎたので、「全部は無理！」ということで、処分するように言われました。

でもなるべく残したかったので、せめて乱歩が生きていた時代の本は、乱歩が見たかどうかは関わりなく残してくださいとお願いしました。処分したのは、明らかに乱歩は関わっていないだろうと思われる蔵書にとどめました。

ですから、乱歩が生きていた時代の本は、乱歩の本じゃないものもある、ということをご承知おき下さい。特に息子の平井隆太郎さんは、メディア社会学の研究者でもあったので、ラジオに関する文献などは、おそらくは息子さんのものではないかと思われます。他にも、乱歩と息子さんとの間でかぶっているジャンルがけっこうあります。隆太郎さんも新聞や江戸のかわら版などを研究されていましたし、心理学の本は、おそらくお二人とも同じ本を使っていたのではないかと推測します。乱歩の本を息子さんも使って研究されていたと思われます。ですから、乱歩邸と書いてあるからといって、乱歩の物とは限らないことをご注意いただければと思います。

ついでにもう一つ、乱歩邸の本を使う時の注意点ですが、乱歩は切り抜きをよくしています。乱歩邸の本を取り出して見ると、必要なページがカットされている、ということがよくあります（笑）。

以上が蔵書に関してのコメントですが、資料に関しては、ラジオだと乱歩の出演に関する資料が、まだ未発表のまま残っていたかと思います。ラジオ番組に出演した時のメモのようなものです。『貼雑年譜』も刊行されている後ろの方になると、自分の番組の番組表などが載っていたりします。むしろ機械的な物への関心より、出演者的な意識の方が強かったように感じています。ここまでが、資料に関するコメントです。

初期作品と中期以降の作品

落合◉蔵書などに関するコメントとは別に、質問をさせていただきます。

みなさんにお聞きしたいのは、基本的に乱歩の初期作品を題材に発表されるご研究が多かったのですが、中期とか後期にご発表の内容がどのように関わってくるのか、をお聞かせいただければと思います。

それをお一人ずつに分けて質問すると、浜田さんのご研究だと、ダーウィン的なものは通俗長編にはなんとなくつながっていきそうな気がしますが、少年探偵団シリーズとか戦後の作品にもつながっているのかどうか、教えてください。韓さんは、全集の話をされていましたが、平凡社の全集のあとの新潮社の全集とか戦後の春陽堂の全集とか光文社版全集とかはどうなのでしょうか。セスさんは初期の短編について分析されていましたが、中期の通俗長編などで、〈閉じ込める〉とか〈閉じ込められる〉ということはどうなのか、お考えをお聞かせください。大森さんは初期の作品と戦後の作品を取り上げられていますが、聴覚に関する関心が初期からずっと継続していたとお考えなのか、それともある時点で切れているのかをお尋ねしたいです。

韓◉では私からお答えします。乱歩の全集はおっしゃるとおり、平凡社の全集以降もずっと続いています。私はこれから、一九三一年を出発点にしてその後の全集についても研究していく予定なのですが、一九三一年の全集はいろいろな意味で特別です。

まずそれが乱歩にとって初全集であったということ。それから、他の全集に比べて乱歩が非常に熱心に関わっていたこと。それは『平凡社六〇年史』にも詳しく説明されています。今回は、円本全集の流れの中で時系列的に並べてみようと考えたのですが、円本全集は限られた期間に集中的に広告が多かったのが特徴です。それは、全集が予約募集の形を取っていたからで、このために乱歩も非常に力を入れていたと私は思っています。

もちろん、新聞などを調べて、その後の全集の広告がどうなっているのかも発表前に一応調べ、一九三五年の全集にもその後にも乱歩全集についての広告はあったことは確認しましたが、スローガンが変わってきていて非常に面白いです。

川崎◉続いてセスさん、閉所嗜好あるいは閉所恐怖、それを盗み見るというモチーフが、中期・後期の通俗長編や少年物などでどのように変奏したのか、お話しいただければと思います。

セス◉まず閉所という概念の分析に関しては、性的主体性を最も明らかにし得るものとして、初期テキストを選びました。中期のエッセイ、たとえば「幻影の城主」や「変身願望」などを通して、初期の作品を読むという試みでした。中期と後期の文学に関しては、たしかに閉所というのも山ほど出てくるのですが、初期作品に見られるような、コソフスキーなどのような現代思想のセクシュアリティに関わる装置がなかったような気がします。私はそれほど中期の長編に詳しくありませんので、むしろ落合さんにご意見をお聞かせいただきたいと思います。

乱歩は中期以降、お金儲けのために書かなければならなかったという事情がありますから、おそらく初期とはズレがあるような気がします。

川崎◉大森先生には、乱歩の聴覚に関する関心がトータルに追えるものなのか、それとも途中に断絶があると考えられるのか、という質問でした。

大森◉ひとことでお答えできることではありませんが、何らかの傾向を見つけようとするなら、デジタル・ツールを使う方法があります。幸運にも乱歩の作品は、電子書籍や青空文庫になって、すでにかなりの作品がデジタル化されています。デジタル・ヒューマニティーズといって、文学にデジタル技術を用いて数量的分析を行なっている研究者が増えていますが、たくさんの文学テキストがデジタル化されているおかげで、それを分析に使うことができます。

具体的にはテキスト・マイニングという手法がありま す。マイニングというのは採鉱という意味ですが、大量のテキストデータを入れ込むと、プログラムが計算をしてくれて、例えば、いつ、どの作品で「音」という言葉や「聞く」という言葉がたくさん使われているかなどが、短時間で明らかになるのです。データの取り扱いに注意しないと誤った理解につながる恐れはありますが、ためしに今回、青空文庫に入っている乱歩の作品を調べてみました。そうしたら、少年探偵団のシリーズに、音や声に関する言葉がたくさん出てくるんですね。「笑声」、「叫び声」とか「ぶきみな音が聞えた」というように、子供向けだからなのか、他の理由からか、まだ私は責任をもっていえませんが、若い読者層へ向けては聴覚に訴える言葉がたくさん出てくるようです。その傾向は、初期には見られずだんだん増えていったのかというと、そうでもありません。また、短編だと数としてはあまり多くないけれど、たとえば一〇ページの作品に一〇回出てくるとかなり多いなど、いろいろな計算の仕方がありますので一概にはいえません。それでも、少年探偵団ものにはたくさん出てくる、とだけ申し上げておきます。

川崎◉いまデジタル化のお話が出ましたが、乱歩邸の旧蔵書につきまして、どのようなかたちで世界の研究者や後世の読者に対して開かれ、使ってもらえる対象にできるかどうか、関係者でいろいろとディスカッションしているところです。デジタル・ヒューマニティーズというような方法論についても、これから積極的に学んで活かしていこうと考えています。

では、浜田さんには、ダーウィンやスペンサーの進化論が中期・後期の作品群あるいは通俗小説、少年ものにどのようなかたちで出てくるのかをお願いいたします。

浜田◉進化論の受容は、人間を相対化する視点あるいは理論的根拠を手に入れた、ということです。現実を相対化し、自分自身を俯瞰的に見るという発想です。そういう感覚は、創作活動だけでなく評論も含めて、戦後まで乱歩は一貫して持っていたのだろうと思います。

落合さんが先ほど質問で、通俗長編はわかる気がするとおっしゃっていたのは、たぶん、戦前も含めて、「人間豹」など人獣混交のような物語が念頭にあるのだと思います。さらに言えば通俗小説も少年ものも、創作行為自体がすなわち反復と適応ですね。戦後は、創作よりも、探偵小説評論やトリックの分類・整理がかなりの部分を占めるようになります。探偵小説の行く末に関しても、その本質を巡るさまざまな議論が起こりますが、乱歩は新しい探偵小説形式への期待に、進化という言葉を使ってもいましたね。進化論がすべての源ではもちろんありませんが、そういう風に全体を見る視点は貫かれていた、と理解してよいと思います。

展開し続ける乱歩

川崎◉では、もうお一人、フロアからの質問者をこちらから指名させていただきたいと思います。本日は、『江戸川乱歩新世紀』にもコラムを寄せていただいているロンドン大学ＳＯＡＳ教授スティーブン・ドッドさんにご来場いただいております。ぜひ本日の発表に対する総体的なコメントやご質問をいただければと思います。

ドッド◉わかりました。私は江戸川乱歩の専門家ではないですから、ちょっと距離を置いて、一般的な質問をしようと思います。

まず最初の質問です。同じ時代に活躍していた佐藤春夫や宇野浩二は、当時は非常に人気がありましたが、亡くなってからはすぐに人気が落ちてしまいました。それに対して江戸川乱歩は現在でも変らぬ人気があります。乱歩の作品の何がそれほど刺激的で、何がそれほど今の世代にも興味を掻き立てるのか、という点をお聞きしたい。

次の質問は、大衆文学と純文学の関係についてです。江戸川乱歩は大衆文学に分類されると思いますが、大正から昭和の初期というあの時代には、純文学は高級で大衆文学はつまらないという偏見というか、区別がけっこう厳しくありました。私が聞きたいのは、大衆文学と純文学の関係、両者の働きについてです。たとえば大衆文学は純文学を批判しているか、どういう役割を果たしているか、というようなことです。特に現在は村上春樹を考えればわかるように、大衆文学と純文学の差はほとんどありませんから。

それから探偵小説の話ですが、なぜ探偵小説は近代日本社会を批判するほどの議論をもたらしたのか、その理由をお尋ねしたい。

探偵小説と言えば、探偵が都市風景を通して犯人を尾行します。それはどういう役割でしょうか。たとえば、ちょうどその時代には自我＝私はいったいどういうものか、わからなかったから、私小説という書き方が日本ではできました。おそらく私というものがわからなかったから、すごく興味があったんですね（ちょうど同じ時代に谷崎潤一郎が「私」という短編小説を書いています）。韓さんにお尋ねしたいのは広告の話で、広告はその時代の近代的な自我を作るための大事な役割があるのではないでしょうか。

最後にセスさんに伺いたいと思います。セスさんのご発表は想像力に関するもので、非常に興味深かったです。お尋ねしたいのは、その時代の精神（spirituality）はどこから来たのか、という点です。その時代、東京という都市は多くの人にとってすでにつまらないものになっていたと思われます。だとすると、人々を支える精神的なエネルギーはどこから来たのか。江戸川乱歩の小説には、都会における押さえつけられない昔の幽霊（昔の気持ちや、自然に出てくる精神的な生活観）が出てくるとも聞いたことがあります……そのあたりは曖昧ですが……そんな点をお尋ねしたいです。

川崎◉どれも大変難しくて、深いご質問をいただきました。まずは、同時代作家と比較して衰えない乱歩の魅力、乱歩の再読を促す何らかの装置について、お気づきのことがある方、お願いいたします。

……浜田さん、いかがでしょうか。

浜田◉骨は拾ってくださいよ（笑）。

まず少年探偵団シリーズがあることが、乱歩が読みつがれた理由として挙げられるでしょう。それは別として佐藤春夫、宇野浩二の名前を出されましたが、乱歩が同じように影響を受けた作家として、谷崎潤一郎がいます。谷崎が忘れられずに今日も残っているのは、やはり強烈なセクシュアリティでしょうか。佐藤春夫や宇野浩二も、もちろん面白いという学生もいるのですが、セクシュアリティを味わうまでのアクセスが難しくなっている時代なのかもしれません。

強烈なセクシュアリティと言えば乱歩と谷崎に近いところはあるかもしれませんが、ただ乱歩は、批評性のない作家だと僕は思っています。語弊があるかもしれませんが、批評というのは、目の前のものをあるべき姿にもっていこうという志向性がありますよね。けれども乱歩は徹底した相対主義者で、たとえば目の前の現実社会と、ユートピア的な理想社会との、どちらかにより価値があるとは考えないし信じないのじゃないか。それはセクシャリティにも向けられていて、「私」を中心にした快適な世界観と日常的な現実の世界とはもちろん対立するけれども、それを二者択一的にぶつけたりはしない。自分は自分の世界に閉じこもればいいだけの話だし、みんなが面白がることはみんなが面白がるのに合わせればよい。そのように両者に折り合いをつけることができたのではないか。そしてそのうえで、大量の読書をしていますので、さまざまな物語を受容して作品が作られる。そんなふうに作られるからこそ、その乱歩の作品もさらにアダプト（adapt）されて新しい時代に展開していく。だから次々に後の世代が読んでいかれる、ということがあると思います。

大衆文学と純文学

川崎◉ありがとうございます。二番目の質問も難しいですが、スティーブン・ドッドさんは最近三島由紀夫の『命売ります』の翻訳を終えられたところと伺っております。大衆文学の中の純文学的なものや、純文学と言われている人たちの中にある大衆文学的なものを視野に入れてのご質問だと思います。どなたかこれについてお考えの方、お願いします。

大森◉先ほどのご質問への答えでもよいでしょうか。

いま、浜田さんのおっしゃっていることを聞きながら考えていたのですが、いわゆる私小説作家的な人たちは、自己の視点からまわりを見て、「自分はひどい人生だ」とかいっている。それに対して乱歩は――浜田さんは批評性がないというい方をされましたが、私も作品を読んでいて、乱歩は他から見ていると思ったことがあります。乱歩作品は読みやすいので実験性がないように見えますが、実は読んでみると、違うところに視点を置いて語っていることがわかります。

たとえば「化人幻戯」に関して、実際に人物としては出て来ないのですが、「江戸川乱歩」という名が作家の名前として出てきます。登場人物が素人探偵ばりの推理を行う際に、「江戸川乱歩君のトリック表に、一つ例がありますね」と作品中で言わせていて、ちょっと遊びがあります。そのような遊びが、現在でも受け入れられる要素かな、と思いました。それが大衆文学と純文学の区分と重なるかといえば、「純文学とは何か」という底なし沼にはまってしまうので、そこには行きません。ただ、シリアスに内向きになり過ぎない点が受け入れられているのかな、という気はします。

セス◉ひとつ、それに関して申上げたいことがあります。純文学と大衆文学という区分もあるのですが、本格探偵小説と変革探偵小説という区別もありました。特に海外で研究している我々にとっては、江戸川乱歩は日本の探偵小説の代表になってしまっていますが、大正から昭和初期の同時代には、乱歩はまわりの評論家や作家たちから厳しく批判されました。変わったもの、不自然なもの、エロ・グロ・ナンセンスにはまった作家だと。

私の論文の最初でも、不自然な傾向などに関する周囲の批判について触れましたが、平林初之輔は一九二六年の『新青年』に掲載した「探偵小説壇の諸傾向」というエッセイの中で、探偵小説は純文学よりずっと人気があると書いています。若者にアンケートを取ると、みんな一様に探偵小説を選ぶと。だからおそらく、さきほど浜田さんがおっしゃったように、夢と現実の隙間に何らかの形で、認識論的な不安、あるいは不確実性を表現しています。つまり、江戸川乱歩は、日常生活への反発のようなものを、単なる都会の刺激に関する喜びとしてではなく、内面的にどのような精神的な変化が起こっているのかという観点からとらえているということです。また、彼は分かりやすい文章を通して、探偵小説という人気のジャンルの領域で、描くことに執着しています。夢と現実の隙間に、何らかの形で、認識論的な不安、あるいは不確実性を表現しています。つまり、江戸川乱歩は、日常生活への反発のようなものを単なる都会の刺激に関する喜びとしてではなく、内面的にどのような精神的な変化が起こっているのかという角度から掘り下げていったのです。

川崎◉私が発言していいのかどうかわかりませんが、させていただけるならば、今日は進化論やセジウィックの話がいろいろと出てきました。偶然性もあるのかもしれませんが、ジャンルとしての探偵小説は、さまざまな隣接する知の装置が回収しやすかった、ということがあるかと思います。乱歩よりももっと尖鋭的にペダンティックな作家たち、たとえば小栗虫太郎とか夢野久作とか久生十蘭とかいたわけですが、ある意味では乱歩はそこで知的な装置を弄することにあまり熱をあげないタイプであり、その中庸性が広汎な読者を抱えることにつながったのかな、と思っております。

創作の中の装置

川崎◉スティーブンさんはモダニズムにおけるランドスケープ（landscape）の研究者でもいらっしゃって、風景というものにもこだわりがあってご質問されたのだと思いますが、都市の中の自我とかあるいは広告的なメディアにおける自我、というものについて、韓さん、難しいですがいかがお考えでしょうか。

韓◉すばらしい質問ではあると思いますが、まだ勉強不足で、いまここでお答えするのは難しいです。これから考えていきたいです。

川崎◉ではその点は論文集には盛り込めるようにお願いするとして、それからもう一つ大きな質問がセスさんにありました。モダニズムの時代のスピリチュアルなものというのは、乱歩の場合はどこからきているとお考えでしょうか。

セス◉これは答えにくい質問です。なぜなら、考え方にちょっとすれ違いがあるからです。私が発表した近代都市と精神生活は、ゲオルグ・ジンメルの思想に基づいていますので、英語で言えば精神生活がmental lifeであって、心霊主義ではない。それは宗教的な要素の少ない、より社会学的な概念だと思いますので、スティーブンさんとはちょっとすれ違いがあります。

実は本論文のもとになった英語版はこの二倍くらいあって、英語版にしかないのは、例えば先ほど申し上げた平林初之輔の批評「前田河廣一朗氏に」（『新青年』一九二五年五月号）というエッセイの分析です。その中でロマン主義や象徴主義の魅力に関する感想があります。だから仏教とか神道とかキリスト教という宗教よりも、シンボリズムやモダニズムに関わる反擬態主義のような考え方が入っていると思います。もっと長くなりそうなので、このさきは、のちほどスティーブンさんと二人で、母国語で議論したいと思います（笑）。

川崎◉ありがとうございました。では次に、質問票の中からいくつかピックアップして読ませていただきます。

喜多さんという方から韓さんへの質問です。乱歩は広告の内容にどの程度関わっていたのでしょうか。たとえば特徴的な構図や文面にも乱歩の意見が反映されているのでしょうか。乱歩全集と同時期の他の作家の個人全集と比較して、なぜ乱歩だけが〈大乱歩〉と言われるほどの存在になれたのでしょうか。菊池寛や佐藤春夫らとの広告の違い、あるいは単に広告の違いだけではない何かの違いがあったのでしょうか、という趣旨のご質問です。

大森さんには、「乱歩の作品には、伏線をあらかじめ宣言するなど、特徴的な語り口があります。これは活動弁士の影響なのでしょうか」という質問が、浜田さんには、「乱歩の活動もスペンサーの進化の一原則に従っているのでしょうか」という質問をいただきました。

韓さんから順番にお答えいただけますでしょうか。

韓◉乱歩がどの程度広告に関わっていたのか、というのが最初の質問でした。一九三一年版全集の場合は特に、広告だけでなく全集の作り方全般に関して積極的に自分の意見を出していたようです。証拠として挙げられるのは、一九三一年の全集の中にある作品評です。たとえば、『新青年』に出した作品に対して同誌に掲載された作品評などを全部集めて、各巻にそれを入れました。平凡社版では最初は作品評の掲載を嫌がってもめたようですが、結局は乱歩の意志どおりになったわけで、このようなことからも、全集の作りに乱歩が関わっていたことがわかります。先ほど発表した七種の広告の中に、「芋虫」の図案があったのですが、それも乱歩の意見ですし、一番と二番にあったイラストに関しては、非常に強く乱歩が意見を出していたと記録に残っています。

他の作家に比して、なぜ乱歩だけ〈大乱歩〉といわれるようになったかについてですが、一九三〇年あたりから、乱歩は多くの読者がいる雑誌にたくさんの作品を書いていました。全集が出る直前には、四つの作品を同時に連載していまして、読者との接触面が大きかったのが一九三〇年あたりからです。その流れのなかで全集が出て、大成功をしたわけです。実際に一九三一年八月の新聞記事を参考にすると、その年の上半期、図書館でもっとも貸し出しが多い作家として江戸川乱歩が挙げられていることが確認できます。つまり、乱歩が大衆読者に向けて自分のイメージを作り、読者にアピールして、広く愛されるようになっていく過程で、一九三一年の全集出版が決定的であったということです。一九三一年は、乱歩が〈大乱歩〉へ変換していくドラマチックな時期だったのではないか、というのが私の考えです。もちろん単に広告のためであったとはいえませんが、それが非常に決定的な要因の一つであったのは間違いないと思います。それから、面白いことに、〈大乱歩〉という表現は、実は、一九三一年以降の乱歩全集の広告で好んで使われていました。たとえば、世界に誇るわが探偵小説界の〈大乱歩〉というようなスローガンはよく見られます。乱歩が〈大乱歩〉になった背景には、そうした意味でも広告が密接にかかわっているのではないかと思います。

川崎◉では無声映画との関係について、大森さん、お願いいたします。

大森◉乱歩の作品が弁士の影響を受けて出来あがったというよりは、語りに興味のあった乱歩が、同時代の弁士説明にも共通するような語り口を作品で使っているということだと思います。ご質問に伏線についての言及がありましたが、それを私なりに理解してお答えすると、そのような語りによって語り手の存在が顕れる、ということにつながると思います。三人称の語りで、すべてを知っている神のような語り手が話しているのではなくて、正体はわからないけれども誰かが話している。またはさきほどの「人でなしの恋」のように、京子が自分の経験を語っているとわかる作品もありますが、その語り手は全知でなく、いっていることをすべて信用できない語り手である可能性があるわけですね。弁士の話に戻ると、日本にはたとえば文楽など、人形を操っている人の傍らで太夫が語るという役割分担をしている古典芸能があります。文楽の場合にはきちんと本があって、それを練習して人形と合わせるわけですが、サイレント時代の弁士の場合は、映画が来て「今週はこの映画を上映するから弁士やってね」と言われるような、行き当たりばったりなんです。あらすじは見るけれど、細かいところは自分で作ってしまうしかない。そういう意味では、乱歩の語りで私が面白いと思うものは、誰かが語っている、その人は全部は見えていない、または気が変わるかもしれない、あるいは、何かを隠している、最後に「あ、この人が事実を知っていたんだな」ということがわかるような形式です。そこにこそ弁士との共通点があると思います。

川崎◉浜田さん、お願いします。

浜田◉スペンサーに従っているか、というご質問ですが、特に進化と解体の問題ですね。二つの点を申し上げようと思います。ひとつは、まず乱歩自身についてはおそらく明晰に、晩年には身体的のみならず創作の面でも衰えていく、という意識は持っていただろうということです。だから創作に便々とするのではなくて、むしろ別の方向を探していったのではないか。

もう一つのレベルでいうと、乱歩が亡くなってもどんどん進化し続けているのが乱歩、ともいえるのではないでしょうか。メディアを介する形でより拡大、より複雑化しているのが現在の状態かと思います。

川崎◉セスさんに飯田さんという方からご質問です。視点について、「「屋根裏の散歩者」のように直接まなざすこととレンズを通して見ること、また、ただ見るのではなく拡大していく「火星の運河」とではまなざし方が違うと思うのですが、まなざし方による視点の質や意味の変化はあるのでしょうか」というご質問です。

他に五乙女さんという方から、閉所そのものについて、長持ちや押し入れだけではなくて、椅子――「人間椅子」を想定していらっしゃるのだと思いますが――「椅子も閉所として取り入れると面白いのではないかと思いますが、そのようにはお考えになりませんでしょうか」というご質問です。

セス◉両方の質問とも、傾聴すべきものだと思います。まず後半の質問に関しては、「人間椅子」や「鏡地獄」、また乱歩初期における作品のなかでは、閉所がさまざまに使われていると思っています。「人間椅子」の場合、面白いと思うのは、男が椅子にもぐりこむ際に起こる性的な主体的変身が、視覚ではなくむしろ触覚を通して表現され、それが作品の中心になっているということです。

次にまなざしについては、屋根裏から隣人の本性を観察する覗きという行動について、質問者の方はどうも自然なまなざしと理解されているようですが、それはちょっと違うと思います。なぜかというと、「屋根裏の散歩者」では、天井の隙間や節穴という具体的な装置が媒介となり、また人を上から見るという日常的にはあまり起こらない非常に変わったかたちによって、人間行動を冷静に観察することができます。また、郷田三郎の性的アイデンティティの形成に関しては、映画の影響も強いです。女賊プロテアや銀幕で見た女優になりたいという欲望か、それとも女装など性的な変身願望かもしれませんが、ともかく映画とレンズなど、まなざしを媒介する装置の問題があります。

川崎◉ありがとうございます。続けて質問書を読ませていただきます。小松さんからいただきました。浜田さんに特にお願いいたします。「二銭銅貨」の二人の男の競争が競争進化論を背景にしているとすると、乱歩以外の同時代作家もこの当時よく二人の男の競争を描きたがる状況も、同じ背景を持つと考えられるでしょうか。

それから、精神分析からユートピアへという関心のシフトは、何を意味するものとして考えられるでしょうか。

浜田◉二人の男性の戦いというのは、時代を問わず萌えを呼ぶ設定かも知れませんね。前後の時代ですと、「陰獣」が一九二八年ですが、それ以前に遡って行けば、谷崎潤一郎の「金と銀」をはじめとする二人の芸術家の話があるし、武者小路実篤の「友情」など、いろいろなかたちで、男性が競い合っていることが描かれる。それは男性たちの競争が現実的に眼の前にあったからだと思うのですが、競争社会が明治的な立身出世から芸術の世界まで拡大した結果ともいえるでしょうね。ただ「二銭銅貨」は、その競争が地位や芸術や恋といった獲得物から離れ、勝つことそれ自体が目的化している点で、特質があるのではないでしょうか。

それから、ユートピアを精神分析に直接結びつけることは、いまの僕にはできません。ただ両方を結びつけるものとして進化論を考えてよいのかな、と思っています。というのは、ユートピアについていえば、「パノラマ島奇談」で言及されているウィリアム・モリスを「趣味的社会主義者」と紹介する岩村透の文章が、今回紹介したノートにメモされています。ノートには他にも社会主義に対する乱歩の関心が見てとれますが、いずれにせよ社会が進化していく流れのなかに、ユートピアは登場します。また精神分析というのも、大ざっぱにいえば、現在のトラウマが過去の出来事に原因を持つという発想ですから、進化論と同じ枠組みですね。別に進化論という単語を使わなくてもよいのですが、精神分析とユートピアの結びつく一番大きい枠組みはそういう風に捉えていいのではないかと思います。

川崎◉西郷さんという方から大森さんに質問をいただきました。乱歩におけるオノマトペは大森さんの意図する音の分類に入りますか、という質問です。

大森◉指摘していただくまで考えてはいなかった問題です。それで急きょ考えているのは、テキスト・マイニングをするとして、オノマトペがうまく抽出できた場合に何が見えてくるんだろう、ということです。即答はできないので、時間をかけて考えたいと思います。ただ、ご指摘いただいたことは非常に面白いと思います。日本語は英語に比べて非常にオノマトペが多い。多いということは、読んでいる間もその音を頭の中で聴いているわけです。そういう意味では音として扱うアプローチもあるかもしれないと、いまふと思いました。

川崎◉恐らくこれが最後の質問になろうかと思います。河相さんという方から浜田さんにご質問をいただきました。探偵小説作家の進化論への興味は乱歩だけではなくて、たとえば夢野久作など、他の作家にも見られる傾向のように思われますが、乱歩ならではの特質・着眼点は見られるでしょうか、ということです。さきほども少し言及がありましたが、いかがでしょうか。

浜田◉今日のディスカッションの流れで答えたような、あるいはさきほど川崎さんが答えて下さった気もしてはいますが、たしかに夢野久作にも進化や遺伝の問題は出てきます。たぶんヘッケルの問題も出てくる。大正期のそれら諸学をめぐり、『変態心理』をはじめとするさまざまなメディアの研究も進んでいて、共通する情報源もあったのかなと思います。その中で乱歩ならではの特質、着眼ということになると、それは個々の受容や発想ではなく、その総合的な展開として現れてくるものでしょう。さすがにひとことではいえませんので、いまはこのくらいにとどめさせてください。

川崎◉本日は登壇者のご発表に対して、フロアから本当にたくさんのご質問をいただきました。その質問の中にもある方向性があって、いまの読者の関心がいくつかの点に収斂していっていると感じました。フロアの質問やディスカッションに、新たな問いをいただいたという思いを強くしています。この経験を生かして、今後の論文集、さらにはその後の共同研究や乱歩邸の資料の扱い、公開などについても大いに活かしていきたいと思います。ありがとうございました。

〈執筆者紹介〉

井川理（Igawa Osamu）
一九八五年、東京都生まれ。東京大学大学院博士課程。日本近代文学・新聞メディア・探偵小説。近著に「拮抗する法・新聞メディア・探偵小説――浜尾四郎『殺人鬼』における「本格」のゆらぎ」（『言語態』、二〇一五年三月）、「一九三〇年前後の犯罪報道における探偵小説ジャンルの位相――犯罪ジャーナリズムにおける「江戸川乱歩」と「浜尾四郎」の表象をめぐって」（『日本文学』、二〇一六年三月）、「転位する「探偵小説家」と「読者」――江戸川乱歩『陰獣』とジャーナリズム」（『日本近代文学』、二〇一六年一一月）など。

石川巧（Ishikawa Takumi）
一九六三年、秋田県生まれ。立教大学教授。日本近代文学・文化。近著に『幻の戦時下文学』（青土社、二〇一九年）、『幻の雑誌が語る〈戦争〉』（青土社、二〇一八年）、「徹底検証・『月刊毎日』とは何か」（『新潮』二〇一六年二月）など。

大森恭子（Omori Kyoko）
一九六三年、兵庫県生まれ。ハミルトン大学准教授。日本近代文学、初期映画研究。近著に “Mediating Global Modernity: Benshi Film Narrators, Multisensory Performance, and Fan Culture,” *Routledge Handbook of Japanese Cinema* (Routledge, forthcoming in 2019)、“The Yellow Lodger”（山田風太郎の「黄色い下宿人」の英訳）, *Old Crimes, New Scenes: A Century of Innovations in Japanese Mystery Fiction* (Merwin Asia, 2018)、「ミステリー」（『占領期雑誌資料大系』文学編 第5巻 占領期文学の多面性（岩波書店、二〇一〇年）など。

落合教幸（Ochiai Takayuki）
一九七三年、神奈川県生まれ。元・立教大学江戸川乱歩記念大衆文化研究センター学術調査員。日本近代文学、探偵小説。近著に共著『怪人 江戸川乱歩のコレクション』（新潮社、二〇一七年）、共著『江戸川乱歩 幻想と猟奇の世界』（春陽堂書店、二〇一八年）。監修「江戸川乱歩文庫」（春陽堂書店）など。

柿原和宏（Kakihara Kazuhiro）
一九九〇年、広島県生まれ。早稲田大学大学院博士後期課程。近現代の日本ミステリーと大衆読者。近著に「上海帰りの明智小五郎が見た浅草――江戸川乱歩『一寸法師』における推理と都市表象との交錯について」（『アジア・文化・歴史』第8号、二〇一八年四月）、「オールド・ファンたちの乱歩――小栗虫太郎をめぐる一九三五年前後の探偵小説批評から」（『『新青年』趣味』第18号、二〇一七年一〇月）など。

金子明雄（Kaneko Akio）
一九六〇年、埼玉県生まれ。立教大学教授。日本近現代文学・文化。近著に「〈天才〉と〈犯罪者〉のあいだ――大正期の谷崎作品の人物造型をめぐって」（『大衆文化』18号、江戸川乱歩記念大衆文化研究センター、二〇一八年）、「物語の〈空白〉を操作する「小説の筋」論争以後の谷崎小説の語りをめぐって」（『谷崎潤一郎讀本』翰林書房、二〇一六年）、「〈文壇〉のハッピーバースデー――ディスプレイとしての花袋・秋声誕生五十年祝賀会」（『文学』第17巻第3号、岩波書店、二〇一六年）など。

神山彰（Kamiyama Akira）
一九五〇年、東京都生まれ。明治大学教授。近代日本演劇。近編著に『興行とパトロン』（森話社、二〇一八年）、『演劇のジャポニスム』（森話社、二〇一七年）、『交差する歌舞伎と新劇』（森話社、二〇一六年）など。

川崎賢子（Kawasaki Kenko）
一九五六年、宮城県生まれ。立教大学特任教授。日本近現代文学・文化、映画、演劇。近著に『彼等の昭和』（白水社、一九九四年）、『尾崎翠　砂丘の彼方へ』（岩波書店、二〇一〇年）、共編著『定本久生十蘭全集』（国書刊行会、二〇〇八〜二〇一三年）など。

韓程善（Jungsun Han）
一九七四年、韓国生まれ。東国大学校日本学研究所研究員。比較文学、日本近代文学。近著に『韓国における日本文学翻訳の六四年』（共著、出版ニュース社、二〇一二年）、「江戸川乱歩と映画的想像力――「火星の運河」を中心に」（『比較文学』第48号、二〇〇六年）、「江戸川乱歩『パノラマ島奇譚』と映画トリック」（『超域文化科学紀要』第13号、二〇〇八年）など。

栗田卓（Kurita Suguru）
一九八二年、新潟県生まれ。フェリス女学院大学他非常勤講師。日本近現代文学・文化。近著に「戦後〈科学〉表象の一側面――江戸川乱歩と手塚治虫」（『立教大学日本文学』第１０９号、二〇一三年一月）、「「論理」を構築する論理――横溝正史「本陣殺人事件」論」（『立教大学日本文学』第１１２号、二〇一四年七月）、「「推理」することと〈欲望〉すること――江戸川乱歩「D坂の殺人事件」論」（『立教大学大学院日本文学論叢』第14号、二〇一四年九月）など。

小松史生子（Komatsu Shoko）
一九七二年、東京都生まれ。金城学院大学教授。日本近代文学・文化。近著に『探偵小説のペルソナ――奇想と異常心理の言語態』（二〇一五年、双文社出版）、『乱歩と名古屋――地方都市モダニズムと探偵小説原風景』（二〇〇五年、風媒社）など。

Stephen Dodd（スティーブン・ドッド）
一九五五年、Southampton, UK生まれ。ロンドン大学東洋アフリカ研究学院（SOAS）。日本近代文学。*The Youth of Things: Life and Death in the Age of Kajii Motojirō*.（Honolulu: Hawai'i University Press, 2014）、*Writing Home: Representations of the Native Place in Modern Japanese Literature*（Harvard East Asian monographs).（Cambridge, Mass: Harvard University Asia Center: Distributed by Harvard University Press, 2004）、「伊藤整『幽鬼の街』における植民地主義の構造」（『建築の近代文学史　アジア遊学』２２６号、勉誠出版、二〇一八年）など。

Seth Jacobowitz（セス・ヤコボウィッツ）
一九七三年、ニューヨーク市生まれ。イェール大学東アジア言語文学科助教授。近代日本文学、視覚文化とメディア史、ブラジルにおける戦前日系移民の文学と歴史。近著に『Edogawa Rampo Reader』（黒田藩プレス、二〇〇八年）、『Writing Technology in Meiji Japan』（ハーバード・アジア・センター、二〇一五年）などがあり、後者は二〇一七年に国際アジア研究者学会（ICAS）の人文科学研究書賞を受賞。

銭暁波（セン・ギョウハ）
一九七二年、上海市生まれ。上海対外経貿大学准教授。日本近現代文学、日中比較文学。近著に共著『〈異郷〉としての日本――東アジアの留学生がみた近代』（勉誠出版、二〇一七年）、共著『谷崎潤一郎 中国体験と物語の力　アジア遊学』２００号（勉誠出版、二〇一六年）、『日本と中国の新感覚文学に関する比較研究――ポール・モーラン、横光利一、劉吶鷗、穆時英を中心に』（上海交通大学出版社、二〇一三年）など。

丹羽みさと（Niwa Misato）
一九七六年、東京都生まれ。立教大学江戸

川乱歩記念大衆文化研究センター助教。日本近世・近代文学。近著に「江戸川乱歩自筆稿本『家蔵同性愛関係書』目録（1）日本之部」（『大衆文化』二〇一八年一月）、「真山青果の『好色五人女』解釈――八百屋お七の「匂い」」（『立教大学日本文学』二〇一七年七月）、「山崎紫紅の八百屋お七――戯曲「お七吉三涙橋」の趣向と反応」（『国語国文』二〇一六年一〇月）など。

浜田雄介（Hamada Yusuke）

一九五九年、愛知県生まれ。成蹊大学教授、『新青年』研究会会員。近代日本文学。近著に「悪貨は良貨に駆逐さる――戦後探偵雑誌『妖奇』について」（『国語と国文学』第94巻5号、二〇一七年）、「少年探偵団の生き物の愛し方」『昭和文化のダイナミクス』（ミネルヴァ書房、二〇一六年）など。

江戸川乱歩新世紀—越境する探偵小説
Neon Genesis Edogawa Ranpo: Cross-Border Detective Novel
Edited by Ishikawa Takumi, Ochiai Takayuki, Kaneko Akio and Kawasaki Kenko

発行　2019 年 2 月 25 日　初版 1 刷
　　　2021 年 4 月 6 日　　　2 刷
定価　3000 円＋税
編者　© 石川巧・落合教幸・金子明雄・川崎賢子
発行者　松本功
装丁者　奥定泰之
印刷・製本所　亜細亜印刷株式会社
発行所　株式会社 ひつじ書房
〒 112-0011 東京都文京区千石 2-1-2 大和ビル 2 階
Tel.03-5319-4916 Fax.03-5319-4917
郵便振替 00120-8-142852
toiawase@hituzi.co.jp https://www.hituzi.co.jp/

ISBN978-4-89476-971-7